信阳师范学院学术著作出版基金资助出版

国家社科基金重点项目"鲁迅与二十世纪中国研究"的阶段性成果（11AZD066）

上海鲁迅

形象建构与多维透视（1927—1936）

禹权恒 ◎ 著

中国社会科学出版社

图书在版编目（CIP）数据

上海鲁迅：形象建构与多维透视：1927—1936 / 禹权恒著.
— 北京：中国社会科学出版社，2019.3
ISBN 978-7-5203-4187-5

Ⅰ.①上… Ⅱ.①禹… Ⅲ.①鲁迅研究 Ⅳ.①I210

中国版本图书馆CIP数据核字（2019）第047211号

出 版 人	赵剑英
责任编辑	史慕鸿
责任校对	闫　萃
责任印制	戴　宽
出　版	中国社会科学出版社
社　址	北京鼓楼西大街甲158号
邮　编	100720
网　址	http://www.csspw.cn
发行部	010-84083685
门市部	010-84029450
经　销	新华书店及其他书店
印　刷	北京明恒达印务有限公司
装　订	廊坊市广阳区广增装订厂
版　次	2019年3月第1版
印　次	2019年3月第1次印刷
开　本	710×1000　1/16
印　张	20.5
插　页	2
字　数	295千字
定　价	88.00元

凡购买中国社会科学出版社图书，如有质量问题请与本社营销中心联系调换
电话：010-84083683
版权所有　侵权必究

目 录

序　言 …………………………………………………… 陈国恩 1
绪　论 …………………………………………………………… 1

第一章　1928年"革命文学"论争中的鲁迅 …………………… 1
第一节　从"文学革命"到"革命文学" ……………………… 1
一　社会转型与鲁迅的艰难选择 …………………………… 1
二　断裂与延传："死去了的阿Q时代" …………………… 6
三　"堂吉诃德在中国"与"中国的堂吉诃德" …………… 15
第二节　在"革命"与"不革命"之间的鲁迅 ……………… 23
一　"不革命即是反革命" …………………………………… 23
二　托洛茨基与后期鲁迅思想的关联 ……………………… 29
第三节　"革命文学"论争的病症透析 ……………………… 36
一　"语言暴力"的并置与嵌入 ……………………………… 37
二　"集团化"倾向与"公式主义" ………………………… 39

第二章　"左翼鲁迅"的形象建构与身份焦虑 ………………… 44
第一节　从"启蒙鲁迅"到"左翼鲁迅" …………………… 45
一　冲突与融合：鲁迅的"向左转" ………………………… 45
二　左翼文学运动的"精神领袖" …………………………… 51
第二节　"左翼的鲁迅"与"鲁迅的左翼" …………………… 58
一　"政党左翼"的组织化规训 ……………………………… 58
二　"启蒙左翼"的个人化理念 ……………………………… 63

第三节 内外夹击中的左翼旗手 ································· 68
一 "戴白色手套革命"的鲁迅 ···························· 68
二 遮蔽与敞开：重述"两个口号"之争 ················ 74

第三章 作为"革命同路人"的鲁迅 ···························· 86
第一节 鲁迅的认同危机与思想突围 ···························· 87
一 《鲁迅杂感选集·序言》之症候式分析 ·············· 87
二 鲁迅思想的"变"与"不变" ·························· 95
第二节 "发现俄国"与"想象革命" ·························· 100
一 鲁迅的苏联观 ··· 100
二 "高尔基在中国"与"中国的高尔基" ············ 108
第三节 文艺与政治的歧途 ·· 121
一 "同路人"作家在后期鲁迅思想中的投影 ········ 121
二 皈依与疏离：鲁迅和中国共产党的因缘际会 ···· 127

第四章 作为"堕落文人"的鲁迅 ································· 136
第一节 国民党的文艺政策和文学运动 ·························· 137
一 "国家统制"与"三民主义文艺" ·················· 137
二 "民族主义文学"的任务和运命 ····················· 143
第二节 南京国民政府与鲁迅的矛盾纠葛 ···················· 151
一 限制与刺激：国民党查禁制度的二重性 ·········· 151
二 文网与钻网："戴着脚镣跳舞"的鲁迅 ············ 158
第三节 在夹缝之中求生存 ·· 166
一 《申报·自由谈》与鲁迅的杂文创作 ··············· 166
二 "民国机制"与鲁迅的言说空间 ····················· 172

第五章 "老将"的错位：自由主义文人与鲁迅 ············· 179
第一节 鲁迅和"自由人"及"第三种人" ··················· 180

一 "非近于胖，就近于瘦" …………………………… 180
　　二 文艺战线上的关门主义 ………………………… 187
　第二节 作为方法的"鲁迅"与"胡适" ………………… 192
　　一 鲁迅和胡适：从同一战阵到不同营垒 ………… 192
　　二 互为镜像的知识分子 ………………………… 199
　第三节 "政治文化人"的批评伦理 …………………… 203
　　一 左翼与政治化思维 …………………………… 203
　　二 "亚政治文化"与鲁迅的错位 ………………… 209

第六章 都市语境与"上海鲁迅"的形象建构 ………… 215
　第一节 都市空间与鲁迅的职业选择 ………………… 216
　　一 作为"自由撰稿人"的鲁迅 …………………… 216
　　二 租界文化与鲁迅的电影生活体验 …………… 221
　第二节 "上海鲁迅"的历史生成 ……………………… 235
　　一 鲁迅杂文中的"上海书写" …………………… 235
　　二 都市壕堑中的"文化散兵" …………………… 242
　第三节 "上海鲁迅"的建构机制 ……………………… 250
　　一 革命性 ………………………………………… 251
　　二 对话性 ………………………………………… 254

结　语 作为"治愈文学家"的鲁迅 …………………… 260
附录一 20世纪50年代文学史著中的鲁迅形象 …… 265
附录二 "他者"眼中的鲁迅形象 ……………………… 279
　　　　——以夏志清、司马长风、顾彬为考察中心
参考文献 ……………………………………………… 294
后　记 ………………………………………………… 311

序 言

陈国恩

文学是人学。文学表现的对象是人，是人与人、人与社会和人与自我的关系。离开人的社会存在，审美就只剩下抽掉了社会生活内容的形式，这并非文学之幸。文学批评不可能脱离人的社会性存在，因而从文学社会学的角度来研究文学及其功能也就有了充分的理由。重要的不是把文学社会学驱逐出文学研究的领域，而是要认真总结正反两方面经验，在避免重犯历史上庸俗的文学社会学错误的同时，发挥文学社会学在文学研究中的积极作用，开拓中国现代文学研究的新领域，推动中国现代文学研究的发展。

在现代中国文学史上，鲁迅的作品堪称经典，其实"鲁迅"就是经典。鲁迅作品的经典性，在于这些作品反映了中国社会在从近代向现代转型过程中一些本质性的东西。一个具有悠久历史文化传统的国度，到了近代，屡遭西方列强的侵略，辛亥革命后，社会发展仍然面临严重挑战。前进与倒退，革新与复辟，掺和了不同社会力量的利益角逐，纠结着中西、新旧的思想斗争，造成了20世纪前半叶中国的政治动荡和民族灾难。鲁迅的作品，就是他对自己所置身的半封建、半殖民地中国社会深刻观察和思考的艺术结晶。

在20世纪的中国，没有一个作家像鲁迅这样，他的整个文学创作与他所生活的时代发生了如此深刻的联系，不仅深刻地反映了这个时代，反映了这个时代从底层民众、知识分子到绅士阶层及至上层统治阶级的众生相，刻画出了沉默的国民的灵魂，提出了国民性改造的时代主题，而且深刻地反映了社会转型的艰难复杂，揭示了社会变革过程中思想斗争的激烈和尖锐，而转型的艰难复杂和思想斗争的激烈尖锐，又折射出了中国新民主主义革命时期的一些重大问题，其中包括围绕鲁迅而展开的左翼内部的矛盾和斗争。鲁迅去世后，"鲁迅"仍然被一次次地卷入政治、思想斗争。可以说，在鲁迅的时代，乃至他去世以后，不计其数的人，无论是敌人还是朋友，都与鲁迅发生过纠缠。这主要就因为鲁迅以他的创作和文化活动，深深地介入了他生活的时代——他与20世纪中国的政治结下了不解之缘。

鲁迅参与了多次重大的思想文化斗争。他去世后，围绕鲁迅的论争，关于鲁迅研究的突破和纷争，常是中国思想文化乃至政治变革的先声。在这样的过程中，鲁迅的形象被不断改写，是一个经典化的过程。鲁迅的经典化像一面镜子，折射出了中国社会不同发展阶段的一些重大问题。

鲁迅形象的历史性嬗变，造成了其内质的不确定性。鲁迅嫡孙周令飞不认同一些学者所建构的"鲁迅"形象，认为把鲁迅说成是活在寂寞和孤独中，这不准确。这反映了家庭生活视角中的鲁迅形象。但这也就提出了一个问题：什么样的"鲁迅"才是真实的？这一问题隐含着双重意义，一是说明鲁迅是一个真实的历史人物，他生活在时间中，二是说明鲁迅又是一个被历史所塑造的人物。

因而今天研究鲁迅其实有两种思路，或者说是两种相互联系但又有区别的模式。

第一种是研究鲁迅的本体，研究鲁迅这个人，努力回到鲁迅那里去，向后人还原一个真实的鲁迅，客观地评定他的文学成就和思想贡献，评价他在现代文学史、现代思想史、现代革命史上的地位。但还原真实的鲁迅谈何容易？这因为鲁迅自身是变化的、复杂的。对他的研究，又难以避免受到时代的局限。

第二种就是从追问本体意义上的鲁迅，转向考察现象学意义上的鲁迅，考察关于鲁迅的研究、关于鲁迅不同认知背后的意义。我们大可不必惊讶于对鲁迅的无限推崇或者恶意的攻击，无论说鲁迅是封建阶级的贰臣逆子，伟大的文学家、思想家、革命家，民族魂，还是有闲阶级，落伍的人道主义者，封建余孽、两重反革命，中国的堂吉诃德等，这都是社会的现象，重要的是这些说法背后的意义。这些意义明显地关乎20

世纪中国的历史,也涉及了一些重要的人物,影响到这些人物在历史上的地位或者他们的命运。说鲁迅是封建余孽、二重反革命,虽然荒唐,但荒唐背后有深刻的东西,它是当时一部分知识分子对中国社会革命认知的一个反映——这是一种什么样的认知,其思想根源是什么,其思维逻辑又反映出什么问题,这些都是值得研究的。这样来研究鲁迅,实际上就是把经典化的鲁迅视为历史的镜像,来研究从中折射出来的社会历史问题。这超出了文学研究的范围,而跨越到了中国思想史、中国新民主主义革命史的领域。中国现代作家中,只有鲁迅才最适合做这样的跨学科的研究。

从鲁迅经典化的历史中考察作为历史镜像的"鲁迅"所具有的意义,是审美的批评,是对鲁迅精神的审美思考和对鲁迅作品的审美观照,但它又不是一般的审美批评,而是从审美深入到了社会历史进程,从鲁迅创作和战斗所构成的"形象"来透视20世纪中国的一些重大问题。"形象"在此可以视为作品中的某类形象,被置于特定的背景,赋予了特别的意义。这一意义是作品本身所具备或者可以承担的,其实也是被研究者发现的,用来表达研究者对社会历史的某种意见。"形象"也可以具有更为普遍性的特征。鲁迅创作中所呈现出来的精神特征,他所触及的民族文化心理问题,构成了一个国家、一个民族在一个历史时期里的精神面貌、文化性格。把它们作为"形象"来研究,其实就是从文学来研究一个国家和民族的带有某种普遍性的社会历史问题。

遵循审美的规则,重视文学表达的特有方式和具体的细节,同时又不限于文学的审美属性,而是从审美中发现社会的、历史的、人类的等重要的人文课题,探讨这些问题的丰富意义。这需要一些相应的学术准备,比如懂得文学和美,能进入审美的境界,而又需要历史学、社会学、人类学的一些修养,能够从文学发现社会的、历史的、人类学的问题。仅仅审美,不足以解释鲁迅,仅仅社会学、历史学、人类学的研究,也不是作为伟大的文学家的鲁迅的研究。

禹权恒的《上海鲁迅:形象建构与多维透视(1927—1936)》将要出版,这部著作是他在博士学位论文的基础上完成的,原为我主持的国家社科基金重点项目"鲁迅与20世纪中国研究"中的一部分。把上海"鲁迅"作为一个专题来研究，显然因为这十年是鲁迅作为左翼文学运动的旗手在上海生活和战斗的一个完整阶段。他在这十年间与各种政治力量和文化派别发生交往乃至冲突，以战斗的姿态书写自己晚年最为辉煌的历史篇章。权恒对上海"鲁迅"的研究，就主要采用文学社会学的方法。他在前人的鲁迅研究基础上，发掘丰富的材料，从鲁迅与左翼、自由主义文人，鲁迅与共产党、国民党，鲁迅与上海大都会的关系中，向读者呈现了一个多维"鲁迅"的形象。这既是遵循历史唯物主义观点所做的历史文化的批评，又是依据审美的标准所进行的文学批评。

像鲁迅这样一个杰出人物，他的一生与中国现代史、中国现代政治史、现代思想史和现代文学史紧紧联系在一起，人们对他的认识是多方面的，发生分歧甚至争议乃在情理之中。从某种意义上说，对鲁迅的认识存在不同甚至对立的意见本身就是鲁迅作为一个伟大存在的外在表现。权恒对此是有充分自觉的。他从多重复杂关系中展现鲁迅的"形象"，做出论断，时有新见。愿他的这本著作，为人们深化对鲁迅的认识作出贡献。

2018年5月26日晨2时于武汉大学

绪　论

一　研究缘起

鲁迅是中国现代文学史上的经典作家。长期以来，鲁迅研究领域集中了中国现代文学研究界最为出色的一批学者；鲁迅研究领域中的每一次重要突破，都是与中国现代史的重大转折密切联系在一起的，都是不同政治力量或思想解放运动的直接结果，因为它几乎可以作为中国现代史上重大变革的预告来看。也就是说，鲁迅研究已经超越了单纯的文学范畴，早已和中国现代史上许多重要问题产生了深度关联。因此，鲁迅研究绝不是一个封闭的结构系统，而是一个动态的生成系统，其不断被注入了各种历史经验和现实关怀，人们最终借"鲁迅"来言说社会、时代甚至我们自己。当我们对不同文化语境中鲁迅形象进行塑造之时，仅仅是对鲁迅本体某一侧面的描述，主要原因在于鲁迅是一个复杂矛盾体，他的思想之中充满了各种悖论和歧异，这些都构成了拒绝试图统一观照鲁迅的重要理由。正是在这个意义上，张福贵说："鲁迅的精神世界是丰富和复杂的，这决定了鲁迅研究价值取向的多元化。任何一位鲁迅研究者的研究都是在试图从不同层面努力与鲁迅沟通对话，意在找到自己所认定的鲁迅的真实形象，而这些不同的理解又从不同方面共同构成了鲁迅的整体形象和精神世界。"[①]

鲁迅是谁？自 1933 年瞿秋白在《鲁迅杂感选集·序言》中提出这一命题以来，如何对鲁迅进行"命名"就成为现代中国社会的一大难题。由于"阐释者所选取的阐释视角、所处的阐释语境、意识形态的制约性以及阐释者与阐释对象的相互契合程度，都影响甚至决定了他们所建构

[①] 张福贵：《鲁迅研究的三种范式与当下的价值选择》，《中国社会科学》2013 年第 11 期。

的鲁迅形象与原生态的鲁迅形象的差距"①。作为20世纪中国的"卡里斯玛"②典型，鲁迅及其作品之中蕴含着丰富的价值，逐渐成为现代中国社会一种精神性资源。同时，鲁迅也是现代中国各种政治集团和文化力量竞相争夺的焦点作家。基于不同的政治立场和文化诉求，他们分别塑造了形形色色的鲁迅形象。"毋庸置疑，鲁迅形象与20世纪中国的现代化历程密不可分，在其身上，集中体现了中国先进知识分子基于现代中国命运的反思，现代中国的行进轨迹在鲁迅形象的建构过程中也有明显的表征，二者构成了一种互文关系。"③事实上，鲁迅形象的建构是一种历史角色的"寻找"和"认定"过程。在不同的社会历史语境中，"鲁迅形象"彰显了各种社会力量对"鲁迅"的想象性借用，同时也寄寓了鲁迅本人对自我文化身份的期许空间。

上海时期是鲁迅生命历程中的"光辉岁月"。可以说，鲁迅是当时中国各种政治集团和文化力量竞相争夺的焦点作家，成为20世纪30年代中国社会文化思想交锋的重要联结点。本阶段，鲁迅形象的塑造是以鲁迅的生活、创作和思想探索为基础，由不同政治集团的意志较量和权力博弈来实现的。他们都把鲁迅作为一种"文化资本"（象征资本）来进行争夺，企图达到"为我所用"的现实目的。在"上海"这一都市文化场域之中，后期创造社、太阳社青年作家、左翼、中国共产党、南京国民政府、自由主义文人等各种力量，都对鲁迅形象进行了各种"暴力命名"，这显示了鲁迅之于现代中国革命的重要价值所在。后来，鲁迅对这些

---

① 李红玲、魏韶华：《新世纪鲁迅传记中的鲁迅》，《上海鲁迅研究》2006年第3辑。

② 卡里斯玛（charisma）原意为"神圣的天赋"，最初来自早期基督教，主要指得到神帮助的超常人物，引申为具有非凡魅力和能力的领袖。这种领袖所建立组织，其凝聚力来自领袖个人所具有的非凡魅力、卓越能力及其所传播的信念。后来本词被重点指具有一种特殊的魅力或超人的天赋之类的特殊品质。德国初会学家韦伯在《经济与社会》一书中首次使用"卡里斯玛"，认为具有这种品质和力量的人高踞于一般人之上而成为领导，他们能够感召他人或激发他人之忠诚。这里，笔者主要是借用这一概念，意在说明鲁迅在中国现代文学史、思想史、革命史上具有特殊影响力。

③ 吴翔宇：《20世纪中国文化语境下的"鲁迅形象"研究》，南京：南京大学出版社2017年版，第226页。

"暴力命名"进行了有效拆解，基本维护了自身形象的真实性和完整性。在鲁迅和各种力量进行话语论争过程中，彼此构成了有意味的对话关系。

我们可以进一步追问，鲁迅为什么会成为当时中国各种力量竞相争夺的焦点作家？他们究竟是怎样塑造鲁迅形象的？这些形象建构背后昭示着何种政治立场和文化情怀？鲁迅对此是怎样回应的？这显示了鲁迅何种价值诉求和思想倾向？倘若从政党文化、文学、历史学、社会学等不同层面，厘清上海时期鲁迅形象在生成过程中的诸多因素，不仅能够透视"左翼十年"中国整体的政治文化生态，也能彰显后期鲁迅思想的嬗变轨迹。因此，笔者认为本书的重要价值在于，第一，从中国革命的历史演进角度认识鲁迅，又从鲁迅形象的多维呈现透视中国革命本身的一些重大问题，这就超越了以前单纯的鲁迅"形象学"研究体系，努力做到"鲁迅形象建构"与"20世纪30年代中国革命"相互佐证，将研究视野从文学史范畴延伸到了文化史、思想史、革命史等领域，极大地拓展了鲁迅研究的深广度；第二，通过20世纪30年代中国各种政治集团和文化力量对"鲁迅形象"的不同选择、阐释和评判，可以发掘其背后所潜藏的话语冲突，从而彰显出中国革命过程中的经验和教训，这有助于双向考察两者之间的动态关系，在互文视野中将研究论题不断引向深入。

1927年前后，中国社会在诸多领域发生了重要转型，极大地影响了知识分子的现实选择。此时，蒋介石逐渐背叛了孙中山的三民主义政策，开始大肆屠杀共产党员和革命群众，中国顿时陷入了白色恐怖之中。在这一复杂语境下，后期创造社、太阳社青年作家和鲁迅等作家之间发生了"革命文学"论争。他们认为，"阿Q的时代已经死去"，以鲁迅为代表的五四作家理应受到彻底批判，因为他们严重阻碍了无产阶级革命文学的正常发展。之后，他们分别把鲁迅称为"中国的堂吉诃德"、"二重的反革命人物"、"不得志的法西斯蒂"等。可以说，后期创造社、太阳社青年作家在集体"围剿"鲁迅过程中，不仅存在着"语言暴力"的话语现象，而且还具有"集团化"和"公式主义"的特征，这些可以看作是1928年"革命文学"论争的典型病象。

1930年3月,"中国左翼作家联盟"在上海成立,鲁迅随之也加入了"左联",迅速成为左翼文艺运动的"精神领袖"。但是,鲁迅和"左联"部分领导人之间发生了矛盾冲突,主要原因在于,"左联"不是一个纯粹性的文学社团,而是一个党派特征鲜明的革命组织。在"左联"的运作过程中,组织化原则占据着重要位置。鲁迅和周扬等人之间的矛盾纠葛,既有个人恩怨,也存在着历史误会。但归根结蒂在于鲁迅的启蒙逻辑和周扬等人的政治逻辑发生了抵牾,这是左翼阵营内部不同力量之间的相互博弈,实质上是在争夺革命文化的领导权。鲁迅不太喜欢用僵硬的政策性文件去规约知识分子的思想,他提倡把民众置于民主革命的实践体系中来壮大力量。由此可见,追求自由的"鲁迅"与并不自由的"左翼"的矛盾此消彼长,这就为鲁迅形象的阐释带来了现实困难。因此,"左翼的鲁迅"并不能阐释20世纪30年代鲁迅的真实人格,而"鲁迅的左翼"也没有使左翼文学实现统一:后世用"左翼的鲁迅"去诠释左翼文学的全部历史,其所遗留下的历史弊端,至今仍然影响深远。

长期以来,由于受到新民主主义革命历史观的影响,瞿秋白在《鲁迅杂感选集·序言》中对鲁迅思想转变做了前后划分,几乎成为中国鲁迅研究界的不刊之论。客观来讲,瞿秋白的判断是功不可没的,但也存在着部分局限性。倘若运用"症候式分析"的研究方法来审视瞿秋白的基本观点,可以厘清其中的是非曲直。俄苏因素是鲁迅思想形成过程中的重要资源。事实上,鲁迅对苏联革命的高度礼赞是不客观的。一方面受到现实条件的直接限制;另一方面也有鲁迅对苏联革命的严重误读。许多人把鲁迅称为"中国的高尔基",试图证明鲁迅在中国革命过程中的特殊作用。但是,鲁迅却否定了这种简单比附。实际上,鲁迅和左翼阵营实现合作的前提是对现实的不满和反抗,他所向往的革命与无产阶级革命有关,甚至也有部分一致性,但具体内涵却存在着很大差异。不管是抬高鲁迅,抑或是贬低鲁迅,都不符合鲁迅形象的真实面目。作为一个小资产阶级根性的作家,鲁迅既支持革命,又怀疑革命,是一个复杂的矛盾体。准确地讲,鲁迅是一个"革命同路人",而不是一位无产阶级革命作家,这才是对鲁迅文化身份的准确定位。

为了加强意识形态的严格控制，南京国民政府开始在全国实行"国家统制"，相继发动了"三民主义文艺运动"和"民族主义文艺运动"，但最终都收效甚微。后来，他们又制定了文学查禁制度，企图对左翼文学进行全面围剿。在这一严酷的社会环境之下，鲁迅等左翼作家不得不运用各种钻网术与其展开周旋，加上国民党政府的查禁制度具有限制与刺激、破坏与规范、自我维护与自我销蚀的双重作用，这就给左翼文人提供了部分言论空间。以鲁迅为代表的左翼作家，充分运用变换笔名、改变编法等各种"钻网术"，有效突破了南京国民政府的"文化围剿"。正是在这一意义上，我们引入了"民国机制"这一文学概念，来阐释国民党统治下的中国政治文化生态是复杂的，也是矛盾的。在"民国机制"的结构框架之中，来审视鲁迅和蒋介石南京国民政府之间的复杂关系，应该是一种新的思考维度。

自由主义文人大部分都受到西方自由主义思想的影响，主张超越政治斗争，保持个人独立和思想自由。在政治立场和文学主张方面，自由主义文人往往介于左、右翼之间，可谓处于左右两极的夹缝之中。由于自由主义文人既得不到右翼支持，也得不到左翼附和，他们在现代中国社会长期处于一种尴尬地位。鲁迅和自由主义作家之间的文学论争，实质上是对文艺与政治、文艺与阶级性、文艺与宣传等问题的理解歧异造成的。作为一种"政治文化人"，论争双方都存在着政治化思维，这就导致了文学论争方向的严重错位。当自由主义文人受到左翼批判之时，由于自身强调文学的独立性和审美性，这就部分纠正了左翼简单地把文学当作"煽动工具"和"政治留声机"的做法。以今天的眼光来看，自由主义文人当时提出的许多问题还是有价值的，对我们更好地处理文学的功利性和艺术性之间的关系，明显具有很大启发作用。

上海在后期鲁迅生命历程中简直就是一个宿命。可以说，后期鲁迅的生命存在与文学成就，离开了上海这一都市文化语境，是无法有效进行和完成的。作为中国现代化程度最高的大都市，虽然上海存在很多丑陋和畸形的社会性因素，但也有作为"自由撰稿人"的浓厚文化氛围，有发达的现代出版业，有保障人身安全的"都市壕堑"，这是中国其他地方所不能代替的。鲁迅充分运用现代传媒制度，积极借助上海租界这一特殊空间，以杂文作为斗争武器，主动介入各种社会问题，成为都市壕堑中的"文化散兵"。"鲁迅代表着现代知识分子人格的最高成就，他在上海卖文为生，利用自由职业和文化生产的市场化赋予知识分子的自由空间完成了他的文化创造，既利用了自由空间，又在商业化的处境中保持了知识分子独立的品格，具有不可替代的示范作用。"① 事实上，"上海"和"鲁迅"之间形成了一种深层关联，在"城"与"人"的对话关系中得到增值。其中，租界文化在上海时期鲁迅生命过程中扮演了重要角色，有效影响了鲁迅的日常生活方式和行为方式。在很多杂文中，鲁迅对"抄靶子"、"揩油"、"西崽相"、"吃白相饭"、"流氓相"等陋习进行了严厉批判，彰显了鲁迅杂文的基本特质，这些也是鲁迅进行"上海书写"的重要组成部分。正是在这一意义上，笔者提出了"上海鲁迅"的基本概念，意在阐明"上海"在后期鲁迅生命中的特殊意义。

二　概念界定

1. **上海时期**。针对鲁迅所生活过的社会空间来讲，上海时期和南京时期、日本时期、北京时期、厦门时期、广州时期等一样，同样具有重要的历史意义和现实价值。具体来说，1927年10月3日，鲁迅携许广平正式到达上海，直到1936年10月19日逝世为止，中间除了两次到北京看望母亲作短暂停留之外，鲁迅的最后十年是在上海这个东方大都市定居生活的。一般而言，学术界把鲁迅的最后十年称为"上海时期"，有时也称为"晚期鲁迅"或"后期鲁迅"。正是在上海这一都市文化语境之中，鲁迅运用现代知识分子的启蒙立场，来全面审视中国在"被现代化"发展过程中的各种社会问题，在各种报纸杂志上刊载了诸多经典杂文，实现了从一名公职人员到"自由撰稿人"的身份转变。

2. **鲁迅形象**。鲁迅形象主要是通过"他塑"和"自塑"两种方式完成的。也就是说，鲁迅形象包括"鲁迅映像"和"原鲁迅"两个层面。

---

① 赵晋华：《我们今天怎样才能真正走近鲁迅》，《中华读书报》2001年9月26日。

前者主要是指生存着的鲁迅呈现给外部世界的各种复杂形态；后者主要指鲁迅这个生存着的人，当然包括鲁迅对自我形象的期许定位。毫无疑问，"鲁迅映像"可以具有多副面孔，倘若从不同角度来审视鲁迅形象，必然会得出迥然不同的结论，原因在于鲁迅是一个复杂多面体，内部蕴含着不同阐释空间。本书所指涉的"鲁迅形象"，既包括一般意义上的"鲁迅映像"，在部分时间也指代"原鲁迅"。为了有效地避免混淆二者之间的关系，笔者通常运用修饰性词汇来加以区别。所以，"鲁迅形象是透过'鲁迅本体'折射出的'鲁迅映像'，因此，构成了多维的'鲁迅阐释'。'鲁迅本体'蕴含了丰富的资源，为多样化的鲁迅形象生成奠定了基础。文学作品图示、文学史编写建构、学术研究解读等经由知识化传播，对鲁迅形象的整合起到至关重要的作用。而不同文化语境的烛照则使'鲁迅本体'成为文化场域中的有机构成要素，呈现出具有历史、文化、审美特性的鲁迅形象"①。

3. 场域。"场域"理论本来是社会心理学领域的重要概念，主要是指人的每一个行动均被行动所发生的场域所影响。在这里，场域并非简单指称物理学意义上的现实环境，也包括他人的行为以及与之相关的诸多复杂因素。进一步来说，场域是一种具有相对独立性的社会空间。此时，相对独立性既是不同场域之间相互区别的显在标志，也是不同场域得以存在的现实依据。后来，法国社会学家布尔迪厄深度阐释了"场域"理论。他认为，场域是由许多社会成员按照一定的逻辑规则共同建立起来的，是个体参与社会活动的一种重要场所，是集中的符号竞争和个人策略的场所。在场域之中，每一个体都处于一定"位置"和"他者"展开现实竞争，每一个场域中都有统治者和被统治者，任何统治形式都隐含着对抗和斗争。每一个场域之中都存在着各种力量竞争，而决定竞争逻辑规则的主要因素就是"资本"。"资本"不仅是场域活动过程中的核心竞争目标，而且又是可以进一步展开竞争的重要手段。后来，布尔迪厄把资本形式主要分为经济资本、社会资本、文化资本、象征资本四种类

---

① 吴翔宇：《在文化语境中考察鲁迅形象》，《中国社会科学报》2014年3月21日。

型。本书所涉及的"场域"概念都是在布尔迪厄社会学理论框架之下来具体言说的。

4. **左翼**。是指各种政党、派别、团体中的左派。在西方社会，左翼通常是和社会主义相联系的，而右翼却是和保守主义相关联。但是，"左翼"和"右翼"并不具有绝对性，二者在特定历史条件下也是可以相互转化的。本书所指涉的左翼主要是指1930年"左联"成立之后，一大批具有无产阶级革命倾向的文人的集体称谓。他们公开反对国民党政府的专制统治，关注底层民众的实际利益，反对贫富差距，主张社会公平正义，倡导运用暴力手段解决中国社会的各种矛盾问题。可以说，左翼在20世纪30年代中国革命过程中是一种进步力量。但是，在不同历史时期，左翼也具有不同表现形态，甚至也出现过"极左"现象，成为一种特殊社会语境中的极端力量，这就严重偏离了左翼早期的理想信仰，给无产阶级革命带来了许多灾难性后果。

5. **治愈文学**。"治愈文学"是日本著名学者代田智明提出的一个新概念。代田智明认为，"治愈文学"主要是指"对陷于受挫而失意的人常常给予很大程度的治愈和鼓励"，"在人的内心世界矛盾地共存着两个视线：一个是对现实受不了的视线，另一个是即使如此也受得了的接受视线。这样才开始形成能对现实起作用的主体性。治愈过程是形成这种主体性的主要因素"①。具体来讲，代田智明认定，鲁迅作品具有能够使人们疗救各种心理创伤，努力战胜各种现实困难，重新鼓起生活勇气，走出人生困境的特殊作用。一言以蔽之，鲁迅文学是疗救"病态中国"各种社会痼疾的一剂精神良药。

---

① ［日］代田智明：《鲁迅对于改革与革命的立场——终末论与同路人》，《东岳论丛》2014年第1期。

第一章

1928年"革命文学"论争中的鲁迅

第一节 从"文学革命"到"革命文学"

20世纪20年代中后期,世界革命形势发生了显著变化。一方面,由于受到资本主义经济危机的严重影响,西方列强开始重新瓜分世界,目的在于转嫁国内各种矛盾,这就加剧了资本主义国家与落后国家之间的冲突;另一方面,俄国十月革命以及东欧诸国的社会主义革命获得接连成功,迅速推动了国际无产阶级革命力量的发展,从而形成了波及全球、声势浩大的"红色"革命浪潮,成就了人类历史上"第一次广泛的、真正群众性的、政治性的无产阶级革命运动"①。具体到中国而言,中国革命的历程已由"五四"时期的思想革命转向本时期的社会变革所引起的社会革命。"中国社会向何处去"成为时代意识的中心。如果说"五四"是个性解放的时代,本阶段就进入了社会解放的时代,不仅人的思考中心发生转移,思维方式也发生相应变化:从对人的个人价值、人生意义的思考转向对社会性质、出路、发展趋向的探求。

一 社会转型与鲁迅的艰难抉择

20世纪20年代的国民革命,是中国现代史上的重要事件之一。其中,北伐战争是国民革命运动的高潮,主要目标是统一国家,取消帝国主义列强在华的各种特权。在不到两年的时间内,北伐军从珠江流域打

---

① [苏]列宁:《第三国际及其在历史上的地位》,《列宁全集》第29卷,北京:人民文学出版社1972年版,第275页。

到长江流域，并且直指黄河流域。北伐战争沉重地打击了帝国主义和封建军阀的反动统治，有力地推动了革命形势的迅速发展。可以说，北伐战争之所以能够取得最后胜利，主要在于国共两党合作，共同建立了统一战线推动了革命形势的发展，他们以爱国和革命作为主要目标，得到了工农群众的积极响应和大力支援，最大限度地动员了人力和物力。与此同时，共产国际在指导中国革命过程中，直接传授了许多革命理论，有效提供了组织工作的相关知识、金钱和武器，也发挥了不可替代的作用。但是，在北伐战争的过程中，革命领导层在统一全国过程中的暴力革命问题上发生了严重分歧，这直接导致了革命阵营内部出现了阶级分裂。自此之后，激进的民族主义者和保守的民族主义者之间展开了现实博弈，中国革命因此遭遇了严重危机。

当时，作为中国资产阶级民主革命的重要力量，国民党具有产生全国影响的潜力，因为许多领导人不但接受过良好教育，而且拥有反满反袁的社会声誉。比较而言，共产党的革命力量相对较弱。1923年6月，中国共产党第三次全国代表大会接受共产国际执委会的《关于中国共产党和国民党关系的决议》，决定共产党员可以个人名义加入国民党，直接目的在于建立革命统一战线。1924年1月，中国国民党在广州召开了第一次全国代表大会，重新阐释了孙中山的三民主义革命方针，确立了联俄、联共、扶助农工的三大政策，标志着国共第一次合作正式形成。可以说，这次国共合作促进了中国资产阶级民主革命的发展，广泛地动员了工农群众，开创了中国革命的新局面。但是，1925年3月12日，孙中山在北京逝世，极大地改变了中国革命的基本格局。1925年7月，戴季陶出版了《孙文主义之哲学基础》和《国民革命与中国共产党》两部著作，对孙中山的三民主义政策做了狭隘阐释，明确反对共产党员加入国民党。戴季陶认为，三民主义是国民党独有的学说，断言国民党是致力于国民革命唯一的政党；认为共产党和其他不能无保留接受三民主义的人，应当从国民党中清除出去。此时，"戴季陶实际上是要求结束容许共产党员在国民党内工作的制度，指责共产党员是寄生的，挑起国民党领导人之间的冲突，说共产党正设法把非共产党员的人从国民党的岗位上拉下来，又吸收国民党员参加共产党和社会主义青年团"①。8 月 30 日，中国共产党领导人陈独秀发表了致戴季陶的公开信，为共产党员加入国民党的主要动机做了有力辩护，并宣称戴季陶的主张是为反动派做宣传。不久，中共中央委员会在北京举行了一次扩大会议，通过了关于共产党和国民党之间关系的决议案。会议认为，戴季陶之流是中国革命的主要敌人，并再次强调联合国民党左派、反对国民党右派的基本策略。

1925 年 8 月 20 日，反革命分子暗杀了孙中山的重要合作伙伴廖仲恺，标志着国民党内部出现了严重分裂。1925 年 11 月，一大批老资格的国民党员邹鲁、谢持、林森、张继、居正、叶楚伧、覃振、石清阳、石瑛、邵元冲等人，在北京西山自称召开国民党一届四中全会，决议开除李大钊、毛泽东等 9 名共产党员的国民党党籍，宣布取消共产党员在国民党的党籍及其所担任中央部长职务，史称此次会议为"西山会议"，称出席会议者为"西山会议派"。此时，国民党内部已经呈现出四分五裂的混乱状态。1926 年 3 月 18 日，段祺瑞执政府在北京制造了"三一八惨案"，遂使国民党和共产党之间关系更加紧张起来。1926 年 4 月，奉系军阀张作霖正式进驻北京，北京顿时陷入了恐怖氛围，许多新文化知识分子和新青年纷纷南下，试图逃离这一政治漩涡。1926 年 3 月 20 日，蒋介石在广州精心策划了"中山舰事件"，逮捕了一大批共产党员，逐渐背叛了孙中山的联俄联共政策。1927 年 4 月 12 日，蒋介石在上海发动了"四一二"反革命政变，大肆屠杀共产党员、国民党左派人士以及革命群众，使中国大革命受到严重摧残，这也宣告了国共两党第一次合作失败。可以看出，中国正在经历一场波澜壮阔的社会历史剧变。基于不同的革命理论和革命目标，中国左、右两大政治集团分别走上了不同的革命道路，并且造成了严重冲突，这也直接迫使中国许多现代知识分子做出现实回应。

与此同时，中国现代文学主潮也从"文学革命"向"革命文学"的

---

① ［美］费正清编：《剑桥中华民国史（1912—1949 年）》上卷，北京：中国社会科学出版社 1994 年版，第 550 页。

历史阶段逐渐转化，这深刻影响了许多现代作家的政治立场和文化诉求。随着"五四"运动的退潮以及国内阶级矛盾的尖锐化，个性解放主题逐渐淡化，文学表现的领域由"自我"向更广阔的社会空间拓展，新文学运动队伍内也发生了显著分化，左翼思想逐渐成为具有先锋性和现代性的时代主潮。如何把握社会发展脉搏，怎样调整文学创作策略，以适应大革命时代的文学要求，就成为摆在现代作家面前的重要课题。面对这一现实任务，许多知识分子必须做出一种历史性选择。其中，胡适、陈独秀、周作人、郭沫若、鲁迅等人都纷纷调整了各自的文学主张。比如，胡适从文学革命的主要领导人开始向"整理国故"的方向靠拢，后来成为南京国民政府的"诤臣"；陈独秀则走上了共产主义的革命道路，成为中国共产党早期的重要领导人；周作人由提倡"平民文学"和"人的文学"逐渐转向"自己的园地"，文学风格也从"浮躁凌厉"转向"冲淡平和"；郭沫若从一名"摩罗诗人"蜕变为"标语人"和"口号人"，提出了文艺必须充当政治的"留声机器"，过度强调了诗歌与无产阶级革命事业的密切联系，根本抹杀了文艺和政治的基本界限；鲁迅的文学格调则从"呐喊"趋向"彷徨"，在寂寞中默默坚守着启蒙主义的文学理念，并迅速成为后期创造社、太阳社青年作家集体围攻的重要对象。

　　作为中国现代文坛上的标志性作家，鲁迅的政治立场和文化诉求也在发生悄悄变化，他开始怀疑单一的启蒙主义的现实价值，其思想逐渐向左翼倾向慢慢靠拢。但是，这既不同于后期创造社、太阳社青年作家，也不同于鲁迅的原先友人，而是属于一种"鲁迅式"的艰难抉择。面对诸多作家的不同选择，鲁迅曾经无奈地说："后来，《新青年》的团体散掉了，有的高升，有的退隐，有的前进，我又经验了一回同一战阵中的伙伴还是会这么变化，并且落得一个'作家'的头衔，依然在沙漠中走来走去，不过已经逃不出在散漫的刊物上做文字，叫作随便谈谈。"[①] 也许只有鲁迅本人才能切身体验到其中的酸甜苦辣。但是，鲁迅并没有放

---

① 鲁迅：《〈自选集〉自序》，《鲁迅全集》第4卷，北京：人民文学出版社2005年版，第469页。

弃"五四"时期坚守的启蒙主义立场，毅然在"寂寞新文苑，平安旧战场"(《题〈彷徨〉》)之中孤身作战，这就显示了中国现代独立知识分子的精神品格所在。

1926年8月，鲁迅离开北京到达厦门大学，先后经历了诸多"不如意"之后，又于1927年1月来到了广东正式受聘于中山大学。期间，鲁迅对中国革命是抱有幻想的。但是，蒋介石在广州制造了"清党"事件和"四一五"反革命政变之后，鲁迅是被血吓得目瞪口呆之后离开广东的，他开始对中国革命逐渐变得怀疑和失望起来。1927年10月3日，鲁迅携许广平到达上海，正式开启了难以忘怀的都市生活体验。"但我到了上海，却遇见文豪们的笔尖的围剿了，创造社，太阳社，'正人君子'们的新月社中人，都说我不好，连并不标榜文派的现在多升为作家或教授的先生们，那时的文字里，也得时常暗暗地奚落我几句，以表示他们的高明。我当初还不过是'有闲即是有钱''封建余孽'或'没落者'，后来竟被判为主张杀青年的棒喝主义者了。"① 这里，鲁迅所谈到的"被围剿"之事，就是指1928年"革命文学"论争事件。在上海十年，鲁迅形象的建构首先是在和后期创造社、太阳社青年作家论争过程中完成的。1928年的"革命文学"论争，不但是20世纪30年代左翼文艺运动的前奏，而且也对中国无产阶级革命文学运动影响深远，后来革命过程中存在的许多矛盾问题，基本都可以从这场论争事件中追根溯源。

鲁迅到达上海之后，原本计划是要和创造社成员实现联合的。1927年12月3日，双方还在《时事新报》上共同刊发了《〈创造周报〉复活宣言》，以示彼此之间具有合作诚意。但是，当冯乃超、李初梨、朱镜我、彭康等人从日本留学归国后，这一美好愿望就迅速破灭。他们认为，《创造周报》不能够代表这个"革命时代"，要求尽快改变原初计划。1928年1月15日，在这些"革命小将"的共同鼓噪之下，《文化批判》取代了《创造周报》在上海正式创刊，它是创造社出版的政治、经济、

---

① 鲁迅：《〈三闲集〉序言》，《鲁迅全集》第4卷，北京：人民文学出版社2005年版，第4页。

社会、哲学、科学和文艺的综合性理论杂志。编者在出版预告中宣称："其目的在以学者的态度，一方面介绍最近各种纯正的思想，他方面更对于实际的诸问题为一种严格的批判的工作，他将包含哲学，政治，社会，经济，艺术一般以及其余有关系的各方面的研究与谈论。"① 可以看出，后期创造社试图通过提倡无产阶级革命文学，来广泛制造社会影响力，最终达到掌握中国文坛话语权的现实目的。客观来讲，在那个极力宣扬个性主义的时代氛围中，这些青年作家在国外接受了启蒙主义的思想教育，留学归国之后，就急于用激进的革命方式来改变中国的落后现状，来施展自己的理想抱负，也是完全可以理解的。然而，他们的革命激情刚刚被点燃起来，就被残酷的现实迅速浇灭，个中原因也是多方面造成的。此时，面对这些"革命小将"的集体围剿，鲁迅到底应该如何选择？这又表现了鲁迅何种价值立场和革命姿态？其背后的深层原因是什么？这对后期鲁迅的思想转变和现实生活发生何种影响？毫无疑问，这些问题都是值得我们进一步探究的。

二 断裂与延传："死去了的阿Q时代"

1927年的大革命失败是中国现代政治史上的一个分水岭，同时也是中国现代文学发展史的重要界碑。当时，国民党汪精卫、蒋介石集团相继背叛革命。他们在政治上彻底投靠了帝国主义，残酷压迫人民，同时执行严酷的"清党"政策，大肆杀戮共产党人和革命群众。据相关统计，在国民党的白色恐怖之下，1927年尚有六万党员的队伍很快被消灭到两万人。这不仅宣告了中国现代革命史上第一次国共合作的失败，而且直接导致国内阶级关系和阶级力量对比的剧变，使原有的革命阵营出现了严重分化，"中国大资产阶级转到了帝国主义和封建势力的反革命阵营，民族资产阶级也附和了大资产阶级，革命营垒中原有的四个阶级，这时剩下了三个，剩下了无产阶级、农民阶级和其他小资产阶级（包括革命知识分子）"，由此，"中国革命就不得不进入一个新的时期，而由中国共

---

① 《文化批判》创刊号，1928年1月15日。

产党单独地领导群众进行这个革命。"①在这一特殊的革命形势之下，"五四"文学所要求的个性解放和人的文学，在政治斗争空前残酷的年代，已经变得非常渺茫。激烈的政治斗争的集团性特征影响到文学家的生存方式和思维方式。前进的文学家不得不从个性主义走向集体主义，从要求人的解放走向要求阶级的解放。于是，伴随着政治上军事上无产阶级独立支撑革命时代的到来，无产阶级革命文学也就应运而生。因此，"革命文学"的发生并不是空穴来风的，它不但是文学革命发展的直接产物，而且也是国际无产阶级文学思潮影响的结果。

实际上，"革命文学"一词并不是一个什么新鲜概念。早在1922年2月，中国共产党领导的社会主义青年团机关刊物《先驱》就开辟了"革命文艺"专栏，发表了一些具有革命鼓动内容的诗歌。1923年6月，中国共产党理论刊物《新青年》季刊创刊宣言指出："现时中国文学思想——资产阶级的'诗思'往往有颓废派的倾向"，认为中国革命与文学运动，"非劳动阶级为之指导，不能成就"。1923年郭沫若在《我们的文学新运动》一文中提出，"我们的运动要在文学之中爆发出无产阶级的精神"，"要反抗资本主义的毒龙"②。1924年，蒋光慈等左翼作家组织"革命文学"团体"春雷社"，通过上海《民国日报》副刊《觉悟》出版"文学专号"，倡导"革命文学"，他认为，"无产阶级文化，不但是可能的，而且是必然的"，革命文学作家的任务是暴露"现社会的缺点，罪恶，黑暗"，并号召人们与这社会进行战斗。③ 1926年，郭沫若先后发表《文艺家的觉悟》《革命与文学》等文章，鼓吹"站在第四阶级说话的文学"，"并号召作家们到兵间去，民间去，工厂间去，革命的漩涡中去"④。由此可见，"革命文学"这一概念在1928年"革命文学"论争之前已经得到广泛传播，并且产生了深远影响。

另外，早期无产阶级革命理论家邓中夏、恽代英、萧楚女、沈泽民、

---

① 毛泽东：《毛泽东选集》第二卷，北京：人民出版社1991年版，第702页。
② 郭沫若：《我们的文学新运动》，《创造周报》第3号，1923年5月27日。
③ 蒋光慈：《关于革命文学》，《太阳月刊》2月号，1928年2月1日。
④ 郭沫若：《文艺家的觉悟》，《洪水》1926年第2卷第16期。

沈雁冰、李求实等人，就在中国共产主义青年团的机关刊物《中国青年》周刊等杂志上，先后发表了《新诗人的棒喝》《贡献于新诗人之前》《诗的生活和方程式的生活》《文学与革命的文学》等诸多文章，初步讨论了"革命文学"的建设问题，相继引起了部分革命作家的注意。其中，沈泽民认为，"艺术是生活的反映，将来必有与资产阶级的艺术相对峙的无产阶级的艺术"，进而提出了应当创造"革命的文学"的要求。后来，沈泽民还说："诗人若不是一个革命家，他决不能凭空创造出革命的文学来。诗人若单是一个有革命思想的人，他亦不能创造革命的文学。因为无论我们怎样夸称天才的创造力，文学始终只是生活的反映。"[①] 之后，成仿吾的《完成我们的文学革命》《文学革命与趣味》《从文学革命到革命文学》、麦克昂的《英雄树》、蒋光慈的《现代中国文学与社会生活》《关于革命文学》、李初梨的《怎样的建设革命文学》等系列论文，都从不同层面对"革命文学"进行了具体阐释，为早期中国无产阶级革命文学的广泛传播奠定了坚实基础。

"革命文学"运动之所以在20世纪20年代末期兴起，也是国际无产阶级文学运动深刻影响的结果。早在第一次国内革命战争时期，西欧各国的无产阶级革命文学运动就开始蓬勃发展起来。特别是作为世界无产阶级革命运动的成功典范，苏联对于中国无产阶级革命事业具有巨大的指导和鼓舞作用。俄国十月革命之后，中国文艺界就掀起了译介俄国文学的第一个高峰。比如，"五四"新文化的先驱以及部分共产党人李大钊、鲁迅、瞿秋白、郑振铎等人，都曾经积极参与译介活动。瞿秋白说："在中国这样黑暗悲惨的社会里，人人都想在生活的现状里开辟一条新道路，听着俄国旧社会崩裂的声浪，真是空谷足音，不由得不动心。因此，大家都要来讨论研究俄国。于是俄国文学就成了中国文学家的目标。"[②]到20年代中期，苏联无产阶级文艺思想开始在中国得到系统的译介和传播。

---

① 沈泽民：《文学与革命文学》，《民国日报》副刊《觉悟》，1924年11月6日。
② 瞿秋白：《〈俄罗斯名家短篇小说集〉序》，《瞿秋白文集》第2卷，北京：人民文学出版社1986年版，第248页。

1925年2月12日,《民国日报·觉悟》首次刊载列宁的论文《托尔斯泰与当代工人运动》；1926年12月6日,《中国青年》第144期首次刊载列宁的论文《党的组织和党的出版物》。其中,有关创作者阶级意识、革命信念以及共产党对文学的领导权等观点对于日后中国左翼文艺理论的构建具有借鉴意义。1927年10月,共产国际在莫斯科召开了第一次世界革命作家代表大会,成立了革命文学作家局。1930年第二次国际革命作家代表会议召开,将革命作家国际局改名为国际革命作家联盟,而各国的革命文学组织是它的一个支部,接受它的直接领导。由此,无产阶级文学思潮和文学运动在世界范围兴起,形成了"红色的三十年代"。

与此同时,日本也出现了无产阶级文学运动的高潮,马克思主义文艺理论著作的翻译介绍也盛极一时。可以说,日本的无产阶级文学运动既是中国文学与苏联文学的桥梁,又有着全新的无产阶级文化内容。当时,后期创造社骨干作家郭沫若、冯乃超、李初梨等都是日本留学生。青野季吉和藏原惟人是太阳社和后期创造社成员所尊奉的理论家。这些日本共产党理论家的文章,"曾经和普列汉诺夫、卢纳察尔斯基的文章并列着,在中国评论家的论说中,像金科玉律地引用过"[①]。其中,藏原惟人的文艺思想在中国影响较大。针对当时日本无产阶级文学运动中出现的政治主义倾向,藏原惟人写作了《到新写实主义之路》《再论新写实主义》《作为生活组织的艺术和无产阶级》《普罗列塔利亚艺术的内容与形式》等著作。当这些论著被介绍到中国之后,许多左翼批评家开始有意识地运用藏原的写实主义理论来指导文学创作。冯乃超、李初梨、彭康、朱镜我等人回国前夕,正是日本共产党福本和夫左倾路线的高峰期,其强烈的政治斗争意识对中国留学生产生了重要影响。20世纪20年代中后期,日本的无产阶级文学运动进入了新的发展阶段,福本和夫成为日本共产党的主要领导人,他倡导"分离结合"的斗争理念,带有浓厚的"宁左勿右"的阶级意识,以至于一时之间左翼文艺思潮独领风骚。因此,怀揣着日本无产阶级文学先进理念的后期创造社成员们,归国之后

[①] 旷新年:《1928:革命文学》,济南:山东教育出版社2002年版,第56页。

也决意掀起中国文坛的无产阶级革命浪潮，他们热切地投入文学运动的实践中，急于以激烈的行为方式实现无产阶级革命目标。倡导"革命文学"成为他们检验和实现左翼革命理念的最佳行动方式之一。

截至目前，关于1928年"革命文学"论争的编纂资料很多，但收录最为完备的是中国社会科学院文学研究所现代文学研究室组织编写的《"革命文学"论争资料选编》一书，共收录相关文章288篇，除了7篇直接见书（多为书的序言），2篇出处不详外，其余279篇文章分别发表于71种报刊之上。从这些文章中可以看出，双方论争的焦点在于对中国革命问题的部分认识存在着严重分歧。其中，后期创造社、太阳社青年作家认为，20世纪20年代末期的中国革命已经进入了一个崭新阶段，只有真正团结广泛的普罗大众，才可能有效激发他们的革命激情，而不是仅仅看到他们身上的落后性，中国革命才能够取得最后胜利。由于受到"左倾"思想影响，"不断革命"理论已经在这些激进作家的头脑中深深扎根。他们预测，在不久的将来，中国革命与世界上其他国家的无产阶级革命一样，必将迅速进入高涨发展阶段。但是，鲁迅却坚持不同的革命意见。他认为，中国革命形势虽然发生了显著变化，但是，中国工人阶级的力量还相对薄弱，普通民众的思想依然十分落后，并没有出现一种实质性进步。换句话来讲，现阶段中国革命的基本态势并不容乐观，需要进一步积蓄力量等待革命时机。后来，双方围绕着中国革命的基本性质、方式、目标等问题展开了系列论争，显示了各自的革命立场和文化倾向。

首先，论争双方围绕着文学与时代之间关系展开了激烈论争。太阳社的代表作家华希理（蒋光慈）说："中国文坛已进入了一个新的时代。新的时代一定有新的时代的表现者，因为旧作家的力量已经来不及了。也许从旧作家的领域内，能够跳出来几个参加新的运动，但是已经衰颓了的树木，总不会重生出鲜艳的花朵和丰富的果实来。这又有什么办法呢？时代是这样的逼着！"① 钱杏邨认为："在几个老作家看来，中国文坛

---

① 蒋光慈：《论新旧作家与革命文学——读了〈文学周报〉的〈欢迎太阳〉以后》，《太阳月刊》4月号，1928年4月1日。

似乎仍然是他们的'幽默'的势力,'趣味'的势力,'个人主义思潮'的势力,实际上,中心的力量早已暗暗的转移了方向,走上革命文学的路了。"① 这里,蒋光慈的主要观点是,中国社会在现阶段已经发生了重要变化,作家们只有抛弃"五四"时期个人主义的文学趣味,用革命时代的文学观念来贴近社会现实,才能紧跟时代发展步伐。倘若按照这一逻辑推理,以鲁迅等人为代表的"五四"作家早已经落伍,严重悖逆了大革命时代的文学主潮。除此之外,钱杏邨也明确指出,鲁迅思想在清朝末年已经近乎停滞,当然他的文学创作也只能代表清末时期,根本没有什么现代意味可言。也就是说,鲁迅文学已经变得不合时宜起来,应该被大革命时代迅速淘汰。

1928年1月15日,冯乃超在《文化批判》创刊号上发表《艺术与社会生活》一文,向"五四"代表作家集体发难。他首先指出,叶圣陶"是中华民国的一个最典型的厌世家,他的笔尖只涂抹灰色的'幻灭的悲哀'。他反映着负担没落的运命的社会。别一方面他的倾向又证明文学研究会标榜着自然主义的口号的误谬,这是非革命的倾向!"在批判鲁迅之时,冯乃超说:

> 鲁迅这位老生——若许我用文学的表现——是常从幽暗的酒家的楼头,醉眼陶然地眺望窗外的人生。世人称许他的好处,只是圆熟的手法一点,然而,他不常追怀过去的昔日,追悼没落的封建情绪,结局他反映的只是社会变革期中的落伍者的悲哀,无聊赖地跟他弟弟说几句人道主义的美丽的说话。隐遁主义!好在他不效 L. Tolstoy 变作卑污的说教人。

之后,冯乃超认为,"郁达夫的悲哀,令一般青年切实地同感的原因,因为他所表现的愁苦与贫穷是他们所要申诉的——他们都是《沉沦》中的主人公。但是,他对于社会的态度与上述二人没有差别"。同时,冯乃超

---

① 钱杏邨:《死去了的阿Q时代》,《太阳月刊》3月号,1928年3月1日。

指出，郭沫若也是一个"实有反抗精神"的作家，创造社的浪漫主义运动在当时确不失为一种进步行为，言语之间具有褒扬成分。最后，冯乃超总结道："所以中国的艺术家多出自小资产阶级的阶层中，是当然的事实——中国还没有雄健的资产阶级，在此社会层中不会诞生伟大的艺术家，这也是一个事实。那些小资产阶级的文学家，没有真正的革命的认识时，他们只是自己所属的阶级的代言人。那么，他们历史的任务，不外一个忧愁的小丑（Pierotte）。"①

在《死去了的阿Q时代》一文中，钱杏邨认为，鲁迅的文学思想与"大革命时代"是严重脱节的。既然中国革命形势发生了变化，鲁迅为什么依然坚守"五四"时期的启蒙主义思想观念？他说：

> 所以鲁迅的创作，我们老实的说，没有现代的意味，不是能代表现代的，他的大部分创作的时代是早已过去了，而且遥远了。
>
> 很多人总以为鲁迅是时代的表现者，其实他根本没有认清十年来中国新生命的原素，尽在自己狭窄的周遭中彷徨呐喊。
>
> 现在的中国农民第一是不象阿Q时代的幼稚，他们大都有了很严密的组织，而且对于政治也有了相当的认识；第二是中国农民的革命性已经充分的表现了出来，他们反抗地主，参加革命，近且表现了原始的Baudon的形式，自己实行革起命来，决没有象阿Q那样屈服于豪绅的精神；第三是中国的农民智识已不象阿Q时代的农民的单弱，他们不是莫名其妙的阿Q式的蠢动，他们是有意义的，有目的的，不是泄愤的，而是一种政治的斗争了。②

针对冯乃超提出"阿Q时代已经死去"的观点，就连《阿Q正传》的创作技巧也随之死亡的说法，鲁迅表示不能认同。表面上来看，冯乃超对《阿Q正传》的部分评价也似乎有理。如果文学是一种时代产物，

---

① 冯乃超：《艺术与社会生活》，《文化批判》创刊号，1928年1月15日。
② 钱杏邨：《死去了的阿Q时代》，《太阳月刊》3月号，1928年3月1日。

当现实社会发生了显著变化,作家依然停滞不前,是不可能很好反映时代特征的。但是,我们必须清醒地意识到,文学却又具有自身发展的基本规律,尽管与时代密不可分,但绝不是时代发展的忠实奴仆。实际上,20世纪20年代,广大民众对革命的理解依然处于浅层阶段。当时,如果根据中国社会的实际情况来判断,中国革命不可能实现一种跨越式发展,而必将会在艰难险阻之中曲折前进。在《〈阿Q正传〉的成因》一文中,鲁迅说:"我也很愿意如人们所说,我只写了现在以前或一时期,但我还恐怕我所看见的并非现代的前身,而是其后,或者竟是二三十年之后。""据我的意思,中国倘不革命,阿Q便不做,既然革命,就会做的。我的阿Q的运命,也只能如此,人格也恐怕并不是两个。民国元年已经过去,无可追踪了,以后倘再有改革,我相信还会有阿Q似的革命党出现。"①"现在所号称革命文学家者,是斗争和所谓超时代。超时代其实就是逃避,倘自己没有正视现实的勇气,又要挂革命的招牌,便自觉地或不自觉地必然地要走入那一条路的。身在现世,怎么离去?这是和说自己用手提着耳朵,就可以离开地球者一样地欺人。"② 这里,鲁迅特别强调的是,与以前相比,中国社会并没有发生根本性变革,依然延续着大革命之前的社会论调。倘若不顾中国社会现实的革命基础,试图盲目地超越时代,势必会给中国革命带来灾难性后果。

与此同时,1928年6月11日,"青见"在《语丝》第4卷第24期上发表了《阿Q时代没有死》一文,对钱杏邨的基本观点进行了有效批评,全力支持鲁迅的革命主张。"青见"说:"在北方——东三省、直、鲁、豫……的农民,不但幼稚而且可以说没有严密的组织,对于政治还待认识;也不了解'革命',更没有'革命性'。智识呢,只有那祖传的一点。举例来说……去年夏天在京津一带,下午四、五点钟的时候,有大的白星出现,在乡间便有'真龙天子出世'的传说。此外则普遍的钟表都不

---

① 鲁迅:《〈阿Q正传〉的成因》,《鲁迅全集》第3卷,北京:人民文学出版社2005年版,第397页。
② 鲁迅:《文艺与革命》,《鲁迅全集》第4卷,北京:人民文学出版社2005年版,第84页。

认得……""钱先生说中国农民如何如何，倘是指全中国而言，我敢说错了！错了！第三个错了！南方农民程度比北方高，我未目睹，就承认了罢，然而那只是三分之一呵！其余呢？还是和民国初年一样。由这一点来看，阿Q时代还没有过去，阿Q还有代表的资格——代表一大部分农民的资格！钱先生的话，最快，要晚说五年，现在太早了！"① 当时，"自由人"胡秋原也极力支持鲁迅，认为中国农民依然处于一种愚昧状态，对他们来讲启蒙主义绝对没有过时。胡秋原指出：

> 近来有人说"死去的阿Q时代"，以为中国的农民都进步了，都不复"再是阿Q"了，果然如此，自然是一件很可庆幸的事。不过这恐怕是要面子的话，阿Q的时代不独还没有"过去"，就是最近的将来还不会"过去"，除非我们四万万人都能一旦发大愿心，把自己"阿Q相"的灵魂，一齐凿死。②

由此可见，鲁迅秉持的启蒙主义立场并没有丧失社会基础，依然存在着一定合理性，这也有效验证了中国革命的首要任务是"立人"，而不是试图超越时代做一个"空头革命家"。

可以看出，论争双方在文学与时代之间关系上存在着理解歧异。后期创造社、太阳社青年作家认为，中国革命早已经进入了一个崭新阶段，革命作家只有大力提倡无产阶级革命文学，才能反映大革命时代的整体特征。但是，鲁迅对这些激进作家的做法不以为然，认为他们的口号过于笼统和泛化，没有真正理解革命文学的真正内涵，犯了教条主义的思想错误。鲁迅说：

> 但那时的革命文学运动，据我的意见，是未经好好的计划，很有些错误之处的。例如，第一，他们对于中国社会，未曾加以细密

---

① 青见：《阿Q时代没有死》，《语丝》周刊第4卷第24期，1928年6月11日。
② 蔡清富：《胡秋原与革命文学论争》，《鲁迅研究动态》1989年第9期。

的分析,便将在苏维埃政权之下才能运用的方法,来机械地运用了。再则他们,尤其是成仿吾先生,将革命使一般人理解为非常可怕的事,摆着一种极左倾的凶恶的面貌,好似革命一到,一切非革命者就都得死,令人对革命只抱着恐怖。其实革命是并非教人死而是叫人活的。这种令人"知道点革命的厉害",只图自己说得畅快的态度,也还是中了才子+流氓的毒。①

鲁迅之所以严肃批评后期创造社、太阳社青年作家,根本原因不是在于他们提倡革命文学,而在于他们的革命文学仅仅是一种虚假口号,没有把握住革命文学的实质内涵,具有"拉大旗,作虎皮"的错误倾向,这对中国革命来说是极为不利的。

三 "堂吉诃德在中国"与"中国的堂吉诃德"

在1928年"革命文学"论争过程中,后期创造社、太阳社青年作家把鲁迅塑造为"中国的堂吉诃德",意在讽刺和挖苦鲁迅看不清革命发展趋势,一味地沉浸于自己臆造的理想乌托邦中,属于被时代潮流淘汰的"历史性作家"。客观来讲,在那个革命形势风云变幻的激进时代,鲁迅始终坚持启蒙主义思想立场,似乎带有堂吉诃德式的"傻里傻气"。此时,后期创造社、太阳社青年作家把鲁迅比附为"中国的堂吉诃德",好像也存在着一定合理性。但是,由于他们对中国革命的诸多问题缺乏深层次思考,同时受到"左倾"错误思想的深刻影响,教条主义就成为这些革命作家的理论支撑。这里,他们从"悖时"角度来理解堂吉诃德精神,这就具有把堂吉诃德精神极度简单化的倾向。实际上,堂吉诃德精神还具有直面现实,勇于挑战,坚韧不拔等诸多内涵。可以看出,这些"革命小将"们明显曲解甚至误解了"堂吉诃德精神"。

众所周知,《堂吉诃德》是西班牙著名小说家塞万提斯的代表作之

---

① 鲁迅:《上海文艺之一瞥》,《鲁迅全集》第4卷,北京:人民文学出版社2005年版,第304页。

一。本书全名为《拉曼却的机敏堂吉诃德传》，共分两部，第一部出版于1605年，第二部出版于1615年，被誉为西方文学史上第一部现代小说，也是世界文学宝库中的经典之作。《堂吉诃德》在中国的翻译可谓经历了一个漫长曲折的过程。据相关史料记载，早在1908年左右，鲁迅和周作人在日本留学时期就阅读过《堂吉诃德》的德译本（64开平装本）。后来，周氏兄弟都和《堂吉诃德》之间产生了一种密切关联。1918年，周作人在《欧洲文学史》一书中说：

> cervantest（塞万提斯）以此书为刺，即示人以旧思想之难行于新时代也，唯其成果之大，乃出意外，凡一时之讽刺，至今或失色泽，而人生永久之问题，并寄于此，故其书亦永久如新，不以时地变其价值。书中所记，以平庸实在之背景，演勇壮虚幻之行事。不啻示空想与实生活之抵触，亦即人间向上精进之心，与现实俗世之冲突也。Don Quixote（堂吉诃德）后时而失败，其行事可笑。然古之英雄，先时而失败者，其精神固皆 Don Quixote（堂吉诃德）也，此可深长思者也。①

1922年，《堂吉诃德》由林纾、陈家麟通过英文转译成中文，以《魔侠传》为书名出版。但是，由于林纾不懂外语，在和口译者陈家麟合作过程中删减太多，而且仅仅只翻译了半部，当时并没有产生什么重要影响。同年9月4日，周作人在《晨报副镌》上以《魔侠传》为题写过一篇书评，正式向中国读者全面介绍《堂吉诃德》。虽然这篇书评很短，也很平易，但很值得我们注意。第一，它有可能是国内对塞万提斯其文其作的最早评价。第二，他指出了《堂吉诃德》作为讽刺小说的一个重要特征：戏拟。第三，它批评了林纾译文的仓促、粗糙与疏漏。十七年之后，即1939年周作人又撰写了《塞万提斯》一文，对塞万提斯的生活与创作做了进一步介绍。他说："《吉诃德先生》（全名是《拉曼差的聪

---

① 周作人：《欧洲文学史》，长沙：岳麓书社1989年版，第131页。

敏的绅士吉诃德先生》）是我喜欢的书的一种。我在宣统年前读过一遍，近十多年中没再读，但随时翻拢翻开，不晓得有几十回，这于我比《水浒》还要亲近。"① 由此可见，《堂吉诃德》对周作人一生都产生了深刻影响。

鲁迅虽然没有像周作人那样极力推崇塞万提斯及其作品，但是，他在许多文章中把堂吉诃德这个典型形象作为酵母，由此生发出说古道今的议论来，如《中华民国的新"堂·吉诃德们"》《真假堂吉诃德》《〈奔流〉编校后记（一）》《无花的蔷薇之三》《〈解放了的堂吉诃德〉后记》都是有力佐证。尽管鲁迅没有对《堂吉诃德》做出细致深入的研究，但由于他在文学上的崇高地位以及活泼犀利的杂文创作，《堂吉诃德》在中国依然取得了深远影响。可以说，鲁迅是第一位通过自己的创作实践把堂吉诃德"偷渡"到中国的。在林纾等出版译作《魔侠传》之前，鲁迅创作的《阿Q正传》可谓就是一部《堂吉诃德》式的经典之作。这部小说至少在两个方面借鉴了《堂吉诃德》：（一）戏拟的手法，也就是采用模仿英雄传的笔调写作滑稽人物传；（二）极化与象征手法：充分地夸张人物的弱点使之荒诞可笑，使其沿着某种性格极端畸形发展（堂吉诃德——讽骑士；阿Q——胜利狂，精神胜利法狂），并使之成为浓缩的人类负价值的集合体，成为超越阶级和国界的文学典型。实际上，有学者很早就指出了二者之间在精神上的相似性："董·吉诃德和阿Q两个人的名字，很流行于中国的知识分子之间，我们常常听讽刺或骂人的话：'你这家伙阿Q精神十足！你呢！你是董·吉诃德'，这里把阿Q和董·吉诃德并列，真的，一般人都把董·吉诃德和阿Q无意间并列起来。"② 可以推测，鲁迅在创作《阿Q正传》之时，很有可能是有效借鉴了《堂吉诃德》的文学表现手法。

之后，《堂吉诃德》在中国又出现了多种译本。比如，贺玉波本

---

① 周作人：《塞万提斯》，收入《自己的园地》，长沙：岳麓书社1987年版，第167页。
② 荷影：《关于董·吉诃德和阿Q——并介绍〈解放了的董·吉诃德〉》，《上海周报》第四卷第八期，1941年8月。

(1931年，上海开明书店)，蒋瑞青本（1933年，上海世界书局），汪倜然本（1934年，上海新生命书局），温志达本（1937年，上海启明书店）等。然而，他们大部分都是翻译了第一部，且是从其他文字转译而来的。当时，诗人戴望舒尝试着直接从西班牙文进行原文翻译，但是令人遗憾的是译稿未能完成，就被无情的抗日战火所毁灭。1949年之后，伍实、常枫、刘云、傅东华等人都重新翻译过《堂吉诃德》，都曾经产生过一定影响力。直到1978年，杨绛先生从西班牙原文翻译的《堂吉诃德》由人民文学出版社出版，受到广大读者的一致好评。自此之后，堂吉诃德在中国引起了诸多文学爱好者的阅读兴趣。20世纪80年代以来，罗其精、陈伯吹、陈建凯、童燕生、屠孟超、唐明权、孙加孟、张广森等人都相继翻译过《堂吉诃德》。可以看出，《堂吉诃德》在20世纪中国文学翻译史上占据着重要地位。与此同时，学术界也对《堂吉诃德》一书进行了深入研究，并且产生了许多优秀成果。比如，钱理群的《丰富的痛苦——"堂吉诃德"和"哈姆雷特"的东移》（时代文艺出版社1993年版）就是典型代表。作为一种"卡里斯玛"典型，堂吉诃德逐渐成为各国知识分子深入探讨的文学典型之一。值得一提的是，鲁迅和堂吉诃德之间就产生了一种深度关联。在1928年"革命文学"论争过程中，后期创造社、太阳社青年作家就把鲁迅比附为"中国的堂吉诃德"。之后，鲁迅对这种"暴力命名"进行了及时拆解，显示了鲁迅对自我文化身份的有效期许。他们在相互论争过程中形成了一种对话关系，很值得我们深入探究。

1928年4月15日，《文化批判》的创刊号上同时刊登了李初梨的《请看我们中国的Don Quixote的乱舞——答鲁迅醉眼中的朦胧》、厚生（成仿吾）的《知识分子的革命分子团结起来》、冯乃超的《人道主义者怎样地防卫着自己》、彭康的《"除掉"鲁迅的"除掉"》、另境的《文学的历史任务——建设多数文学》等文章，俨然是"骂鲁迅"研究专号。他们的共同目的即是批判鲁迅，企图扳倒鲁迅这个主要"拦路虎"。其中，李初梨《请看我们中国的Don Quixote的乱舞——答鲁迅"醉眼"中的朦胧》一文主要分为"鲁迅的社会认识的盲目"、"一篇'朦胧'论，结局是一篇的'朦胧'"、"同风车格斗的 Don Quixote"、"我们这勇敢的骑士原来是一个战战兢兢的恐怖病者"、"鲁迅在阶级对立间所演的角色"五大部分,分别对鲁迅进行了辛辣嘲讽。在谈到"鲁迅的社会认识的盲目"之时,李初梨说:

> 然而经过国内布尔乔亚氾及小有产者知识阶级相继叛变底两个阶段以后,即中国普罗列塔利亚特的 Hegemonie 确在了的今日,革命文学当然被奥伏赫变(不是鲁迅的"除掉")为普罗列塔利亚文学。这也可以说是一个文学上的方向转换。
>
> 然而因为我们的 Don 鲁迅,对于社会认识完全盲目的原故,所以这种现象,在他看起来,却是一个从天而降的"突变"!可是,这一个"突变"的青天霹雳,倒非同小可,却把我们"远识的","小心的","怕事的"鲁迅的脑筋,震动得"朦胧"起来。

"所以他一篇《'醉眼'中的朦胧》,结局是一片神经错乱者的'呐喊'。"最后,李初梨说:"所以,鲁迅,对于布鲁乔亚氾是一个最良的代言人,对于普罗列塔利亚是一个最恶的煽动家!"此时,李初梨对鲁迅进行了无情谩骂,试图歪曲鲁迅的真实形象,显示了他对无产阶级革命文学的理解是浅薄的。

另外,石厚生(成仿吾)在《毕竟是"醉眼陶然"罢了》中说:

> 我们抱了绝大的好奇心在等待拜见那勇敢的来将的花脸,我们想象最先跳出来的如不是在帝国主义国家学什么鸟文学的教授与名人,必定是在这一类人的影响下少年老成的末将。看呀!阿呀,这却有点奇怪!这位胡子先生倒是我们中国的 Don Quixote(堂吉诃德)——堂鲁迅。
>
> 也罢,听他唱来,听这英勇的骑士唱来!但是,他才唱出些什么!他唱了一句"醉眼中的朦胧";他的词锋诚然刁滑得很,因为这

是他们师爷派的最后的武器。然而他的各段的内容,"无论措辞怎样不同,都有一个共同之点,就是:有些朦胧"。"这朦胧的发祥地"在那儿呢?"由我看来",却在我们中国的堂吉诃德的特殊性上。我们中国的堂吉诃德,不仅害了神经错乱与夸大妄想诸症,而且同时还在"醉眼陶然";不仅见了风车要疑为神鬼,而且同时自己跌坐在虚构的神殿之上,在装做鬼神而沉入了恍惚的境地。

对于我们的堂鲁迅,我希望他快把自己虚构的神殿粉碎,把自己从朦胧与对于时代的无知解放出来,而早一点悔改,——他的悔改,同 Don Quixote 一样,是可能的。①

这里,成仿吾把鲁迅比附为"中国的堂吉诃德",不惜对鲁迅进行人身攻击和肆意丑化,意在讽刺鲁迅是一个小资产阶级的落后作家,应该尽快消失在人们的视野之中,而不是疯疯癫癫地到处散布灰色革命的各种论调。

1928年5月15日,叶灵凤在《戈壁》第2期上为鲁迅画了一幅漫画,说明词是"鲁迅先生,阴阳脸的老人,扛着以往的战绩,躲在酒缸后面,挥着他'艺术的武器',在抵御着纷然而来的外侮"。1928年5月20日,钱杏邨在《我们月刊》创刊号上发表《"朦胧"以后——三论鲁迅》一文说:

他始终是一个个人主义者。……鲁迅只是任性,一切的行动是没有集体化的,虽然他并不反对劳动阶级的革命。根据目前的政治状况看将起来,他不是革命的……我们所见到的鲁迅,只有"呐喊"式的革命,只有"彷徨"式的革命。……他是忘不了阶级背景及其特性的一个彻头彻尾的小资产阶级者。他倔强,知错而不认错。他的人生也是"唯我史观",自己永没有错误,"反我者就是反革命",

---

① 石厚生:《毕竟是"醉眼陶然"罢了》,《创造月刊》第1卷第11期,1928年5月1日。

应该归纳到"一大串"(《语丝》十七)上去。这是唯一病根,鲁迅若不彻底悔悟,转换新的方向,他结果仍旧只有死亡。希望鲁迅以后再不必亮着自己的漂亮嗓子,大叫几声:"因为我喜欢",这个"我喜欢"是终于要不得的。

在1928年"革命文学"论争过程中,鲁迅是受到批判程度最严重的焦点作家。他们认为,只有把鲁迅彻底打倒在地,才能够杀出一条血路,进而迅速占据现代文坛的中心位置。

此时,后期创造社、太阳社青年作家把鲁迅塑造为"中国的堂吉诃德"、"唐鲁迅"、"珰鲁迅"等形象,意在嘲讽鲁迅不顾当今时代发展,依然坚持"五四"时期的启蒙主义,具有一种"悖时"的错误倾向,这就像堂吉诃德大战风车一样,显得既滑稽又可悲。面对论敌的集体围剿,鲁迅说:"中国现在也有人嚷些什么'Don Quixote'了,但因为实在并没有看过这一部书,所以和实际是一点不对的。"① 之后,鲁迅邀请了郁达夫翻译了屠格涅夫关于堂吉诃德的许多演讲,并写了"编校后记"。其中,鲁迅把堂吉诃德精神概括为"毫无烦闷,专凭理想勇往直前去做事的"②。鲁迅说:"真吉诃德的做傻相是由于自己愚蠢,而假吉诃德是故意做些傻相给别人看,想要剥削别人的愚蠢。"③ 到20世纪30年代初期,鲁迅又将卢那察尔斯基的《解放了的堂吉诃德》一剧介绍到中国来。起初,鲁迅是根据德文本翻译了第一幕,后又邀请瞿秋白直接从俄文翻译下去,译作先在《北斗》杂志上连载,1934年由上海联华书局印行。在译文后记中,鲁迅为堂吉诃德精神做了有力辩护。他说:

> 堂吉诃德的立志去打不平,是不能说他错误的;不自量力,也

---

① 鲁迅:《奔流·编校后记(一)》,《鲁迅全集》第7卷,北京:人民文学出版社2005年版,第166页。
② 同上书,第165—166页。
③ 鲁迅:《真假堂吉诃德》,《鲁迅全集》第4卷,北京:人民文学出版社2005年版,第534页。

并非错误。错误是在他的打法,因为胡涂的思想,引出了错误的打法。侠客为了自己的"功绩"不能打尽不平,正如慈善家为了自己的阴功,不能救助社会上的困苦一样。而且是"非徒无益,而又害之"的。①

但嘲笑吉诃德的旁观者,有时也嘲笑得未必得当。他们笑他本非英雄,却以英雄自命,不识时务,终于赢得颠连困苦;由这嘲笑,自拔于"非英雄"之上,得到优越感;然而对于社会上的不平,却并无更好的战法,甚至于连不平也未曾觉到。对于慈善者,人道主义者,也早有人揭穿了他们不过用同情或财力,买得心的平安。这自然是对的。但倘非战士,而只劫取这一个理由来自掩他的冷酷,那就是用一毛不拔,买得心的平安了,他是不化本钱的买卖。②

由此可见,鲁迅是结合中国革命的实际来评价堂吉诃德精神的,而祛除了一般意义上的理解偏见。

1932年之后,鲁迅和瞿秋白先后写了《中华民国的新"堂吉诃德"们》和《真假堂吉诃德》两篇杂文。他们在文章中特意提醒人们要区分"真假堂吉诃德"。实际上,堂吉诃德本人也早就警告说:"自称骑士的未必都是真正的骑士,有的是纯金。有的是合金,看着都像骑士,却不是个个都经得起考验。"③为了戳穿假面,鲁迅将真假堂吉诃德的命运做了尖锐对比:"究竟是中国的'堂·吉诃德',所以他(指塞万提斯笔下的'真正的堂吉诃德'。——引者注)只一个,他们是一团;送他的是嘲笑,送他们的是欢呼;迎他的是诧异,而迎他们的也是欢呼;他驻扎在深山中,他们驻扎在其茹镇;他在磨坊里打风磨,他们在常州玩梳篦,又见

---

① 鲁迅:《〈解放了的堂·吉诃德〉后记》,《鲁迅全集》第7卷,北京:人民文学出版社2005年版,第419页。
② 同上书,第420页。
③ [西]塞万提斯:《堂吉诃德》下册,杨绛译,北京:人民文学出版社1978年版,第46页。

美女,何幸如之。"①这些确实是中华民国的"新堂·吉诃德",一切不过是表演而已。鲁迅说:"这种书呆子,乃是西班牙书呆子,向来爱讲'中庸'的中国,是不会有的。西班牙人讲恋爱,就天天到女人窗下去唱歌,信旧教,就烧杀异端,一革命,就捣烂教堂,踢出皇帝,然而我们中国的文人学子,不是总说女人先来引诱他,诸教同源,保存庙产,宣统在革命之后,还许他许多年在宫里做皇帝吗?"②

一言以蔽之,后期创造社、太阳社青年作家把鲁迅比附为"中国的堂吉诃德",分明是对鲁迅形象的严重"误读"。一方面,这些青年作家大部分刚刚从日本留学归国,对中国革命形势缺乏深入了解,加上受到日本、俄国等"左倾"思想的严重影响,使他们在提倡革命文学之时变得缺乏理性,许多想法不太符合中国革命的现实形势;另一方面,他们之所以集体围剿鲁迅,肆意丑化鲁迅形象,很可能也是一种斗争策略,目的就是尽快掌握文坛话语权,为提倡无产阶级革命文学扫清障碍。正是在这一意义上,李作宾说:"中国的革命文学家对于他们所攻击的目标,——据我最近的想见,不特是无意的冤屈对方,而且是有意的。无意的是:他们不了解对方,同样的不了解文艺;有意的是:他们想把目前文坛的偶像打倒了,将自己来代替一班人的信仰。"③

第二节 在"革命"与"不革命"之间的鲁迅

一 "不革命即是反革命"

毫无疑问,"革命"是20世纪中国异常重要的关键词之一。正如陈建华所说:"在20世纪的中国,'革命'犹如一根红线贯穿着它的意识形态的形成过程,其话语实践以种种方式渗透于各个时期的政治、文学、文化等领域,成为政治合法性的象征、民族危机的呐喊、群众运动的奇

---

① 鲁迅:《中华民国的新"堂·吉诃德"们》,《鲁迅全集》第4卷,北京:人民文学出版社2005年版,第362页。
② 同上书,第361页。
③ 李作宾:《革命文学运动的观察》,《文学周报》第332期,1928年9月2日。

观、图腾与禁忌的仪式、文学艺术的正典、日常现代性的活塞。一言以蔽之，如果没有这个关键词，中国革命的叙事就会失去血髓和灵魂。"①

比如，在后期创造社、太阳社青年作家和鲁迅之间的论争过程中，许多矛盾主要源于双方对"革命"问题的理解存在歧异，这就直接造成了他们之间的话语冲突。此时，追溯"革命"一词在中国社会语境中的历史内涵，就显得非常重要。在不同历史时期，"革命"一词被赋予了"革命"之外的诸多社会性因素，让"革命"变成了一个矛盾多重、意义丛生的复杂概念，甚至在许多时候，"革命"被建构为一种最高的道德和使命。任何对"革命"的犹疑、迟疑、质疑和怀疑的态度，都有可能被带上一顶"假革命"、"非革命"、"不革命"乃至"反革命"的沉重帽子，这是一个值得深入思考的社会问题。表面上看来，革命是社会历史发展过程中的一种突变现象，是一个旧的社会组织到了一个臃肿、矛盾、畸形的时期，于是在这社会里的一切被侮辱，被损害，被掠夺者不得不要起来推翻旧的腐朽的社会，而代之一个新的较合理自由的新社会：这样全社会组织的破坏与建设之过程即所谓革命。

《周易》对"革命"一词基本内涵的具体阐释是："天地革而四时成。""革，去故也。""天地革而四时成，汤武革命，顺乎天而应乎人。革之时，大矣哉。"总体来讲，"革命"在中国古代典籍中主要指"天地的转换"。在西方社会，根据雷蒙德·威廉斯的具体考证，"革命"（revolution）一词的早期用法意指"时间或空间上的旋转循环运动"，早期在物理学和天体学领域被广泛使用。阿伦特在阐释"革命"一词的实际内涵时说："这并非人力影响所及，故而是不可抗拒的，他肯定不以新的，也不以暴力为特征，相反，这个词明确表示了一种循环往复的周期运动。"② 当时，由于人们对自然界和人类社会的理解处于低级阶段，就把天体运行和政治变革联系在一起，"革命"的具体含义也随之发生衍变。

---

① 陈建华：《从"文学革命"到"革命文学"——以关键词为视角的历史叙事》，《东岳论丛》2014年第6期。
② [美] 汉娜·阿伦特：《论革命》，陈周旺译，南京：译林出版社2011年版，第31页。

特别是在英国"光荣革命"和"法国大革命"之后,"革命"一词被入到政治领域,后来也就产生了"复辟"之义。后来,随着人们认识能力的不断提高,"革命"(revolution)由过去"恢复法定的执政当局"逐渐被"必要的革新"和"建立新秩序"之义所取代。彼得·卡尔佛特在《革命与反革命》一书中说:"'革命'这个词扩展为指涉政治动乱和社会剧变之后恢复政府秩序、参与政府的概念,以及变为向一个更文明的社会进步的意义上的术语。"① 从本质上来讲,"革命"是指怀抱着对未来的美好期许,采用一种极端手段,来实现社会秩序更替的一种暴力行为。

晚清民初时期,当"革命"一词通过日本传入中国之时,"革命"本身的现代性的暴力含义得到了呈现。在中国近现代革命史上,不管是章太炎、黄兴,还是孙中山、蒋介石,都企图利用暴力手段,以"革命"的合法性名义,来推翻各自心目中的不合理政权。在中国近现代历史之中,"革命"的内涵和外延都得到极大扩充,"革命"理论在具体实践过程中也得以完善。事实上,"革命"本来是一个中性的政治学术语,但在不同政治集团的话语体系中,却极度沾染了迥异的政治伦理色彩。

在中外革命史上,各种崇高与卑鄙、忠诚和背叛、善良和丑恶都积聚于革命过程中,使"革命"一词的具体蕴涵变得越来越复杂起来。在大众心目中,"革命"好像具有"正义性"和"历史的合法性","反革命"就被视为"非正义的"和"非法的"。比如,在国共两党合作失败之后,在国民党政府的话语体系中,国民党是"革命的",共产党则是"反革命的";但在共产党的话语体系中,情况却恰恰与此相反。

关于"革命"与"反革命"之间的内在关系,许多革命文学家都做出了具体阐释。其中,杜荃(郭沫若)在《文艺战线上的封建余孽——批评鲁迅的〈我的态度气量和年纪〉》一文中指出,在未读鲁迅文章以前,觉得"大约他是一位过渡时代的游移分子。他对于旧的资产阶级的

---

① [英]彼得·卡尔佛特:《革命与反革命》,张长东等译,长春:吉林人民出版社2005年版,第3—4页。

意识已经怀疑，而他对于新的无产阶级的意识又没有确实的把握。所以他的态度是中间的，不革命的——更说进一层，他或者不至于反革命"。但读过鲁迅文章之后，"鲁迅的时代在资本主义以前，更简切的说，他还是一个封建余孽。第二，他连资产阶级的意识形态都还不曾确实的把握。所以，第三，不消说他是根本不了解辩证法的唯物论"。在文章结尾部分，郭沫若断定鲁迅实际上是一个"封建余孽"、"二重的反革命人物"、"不得志的法西斯谛"①。后来，麦克昂（郭沫若）说："永远立在歧路口子上是没有用的，不是到左边来，便是到右边去！"② 这里，郭沫若评价鲁迅的基本立场和创造社、太阳社青年作家几乎是一致的，严重抹杀了小资产阶级作家在革命过程中的重要作用，明显犯了"关门主义"的"左倾"错误。

后期创造社、太阳社青年作家指出，只有无产阶级作家才能创作革命文学，而小资产阶级作家是不牢靠的，他们只在追求一种"趣味文学"，经常在"个人主义"的小圈子里打转，缺乏一种"集体主义"的革命情怀。蒋光慈说："革命文学应当是反个人主义的文学，他的主人翁应当是群众，而不是个人；他的倾向应当是集体主义，而不是个人主义。""革命文学是以被压迫的群众做出发点的文学！革命文学的第一个条件，是具有反抗一切旧势力的精神！革命文学是反个人主义的文学！"③鲁迅对此则不予认同。他说："所可惜的，是左翼作家之中，还没有农工出身的作家。一者，因为农工历来只被迫压，榨取，没有略受教育的机会；二者，因为中国的象形——现在是早已变得连形也不像了——的方块字，使农工虽是读书十年，也还不能任意写出自己的意见。"④ 后来，有人提出小资产阶级作家可以向无产阶级作家转化问题，以便在思想认识上实现对接。鲁迅说："这样的翻着筋斗的小资产阶级，即使是做革命

---

① 杜荃：《文艺战线上的封建余孽》，《创造月刊》第 2 卷第 1 期，1928 年 8 月 10 日。
② 麦克昂：《桌子的跳舞》，《创造月刊》第 1 卷第 11 期，1928 年 5 月 1 日。
③ 蒋光慈：《关于革命文学》，《太阳月刊》2 月号，1928 年 2 月 1 日。
④ 鲁迅：《黑暗中国的文艺界的现状》，《鲁迅全集》第 4 卷，北京：人民文学出版社 2005 年版，第 295 页。

文学家,写着革命文学的时候,也最容易将革命写歪;写歪了,反于革命有害,所以他们的转变,是毫不足惜的。"①"从这一阶级走到那一阶级去,自然是能有的事,但最好是意识如何,便一一直说,使大众看去,为仇为友,了了分明。不要脑子里存着许多旧的残渣,却故意瞒了起来,演戏似的指着自己的鼻子道,'惟我是无产阶级'!"②实际上,20世纪20年代,大力提倡"平民文学"的作家大部分不是贫苦农民出身,而是小资产阶级家庭走出来的逆子贰臣。在鲁迅看来,当时中国不可能产生"平民文学",因为中国没有真正的"平民作家"。但是,后期创造社、太阳社青年作家却认为,只有"平民作家"才有可能创作出"平民文学",小资产阶级作家是严重缺乏此种写作能力和姿态的。

鲁迅和后期创造社、太阳社青年作家在"文学"与"时代"关系问题上也持不同见解。成仿吾、李初梨、冯乃超、蒋光慈等人指出,"革命文学"都是在大革命时代产生的。只要是无产阶级革命作家创作的,应该都属于无产阶级革命文学的基本范畴。但是,鲁迅却认为:"各种文学,都是应环境而产生的,推崇文艺的人,虽喜欢说文艺足以煽起风波来,但在事实上,却是政治先行,文艺后变。倘以为文艺可以改变环境,那是'唯心'之谈,事实的出现,并不如文学家所豫想。"③鲁迅在《革命时代的文学》一文中指出,在大革命之前,那种所谓"鸣不平"的叫苦文学,在革命过程中并不会产生什么作用;在大革命时代,大家都在忙于斗争,也没有许多心思来做文章,当然也不可能产生革命文学。等到大革命胜利之后,即使会产生"讴歌革命"和"吊旧社会的灭亡"的文学。但是,中国根本没有产生这两种文学的现实条件,和俄国不同,因为中国革命还没有成功,正是青黄不接的时候。④鲁迅说:

---

① 鲁迅:《上海文艺之一瞥》,《鲁迅全集》第4卷,北京:人民文学出版社2005年版,第306页。

② 鲁迅:《现今的新文学的概观》,《鲁迅全集》第4卷,北京:人民文学出版社2005年版,第139页。

③ 同上书,第137页。

④ 鲁迅:《革命时代的文学》,《鲁迅全集》第3卷,北京:人民文学出版社2005年版,第438—439页。

革命文学者若不想以他的文学,助革命更加深化,展开,却借革命来推销他自己的"文学",则革命高扬的时候,他正是狮子身"中"的害虫,而革命一受难,就一定要发现以前的"良心",或以"孝子"之名,或以"人道"之名,或以"比正在受难的革命更加革命"之名,走出阵线之外,好则沉默,坏就成为叭儿的。①

可以看出,鲁迅此时对能否产生无产阶级革命文学是怀疑的。鲁迅的这种观点引起了许多青年作家的不满。他们指出,鲁迅是一个小资产阶级落后作家,对革命持消极态度,即是"不革命的","不革命就是反革命"。唐有壬说:"现在社会里面——尤其是在知识阶级里面,有一种流行名词'反革命',专用于加于政敌或异己者。只这三个字便可以完全取消异己者之人格,否认异己者之举动。其意义之重大,比之'卖国贼'、'亡国奴'还厉害,简直便是大逆不道。被加这种名词的人,顿觉五内惶惑,四肢无主,好像宣布了死刑似的。"② 后来,这种现象不但在中国文坛上没有消失,反而有愈演愈烈之势,使许多作家深受其害。鲁迅对这种现象是深恶痛绝的:"那种表面上扮着'革命'的面孔,而轻易诬陷别人为'内奸',为'反革命',为'托派',以至为'汉奸'者,大半不是正路人;因为他们巧妙地格杀革命的民族的力量,不顾革命的大众的利益,而只借革命以营私,老实说,我甚至怀疑过他们是否系敌人所派遣。"③

当时,后期创造社、太阳社青年作家运用二元对立的简单思维方式,粗暴地把作家划分为"革命的"和"不革命的"。他们认为,"革命的"作家是一种积极力量,"不革命的"作家就是一种消极力量,绝不存在"第三种力量",这就严重犯了关门主义和教条主义的思想错误,对中国革命是极为不利的。针对他们否认"中间力量"的基本观点,鲁迅说:

---

① 鲁迅:《伪自由书·后记》,《鲁迅全集》第5卷,北京:人民文学出版社2005年版,第192页。
② 唐有壬:《甚么是反革命》,《现代评论》第2卷第41期,1925年9月19日。
③ 鲁迅:《答徐懋庸并关于抗日统一战线问题》,《鲁迅全集》第6卷,北京:人民文学出版社2005年版,第549—550页。

"在现在中国这样的社会中,最容易希望出现的,是反叛的小资产阶级的反抗的,或暴露的作品。因为他生长在这正在灭亡着的阶级中,所以他有甚深的了解,甚大的憎恶,而向这刺下去的刀也最为致命与有力。"① 鲁迅之所以如此言说,主要是因为自己从旧营垒中走出来,比较熟悉小资产阶级的真实心态。正是在这一意义上,哈佛大学许华茨教授说:"鲁迅对接受人类进步的新理论表示犹豫,也可能因为其对创造社的论敌作浪漫的革命姿态的反应。这些创造社的才子们,用浮夸的普罗文学口号来影响历史进程,鲁迅对此极为反感。即使在鲁迅已转向马克思主义阵营时,还想从普列汉诺夫等人寻找理论根据,来支持其反对此辈任性夸大文学作用,妄说文学能引起社会革命的谬论。"②

二 托洛茨基与后期鲁迅思想的关联

"文学"与"革命"之间到底存在着何种关系?毫无疑问,这是20世纪中国文学的核心命题之一。1928年8月16日,《山雨》杂志在发刊词中说:"革命文学之产生与提倡,这是必然的;唯一的理由,因为这是一个革命的时代。一定斤斤然以为革命是革命,文学是文学,两者不能连在一起,这是忘却了时代了。虽则这话有点文学跟着时代跑的嫌疑。但我们要知道在革命狂飙时代中,总有一个未来的社会的雏形孕育着,革命文学家能于其中看出意义来,于是所谓'艺术的武器'的话也可以成立了。"可以看出,这是后期创造社、太阳社青年作家的文学主张的直接变种。但是,鲁迅对此却持不同见解。他说:"世间往往误以两种文学为革命文学:一是在一方的指挥刀的掩护下,斥骂他的敌手的;一是纸面上写着许多'打,打''杀,杀'或'血,血'的。如果这是'革命文学',则做'革命文学家'实在是最痛快而安全的事。"③

---

① 鲁迅:《上海文艺之一瞥》,《鲁迅全集》第4卷,北京:人民文学出版社2005年版,第307页。

② [美]费正清编:《剑桥中华民国史(1912—1949年)》上卷,北京:中国社会科学出版社1994年版,第436页。

③ 鲁迅:《革命文学》,《鲁迅全集》第3卷,北京:人民文学出版社2005年版,第567页。

那么，究竟哪些人能够创作出真正的"革命文学"呢？鲁迅认为只有"革命人"（革命者）才有可能具备这种条件。1926年3月，鲁迅在高度评价孙中山的历史功绩时说："他是一个全体，永远的革命者。无论所做的那一件，全都是革命。无论后人如何吹求他，冷落他，他终于全都是革命。"① 1929年8月15日，鲁迅在《叶永蓁作〈小小十年〉小引》一文，同样提到了"革命者"一词，也可以做这种理解。此时，鲁迅并没有提出"革命人"概念，但是，"革命者"和"革命人"在本质意义上是互通的。鲁迅认为，只有"革命人"的文学才是一种革命文学。那么，究竟什么是"革命人"？它们具体又包含着哪些特征？在不同历史语境之中，鲁迅曾经多次对"革命人"这一重要名词进行了详细论述。他说：

> 我以为根本问题是在作者可是一个"革命人"，倘是的，则无论写的是什么事件，用的是什么材料，即都是"革命文学"。②

> 为革命起见，要有"革命人"，"革命文学"倒无须急急，革命人做出东西来，才是革命文学。③

> 但"革命人"就稀有。俄国十月革命时，确曾有许多文人愿为革命尽力。但事实的狂风，终于转得他们手足无措。显明的例是诗人叶遂宁的自杀，还有小说家梭波里，他最后的话是："活不下去了！"在革命时代有大叫"活不下去了"的勇气，才可以做革命文学。④

---

① 鲁迅：《中山先生逝世后一周年》，《鲁迅全集》第7卷，北京：人民文学出版社2005年版，第306页。
② 鲁迅：《革命文学》，《鲁迅全集》第3卷，北京：人民文学出版社2005年版，第568页。
③ 鲁迅：《革命时代的文学》，《鲁迅全集》第3卷，北京：人民文学出版社2005年版，第437页。
④ 鲁迅：《革命文学》，《鲁迅全集》第3卷，北京：人民文学出版社2005年版，第568页。

可以看出，鲁迅仅仅是提出了"革命人"这一基本概念，至于哪些才是"革命人"，"革命人"身上应该具有何种革命立场和精神品格，鲁迅对此并没有做出进一步阐释。鲁迅承认自己也不是一个"革命人"。在鲁迅看来，"革命人"在中国社会是非常稀缺的。

实际上，"革命人"一词并不是鲁迅自己的发明，而是来自俄国作家托洛茨基的基本观点。根据日本学者长堀祐造的考证，"革命人"一词是鲁迅从茂森维士翻译托洛茨基的日文版《文学与革命》中得来的，时间大概是在1925年前后。托洛茨基《文学与革命》的出现，可以说填充了鲁迅知识结构转型中的理论空白，更救治了鲁迅陷于精神危机而无从判定革命文学的标准。根据鲁迅日记、书信以及其他相关史料可以佐证，鲁迅对《文学与革命》一书是相当熟悉的。1925年8月26日，鲁迅购买了托洛茨基《文学与革命》的日译本；1927年3月至4月之间，鲁迅在《中央副刊》上阅读到了傅东华的汉译本；1927年9月11日，鲁迅购买到了英译本；1928年2月23日，鲁迅重新购买了日译本；1928年3月16日，收到韦素园、李霁野合译本；另外，韦素园为了翻译此书，曾经从苏联人铁捷克得到了俄文原版本，此书鲁迅很可能看过。之后，鲁迅购买了托洛茨基的许多著作。比如，《无产者文化论》《俄国共产党的文艺政策》《西伯利亚流亡记》《被背叛的革命》等。鲁迅认为，托洛茨基是一位"深解文艺的批评家"。在鲁迅思想转变过程中，托洛茨基明显扮演了一个重要角色。但是，由于陈独秀等人犯了"右倾"投降主义错误，"托派"在中国也遭遇到了严重批判。1932年10月之后，托洛茨基的名字在鲁迅作品中一度消失。直到1936年7月，他在鲁迅的《答托洛茨基的信》一文才得以重新亮相。"直到他死，托洛茨基的存在对他也仍是一个疑障。虽然他受到了瞿秋白、冯雪峰传递的信息的干扰，知道了托氏的流放，受挫。可他对这位多才的斗士的理解，多基于中国社会的经验，而不是俄国的经验，于是在晚年，终于与托洛茨基疏离了。"①

众所周知，托洛茨基是俄国与世界历史上最重要的无产阶级革命家

---

① 孙郁：《鲁迅与俄国》，北京：人民文学出版社2015年版，第255页。

之一，列宁最亲密的战友，20世纪国际共产主义的左翼领袖，工农红军、第三国际、第四国际的主要缔造者。他以古典马克思主义"不断革命论"和"世界革命"的独创性发展而闻名于世。托洛茨基的《总结与前瞻》《1905》《文学与革命》《斯大林与中国革命》《列宁以后的第三国际》《被背叛的革命》等诸多重要著作，对俄国革命甚至其他诸多国家革命都产生了深远影响。当时，中国共产党带领广大民众依然在探索符合中国国情的革命道路，加上敌我力量对比悬殊，中国革命处于十分特殊的困难时期。此时，许多具有革命倾向的知识分子就把目光投向了俄国，因为俄国经过了十月革命，已经建立了世界上第一个苏维埃社会主义政权，这就为中国革命树立了良好榜样。作为俄国革命的重要领导人，托洛茨基的许多革命理论不断受到中国革命者的高度推崇。其中，托洛茨基的《中国革命的总结和前瞻》《共产国际第六次大会后的中国问题》等重要文献，都对中国革命过程中的许多问题进行了深度阐释。可以说，托洛茨基的许多言论很大一部分切入了中国革命理论和实践的具体问题，既对大革命失败的历史有深刻分析与评论，又为中国共产党"六大"和国际"六大"后的中国革命指出了方向，并设计了与之相适应的方针策略，其理性的说服力深深地影响到中国革命的发展进程。

鲁迅在许多文章中对"革命文学"的论述都可以在托洛茨基《文学与革命》中找到明显痕迹。比如，《革命时代的文学》对"大革命与文学有何种影响"这一问题的具体阐释，以及《文艺与政治的歧途》中对"做文学的人总得闲定一点"的论述，其主要思想就是来源于《文学与革命》第一章"十月革命以前的文学"和第六章"无产阶级的文化与无产阶级的艺术"。长堀祐造在《鲁迅与托洛茨基——〈文学与革命〉在中国》一书中，详细论述了鲁迅的革命文学观与托洛茨基文艺观之间的密切关联，他主要分三个层面进行阐释。第一，关于"文学无力说"。"我是不相信文艺的旋乾转坤的力量的，但倘有人要在别方面应用他，我以为也可以。譬如'宣传'就是。"①鲁迅在黄埔军校演讲时就直言不讳地

---

① 鲁迅：《文艺与革命》，《鲁迅全集》第4卷，北京：人民文学出版社2005年版，第84页。

说:"诸君是实际的战争者,是革命的战士,我以为现在还是不要佩服文学的好",这不仅因为"中国现在的社会情状,止有实地的革命战争,一首诗吓不走孙传芳,一炮就把孙传芳轰走了"。在鲁迅看来,"文学总是一种余裕的产物"①。第二,"关于革命文学无力说"。鲁迅说:"但在这革命地方的文学家,恐怕总喜欢说文学和革命是大有关系的,例如可以用这来宣传,鼓吹,煽动,促进革命和完成革命。不过我想,这样的文章是无力的,因为好的文艺作品,向来多是不受别人命令,不顾利害,自然而然地从心中流露的东西;如果先挂起一个题目,做起文章来,那又何异于八股,在文学中并无价值,更说不到能否感动人了。"② 托洛茨基认为,艺术家在表现对象中无法找到内在的趣味和精神的意志,就无法创作出优秀的作品,因而,不应当对艺术家下命令或强制创作主题。第三,关于"革命与文学之间关系的直接考察",主张并非是文学影响革命,反之,在革命让革命艺术窒息的意义上,革命将影响艺术。鲁迅说:"托洛茨基曾经说明过什么是革命艺术。是:即使主题不谈革命,而有从革命所发生的新事物藏在里面的意识一贯着者是;否则,即使以革命为主题,也不是革命艺术。"③ 在托洛茨基看来,要想"有从革命所发生的新事物藏在里面的意识一贯着者",作者本人就必须全身心投入到革命之中。

> 假如人不在革命的全部中,即作为革命主力的标的那种客观的历史的工作中去看革命,那是不能够了解革命,也不能接受和绘画革命的,甚至就连部分地也不能够。假如这个弄错了,那么中枢与革命就都吹了。革命就分裂成枝叶与奇谭,这些既不是英雄的,也不是罪恶的。要是如此,画一点乖巧的图画还可能,重新创造革命

---

① 鲁迅:《革命时代的文学》,《鲁迅全集》第3卷,北京:人民文学出版社2005年版,第442页。
② 同上书,第437页。
③ 鲁迅:《中山先生逝世后一周年》,《鲁迅全集》第7卷,北京:人民文学出版社2005年版,第306页。

是不可能的,和革命和谐一致自然是不可能的了。①

在鲁迅看来,要想成为真正的"革命人"必须具备两个基本条件:第一,主动地接触实际社会斗争,对革命的实际情形有深刻的了解;第二,必须能够认清整体革命局势,有的放矢地去参加实际斗争,做一个真正的"战斗者"。鲁迅说:

> 在了解革命和敌人上,倒是必须更多的去解剖当面的敌人的。要写文学作品也一样,不但应该知道革命的实际,也必须深知革命的情形,现在的各方面的状况,再去断定革命的前途。惟有明白旧的,看到新的,了解过去,推断将来,我们的文学的发展才有希望。②

> 中国的革命文学家和批评家常在要求描写美满的革命,完全的革命人,意见固然是高超完善之极了,但他们也因此终于是乌托邦主义者。③

> 在有些"革命文学"者的本身里,还藏着容易犯到的病根。"革命"和"文学"若断若续,好像两只靠近的船,一只是"革命",一只是"文学",而作者的每一只脚就站在每一只船上面。当环境较好的时候,作者就在革命这一只船上踏得重一些,分明是革命者,待到革命一被压迫,则在文学的船上踏得重一点,他变了不过是文学家了。④

---

① [苏] 托洛茨基:《文学与革命》,北京:未名社出版部1928年版,第116页。
② 鲁迅:《上海文艺之一瞥》,《鲁迅全集》第4卷,北京:人民文学出版社2005年版,第308页。
③ 鲁迅:《〈毁灭〉第二部一至三章译者附记》,《鲁迅全集》第10卷,北京:人民文学出版社2005年版,第372页。
④ 鲁迅:《上海文艺之一瞥》,《鲁迅全集》第4卷,北京:人民文学出版社2005年版,第305页。

这些经典论述并不是鲁迅凭空想象的产物，而是他在亲身接触实际革命斗争过程中，对中国革命中的诸多问题长期思考的产物，实在弥足珍贵。

可以看出，后期鲁迅对中国革命的许多论述主要来源于托洛茨基思想。今天看来，虽然托洛茨基思想中存在着许多矛盾和问题，但是由于当时各种信息传播渠道不通畅，加之鲁迅没有亲身去俄国实地考察，其对俄国革命的"美好想象"明显存在着误读成分，这可以说是由于特殊革命时代造成的。一方面，鲁迅看到中国革命过程中的各种病象之后，不自觉地就产生了一种消极和失望情绪；另一方面，现实社会又同时提醒鲁迅，只有在不断革命过程中，中国才能够逐渐改变现状，除此之外，基本没有其他途径可以追寻。换言之，鲁迅并没有失去理性，依然幻想通过革命方式实现社会进步。"鲁迅怀疑革命，也并不是全然不相信革命。而是始终在信与不信之间来回摆渡。摆渡的动作以及他身上沾染的微言大义，最终置换为鲁迅语调上的辛辣、讥讽、故意所为含混、不带笑意的苦涩幽默以及冷漠。"① 因此，"鲁迅不是一个彻底的小资产阶级知识分子，也不是一个彻底的革命知识分子，鲁迅的革命思想是介于小资产阶级知识分子与革命知识分子之间的"②。鲁迅始终是在"革命"与"不革命"之间来回游走。正是这种矛盾心态，使鲁迅经常处于一种焦虑状态。也许正是因为鲁迅对待革命的态度是如此模糊和暧昧，才有效刺激了"革命小将"对鲁迅思想的集中围剿。可以知道，鲁迅的复杂性和丰富性是密不可分的，二者统一于鲁迅本体之中，使鲁迅思想具有多重阐释空间。

正是在"进化论"和"反抗绝望"的思想支配下，鲁迅把"革命人"作为一种理想目标。有时虽不能至，但心向往之。"'革命人'之所以能够将革命作为终极课题而生活，就是因为他深知自己是进化链子上的中间物，所以不会从'革命者'变成'权力者'，或革命的'权威'，他'生活'的'终极课题'也就不会从'革命'变成维持自己既得名望

---

① 敬文东：《失败的偶像：重读鲁迅》，广州：花城出版社2003年版，第13页。
② 胡梅仙：《在"革命"与"不革命"之间的鲁迅》，《中国现代文学研究丛刊》2013年第11期。

和社会既成的现状。从这个意义上来说,一切'革命人'都是'从旧垒中来'的'革命人',都是进化途中的'人'。"① 也许,正是由于鲁迅思想中的黑暗因子过于沉重,才造就了一个多疑的鲁迅、矛盾的鲁迅、绝望的鲁迅。从本质上来讲,鲁迅是一个怀疑论者。"鲁迅研究如果忽略他始终是一个怀疑论者,那就可能把鲁迅置于封闭的描述系统,也就无法证实这样的事实:这个思想者何以在喜欢托洛茨基之后又远离了托洛茨基,欣赏列宁的思想而在本质上是非列宁主义者。"② 但是,鲁迅思想中也时有光明的成分,在相互融合和碰撞的过程中,鲁迅才会产生这种矛盾心态。在"革命"与"不革命"之间,鲁迅有可能消解了中国革命过程中的诸多难题。

第三节 "革命文学"论争的病症透析

在1928年"革命文学"论争中,鲁迅和后期创造社、太阳社青年作家都付出了沉重代价。尽管双方最终没有分出谁输谁赢,但是,其中的现实意义却是不容抹杀的。正是在这一论争过程中,中国革命的许多问题才逐渐呈现出来。表面上看来,这是鲁迅和后期创造社、太阳社青年作家之间的思想冲突,但究其实质,却是不同革命理念的直接博弈。后来,郭沫若说:"他们的批判不仅限于鲁迅先生一人,他们批判鲁迅先生,也决不是对于'鲁迅'这一个人的攻击。他们的批判对象是文化的整体,所批判的鲁迅先生是以前的'鲁迅'所代表,乃至所认为代表的文化的一个部门,或一部分的社会意识。"③ 在一定意义上,郭沫若真实地道出了问题实质。与此同时,这对鲁迅来讲,论争既是为解除个人思想的困惑,求索新的精神武器,也是为中国草创期的马克思主义文学批评开拓新路,奠定前期发展的现实基础。进一步来说,"这场论战实际上

---

① 李明晖:《丸山昇鲁迅研究视野中的鲁迅"进化论"》,《文学评论》2013年第2期。
② 孙郁:《对话中的鲁迅》,《学术月刊》2014年第10期。
③ 郭沫若:《眼中钉》,《郭沫若选集》第16卷,北京:人民文学出版社1989年版,第119页。

涉及到鲁迅与他们对中国革命和革命文学问题的重大分歧，那就是：中国革命的形势、性质和方式问题，文学与政治、与现实的关系问题，文学的功能和特性问题，作家的世界观转变问题，五四新文学的评价问题，等。从总体上看，鲁迅是基本正确的，尽管他过于激动而难免夹杂着某种意气；创造社、太阳社是大抵错误的，虽然他们的主观愿望也是要革命的"①。也就是说，在1928年"革命文学"论争中，中国革命的许多重要问题得以呈现，也有效推动了无产阶级革命文学的广泛传播。当然，本次论争也存在着部分缺憾。比如，"语言暴力"的运用、"集团化倾向"以及"公式主义"等，这也可以看作是1928年"革命文学"论争的典型病症所在。

一 "语言暴力"的并置与嵌入

通过上面两节的详细描述，可以看出，后期创造社、太阳社青年作家在评价鲁迅之时，经常运用侮辱性语言，对鲁迅进行人身攻击或肆意诋毁。我们把此种现象称为"语言暴力"。一般认为，"暴力"主要分为"肢体暴力"和"语言暴力"两种类型。"语言暴力"是指"以语言为武器进行人身攻击与生命摧残的暴烈现象，也可界定为暴力在语言的表现。"② 主要体现在：一是使用威胁、恐吓、攻讦、谩骂、诋毁、嘲弄、挖苦、诅咒等歧视性语言，致使他人在精神和心理上遭到侵犯和损害，甚至给他人现实生活带来直接伤害的话语行为；二是把语言当作一种强制性手段，对他人思想和行为进行各种不合理干预、规训甚至惩戒，以破坏他人思想和语言自由的话语行为。我们知道，中国自古是一个"礼仪之邦"，深受儒家思想的影响，讲究温柔敦厚。因此，"语言暴力"在中国古代社会表现甚少。直到"五四"时期，"语言暴力"现象才频繁出现。比如，在白话文运动中，陈独秀、刘半农、吴虞等人为了打倒文言文，提倡白话文，达到矫枉过正的现实目的，就把林纾贬为

---

① 卫公：《鲁迅与创造社关于"革命文学"的论争始末》，《鲁迅研究月刊》2000年第2期。
② 涂莉琼：《城市报语言暴力分析》，《新闻前哨》2005年第2期。

"文坛妖孽"和"桐城谬种"。作为反击，林纾则把"文学革命者"斥为"禽兽"和"畜狗"。然而，这都是一种话语策略而已，并没有最终上纲上线。直到20世纪20年代后期，"语言暴力"现象在"革命文学"论争中得到了有效呈现。作为一种"有效"的斗争武器，"语言暴力"在中国后来许多政治运动和思想论争中经常出现，很值得我们深入思考。

在后期创造社、太阳社青年作家批判鲁迅的过程中，"语言暴力"现象得到了淋漓尽致的体现。冯乃超认为，"鲁迅这位老生"具有"隐遁主义"倾向，是一个"忧愁的小丑"和"强迫症的病人"；成仿吾指出，鲁迅的文学是"小资产阶级的趣味文学"；李初梨认定鲁迅是"老骑士鲁迅"、"珰鲁迅"、"中国的堂吉诃德"、"神经错乱者"、"狂吠"、"战战兢兢的恐怖病者"、"最恶的煽动家"；彭康要"'除掉'鲁迅的'除掉'"；郭沫若推测鲁迅是一个"封建余孽"、"二重的反革命人物"、"不得志的法西斯谛"；克兴说鲁迅是"趣味文学家"和"手淫文学家"；不仅如此，有人还认为，鲁迅是"文坛法西斯主义"，"有闲就是有钱"，有的甚至以"籍贯"、"态度"、"气量"、"年纪"、"牙齿颜色"等等为材料，对鲁迅进行讽刺和挖苦。此时，他们是故意诋毁鲁迅，歪曲鲁迅，企图彻底扳倒鲁迅这个"绊脚石"，为扫清文坛障碍奠定基础。实际上，这已经超过文学论争的正常范畴，是一种"语言暴力"。

值得一提的是，鲁迅在和后期创造社、太阳社青年作家论争过程中，也并不是自始至终都保持着理性的态度。鲁迅也深切地认识到，这些青年作家之所以如此激进和猛烈，甚至让人难以忍受，主要因为他们犯了"左倾"盲动主义的思想错误。为了解决这个现实矛盾，鲁迅说："我只希望有切实的人，肯译几部世界上已有定评的关于唯物史观的书——至少，是一部简单浅显的，两部精密的——还要一两本反对的著作。那么，论争起来，可以省说许多话。"① 鲁迅日记记载，在1929—1932年间，鲁

---

① 鲁迅：《文学的阶级性》，《鲁迅全集》第4卷，北京：人民文学出版社2005年版，第128页。

迅购买了许多马克思主义文艺理论和社会科学著作,并有意识地把它们介绍到中国来。比如,鲁迅相继翻译了鹤见佑辅的《思想·山水·人物》、片上伸的《无产阶级文学的理论与实际》、卢那察尔斯基的《艺术论》《文艺与批评》《文艺政策》、普列汉诺夫的《艺术论》,等等。通过翻译和阅读马克思主义理论著作,鲁迅才开始真正接触到无产阶级革命文学思想,这就极大地改变了鲁迅对革命文学的固有看法,也促使鲁迅思想逐渐向左倾转变。后来,鲁迅说:"我有一件事要感谢创造社的,是他们'挤'我看了几种科学底文艺论,明白了先前的文学史家们说了一大堆,还是纠缠不清的疑问。并且因此译了一本蒲力汗诺夫的《艺术论》,以救正我——还因我而及于别人——的只信进化论的偏颇。"① 但是,我们必须清醒地意识到,虽然鲁迅部分接受了马克思主义理论,思想开始"向左转",但鲁迅并不是马克思主义者。鲁迅一生接触过许多思想学说,但他从来不会盲目地接受,而是经过慎重思考之后,再认真加以体察,以求能够汲取其中的精华性因素。此时,马克思主义仅仅是丰富了鲁迅思想的基本内容,绝对没有成为一种支配性力量。换言之,鲁迅还不是无产阶级革命作家,依然是一位小资产阶级"根性"的作家。

二 "集团化"倾向与"公式主义"

在1928年"革命文学"论争过程中,许多期刊扮演着一种重要角色。比如,《创造月刊》《太阳月刊》《文化批判》《流沙》《战线》《戈壁》《洪荒》《畸形》《我们月刊》《时代文艺》《泰东月刊》等等,都曾经组织革命作家对鲁迅进行集体围剿。后来,《小说月报》《大众文艺》《奔流》《新月》《现代文化》《长夜》《狮吼》等杂志,也卷入其中。1928年3月,朱镜我在《流沙》创刊号中说:"我们相信惟有无产阶级才最能知道他自己的生活,惟有受了科学洗礼的无产阶级才最能有明了的意识!……所以我们在思想上是一致的,在文学上亦同样的应有一致的倾向——唤起阶级意识的一种工具来,我们大家一齐举起鹤嘴锄打倒那

---

① 鲁迅:《三闲集·序言》,《鲁迅全集》第4卷,北京:人民文学出版社2005年版,第6页。

些小资产阶级的学士和老爷们的文学,转过方向来,开辟这文艺的荒土。"①在《我们月刊》创刊号《祝词》一文中,王独清指出:"在这第一步的工程中,不能和我们联合战线的就是我们的敌人!当然,我们须先把这些敌人打倒!"②可以看出,后期创造社、太阳社青年作家在集中围剿鲁迅之时,带有一种群体性的典型特征。画室(冯雪峰)在《革命与知识阶级》一文中说:"创造社改变了方向,倾向到革命来,这是十分好的事,但他们没有改变向来的狭小的团体主义的精神,这却是十分要不得的!一半杂志有半本是攻击鲁迅的文章,在别的许多地方是大书着创造社的字样,而这只是为要抬出创造社来。"③ 这里,"狭小的团体主义的精神"就是一种"集团化"倾向,它深刻影响了20世纪30年代许多文学论争的发展进程。

一般认为,中国古代文人的结社行为具有一种"集团化"倾向。文人之间相互酬唱,以诗会友,结交友朋,几乎形成了一种文化传统,其在现代文坛也得到很好的延续。比如,文学研究会、创造社、太阳社、新月社、语丝社、狂飙社等文学社团,都积聚了一大批文化名人,在中国现代文学史上产生了重要影响。通常来讲,社团内部成员在政治立场、经济地位、文化追求等方面均存在着很多相似性特征。比如,朱镜我、李初梨、冯乃超、彭康、李铁声等后期创造社作家,都具有留日背景。蒋光慈、钱杏邨、孟超、杨邨人等太阳社成员,几乎都是清一色的党员作家。当然,由于部分不确定因素,社团成员之间的分化和重组现象也非常普遍。1928年4月15日,《文化批判》第4号上集中刊发了成仿吾、冯乃超、李初梨、彭康、孔另境、何家槐等人批判鲁迅的系列文章。不难想象,这种具有"专号"、"特辑"性质的文学行为,分明就是后期创造社、太阳社青年作家集中组织、精心策划的结果,直接目的就是通过"打倒鲁迅"来重新布阵,取得文坛话语权。尽管后期创造社和太阳社青年作家之间也存在着严重分歧,

---

① 朱镜我:《流沙》创刊号,1928年3月1日。
② 王独清:《祝词》,《我们》月刊创刊号,1928年5月20日。
③ 画室:《革命与知识阶级》,《无轨列车》创刊号,1928年9月25日。

甚至他们之间还发生过很多激烈论争。但是，他们在"批判鲁迅"这一焦点问题上却是一致的，其中的"集团化"倾向非常鲜明。

除此之外，在1928年"革命文学"论争中，后期创造社、太阳社青年作家还表现出一种"公式主义"倾向。表面上看，后期创造社、太阳社青年作家都共同提倡无产阶级革命文学。但是，他们的理论资源并不完全相同。前者主要受到日本"福本主义"影响，后者却得益于俄国"拉普"的革命理论。现实的革命形势逼迫着他们不得不暂时搁置争议，尽量使用一种声音说话，才可能产生深刻的社会影响力。在论争过程中，"奥伏赫变"、"布尔乔亚"、"普罗列塔利亚"、"意德沃罗基"等新名词，在他们话语中随处可见。在提倡无产阶级革命文学的早期阶段，由于受到"左倾"思想影响，"个性主义"成为批判的重点对象之一。他们认为，广大作家只有放弃"个人主义"，积极融入集体主义中来，革命文学才能迅速发展。李初梨在《怎样地建设革命文学》一文中就指责"内心的要求"、"自我的表现，这的确是小布尔乔亚的结晶"，都属于一种落后的革命倾向，必须及时加以纠正；郭沫若在《留声机的回音》一文中说："文学青年应该做一个留声机——就是说，应该克服自己旧有的个人主义，而来参加集体的社会活动"；蒋光慈也说："革命文学是反对个人主义的文学。"这种抹杀"个体性"、追求"同一性"的简单做法，明显违背了文学发展的基本规律，实质上就是一种"公式主义"。当时，许多"概念化"、"公式化"倾向的名词满天飞，文坛看似热闹非凡，实则处于一种困顿状态。

尽管1928年"革命文学"论争带有"语言暴力"、"集团化"以及"公式主义"等重要特征，但是，其现实意义还是值得思考的。事实上，这是中国左翼文学阵营内部的第一次大讨论。李何林说："中国自新文化运动发生以来，文艺界所起的波涛，除了第一次的'文言白话'、'新旧文学'之争而外，这一回可以说是第二次了；这两次论争的情调虽然有些不同，但是这一次的论争在中国文艺的进程上占一个很重要的地位，这是大概可以被承认的。"[①] 这里，李何林的评价还是比较客观的。正是

---

① 李何林：《中国文艺论战·序言》，上海：北新书局1929年版，第1页。

在这一具体论争中,中国革命过程中的许多问题才被提出来,也才有深入探讨的可能性。关于冯乃超、李初梨等人为什么批判鲁迅,冯雪峰给出了合理解释:

> 据我理解,当时创造社人们攻击鲁迅(关于宣传辩证法唯物论和提出无产阶级革命文学口号问题应当分别看)的主要原因,第一,最重要的,这时正在第一次"左倾"机会主义路线期间,十分明显是受着当时"左倾"机会主义路线的影响的。第二,也显然受了当时日本的"福本主义"的影响。第三,同样反映了创造社人们本身具有的小资产阶级革命急性病的思想情绪。第四,创造社向来的宗派主义也在起着很大的作用。①

这也许如实道出了问题实质,比较贴近事实本身。

当我们今天重新回顾1928年"革命文学"论争之时,可能就会看得较为清楚些。"大家的总目标是相同的,但于对方的估计则不是很正确;因为一方面鲁迅并不是如成仿吾最初估计的一个资产阶级的帮闲者,另一方面成仿吾也不是像鲁迅起首所猜测的会在临革命时撕开先前的假面,离开革命不自觉的假冒革命者。这一点,鲁迅到一九三一年也承认了;因为成仿吾既没有做隐士,更不是富翁或奸细,当然是实践的革命者了。自然,成仿吾以及整个革命文学在最初发轫时不免有些错误和缺陷,如鲁迅所指摘的;而鲁迅在未找到新的革命战友和正确的思想哲学以前,也难以纯然地操马克思主义批评的枪法,这是毫不足为奇的。但在论争时虽然大家不免有些意气,彼此之间都不敬得很,然而,这还是无碍于革命文学克服自身的缺陷而前进,并且得到鲁迅这样一个坚实有力,饱经风霜的老将作为战友的。"② 长期以来,由于受到狭隘意识形态的影响,

---

① 冯夏熊:《冯雪峰谈左联》,《新文学史料》1980年第1期。
② 李宗英、张梦阳:《六十年来鲁迅研究论文选》,北京:知识产权出版社2010年版,第393—394页。

许多研究者认为，作为鲁迅的"论敌"之一，后期创造社、太阳社青年作家在围剿鲁迅之时，不惜运用各种极端手段，给鲁迅身心带来了很大伤害，理应受到严厉批判。与此同时，鲁迅好像掌握着绝对真理，是一个无所不知的"天才式"人物。但是，实际情况却并非如此。比如，鲁迅后来就隐约觉得自己的许多主张是存在问题的，甚至需要加以修正。

当时，周恩来、李立三、李富春等中央领导人认为，后期创造社、太阳社青年作家集体批判鲁迅，同室操戈，却放过了真正的敌人——帝国主义文化及其封建主义文化的代表，这对建立革命统一战线是极为不利的。在这一社会背景之下，党中央高层指示后期创造社、太阳社必须停止攻击鲁迅，而且要争取团结鲁迅，努力发挥鲁迅在中国革命过程中的积极作用。由于这些青年革命作家大多数已经加入中国共产党，必须无条件地接受上级组织的指示精神。但是，他们依然认为，鲁迅不是一个无产阶级革命作家，要想完全实现和鲁迅联合是非常困难的。最后，他们不得不勉强认为，鲁迅已经部分地接受了马克思主义理论，其思想也逐渐开始"向左转"，大致具备无产阶级革命作家的基本要求。表面看来，这好像是对鲁迅思想实现进化的一种褒扬，实际上却是对鲁迅前期思想的变相否定。由此可见，鲁迅和后期创造社、太阳社青年作家之间思想分歧仍然没有消除，这就为后来双方发生矛盾冲突埋下了现实隐患。

第二章

"左翼鲁迅"的形象建构与身份焦虑

1928年"革命文学"论争之后，鲁迅也清醒意识到了时代发展的"不可逆转性"，开始部分地修正了对"革命文学"的基本看法。在一封信中，他说："世界上时时有革命，自然会有革命文学。"① 他甚至提出了"第四阶级文学"的重要命题："世界上的民众很有些觉醒了，虽然有许多在受难，但也有多少占权，那自然也会有民众文学——说得彻底一点，则第四阶级文学。"② 1929年4月，鲁迅指出，"待到革命略有结果，略有喘息的余裕，这才产生新的革命文学者"③。尽管鲁迅仍在批评后期创造社、太阳社青年作家，但是，他们之间的思想距离却正在缩小。此时，南京国民政府开始实行党化教育，企图全面控制思想自由，以达到"以党治国"的专制独裁。冯雪峰说："一九二七年国民党背叛革命，大屠杀革命人民，对他的刺激是特别深刻的。他目睹黑暗的血腥统治又在笼罩着中国。一方面，他也看见共产党在坚决地继续领导着人民，使革命深入地发展；他自己又已经认真地研究着马克思列宁主义的理论。——这时候，据我看来，对他自己来说，他就正好处在对自己过去有所肯定也有所否定的、向前发展的自我思想斗争的过程中间。"④ 面对中国革命形势的风云变幻，鲁迅到底如何选择？经过长时间思想斗争之后，鲁迅逐

---

① 鲁迅：《文艺与革命》，《鲁迅全集》第4卷，北京：人民文学出版社2005年版，第83页。
② 同上。
③ 鲁迅：《现今的新文学的概观》，《鲁迅全集》第4卷，北京：人民文学出版社2005年版，第137页。
④ 冯雪峰著，倪墨炎、陈九英编校整理：《冯雪峰回忆鲁迅全编》，上海：上海文化出版社2009年版，第67页。

渐开始"向左转"。1930年2月，鲁迅加入了中国自由运动大同盟。1930年3月，鲁迅加入"中国左翼作家联盟"。1933年1月，鲁迅又加入了中国民权保障同盟。本阶段，鲁迅形象也发生了显著变化，即从"启蒙鲁迅"向"左翼鲁迅"过渡。

第一节　从"启蒙鲁迅"到"左翼鲁迅"

一　冲突与融合：鲁迅的"向左转"

1930年3月2日，"中国左翼作家联盟"在上海中华艺术大学成立。中华艺术大学是一个具有左翼进步传统的艺术教育学校，校内师生很多都是共产党员或青年团员。经过中国共产党领导人提前安排，并充分讨论之后，大会推定鲁迅、沈端先、钱杏邨三人成立了主席团。会议选定沈端先、冯乃超、钱杏邨、鲁迅、田汉、郑伯奇、洪灵菲七人为常务委员，周全平、蒋光慈为候补委员。后来，鲁迅当选为七名常委之一，并成为"左联"的重要领导人。大会通过了《中国左翼作家联盟理论纲领》，号召左翼作家要"站在无产阶级的解放斗争的战线上"，把文艺"作为解放斗争的武器"，同"帝国主义的资本主义制度"做斗争，为"人类社会的进化，清除愚昧顽固的保守势力，负起解放斗争的使命"。不久，"左联"执委会发布了《中国无产阶级革命文学的新任务》的决议，特别强调："'中国左翼作家联盟'，是中国无产阶级革命文学运动的干部，是有一定而且一致的政治观点的行动斗争的团体；而不是作家的自由组合。然而目前左翼作家联盟里面还没有工农分子，这是组织上最大的弱点；现在必须首先将这弱点克服，必须从通信员、文艺研究会等组织中选拔工农干部到中国无产阶级革命文学的领导机关里面来！只有如此，才能加强左翼作家联盟。"[①] 也就是说，"左联"成立初期，许多小资产阶级知识分子是中流砥柱，而工农作家相对较少，这是"左联"成员的基本结构。

---

① 《中国现代文学史资料汇编》上册，郑州：河南人民出版社1985年版，第353页。

在"左联"成立大会上,鲁迅做了《对于左翼作家联盟的意见》的主题演讲。首先,鲁迅提醒人们特别注意,左翼作家是很容易变成右翼作家的。后来,这一预言得到了有效验证。鲁迅之所以如此言说,不是不支持革命,而是告诫左翼作家必须认识到革命是非常复杂的,绝不是想象的那么简单和浪漫。同时,鲁迅还劝告左翼作家:第一,"对于旧社会和旧势力的斗争,必须坚决,持久不断,而且注意实力";第二,"战线应该扩大";第三,"应当造出大群的新的革命战士",并且"在文学战线上的人要'韧'";第四,"建立联合战线是以有共同目标为必要条件的"。① 但是,许多人却认为,鲁迅的建议并没有什么新意,仍然是一种悲观主义的革命论调。据冯雪峰回忆:

> 鲁迅在左联成立大会上发表这讲话的当天,到会的人中就有不重视和抵触的现象,例如我记得会后就听到有几个人说过这类意思的话:"鲁迅说的还是这些话",这些人说这类话的意思,在当时的情况之下,显然反映了两种态度,一是因为鲁迅对于创造社、太阳社以及其他小资产阶级知识分子还是有所批评,对于一些问题还是坚持他自己的看法,认为鲁迅仍然没有改变;这种态度显然以为应该改变的倒是鲁迅,而不是他们自己,他们当然也就不会接受鲁迅针对当时存在的问题(包括这些人自己的问题)所提出的指示。二是以为鲁迅说的话,也是老生常谈,不足重视。②

由此可见,鲁迅加入"左联"之后,虽然和后期创造社、太阳社青年作家实现了联合。但是,他们之间的思想冲突依然严重,在许多问题上并没有形成共识,这都为后来双方发生矛盾冲突埋下了隐患。

鲁迅为什么愿意加入"左联",学术界历来存在着不同争论。总体来

---

① 鲁迅:《对于左翼作家联盟的意见》,《鲁迅全集》第4卷,北京:人民文学出版社2005年版,第240—242页。

② 冯雪峰著,倪墨炎、陈九英编校整理:《冯雪峰回忆鲁迅全编》,上海:上海文化出版社2009年版,第252—253页。

讲，主要有"投降说"、"名利说"、"圈套说"、中国共产党"打拉"说，当然也有"梯子论"。关于前几种不实论调，早在"左联"成立不久，许多反共文人就百般制造谣言，对鲁迅进行肆意围攻。1930年5月7日，署名"男儿"的作者在《民国日报》上发表《文坛上的贰臣传》一文说：

> 于是所谓自由运动大同盟鲁迅首先列名，所谓左翼作家联盟，鲁迅大作演讲，昔为百炼钢，今为绕指柔，老气横秋之精神，竟为二九小子玩弄于掌上，作无条件之屈服，所以有学识之青年，言下不胜为之叹惜者。
>
> 鲁迅常以中国之高尔基自居，高氏在世界文坛拥有极好的地位，共产党打之不倒，乃欢迎之返国，备极崇奉，希望为其工具，鲁迅现已得共产党小子之拥戴以为高尔基之不若了，哪里知道他们以彼做政治斗争之工具呢？批评女子的人，多说女子虚荣太重，试问所谓文学家又何能免俗呢？①

1930年5月14日，化名"管理"的人在《解放中国文坛》一文中指出，"在中国文坛上很有名望的鲁迅，从前和他们意见不合，于是他们对准了鲁迅来漫骂，所谓文艺的批评家，前则有成仿吾，后则有钱杏邨，都是借着批评作品的头衔来攻击鲁迅，然而那时鲁迅还能用冷嘲热骂来抵抗他们。可是现在？现在到底敌不过他们的漫骂，心思一转，终于被他们屈服了，屈服了，屈服在他们赤色旗帜之下了！你不看见反动的所谓自由大同盟，我的鲁老先生坐的是第一把交椅吗？"②除此之外，飞狼的《鲁迅加盟左翼之动机》、甲辰生的《鲁迅卖狗皮膏药》、苏雪林的《我对鲁迅由钦敬到反对的理由》、赵聪的《30年代文坛点将录》等文章，都对鲁迅肆意诋毁，断定鲁迅是禁不住外界围攻，感到孤立无援，才不

---

① 男儿：《文坛上的贰臣传》，《民国日报》1930年5月7日。
② 管理：《解放中国文坛》，《民国日报》1930年5月14日。

得不向左翼投降的。

　　关于鲁迅加入"左联"的真实动机，王宏志说："其实，简单来说，鲁迅之所以加入'左联'，原因在于他——也许是天真地——真的相信这样的一个文学团体，会对中国的文坛，甚至中国的将来带来好处。"①"相反来说，不能否认，鲁迅对于国民党政府在一九二七年所突然进行的清党行动，他是感到很不满的……很明显，鲁迅实在没有与国民党方面有任何联合的可能。况且，他还是在北京的时候，便已经跟一些支持政府的作家如陈源、胡适有过严重的矛盾；那么，左翼作家便是唯一的选择了。"② 也就是说，在当时中国革命形势下，鲁迅对国民党政府是彻底绝望的。与此同时，鲁迅通过主动学习马克思主义理论，也认识到"惟无产阶级才有将来"，出于同情左翼力量的现实考虑，鲁迅才开始"向左转"，另外，"鲁迅后来欣然加入左联，其实是很可以缓解他内心的焦虑，也是可以让他跟上时代的革命步伐的。因此，左联对鲁迅的意义是不可言轻，是可以完善和充实他的生命的，也可成为支持他不断前行的一个文化的梯子"③。作为一个具有革命倾向的进步团体，"左联"组织严密，纲领明确，集中了一大批左翼作家，是当时中国文坛的真正希望。因此，鲁迅加入"左联"，绝不是"投降变节"之举，而是全力支持中国革命的现实表现。

　　"左联"成立前后，中国革命形势相当复杂。1928年12月29日，奉系军阀张学良宣布"东北易帜"，接受南京国民政府的直接管辖。此时，虽然蒋介石政府在形式上统一全国，但是内部派系斗争依然严重，地方军阀势力强大，加之中国共产党领导的工农革命力量不断壮大，蒋介石也感到危机四伏。其间，中国共产党根据革命形势调整了斗争策略，先后开展了土地革命和工农武装斗争，并在上海、广州、武汉等大城市组织工人力量，准备进行工人武装暴动。在早期阶段，"左联"组织的各种社会文化活动，有效配合了中国共产党领导的许多革命斗争。比如，"左联"主张："我们

---

① 王宏志：《鲁迅与左联》，北京：新星出版社2006年版，第76页。
② 同上书，第77页。
③ 袁盛勇：《作为问题存在的左联》，《文艺争鸣》2014年第7期。

的艺术是反封建阶级的，反资产阶级的，又反对稳固社会地位的小资产阶级的倾向。我们不能不援助而且从事无产阶级艺术的产生。"① 后来，"左联"通过了一个共同纲领，倡导"社会变革期中的艺术，不是极端凝结为保守的要素，变成拥护顽固的统治之工具，便向进步的方向勇敢迈进，作为解放斗争的武器。也只有和历史的进行取同样的步伐的艺术，才能够唤喊它的明耀的光芒。诗人如果是预言者，艺术家如果是人类的导师，他们不能不站在历史的前线，为人类社会的进化，清除愚昧顽固的保守势力，负起解放斗争的使命。"② 大革命失败之后，鲁迅认为，中国革命要想重新焕发生机和活力，只有建立革命统一战线，团结广大中间阶层，努力使他们转变思想观念，才能够造出大批革命战士。这样，鲁迅就和"左联"部分领导人之间直接产生了矛盾冲突。

当时，"左联"创办了许多文学刊物，比如，《世界文化》《萌芽月刊》《拓荒者》《文学导报》《十字街头》《大众文艺》《北斗》《文学月报》《文学》《光明》《巴尔底山》《无名文艺》《海燕》《文化新闻》《沙仑月刊》等。同时，在北平和日本东京两地设有分盟，在广州、天津、武汉、南京等地建立小组，广泛吸纳有志青年，革命队伍得以迅速壮大。在当时，只要是"能够理解革命，理解社会变革的必然，而且积极地能替革命做工作"，"能够在'左联'的旗帜下面，'左联'的纲领下面斗争，他就是'左联'的同志"③。可以说，"左联"建立后，就迅速地掌握了中国文坛的话语权，主导了中国新文艺的发展，把握了文艺的方向。"当时中国整个文学界真正有创造性的作品也还是只有属于左联的作家的，例如茅盾、丁玲及其他左翼作家及一些青年习作者的作品就形成了一种新的势力，几乎支配着整个文学界。"④ 除了自办刊物，"左联"还

---

① 《中国左翼作家联盟的成立》，原载《拓荒者》第1卷第3期，1930年3月10日。
② 同上。
③ 冯乃超：《中国无产阶级文学运动及"左联"产生之历史意义》，《萌芽月刊》第1卷第6期，1930年6月1日。
④ 冯雪峰著，倪墨炎、陈九英编校整理：《冯雪峰回忆鲁迅全编》，上海：上海文化出版社2009年版，第203页。

占领中间甚至右翼的报刊,利用文学、美术、戏剧、电影等形式,组织各种文化活动,深入基层,宣传党的方针政策,培养文艺青年,倡导大众文艺和文艺大众化,成为时代前进的号角,代表了20世纪30年代中国社会的时代风貌,引领了那个时代的风气。

为了支持"左联",鲁迅或及时投稿,或改稿,或组稿,或给予编辑策略的方向指导。通过这些左翼刊物,鲁迅培养了一大批具有革命倾向的进步作家,使他们成为中国左翼文学发展过程中的重要力量。但是,鲁迅也切实感受到了万般痛苦:"梯子之论,是极确的,对于此一节,我也曾熟虑,假如后起诸公,真能由此爬得较高,则我之被踏,又何足惜。中国之可做梯子者,其实际我以外,已无几了。"① 在致章廷谦的信中,鲁迅说:"所以,我十年以来,帮未名社,帮狂飙社,帮朝花社,而无不或失败,或受欺,但愿有英俊出于中国之心,终于未死,所以此次又应青年之请,除自由同盟外,又加入左翼作家联盟,于会场中,一览了荟萃于上海的革命作家,然而以我看来,皆茄花色,于是不佞势又不得不作梯子之险,但还怕他们尚未必能爬梯子也。哀哉!"② 在绍兴方言中,"茄花色"具有"不过如此"之意。可以看出,鲁迅愿意加入"左联",是经过了"独战"的痛苦体验之后,想团结一大批革命作家共同战斗的。但是,鲁迅加入"左联"之后,许多棘手问题也相伴而生。

总体而言,"左联"是一个具有"半政党"性质的革命文学团体。正是在这一意义上,张景兰说:"然而,负载着政治和文学双重身份和功能的'左联'注定要在对外的集团型作战与内部的分歧矛盾中曲折前行,政治行动和文学创作、战士和作家、政治逻辑和文化伦理之间构成了丰富多重的左翼景观,也产生了难以调和的矛盾和分裂。"③这似乎都是历史发展过程中的必然性因素。尽管内部存在宗派主义和关门主义,但其现实意义却是值

---

① 鲁迅:《致章廷谦》,《鲁迅全集》第12卷,北京:人民文学出版社2005年版,第226页。
② 同上书,第226—227页。
③ 张景兰:《政治的文化与文化的政治——也谈左联领导人与鲁迅的分歧》,《延安大学学报》2014年第5期。

得肯定的。比如,"左联"组织作家翻译了大量马克思主义文艺理论,提倡文艺大众化运动,培养了一大批革命文艺青年,反对国民党政府发动的"民族主义文艺运动",等等。最为重要的是,"左联"成立之后,极大地密切了文艺与革命的关系。作为无产阶级领导的革命事业的一翼,它明确宣布了要和国民党政府和帝国主义展开激烈斗争,使"五四"新文学的战斗传统得到了继承和发扬。在中国共产党的领导之下,"左联"不仅有效抵制了国内外反动势力的进攻,还争取到了许多进步人士的全力支持,扩大了左翼文化阵地。1936年春,为了适应国内阶级关系和民族矛盾变化的新形势,遵从共产国际的指示精神,"左联"自动解散,另外成立了抗日民族统一战线的新组织。"左联"的解散,虽说并没有放弃无产阶级对文学事业的领导权,也没有改变革命文学的性质。但是,由于中国革命形势的风云变幻,民族矛盾开始上升为主要矛盾,左翼文学已经被抗日的战争文学所取代,这是中国历史发展的一种必然结果。

二 左翼文学运动的"精神领袖"

鲁迅为什么最终能够成为"左联"的精神领袖?毫无疑问这是一个有待进一步挖掘的重要问题。据张广海在《鲁迅与早期左联关系考论》一文中考证,当时,中共中央宣传部长李立三在"左联"成立前夕,曾经亲自接见过鲁迅先生,并且和鲁迅商谈"左联"成立大会上的详细发言内容。可以推测,李立三当时对鲁迅是抱有很高期望的。除此之外,"左联"的盟主必须要具有很高的社会声望,又具有公开活动的能力。通过考察"左联"成员的详细名单可以知道,其所拥有的享有声望的资深作家,主要有鲁迅、郭沫若、茅盾以及郁达夫(后被开除)等人。郭沫若虽然具有很高的文学威望,也和诸多革命作家站在同一条战线,按照常理应该成为"左联"的首要人物。但是,当"左联"筹备成立之时,郭沫若正在被国民党政府全国通缉,难以公开活动。另外,虽然茅盾和革命文学作家之间的论争已经平息,但此时他也在日本休养,而且也被政府当局通缉,其又常被革命文学家视作第三党在文学领域的代表,不但难以服众,而且也不便于替"左联"公开活动。尽管鲁迅曾经和后期创造社、太阳社青年作家发生过激烈论争，但其思想已经逐渐开始"向左转"，并且翻译了许多马克思主义文艺理论。加之鲁迅和革命作家共同狙击了自由主义作家梁实秋，创办了许多具有左翼倾向的马克思主义文艺刊物，在青年作家中间声望卓著，可以说是"左联"所有成员里面扛起大旗的最佳人选。

夏衍在《懒寻旧梦录》一书中说："上海所有的进步作家联合起来组成'左联'，鲁迅是旗手，是盟主，这是没有问题的，但也讨论过用什么名义。有人建议叫委员长，有人建议叫主席。当把这些方案向鲁迅报告时，他坚决不同意，他说他可以做力所能及的工作，尽力多做，但他不喜欢委员长和主席之类的名义。"① 作为"左联"早期的重要领导人之一，夏衍的相关回忆应该是具有可靠性的，某种程度上透露了鲁迅对待"左联"的真实态度。此外，冯雪峰也说：

> 但在战线的展开上，在斗争的实际进行上，我们主要的还是依靠鲁迅先生的战斗与领导，依靠他带领着一批年轻的战士在冲锋陷阵地斗争的。说鲁迅是"左联"的首脑和当时革命文化战线的主帅或主将，并非说说的话，而是根据事实的评定。②

> 只要有鲁迅先生存在，"左联"就存在，只要鲁迅先生不垮，"左联"就不会垮，只要鲁迅先生不退出"左联"，不放弃领导，"左联"的组织和它的活动与斗争就能够坚持。③

鉴于其在中国现代文坛的重要影响力，鲁迅在加入"左联"之后，迅速就成为左翼文艺运动的精神领袖。一方面，鲁迅非常看重这个革命文学团体，希望借助"左联"团结更多革命作家携手战斗，以求为中国

---

① 夏衍：《懒寻旧梦录》，北京：生活·读书·新知三联书店2000年版，第99—100页。
② 冯雪峰著，倪墨炎、陈九英编校整理：《冯雪峰回忆鲁迅全编》，上海：上海文化出版社2009年版，第89页。
③ 同上书，第91页。

左翼文学发展尽绵薄之力；另一方面，在成立之初，"左联"也希望得到鲁迅的大力支持，从而扩大社会影响力。但是，这些仅仅都是外在表象而已，而内幕却是非常复杂的。

按照组织章程，"左联"实行集体领导，主要负责机构是执行委员会（以下简称"执委会"）。同时，"左联"设有秘书处，分别由书记、组织、宣传三人组成。它在"文总"（中国左翼文化总同盟）和"左联"执委会的领导之下，经常执行"左联"执委会的具体任务，各小组直接受秘书处领导。1932年初，"左联"秘书处通过了改组"左联"的重要决议。决议规定，秘书处以下设立创作批评委员会、大众文艺委员会、国际联络委员会等机构。这些都是"左联"领导层的主要组织机构，一般盟员不能参加。除此之外，"左联"还成立了许多基层组织，便于普通盟员参加学习活动。他们把上海市划分为四个地区：闸北、沪东、沪西以及法南，每一区设有区委，由区委书记领导，区内再按地段设立"左联"小组。每一小组设有组长，主要负责主持日常会议。不仅如此，"左联"还设立党团组织，性质上是相当于中国共产党党组，参加人员都为中国共产党党员。冯乃超、冯雪峰、阳翰笙、钱杏邨、耶林、丁玲、周扬等人，都先后担任"左联"的党团书记。"左联"还有许多外围组织，比如，文艺研究会、中国诗歌会、革命互济会、中国反帝大同盟等等。可以看出，"左联"根本不是一个单纯的革命作家同业组织，而是具有"半政党"性质的革命文学团体。

在早期阶段，鲁迅和"左联"领导人的关系还是比较融洽的。当时，冯乃超、瞿秋白、冯雪峰等人向鲁迅汇报工作之时，也是尊重鲁迅的。然而，"'左联'是在双重领导体制下工作的：一方面要接受鲁迅先生的领导，一方面还要接受党的领导。这两方面的领导要做到一致而不发生矛盾，主要是靠党的组织如何与鲁迅通气和协商，而且善于听取和尊重鲁迅先生的意见，同时也依靠'左联'向鲁迅先生汇报请示工作的人能够如实地反映情况，并善于领会和疏通双方的意见"①。1935年之后，中

---

① 徐庆全：《周扬与冯雪峰》，武汉：湖北人民出版社2005年版，第123页。

国革命形势出现了重要变化，上海的地下党组织遭到严重破坏，中国顿时陷入了白色恐怖之中。根据中共中央高层指示，瞿秋白和冯雪峰都必须离开上海，尽快到中央苏区参加革命活动，鲁迅和"左联"之间的联系纽带必然受到影响。1933年5月，周扬开始担任"左联"党团书记。由于周扬等人年轻气盛，缺乏统战工作经验，关门主义倾向较为严重。在传达或布置许多重要工作之时，按照"左联"的基本组织章程，作为非中国共产党党员的鲁迅就被排斥在党组织之外。此时，鲁迅感到自己没有得到应有尊重，必然会耿耿于怀。正是在这一意义上，冯雪峰说："我们也知道，鲁迅先生虽然从不追求个人的地位和荣誉，但当他的地位和荣誉受到侵害时，他的反应是非常敏锐的，他的反击是很猛烈的，在这种时候，说他脑子里完全没有关于个人地位和荣誉的意识，那当然是不合情理的。不过，这一个有时候纯真到儿童一般的天才，从青年时代起，不仅绝对不是名利的追求者，并且还是把个人的利益始终统一于民族的和人民的利益的人。"①

不可否认，"左联"后期存在着关门主义和宗派主义倾向。一方面，这可以看作是中国共产党党内"左倾"路线的现实反映；另一方面，由于蒋介石政府对共产党实行全面围剿，疯狂破坏革命组织，故意制造恐怖气氛，许多共产党员和革命群众遭到逮捕和暗杀，革命力量受到严重损伤。"左联"的许多革命工作也被迫转入地下状态，此时，鲁迅和"左联"之间的正常沟通渠道近乎中断。正是在这一特殊时期，鲁迅曾经多次批评周扬是"奴隶总管"、"文坛皇帝"、"深居简出的元帅"、"工头"、"指导家"、"轻易诬陷别人为内奸、为反革命，为托派以至汉奸"、"拉大旗，作虎皮，包住自己会吓唬别人，小不如意就倚势定人罪名"，不满之情溢于言表。可以说，由于鲁迅和"周扬等人"在具体工作之时缺乏日常交流，这对双方都是极为不利的，甚至为此造成了许多误会。鲁迅说："以我自己而论，总觉得缚了一条铁索，有一个工头在背后用鞭子打我，无论我怎样起劲的做，

---

① 冯雪峰著，倪墨炎、陈九英编校整理：《冯雪峰回忆鲁迅全编》，上海：上海文化出版社2009年版，第85页。

也是打，而我回头去问自己的错处时，他却拱手客气的说，我做得好极了，他和我感情好极了，今天天气哈哈哈……。真常常令我手足无措。我不敢对别人说关于我们的话，对于外国人，我避而不谈，不得已时，就撒谎。你看这是怎样的苦境。"① 1935 年 1 月 17 日，鲁迅在致徐懋庸的信中说："我憎恶那些拿了鞭子，专门鞭扑别人的人们。"② 1935 年 6 月 28 日，鲁迅在致胡风的信中说："我本是常常出门的，不过近来知道了我们的元帅深居简出，只令别人外出奔跑，所以我也不如只在家里坐了。记得托尔斯泰的什么小说说过，小兵打仗，是不想到危险的，但一看见大将面前防弹的铁板，却就也想到自己，心跳得不敢上前了。但如元帅以为生命价值，彼此不同，那我也无话可说，只好被打军棍。"③ 可以看出，鲁迅和"左联"的实际领导人之间已经积怨很深，双方的矛盾冲突已经公开化，在短时间之内很难得到化解。

不久，鲁迅与"周扬等人"之间在解散"左联"问题上矛盾更加尖锐。1935 年 7 月 25 日—8 月 20 日，共产国际在莫斯科召开了共产国际第七次代表大会，季米特洛夫在会上做了题为《法西斯的进攻和共产国际为工人阶级的反法西斯主义的统一战线而斗争的任务》的长篇报告。8 月 7 日，中国共产党驻共产国际代表团团长王明在大会上也做了《论殖民地和半殖民地的革命运动与共产党的策略》的发言。王明指出："必须在党的工作任务各方面都起转变"，即贯彻抗日统一战线的策略。当时，"左联"代表萧三在王明、康生等人的胁迫之下，被迫起草了解散"左联"的决议文件。萧三指出，"左联"在中国革命过程中发挥了重要作用。但是，由于中国革命形势发生了变化，"中国文坛在此时本有组织广大反帝联合战线的可能，但是由于左联向来所有的关门主义——宗派主义，未能广大地应用反帝反封建的联合战线，把这种不满组织起来，以致'在各种论战当中，及以后的有利的情势之下未能计划地把进步的中间作家

---

① 鲁迅：《致胡风》，《鲁迅全集》第 13 卷，北京：人民文学出版社 2005 年版，第 543 页。
② 鲁迅：《致徐懋庸》，《鲁迅全集》第 13 卷，北京：人民文学出版社 2005 年版，第 347 页。
③ 鲁迅：《致胡风》，《鲁迅全集》第 13 卷，北京：人民文学出版社 2005 年版，第 491 页。

组织到我们的阵营里面来'"①。为了尽快适应当前的政治任务，革命工作必须来一个重大转变：

> 在组织方面，取消左联，发宣言解散它，另外发起组织一个广大的文学团体，极力夺取公开的可能，在"保护国家"、"挽救中华民族"，"继续'五四'精神"，或"完成'五四'使命"，"反复古"等口号之下，吸引大批作家加入反帝、反封建的联合战线上来，"凡是不愿做亡国奴的作家、文学家、知识分子联合起来！"——这就是我们进行的方针。②

1935年11月，"左联"领导人接到萧三来信，接受了共产国际的指示精神：解散"左联"及其他左翼文化团体，另外组织形成抗日统一战线的文学新团体。我们知道，"左联"是中国共产党领导下的革命文学团体，必须无条件地接受上级党组织的基本指示。当时，茅盾也同意解散"左联"，因为"在左联内部的宗派主义，闹不团结，'唯我最正确'，'非我族类'，'群起而诛之'的现象，以及把左联办成个政党的做法，依旧存在"。当然，鲁迅也非常清楚，"左联"存在着关门主义和宗派主义倾向，甚至连自己也被"关在门外"，但是，他却不同意解散"左联"，主要原因在于："左联是左翼作家的一面旗帜，旗一倒，等于是向敌人宣布我们失败了。"③ "组织统一战线团体，我是赞成的，但以为左联不宜解散。我们的左翼作家，虽说是无产阶级，实际上幼稚得很，同资产阶级作家去讲统一战线，弄得不好，不但不能把他们统过来，反而会被他们统过去，这是很危险的。如果左联解散了，自己的人们没有一个可以商量事情的组织，那就更危险。不如左联还是秘密存在。"④

在徐懋庸向鲁迅传达了胡乔木在"左联"常委会上的意见之后，鲁

---

① 姚辛：《左联史》，北京：光明日报出版社2006年版，第552页。
② 同上书，第552—553页。
③ 茅盾：《我走过的道路》中卷，北京：人民文学出版社1984年版，第309页。
④ 徐懋庸：《回忆录》（三），《新文学史料》1980年第4期。

迅说:"既然大家主张解散,我也没有意见了。但是,我主张在解散时发表一个宣言,声明左联的解散是在新的形势下组织抗日统一战线文艺团体而使无产阶级领导的革命文艺运动更扩大更深入。倘若不发表这样一个宣言,而无声无息的解散,则会被社会上认为我们经不起国民党的压迫,自行溃散了,这是不好的。"① 当徐懋庸向周扬传达了鲁迅的意见之后,周扬开始也表示同意。但是,后来情况却出现了莫名变化。他们认为,"文总"下属左翼团体很多,如果"左联"解散发表宣言,其他团体解散势必也要发表宣言,这样影响就不好,最后,组织决定由"文总"发表一个总体宣言。但是,周扬旋即又改变了这一主张:"文总"也不发宣言了,理由是将要成立"文化界救国会",假如"文总"发表宣言,国民党就可能认为"文化界救国会"是"文总"的后身,这样对"救国会"极为不利。1936年2月,"左联"就在悄无声息之中自行解散。

可以看出,鲁迅和周扬等人之间的矛盾冲突存在着深层原因。一方面,在鲁迅看来,周扬等人以"奴隶总管"自居,经常运用"鸣鞭子"的方式指挥别人,而自己却不做实事;另一方面,在周扬等人看来,鲁迅的许多观点没有从中国革命实际出发,实际操作性不强,带有个人主义倾向,不利于革命工作的正常开展。至此,鲁迅和周扬等人之间的思想误解日益严重。长期以来,由于鲁迅是左翼文艺运动的精神领袖,鲁迅似乎天然就具有一种"政治正确性",而周扬却是被现实历史抛弃的对象。但是,现实历史并不是如此简单。在当时特殊的革命形势之下,作为"左联"的实际领导人,周扬等人必须站在政治高度来遵循上级政策,以配合中国共产党领导的革命斗争。当时,由于受到共产国际"左倾"路线的错误指导,中国共产党党内也深受其害。当然,"左联"内部也存在着许多问题,其中既有个人因素,也有历史原因。实际上,鲁迅对周扬等人的部分指责是可以商榷的,中间掺杂着许多情绪化的因素。从本质上来讲,二者的矛盾冲突是由于不同思维方式造成的,即政治逻辑和文化逻辑的抵牾,这就直接导致双方在诸多问题上分歧严重。

---

① 徐懋庸:《回忆录》(三),《新文学史料》1980年第4期。

第二节 "左翼的鲁迅"与"鲁迅的左翼"

前文已经谈到,"左联"成立之前,后期创造社、太阳社青年作家停止攻击鲁迅,不是因为他们认识到了鲁迅的伟大,而是接到了党中央高层的指示精神,被迫和鲁迅握手言和。在他们的内心深处,尽管鲁迅翻译了许多马克思主义理论,但依然是一个小资产阶级的"落后"作家。"左联"成立之后,他们虽然在推翻蒋介石政府等方面上具有共同目标。但是,这却并不能完全掩盖他们之间在诸多革命认识问题上的严重分歧。鲁迅和早期"左联"成员之间就存在着矛盾冲突,仅仅是没有集中爆发而已。但是,随着中国革命形势日益严峻,上海许多地下党组织遭到破坏,大批共产党员和革命群众被秘密杀害。一些棘手问题就摆在了"左联"领导人面前,到底应该如何解决这些问题,也是左翼阵营内部出现思想分裂的重要原因。长期以来,学术界认为鲁迅和周扬等人之间的矛盾更多的是由于意气之争,中间也掺杂着某些人事纠纷和历史误会。但是,这种阐释仅仅触及了矛盾表层,而没有能够深入问题实质。事实上,鲁迅与周扬等人之间的矛盾冲突,除了上述原因之外,还在于他们分别代表着左翼阵营内部的不同革命逻辑:"政党左翼"和"启蒙左翼"之间的现实博弈。

一 "政党左翼"的组织化规训

实际上,"左联"具有两种不同功能:一是中国共产党领导的革命组织;二是具有无产阶级倾向的文学团体。"左联"成员大部分是党员,具有组织性和纪律性。"左联"在成立大会上,就明确提出了行动纲领:"我们文学运动的目的在求新兴阶级的解放,反对一切对我们的运动的压迫。""我们的艺术不能不呈现给'胜利不然就死'的血腥的斗争。""我们对现实社会的态度不能不支持世界无产阶级的解放运动,向国际反无产阶级的反动势力斗争。"① 可以看出,"左联"绝不是通常意义上的文

---

① 《中国左翼作家联盟的成立》,原载《拓荒者》第 1 卷第 3 期,1930 年 3 月 10 日。

学团体,而是具有"第二党"性质的特殊革命组织。在中国共产党的直接领导之下,"左联"成员必须参加示威游行、飞行集会、张贴标语、散发传单等社会行动。比如,1930年5月24日,国民党军警以中华艺术大学学生援助罢工工人为由,封闭该校,并逮捕许多教授和学生。5月29日,在"左联"第二次全体盟员大会上,中华艺术大学护校委员会代表发言,传达了该校师生决定在"五卅"进行自动启封的决定,要求"左联"配合和支援。盟员们后来一致同意:"全体盟员一致参加五卅示威","并采取战斗队的形式,组成一个总队,下设若干小队,坚决地做斗争准备"。这些都是"左联"响应上级党组织的相关指示精神,而严密策划的社会活动,直接目的就是要紧密配合中国共产党领导的无产阶级革命斗争。

从组织原则来讲,"左联"特别强调集体主义观念,即对组织成员,要求他们必须具有高度纪律性,严防各种个人主义的思想侵蚀。1930年4月29日,"左联"执行委员会提出:"革命的文学家在这个革命高潮到来的前夜,应该毫不迟疑地加入这艰苦的行动中去,即使把文学家的工作地位抛去,也是不足惜的。"1930年8月,"左联"通过了《无产阶级文学运动新的情势及我们的任务》的决议,严厉批评了部分"左联"成员"缺乏政治组织观念","集体生活习惯不够",有些成员"犯超组织的活动","是个人主义的残余","很明显是说明'左联'的组织依然有作家组织这个狭隘观念的存在"。1931年11月15日,"左联"执行委员会通过了《中国无产阶级革命文学的新任务》的精神文件,分别在创作问题、题材方法以及形式方面,要求作家必须抓取反帝国主义、反对军阀地主资本家政权以及军阀混战的题材,必须抓取苏维埃运动、土地革命、红军和工农群众的英勇斗争的题材,等等;在具体作法上,"作家必须从无产阶级的观点,从无产阶级的世界观,来观察,来描写。作家必须成为一个唯物的辩证法论者";在组织和纪律方面,"吸收革命的优秀青年文学者而施以严格的训练和教育,亦是加强中国无产阶级革命文学的领导机关的必要的方法。要加强左翼作家联盟的领导,同时又必须整饬纪律,严密组织。在左联内,不许有反纲领的行动,不许有不执行决议的行动,不许有小集团意识或倾向的存在，不许有超组织或怠工的行动"；在理论斗争和批评方面，"在现在这个文学文化上阶级斗争最剧烈的时期，无产阶级革命文学的理论家和批评家，必须是冲头阵的最前线的战士。对于敌人，他是进攻冲锋者，对于自己的同志及群众，是指挥者，又是组织者"。这些组织原则要求所有成员都必须严格遵守，而不能有超越组织的错误行为。

一般来讲，"政党左翼"是指从政党政治的革命立场出发，强调政治实践和文学艺术的现实效应，不重视文艺创作的基本规律，强调所有成员对集体组织的绝对服从，排斥个人意志和主体精神，倡导以政治革命的方式来改造社会的人。实际上，由于"左联"成员众多，社会关系较为复杂，严格纪律也有利于统一思想，增强革命凝聚力，也发挥过一定积极作用。比如，在文艺方面，"左联"曾经组织批判"自由人"、"第三种人"、"论语派"、"民族主义文艺运动"，开展"文艺大众化运动"，发起"两个口号"论争，等等。在社会活动方面，"左联"组织人员营救了丁玲、潘谟华等左翼作家，要求解救牛兰夫妇，悼念"左联"五烈士，参加抗议日本帝国主义侵略上海、庆祝中苏复交活动，参与发起组织"文化界反帝抗日联盟"，参与发起"中国著作者协会"和组织"中国著作家抗日会"，等等，这些都可以看做组织化原则对"左联"的积极作用。但是，组织化原则也存在着弊端，使许多作家感到精神压抑，似乎失去了人身自由。其中，蒋光慈、郁达夫等人都是因为"违反纪律"而被组织开除的。1931年8月5日，"左联"秘书处在《文学导报》上刊发通告，宣布开除周全平、叶灵凤、周毓英三位作家，也是由于他们的个人行为和"左联"的根本宗旨相违背。可见，在剧烈的革命斗争过程中，"左联"始终坚守着自己的基本信仰："是一个在任何艰苦之下都坚决的为工农劳苦大众利益而奋斗，也是在任何艰苦之下都坚决的守他的战斗纪律的革命团体。"①

---

① 左联常委会决议，1931年4月20日。转引自姚辛《左联史》，北京：光明日报出版社2006年版，第122页。

1932年3月9日,"左联"秘书处扩大会议通过了《关于左联改组的决议》,规定"左联"所属的"创作批评委员会"的任务:"在文艺大众化的方针之下,进行自己创作的任务及题材的规划、自己创作的批评、外界新出创作的批评、马列主义文艺理论及创作方法之研究。"在《关于"左联"理论指导机关杂志〈文学〉的决议》中指出,"左联"的机关杂志"必须在理论上领导着左联的转变","必须负起中国马克思列宁主义的文艺理论的任务","必须时时刻刻的检查各派反动文艺理论和作品,严格的指出那反动的本质","必须负起传达文艺斗争的国际路线(国际革命作家联盟的一切决议及指示)于中国的一切革命文学者及普罗文学者的责任"。"左联"在组织上还接受"国际革命作家联盟"的指导。在《国际革命作家联盟对于中国无产文学的决议案》中,明确要求"用种种方法加紧无产文学对于大众的影响,加紧反民族主义文学及对于胡适派及其他各种文学上反动思想的斗争,加强自己的定期刊及组织,特在文学理论及批评方面须有共产党的领导"。也就是说,"左联"的各种文艺政策和目标实施都具有严格组织性,所有"左联"成员必须无条件接受,并且要保证把它们贯彻到日常工作中。客观来说,这种组织化模式既成就了"左联",也带来了许多显著弊端。

1932年3月15日,"左联"秘书处扩大会议通过了《关于左联目前具体工作的决议》,提出"左联要加强对外围组织(青年文艺研究团体)的领导,要努力发展新组织,因为他们是左联的后备军"。在早期阶段,由于革命目标明确,纪律严明,"左联"在组织方面取得了很大成就。比如,北平、天津、保定、广州、东京、济南、青岛、太原、南京、杭州等地,都建立了"左联"组织。许多革命进步青年愿意加入其中,社会影响力得到增强。但是,"因为左联内部工作的许多表现,也绝不似一个文学团体和作家的组织,不是教育作家,吸引文人到反帝反复古之联合战线方面来的组织,而是一个政党,简单说,就是共产党"[①]。"那时候在上海的党中央和我们这些年轻的党员,主要的是把'左联'当作了直接

---

① 姚辛:《左联史》,北京:光明日报出版社2006年版,第552页。

政治斗争的一般群众的革命团体,而差不多忽视了它的应该特别发挥的特殊的战斗性能与作用——文学斗争与思想斗争,并经过文学斗争与思想斗争去完成政治斗争的任务。"① 后期阶段,"左联"的组织化原则出现了固化现象,严重影响了人们对鲁迅的认识评价。"特别是后期,以周扬为实际领导的左联以自上而下的政治组织的指令、意志和策略为圭臬,对持不同思想观点的同道也表现出压制和压迫,在集体组织的表层话语下携带着个人权力和意志。"② 鲁迅对这种倾向是深恶痛绝的,在给许多朋友的书信中表达了这种不满之情。

  1933 年 5 月,周扬开始担任党团书记,成为"左联"的实际领导人。面对蒋介石政府的各种残酷镇压,周扬也必须要讲究斗争策略,注意保存实力,接受上级指示精神。客观来讲,周扬在担任"左联"领导人期间,还是做了许多实际工作的。比如,在 1933—1936 年,周扬在《文学》《现代》《申报·自由谈》《大晚报·火炬》等报纸杂志上,发表了《典型与个性》《现实主义试论》《关于社会主义现实主义和革命的浪漫主义》《现实的与浪漫的》《论现实主义》等论文,提倡无产阶级革命文学理论,这就直接为左翼青年作家提供了一种思想武器。不仅如此,周扬还介绍了苏联和世界各国无产阶级文学以及俄国古典文学,主要有《新俄文学中的男女》《路》《果尔德短篇杰作选》等。之后,在解散"左联"、成立中国文艺家协会、提倡国防文学等方面,周扬可以说都发挥了重要的领导作用。周扬在《文学的真实性》一文中阐明了政治性第一,文学性第二,文学性从属于政治性才是真实的文学。"所以,作为理论斗争之一部的文学斗争,就非从属于政治斗争的目的,服务于政治斗争的任务之解决不可。同时,要真实地反映客观的现实,即阶级斗争的客观的进行,也有彻底地把握无产阶级的政治的观点的必要。对于文学

---

  ① 冯雪峰著、倪墨炎、陈九英编校整理:《冯雪峰回忆鲁迅全编》,上海:上海文化出版社 2009 年版,第 90 页。
  ② 张景兰:《政治的文化与文化的政治——也谈左联领导人与鲁迅的分歧》,《延安大学学报》2014 年第 5 期。

之政治的指导地位，就在于此。"① 在周扬看来，在中国革命的特殊历史阶段，"左联"必须严格组织纪律，才能保证上级党组织的各种政策得到有效贯彻落实，才能更好地树立政治权威，才能迅速挫败国民党政府的文化围剿。从这个意义上讲，鲁迅对周扬的部分指责也存在着不符合实际的地方，其中的历史误会也是明显的。

二 "启蒙左翼"的个人化理念

通常来讲，"启蒙左翼"很强调个体意志和道德情感，注重个人的审美感受和生命体验，是中国思想革命过程中的重要一翼。实际上，"启蒙左翼"的思想理念并不是空穴来风的，可以追溯到"五四"之前，是启蒙主义思潮的直接回响。启蒙主义主张以精神力量唤醒民众，通过改造思想来激发人们的革命热情。其中，鲁迅就是启蒙主义的代表作家。早在留学日本时期，鲁迅说："是故将生存两间，角逐列国是务，其首在立人，人立而后凡事举；若其道术，乃必尊个性而张精神。"② 鲁迅认为，"立人"是"立国"的必要前提，只有广大民众的思想觉悟得到提高，才能建构现代民族国家。"五四"时期，鲁迅把启蒙主义思想有效融入小说创作过程之中，并且取得了很大成功。鲁迅说：

> 例如，说到"为什么"做小说罢，我仍抱着十多年前的"启蒙主义"，以为必须是"为人生"，而且要改良这人生。我深恶先前的称小说为"闲书"，而且将"为艺术的艺术"，看作不过是"消闲"的新式的别号。所以，我的取材，多采自病态社会的不幸的人们中，意思是揭出病苦，引起疗救的注意。③

---

① 周扬：《周扬文集》第1卷，北京：人民文学出版社1981年版，第67页。
② 鲁迅：《文化偏至论》，《鲁迅全集》第1卷，北京：人民文学出版社2005年版，第58页。
③ 鲁迅：《我怎么做起小说来》，《鲁迅全集》第4卷，北京：人民文学出版社2005年版，第526页。

"五四"之后,鲁迅依然坚持启蒙主义思想。但是,中国革命形势已经发生显著变化,鲁迅深切感到个人独战的寂寞和悲哀,这促使他必须实现思想突围,才能及时解决自己精神困境的问题。

1927年10月,鲁迅携许广平到达上海,开始了一段全新生活。紧接着,鲁迅和后期创造社、太阳社青年作家之间就发生了"革命文学"论争。论争焦点在于,中国当时到底有没有无产阶级革命文学?成仿吾、李初梨、冯乃超等人认为,中国的无产阶级革命力量已经壮大,"革命文学"也正在蓬勃发展之中。但是,鲁迅对此却非常怀疑。鲁迅指出:

> 含混地只讲"革命文学",当然不能彻底,所以今年在上海所挂出来的招牌却确是无产阶级文学,至于是否以唯物史观为根据,则因为我是外行,不得而知。但一讲无产阶级文学,便不免归结到斗争文学,一讲斗争,便只能说是最高的政治斗争的一翼。这在俄国,是正当的,因为正是劳农专政;在日本也还不打紧,因为究竟还有一点微微的出版自由,居然也还说可以组织劳动政党。中国则不然,所以两月前就变了相,不但改名"新文艺",并且根据了资产社会的法律,请律师大登其广告,来吓唬别人了。①

后期创造社、太阳社青年作家认定鲁迅是小资产阶级根性的落后作家,革命立场不够坚定,缺乏集体主义情怀,理应受到批判。实际上,他们之间出现思想冲突,主要原因在于其对中国革命形势存在着认识分歧。后来,在中国共产党高层的指示下,后期创造社、太阳社青年作家和鲁迅暂时实现了团结合作。1930年,鲁迅加入了"左联",在思想上开始"向左转"。但是,鲁迅和后期创造社、太阳社青年作家的思想矛盾并没有根本消除,这就为左翼阵营内部后来出现分裂埋下了隐患。

---

① 鲁迅:《文坛的掌故》,《鲁迅全集》第4卷,北京:人民文学出版社2005年版,第123页。

只要面对历史的真实,任何人都不能否认,左联的基础是不牢固的。无论对于鲁迅,还是对于创造社和太阳社,实现联合都有点勉强。双方在革命文学论争中的矛盾和隔阂并未消除,理想和追求并不一致,见解和主张也不相同。在这样一个基础上形成的左联,从成立之日起就不是一个同质的整体。他至少包括两类人:一类是组织化的成员,他们首先是战士,然后才是作家,善于服从命令,能够自觉地充当革命机器上齿轮和螺丝钉,可以称为组织化的左翼教条派;另一类是尚未组织化和教条化的人们,他们认同左翼的某些思想,赞同革命,却仍然崇尚个人的独立和自由,不习惯整齐的步伐,即使加入左联,往往也是横站,可以称之为个人化的左翼自由派。在左联中,周扬代表了前者,鲁迅代表了后者,在各自身边聚集了两个不同的群体。①

这里,李新宇把左翼分为"教条派"和"自由派"两大阵营,也是把握住了问题实质的,和笔者所论及的"政治左翼"和"启蒙左翼"具有异曲同工之妙。"左联"成立之初,就把主要工作放在飞行集会、散传单、贴标语等方面。所谓"写标语",就是"用棉花或烂布蘸墨汁""在墙壁上刷""大标语";而"散传单有时是单独在马路上散发,有时是结合飞行集会散发。每逢'五一'、'五七'、'五卅'、'九·一八'等纪念日,事先约好时间地点,到时候讯号一发,人们迅速集中起来,有人演讲鼓动,高呼口号,散发传单"②。但是,鲁迅拒绝参加上述政治活动。许多人就认为鲁迅搞特殊,经常凌驾于组织之上,组织纪律性不强。当时,由于瞿秋白、冯雪峰等马克思主义革命理论家善于做统战工作,许多矛盾分歧暂时得到有效化解。

客观地说,"左联"的组织化原则是有积极作用的。试想在国民党严酷统治之下,"左联"能够存在六年之久,许多工作开展得有声有色,倘

---

① 李新宇:《鲁迅的遗产和胡风的悲剧》,《齐鲁学刊》2008年第3期。
② 姚辛:《左联史》,北京:光明日报出版社2006年版,第14页。

若没有一套相对严格的纪律保障，实在是不可想象的。由于鲁迅不是党员，被认为是应该统战的重点对象，许多人可以说对鲁迅是"尊重有余，服从不足"。很明显，鲁迅和周扬分别代表了左翼内部两种不同阵营，即"政党左翼"和"启蒙左翼"。"政党左翼"认为，政治是第一位的，文艺是第二位的，文艺要为政治服务。"启蒙左翼"却认定，必须首先用启蒙方式来改变人们思想状态，才能有效激发民众的革命热情。可以说，鲁迅是一位文学家，但不是政治家。"他承认实际政治的价值，理解他人'站在政治立场上'的选择，他自己也在能力限度内或可接受程度上为政治目标尽心尽力，但却拒绝将任何政治目标绝对化和终极化。"① "鲁迅的政治承担是扎根于一种道德感情，因而不允许任何的机变权诈和实用主义。这种道德倾向的内在逻辑必然会使他反对那种职业的政治家……这就是一些人想用文学口号作为一种统一战线的策略时，他所以拒绝的原因。"② 但是，周扬既是一位文学家，又是一位政治家。他们操持着两种不同的逻辑规则。因此，"二者的不同集中体现在政治和文学谁是第一性的分殊上，相应地，还衍生出政党组织要求的统一性和知识分子的思想独立性，政治的变通性、策略性和道德情感、文化观念的一贯性，在政治组织中获取权力和平等独立的现代伦理诉求等的分殊与矛盾。"③

  当时，政治化思维成为一种集体无意识，深刻影响着人们思考问题的方式。"也就是说，在1930年代的左联时期，政党化的价值观念，左翼青年的激进情绪，排异心理以及由此衍生出来的与鲁迅思想情感的对立现象，并非单纯体现在周扬一个人身上，而是相当普遍的一种群体现象，是中国早期革命文艺运动的突出特征。"④ 因此，周扬等人仅仅是扮演了一种历史角色，充当了红色革命年代的形象符号。虽然具有个体性

---

① 张宁：《无数人们与无穷远方：鲁迅与左翼》，上海：复旦大学出版社2006年版，第157页。
② 李欧梵：《铁屋中的呐喊》，长沙：岳麓书社1999年版，第230页。
③ 张景兰：《政治的文化与文化的政治——也谈左联领导人与鲁迅的分歧》，《延安大学学报》2014年第5期。
④ 吴敏：《晚年鲁迅与"周扬等人"》，《中国现代文学研究丛刊》2012年第11期。

意义，但更多的却在于普遍性价值。实际上，鲁迅在倡导思想革命的同时，并不反对政治革命。周扬也不是"奴隶总管"和"革命工头"。周扬等人有可能曾经误伤过鲁迅，但这不是故意为之，更多的却是一种历史误会。当我们拨开历史的层层迷雾，会发现一切都是如此沉重，却又那么释然开怀。"因此，在鲁迅和周扬等人之间，左联不是一个，而是两个，左联内部是有着较大的裂隙和弹性空间存在的。这在现实层面上，其实需要一个富有包容性的文化机制和工作机制来解决的。"① 但是，这种文化机制却始终没有建立起来，才导致了双方矛盾越来越深。对于越过文学层面的革命行为，鲁迅可以说是基本陌生的。李欧梵说："作为一位从事文学的知识分子而非政治活动家，鲁迅执著地关心的主要是文学与革命的理论问题以及在政治承担的框架以内确定自己生命存在的意义的问题，而不是革命的策略问题。"② 由此可见，鲁迅始终以文学家的话语立场来审视中国革命问题，这就使他常常处于一种焦虑和怀疑的思想状态。

一言以蔽之，鲁迅和周扬等人之间的矛盾冲突是两种不同革命逻辑的现实博弈。此时，"左翼的鲁迅"和"鲁迅的左翼"这两个重要概念也就逐渐浮出历史地表。"左翼的鲁迅"主要是指瞿秋白、茅盾等人对其精神品格的极力推崇，他们有意识地把鲁迅塑造为左翼文学阵营的精神领袖，而鲁迅思想的"被左翼化"又最终成为中国知识分子思想转变的"最终方向"；而"鲁迅的左翼"则是指鲁迅所认同的"左翼"，鲁迅和左翼之间疏离的关节点主要体现在中国革命的诸多问题的差异之上。鲁迅非常讨厌用僵硬的文学制度去规约知识分子的思想，他提倡把民众置于民主革命的实践体系中来壮大力量。鲁迅说："左翼作家并不是从天上掉下来的神兵，或国外杀进来的仇敌，他不但要那同走几步的同路人，还要招致那站在路旁看看的看客也一同前进。"③ 由此可见，追求自由的

---

① 袁盛勇：《作为问题存在的"左联"》，《文艺争鸣》2014年第7期。
② 李欧梵：《铁屋中的呐喊》，长沙：岳麓书社1999年版，第156页。
③ 鲁迅：《论"第三种人"》，《鲁迅全集》第4卷，北京：人民文学出版社2005年版，第451页。

"鲁迅"与并不自由的"左翼"的矛盾此消彼长,这就为鲁迅形象的阐释带来了困难。"左翼的鲁迅"并不能阐释30年代鲁迅的真实人格,而"鲁迅的左翼"也没有使左翼文学实现统一:后世用"左翼的鲁迅"去诠释左翼文学的全部历史,其所遗留下的历史弊端,至今仍然影响着中国现代文学研究的深入展开。

第三节　内外夹击中的左翼旗手

一　"戴白色手套革命"的鲁迅

1931年12月,针对左翼文坛出现的各种"乱象",胡秋原发表了《阿狗文艺论》《勿侵略文艺》《钱杏邨理论之清算与民族主义文学理论之批判》等系列文章,宣称自己是"自由人",反对任何"主义"对文艺的侵略。其中,胡秋原在反对"民族主义文艺运动"的同时,也反对左翼"将艺术堕落到一种政治的留声机",受到了瞿秋白、冯雪峰、周扬等人的集体围攻。不久,"第三种人"苏汶发表了《论文学上的干涉主义》一文,也卷入了文学论争。关于左翼和"自由人"、"第三种人"之间的话语论争,笔者将在第五章中进行论述,这里只是引出问题。20世纪30年代初期,左翼文艺运动得到迅速发展,国民党政府感到极度恐惧,发动了"民族主义文艺运动",试图遏制左翼文学的迅猛发展势头。此时,胡秋原和苏汶似乎站在超阶级的基本立场,对左翼文学横加指责,必然要受到反批评。1932年10月,周扬在《现代》第1卷第3期上发表《到底谁不要真理,不要文艺?——读〈文新〉与胡秋原的文艺辩论》一文,提出了自己的商榷意见。1932年11月15日,署名"芸生"的作者在周扬主编的《文学月报》第1卷第4期上发表《汉奸的供状》的长诗,意在讽刺"自由人"胡秋原:"现在我来写汉奸的供状。据说他也姓胡,可不叫做立夫。穿着江北苦力的衣裳,倒也像,只是皮肤白一点。""你这'爱真理'的'自由人'呀,满涂脂粉的姑娘。啊,风是这样紧,粉脸堆满了灰尘。我亲爱的,这是揩脸的湿手巾。""这雪一般白的自由人,真是温柔肉又香。""你这汉奸,真是混账"。更有甚者,"芸生"竟恐吓辱骂胡秋原:"放屁,肏你的妈,你祖宗托洛茨基的话。当心,你的脑袋一下就要变做剖开的西瓜!"在这里,"芸生"等人在姓氏、衣服、学者身份、汉奸表现等方面对胡秋原进行挖苦,这是后期创造社、太阳社青年作家攻击"正人君子绅士学者"的"新流氓主义"的余绪,彰显了自己的思想浅薄和幼稚。

现在,学术界已经考证出"芸生"是"邱九如"的化名。他当时为共青团的一个负责干部,是中国共产党党员作家。正如鲁迅所说,这首诗是模仿别德纳衣的《没工夫唾骂》一文。"向茹"(瞿秋白)翻译了原诗,载在1932年10月《文学月报》第1卷第3期。1932年12月10日,鲁迅写了《辱骂和恐吓决不是战斗——致〈文学月报〉编辑的一封信》一文,直接寄给《文学月报》编辑部。12月15日,经过周扬编辑,此信就在《文学月报》第1卷第5—6号合刊的通信栏目里刊载。鲁迅说:

> 然而我们来比一比罢,别德纳衣的诗虽然自认为"恶毒",但其中最甚的也不过是笑骂。这诗怎么样?有辱骂,有恐吓,还有无聊的攻击:其实是大可以不必作的。①

> 自然,中国历来的文坛上,常见的是诬陷,造谣,恐吓,辱骂,翻一翻大部的历史,就往往可以遇见这样的文章,直到现在,还在应用,而且更加厉害。但我想,这一份遗产,还是都让给叭儿狗文艺家去承受罢,我们的作者倘不竭力的抛弃了它,是会和他们成为"一丘之貉"的。不过我并非主张要对敌人赔笑脸,三鞠躬。我只是说,战斗的作者应该注重于"论争";倘在诗人,则因为情不可遏而愤怒,而笑骂,自然也无不可。但必须止于嘲笑,止于热骂,而且要"嬉笑怒骂,皆成文章",使敌人因此受伤或致死,而自己并无卑

---

① 鲁迅:《辱骂和恐吓决不是战斗——致〈文学月报〉编辑的一封信》,《鲁迅全集》第4卷,北京:人民文学出版社2005年版,第464页。

劣的行为，观者也不以为污秽，这才是战斗的作者的本领。①

话语之间，鲁迅是反对"芸生"的话语方式的。鲁迅认为，"现在有些作品，往往并非必要而偏在对话里写上许多骂语去，好像以为非此便不是无产者作品，骂詈愈多，就愈是无产者作品似的。其实好的工农之中，并不随口骂人的多得很，作者不应该将上海流氓的行为，涂在他们身上的。即使有喜欢骂人的无产者，也只是一种坏脾气，作者应该由文艺加以纠正，万不可再来展开，使将来的无阶级社会中，一言不合，便祖宗三代的闹得不可开交。""无产者的革命，乃是为了自己的解放和消灭阶级，并非因为要杀人，即使是正面的敌人，倘不死于战场，就有大众的裁判，决不是一个诗人所能提笔判定生死的⋯⋯而我们的作者，却将革命的工农用笔涂成一个吓人的鬼脸，由我看来，真是卤莽之极了。"②

值得一提的是，《汉奸的供状》是发表在周扬主编的《文学月报》之上。可以推测，周扬没有对"芸生"的过激行为加以阻止，对此可能是默认的；吊诡的是，在鲁迅文章的末尾之处，周扬着意加上了一条按语，以示对鲁迅来信的高度重视："鲁迅先生的这封信指示了对于敌人的一切逆袭，我们应该在论争上给以决定的打击，单是加以辱骂和恐吓，是不能使敌人受伤或致死的，我以为这是尊贵的指示，我们应该很深刻地来理解的。"③此时，论争还远远没有结束。1933年2月3日，首甲、方萌、郭冰若以及丘东平等人共同署名，在《现代文化》第1卷第2期上发表了《对鲁迅先生〈辱骂和恐吓决不是战斗〉有言》一文。他们也承认"芸生"存在着不当之处，但笔锋一转，就对鲁迅的批评提出了直接斥责："鲁迅先生说'决不是一个诗人所能提笔判定生死'的话，显然是把普罗文化运动的任务估计过低，把我们诗人与斗争实践分离，这是极危险的右倾文化运动中和平主义的说法，无形中已对敌人赔笑脸三鞠躬

---

① 鲁迅：《辱骂和恐吓决不是战斗——致〈文学月报〉编辑的一封信》，《鲁迅全集》第4卷，北京：人民文学出版社2005年版，第466页。
② 同上书，第465页。
③ 《文学月报》第5、6号合刊，1932年12月15日。

了。"不仅如此，他们还告诫人们，要切实防止"右倾机会主义"的思想渗透："要是因为反对左倾关门主义而松懈对贩卖手的斗争，对不正确倾向做调和，这和左倾关门主义的错误无分轩轾，我们也必须肃清他。因为这是陷入了主要的危险——右倾机会主义的陷阱。"这里，首甲等人暗讽鲁迅似乎忘记了阶级立场，属于一种"右倾机会主义"行为。他们说："可是鲁迅先生为要纠正'切西瓜'之类的'恐吓'时，却带上了极浓厚的右倾机会主义的色彩……怕自己的脸孔被别一阶级的人看成吓人的鬼脸，将会走到动摇妥协的道路。"

鲁迅曾经多次向周扬等人垂询，想弄清楚首甲、方萌、郭冰若等人的真实身份，但总是不得要领。1933 年 4 月，鲁迅才知道"首甲"是左翼作家祝秀侠的化名。具有讽刺意味的是，后来，祝秀侠主动脱离"左联"，直接投靠了国民党政府，担任国民党候补中央监察委员等要职，成为名副其实的"右倾分子"。1933 年 4 月 11 日，鲁迅写了《透底》一文说：

> 八股无论新旧，都在扫荡之列……其余的人也会有新八股性。例如，只会"辱骂""恐吓"甚至于"判决"，而不肯具体地切实地运用科学所求得的公式，去解释每天的新的事实，新的现象，而只抄一通公式，往一切事实上乱凑，这也是一种八股。即使明明是你理直，也会弄得读者疑心你空虚，疑心你已经不能答辩，只剩得"国骂"了。①

在文章中，鲁迅直接引用了祝秀侠的话，虽然彼此话不投机，但是，也算又一次展开话语交锋。1935 年 4 月 28 日，鲁迅在给萧军信中说："那个杂志的文章，难做得很。我先前也曾从公意做过文章，但同道中人，却用假名夹杂着真名，印出公开信来骂我，他们还造一个郭冰若的名，令人疑是郭沫若的排错者。我提出质问，但结果是模模胡胡，不得要领，

---

① 鲁迅：《透底》，《鲁迅全集》第 5 卷，北京：人民文学出版社 2005 年版，第 112 页。

我真好像见鬼,怕了。"①"死于敌手的锋刃,不足悲苦;死于本不知何来的暗器,却是悲苦。但最悲苦的是死于慈母或爱人误进的毒药,战友乱发的流弹,病菌的并无恶意的侵入,不是我自己制定的死刑。""勇者愤怒,抽刃向更强者;怯者愤怒,却抽刃向更弱者。不可救药的民族中,一定有许多英雄,专向孩子们瞪眼。这些孱头们。"② 可以想象,"首甲"等人很可能是受到"左联"领导人的极力掩护,才得以隐瞒了自己的真实身份。因此,鲁迅被人认为是"带着白手套革命"的右倾机会主义者,这就给鲁迅造成了很大伤害。所以,鲁迅必须保持着"横站"的姿态,既要防止国民党右翼作家的进攻,又要提防同一营垒内部射来的各种暗箭,这就是"旗手"的两难。

1932年12月,瞿秋白正在鲁迅家中借住。为了声援鲁迅,瞿秋白先后写了《慈善家的妈妈》《鬼脸的辩护——对于首甲等人的批评》等文章,极力拥护鲁迅的文学主张。瞿秋白说:

> 当你只会喊几声"切西瓜"的时候,就要被敌人看做没有能力在理论上答辩了。而一般广大的民众并不明白敌人"理论家"的欺骗。
>
> 这对于革命的队伍是极有害的空谈。革命的工农不能够不宣布首甲等的意见决不是他们的意见……而自己愿意戴上鬼脸的首甲等却的确是左倾机会主义的观点……替这种辱骂来辩护,那才不知道是什么倾向的什么主义了。可以说,这是和封建文化妥协的尾巴主义……
>
> 他们的立场是离开真正的战斗,而用一些空洞的词句,阿Q式的咒骂和自欺,来代替战斗了。
>
> 我希望首甲不单在口头上反对左倾关门主义和右倾机会主义,而能够正确的了解和纠正自己的机会主义错误。③

---

① 鲁迅:《致萧军》,《鲁迅全集》第13卷,北京:人民文学出版社2005年版,第449页。
② 鲁迅:《杂感》,《鲁迅全集》第3卷,北京:人民文学出版社2005年版,第51页。
③ 瞿秋白:《鬼脸的辩护——对于首甲等人的批评》,《瞿秋白文集》第2卷,北京:人民文学出版社1986年版,第124页。

瞿秋白总结道:"所以说'恐吓决不是战斗'的鲁迅绝没有什么右倾机会主义的色彩……所以鲁迅说'辱骂决不是战斗'是完全正确的。我们认为鲁迅那封《恐吓辱骂决不是战斗》的信,倒的确是提高文化革命斗争的任务的,值得我们研究。"① 作为鲁迅的精神知己,瞿秋白之所以支持鲁迅,主要因为他们的现实境况相似,这既有一种惺惺相惜又有同病相怜的深层意味。两人在上海期间协同作战,共同创作了十几篇杂文,是他们真诚友谊的见证,也成为中国现代文学史上的交往佳话。

不仅如此,《汉奸的供状》一诗还引起左翼领导人周扬和冯雪峰之间的"交恶",使"左联"的宗派主义和关门主义倾向越加严重。1932年前后,冯雪峰担任"左联"文委书记,周扬是"文委"委员之一。当时,冯雪峰看到《汉奸的供状》之后,感到非常不快,认为这"严重违背了党的策略",建议主编周扬在下一期的《文学月报》纠正错误。周扬却坚决不同意,二人为此还发生了激烈争吵。我们不禁要问,周扬、冯雪峰等人早期在领导左翼文艺运动过程中,很多观点是一致的,为何这里却发生了严重分歧。"党的政策"为什么会变化如此之快? 不仅如此,倘若按照"左联"的组织规则,冯雪峰是周扬的直接上级,周扬应该无条件接受冯雪峰的批评,并及时改正错误。但是,实际情况并非如此。当时,中国共产党是共产国际的一个东方支部,许多革命方针主要来源于共产国际的指示精神。在共产国际安排中国革命具体工作之时,就极力反对"右倾机会主义"。1932年10月之后,为什么中国共产党党内突然转向反对关门主义,争取中间阶级呢? 真实原因是,1932年10月27日,张闻天在上海举行的中国共产党临时中央局会议上,做了中国目前形势问题的报告,改变了对"右倾"问题的具体看法。1932年11月3日,张闻天还以"哥特"笔名在《斗争》第30期上发表《文艺战线上的关门主义》一文,明确指出左翼作家在批评"第三种文学"之时,犯了"关门主义"的思想错误,这才促使左翼作家认识到自己的路线错误。

---

① 瞿秋白:《鬼脸的辩护——对于首甲等人的批评》,《瞿秋白文集》第2卷,北京:人民文学出版社1986年版,第124页。

1932年12月之前，冯雪峰曾经写过《致〈文艺新闻〉的一封信》《"阿狗文艺"论者的丑脸谱》《并非浪费的论争》等诸多文章，直接批评胡秋原、苏汶等人的基本主张。1932年12月之后，为什么冯雪峰突然改变了批评论调？可以想象，冯雪峰很可能就是接到了张闻天的停止攻击胡秋原，并努力团结中间作家的精神指示。在《关于"第三种文学"的倾向和理论》一文中，冯雪峰说：

> 所以，对于一般作家，我们要携手，决非"拒人于千里之外"，更非视为"资产阶级的走狗"，自然，个别的同志会有而且曾有"指友为敌"的错误，然而一有这种错误，我们自己即首先要给以纠正了。对于苏汶先生等，我们也要站在这一种态度上讨论问题的……因此，我们不把苏汶先生等认为我们的敌人，而是看做应当与之同盟战斗的帮手，我们就应当建立起友人的关系来。①

但是，中共中央对"右倾"问题的政策变化，并没有传达到"左联"之中，周扬依然固守原来上级组织的革命政策，必然就会和冯雪峰等人发生严重冲突。此时，周扬认为，鲁迅、冯雪峰等人的态度完全是不可理解的，甚至是一种"右倾机会主义"，也就在情理之中。在白色恐怖的特殊历史时期，"左联"的许多工作被迫转入秘密状态，许多情报得不到及时传达和接收，这就直接引起了很多误会。在这一论争过程中，鲁迅被塑造为"戴白色手套的"的革命者，是"右倾"机会主义者，这分明是对鲁迅形象的严重误读。

二 遮蔽与敞开：重述"两个口号"之争

1935年，日本帝国主义在侵占中国东北之后，又制造了"华北事变"，企图把华北变成第二个"伪满洲国"。蒋介石政府依然实行"攘外必先安内"的不抵抗政策，中华民族正处于生死存亡的危急时刻。1935

---

① 冯雪峰：《冯雪峰论文集》上卷，北京：人民文学出版社1981年版，第101—102页。

年8月1日，中国共产党驻共产国际代表团起草了《为抗日救国告全体同胞书》(《八一宣言》)，并于两个月之后以中华苏维埃中央政府和中共中央的名义公开发表。本宣言是根据共产国际第七次代表大会的基本精神提出来的，呼吁中国各党派各军队和各界同胞停止内战，集中力量一致抗日，建议组成国防政府，并在国防政府领导下建立抗日联军。1935年10月，经过两万五千里长征，中国工农红军顺利到达陕北。11月下旬，中国共产党驻共产国际代表林育英来到陕北，向中共中央及时传达了共产国际关于建立反法西斯统一战线的指示精神，以及《八一宣言》的主要内容。为了积极响应共产国际的号召，1935年12月17日，中共中央在陕西瓦窑堡召开政治局扩大会议，通过了《中央关于军事战略问题的决议》《中共中央关于目前政治形势与党的任务的决议》。《决议》指出，中国目前形势的主要特点就是日本帝国主义要把中国变成殖民地，这种形势给中国所有社会阶层和政治党派提出了怎么办的问题。在民族矛盾已经上升为主要矛盾之时，党的策略任务就是发动和团结全中国一切不愿做亡国奴的革命力量，去反对日本帝国主义。为了建立抗日民族统一战线，党应该及时调整革命方针，努力纠正过去"左倾"关门主义错误，以适应新形势下革命的现实需要。会议还讨论了建立国防政府和抗日联军等问题，准备将"工农共和国"改为"人民共和国"，同时改变不适应抗日要求的部分政策。"瓦窑堡会议"是从土地革命战争时期到抗日战争时期中国共产党召开的一次重要会议，它总结了两次国内革命战争的基本经验，批评了"左倾"关门主义错误，警戒全党要汲取无产阶级放弃革命领导权而导致失败的惨痛教训，制定了抗日民族统一战线，极大地推动了抗日民主运动的发展，在中国革命史上具有重要意义。

当时，以上海为中心的中国共产党领导的左翼文艺界，为宣传和贯彻党的上述革命方针政策，就如何建立文艺界的统一战线问题，发生过一次激烈论争，即"国防文学"和"民族革命战争的大众文学"之间的口号论争。关于"国防文学"这一名称由来，学术界存在着不同争论。1934年10月2日，周扬化名"企"在《大晚报》上发表《国防文学》一文，从《对马》《战争》两部作品切入，呼吁中国在战争危机和民族危机直迫眉睫之际，急需提倡"国防文学"。周扬提到了中国面临的主要危险，这一现实形势呼唤着"国防文学"的出现。1935年12月21日，周立波在《时事新报·每周文学》上发表《关于国防文学》一文，极力支持周扬的"国防文学"。周立波指出，"国防文学"尽管原为苏联所倡导，但是移植到中国是有现实需要的，尽管和苏联的国防文学具有迥然不同的任务："在苏联，它是防卫工农的伟大建设的，在中国，它是解放民族的一样特殊武器；在苏联，它主要是对付国外的敌人的，在中国，它反抗国外的敌人，同时更要进攻国内汉奸卖国者。中国的国防文学，是反帝反汉奸的广大群众运动中的意识上的武装。"周立波呼吁不愿做亡国奴的爱国同胞都要团结起来，共同反对日本帝国主义侵略。之后，何家槐、胡洛、张尚斌、孙逊、徐懋庸、周楞伽、王梦野等人都积极响应，掀起了如何建设"国防文学"的讨论热潮。在许多文艺工作者的共同声援下，"国防音乐"、"国防戏剧"、"国防诗歌"、"国防电影"等文艺样式也得到迅速发展，极大支持了抗日民族统一战线的建立。

与此同时，对"国防文学"的质疑之声也不绝于耳。1936年2月22日，徐行在《礼拜六》第628号上发表《评"国防文学"》一文，对张尚斌的《国防文学和民族性》中的部分观点提出异议，认为"国防文学"在中国没有生存的现实土壤，原因在于"不但微弱的没落的中国封建文化决没有养育国防文学这种新的文学的能力，就是连所谓'还有着反帝的强烈要求的'中国的民族资产者也没有任何能力"，"我们的意见是，无论中国各种阶层的民众中，都有反帝的要素那回事，更不能有全中国民族的文学——国防文学"。1936年5月，徐行在《新东方》第2号上又发表《我们现在需要什么文学》，虽然肯定了在目前逐渐殖民地化的中国需要有保卫祖国的号召，但是，他同时提醒人们不要忘记一个基本原则，就是"何种阶层处于某一时代的中心，决定它的主要内容，它的主要发展方向，该时代的历史环境的主要特点等等"。一言以蔽之，我们绝对"不应作理论上的让步和以原则为买卖"。徐行认为，"国防文学"的"理论家"完全丢开了这些；他们完全否认了1925—1927年的血的教训，把一些被历史车轮轧碎了的废物说成是

"同路人"了，而且是近似"兄弟"了。徐行还进一步认定，这种立场是不合事宜的，造成这种现象的主要原因在于：第一，这些"理论家"大部分是从没落的中小地主和破产的小有产者脱胎出来的；第二，他们只是不满意现状，对未来社会必然出现并没有确定信仰。可以看出，徐行的观点代表了许多人的共同心声。他们认为，只有广大工农阶级才是最可靠的抗日力量，而联合地主阶级以及小资产阶级是危险的，甚至是一种丧失阶级立场的行为。

1936年6月1日，胡风在《文学丛报》第3期上发表《人民大众向文学要求什么？》一文，在没有对"国防文学"做出评价的前提下，贸然提出了"民族革命战争的大众文学"的口号。胡风认为，"民族革命战争的大众文学"的口号具有现实的生活基础，原因在于"民族革命战争的大众文学所依据的是动的现实主义的方法，因为它正是现实的社会要求在文学上的集中的表现；然而，同时这个口号里面还含有积极的浪漫主义的一面，因为在民族革命战争运动里面蕴藏有无限的英雄的奇迹和宏大的幻想"。不仅如此，"民族革命战争的大众文学"是"统一了一切社会纠纷的主题"，而且也是继承了"五四"的革命文学传统，尤其是综合了"九一八"以后的创作成果。因为"九一八"之后，反帝运动的最高形态发展到了民族革命战争，在文学上也得到了直接反映，已经取得了许多成功记录。"在这些作品里面我们看到了民族英雄底比较真实的面貌，人民大众在民族革命战争中所表现的英雄主义，尤其是民族革命战争和人民大众生活的血缘关系。这是'民族革命战争的大众文学'底先驱，是提出这个口号的作品的基础。"总而言之，胡风认为，"民族革命战争的大众文学"在中国具有现实基础，是一个正确口号。

1936年6月10日，徐懋庸在《光明》创刊号上以《人民大众向文学要求什么？》为题，对胡风的基本主张提出了严肃批评。徐懋庸认为，"民族革命战争的大众文学"这一口号是"笼统和空洞的"，他质问胡风，"为什么对于已有口号不予批评，而且只字不提，这是不正确的做法"。徐懋庸进一步指出：

> 国防文学这口号，在胡风先生看来，是不是正确的呢？倘是正确的，为什么胡风先生要另提新口号呢？倘若胡风先生以为确有另提新口号之必要，那么定然因为国防文学这口号有点缺点，胡风先生就应该予以批评。不予批评而另提关于同一运动的新口号，这在胡风先生，是不是故意标新立异，要混淆大众的视听，分化整个新文艺运动的路线呢？

徐懋庸认定，"国防文学"已经得到了广大革命力量的理解和拥护，目前提出"民族革命战争的大众文学"这一口号是没有必要的。后来，双方围绕着"民族革命战争的大众文学"和"国防文学"两个口号展开了话语交锋。当时，《大晚报》《时事新报》《生活知识》《文学青年》《文学》《新东方》《文学界》《光明》《现实文学》《浪花》《社会日报》《民国日报》《诗歌杂志》《大公报》《夜莺》《质文》等报纸杂志，都参加了"两个口号"的论争，刊载相关文章500篇左右。在论争过程中，双方围绕着"两个口号"的社会背景、具体内涵、现实意义、理论价值等方面，展开了热烈讨论。同时，这也把如何更好地贯彻抗日民族统一战线问题引向深入。

1936年3月20日，《生活知识》第1卷第11期开设了"国防文学特辑"。发表了力生的《文艺界的统一国防战线》、周楞伽的《建立"国防文学"的几个前提条件》、梅雨的《国防文学与弱小民族文学》、王梦野的《中国的反帝文学与国防文学》、宗珏的《国防文学的特质》、辛人的《〈对马〉对于我们的意义》、章茶的《电影在国难教育中的作用》等文章。其中，力生认为，"中国的现实形势发展到现在，已经把全国大众在一条战线上统一起来了，这战线就是救亡的民族革命战线。同时，今后中国文艺的动向，也被现实形势决定得更统一更分明了。这就是，国防文艺的发展"。周楞伽指出，要建立国防文学，必须具备几个前提条件：一是个人意见的消除；二是右倾机会主义的克服；三是"左倾"宗派主义的清算。王梦野认为，"伴随着一九三五年末反帝反民族汉奸的全国救亡运动的新高潮，由于民族解放斗争要求一个全民武装的'国防战争',所以一个相适应的'国防文学'运动鼓吹起来,推行起来。这用不着解说,是自'九·一八'、'一·二八'以来的'反帝文学'的新进展。今后中国文学的主流将顺着这一条'国防文学'的战壕而前进"。宗珏认为,"国防文学"是号召一切有良心、有正义感的爱国作家,一致起来担任这伟大的文学的工程,强调着现实的事变去作我们底形象艺术的表现。在这伟大的民族解放斗争的时期中,一切文学上的无聊与无谓的论争,以及脱离现实的作品,必须停止去写作。大家一致地创造国防文学,担负起伟大的时代的任务,只有这样,中国文学才有光荣伟大的成果。

1936年6月15日,《夜莺》杂志第1卷第4期开设了"民族革命战争的大众文学"特辑,刊发了鲁迅的《几个重要问题》、龙贡公(陈望道)的《抗日文学阵线》、聂绀弩的《创作口号和联合问题》、奚如的《文学的新要求》、胡风《抗日声中的演剧运动》、龙乙的《急切的问题》6篇文章,基本观点就是阐述"民族革命战争的大众文学"存在着现实合法性,是一个正确口号。鲁迅在《几个重要问题》中详细阐明了自己的看法。鲁迅指出:

> 民族危机到了现在这样的地步,联合战线这口号的提出,当然也是必要的,但我始终认为,在民族解放斗争这条联合战线上,对于那些狭义的不正确的国民主义者,尤其是翻来覆去的投机主义者,却望他们能够改正他们的心思。在这战斗过程中,决不能在战略上或任何方面有一点忽略,因为就是小小的忽略,毫厘的错误,就是整个战斗失败的源泉啊!

> 我主张以文学来帮助革命,不主张徒唱空调高论,拿革命这两个辉煌的名词,来抬高自己的文学作品。现在我们中国最需要反映民族危机,鼓励争斗的文学作品。

聂绀弩认为,"不过现在这个新的口号,却更明确地更不含糊地指出了现阶段文学底内容底特质；更明确地不含糊地指出现阶段的作家所应该努力的方向；一切的误会，曲解和野心底利用都不容易加到它底头上来。这是这口号最特色的地方"。龙贡公特别强调，"'民族革命战争的大众文学'这口号底含义中的民族革命战争是人民大众生活上的种种底中心。但他们底创作家和批评家不能忽视这中心以外的种种其他的活动——如果没有了它们，大众底利益将无所凭借，他们的革命力量将无法提高到最高度，因此那中心活动也将成为没有固定的内容的空框子"。龙乙认为，"'民族革命战争的大众文学'这一口号的提出是有无比的正确性的，愿意一切文化战斗员为着民族的生死存亡集中到这一口号下面努力；但是，在一致的目标下，并不绝对拒绝分工合作的道路，因为目前比实践争论重要，只有能够真诚地实际地为民族解放斗争做出工作成绩的才能证明他的发展的前途，不然，民众自己会抛弃它！"

1936年7月1日，《现实文学》也开设"民族革命战争的大众文学特辑"，发表了张天翼的《一点意见》、路丁的《现实形势与民族革命战争的大众文学》、耳耶的《创作活动的路标》、艾淦的《今后戏剧运动的路》4篇文章，也是支持"民族革命战争的大众文学"的主张。鲁迅的《论现在我们的文学运动》和《答托洛茨基的信》在刊载这里（后者作为附录，发表在卷末，题为《鲁迅先生答托洛茨基的信》）。张天翼在《一点意见》中，要求我们的作家"认识现实，把握现实，深入现实"，"深切认识我们的对象"，不要"凭空造出个十全十美的上帝似的英雄来"。路丁在《现实形势与民族革命战争的大众文学》一文中强调，"民族革命战争的大众文学"必须要描写"典型环境""典型的人物"，所谓"典型人物"，就是"在民族革命战争中占了最基本的队伍"，而且要使他们之间配合好，才能使作品"有生气，有力量"。耳耶在《创作活动的路标》一文中指出，"民族革命战争的大众文学"不但不会"混淆大众的视听"，也不会"分化整个新文学运动的路线"，并且恰恰相反，它充实了国防文学的内容，使"大众的视听"变得非常明确毫不混淆。"徐懋庸先生'随便加人以一顶帽子'和周扬先生们的战略完全相同，完全是存心诬蔑，完全是宗派的成见"。鲁迅在《论现在我们的文学运动》一文中，明确指出了"民族革命战争的大众文学"与"国防文学"之间并非对立的,更不是要用前者去取代后者,前者是"一个总的口号","在总口号之下,再提些随时应变的具体的口号,例如'国防文学''救亡文学''抗日文艺'……等等,我以为是无碍的。不但没有碍,并且是有益的,需要的"①。

1936年8月10日,《文学界》第1卷第3号开设了"国防文学"特辑,共发表17篇文章。荒煤的《国防文学是不是创作口号》、夏征农的《我对于国防文学一点浅见》、艾芜的《关于国防文学》、魏金枝的《国防文学的任务等等》、罗烽的《我对于国防文学的意见》、林娜的《国防与国防文学》、舒群的《我的意见》、戴平万的《对于国防文学的我见》、叶紫的《国防文学的随感二则》、沙汀的《一点意见》、黄俞的《新的形势和文学界的联合战线》、杨骚的《看了两个特辑之后》、梅雨的《评两个口号》、张庚的《论两个口号》、茅盾的《关于引起纠纷的两个口号》、周扬的《与茅盾先生论国防文学的口号》、凡海的《国防文学与现实主义》,他们都一致认为"国防文学"这一口号具有合理性,而"民族革命战争的大众文学"则是完全错误的。其中,夏征农认为,"国防文学"不但是一个组织的口号,也是一个行动的口号,要求全国的文学家一致起来御侮救亡。但是,"国防文学"并不提供文学者一定的创作方法,它不是一个创作方法上的口号。因此,"国防文学"既不能恶意地看成民族主义文学,也不能狭义地看成战时文学,它是反帝反汉奸文学运动的进一步展开,更普遍地更积极地展开。杨骚在《看了两个特辑之后》一文中指出,"'国防文学'的内容是极充实的,一点不空洞;在'国防文学'这一配合现阶段的中国文学运动的新方针的正确的口号之下统一起来的'联合战线',是有着一个伟大的,共同的目标而同时极自由的组织"。茅盾指出,"民族革命战争的大众文学"应该是现在左翼作家创作的口号,"国防文学"则是全国一切作家关系间的标识。针对茅盾的观点,周扬在

---

① 鲁迅:《论现在我们的文学运动》,《鲁迅全集》第6卷,北京:人民文学出版社2005年版,第612—613页。

《与茅盾先生论国防文学的口号》一文说:"既然'国防文学'提出来以后,为广大文艺者所接受,所实践,形成了普遍全国的一个文学的中心的潮流,这是连'国防文学'的反对者们也不想掩饰的事实,要提出一个新口号来代替它,那就至少必须先对它下一番批判的功夫,而新提的口号又的确是更能表现现阶段的意义的。"

1936年9月之后,"两个口号"论争已经进入最后阶段。双方都意识到仅仅停留于简单的口号之争,对抗日民族统一战线的建立是不利的。他们在总体目标上是一致的,仅仅是在策略问题上存在分歧。此时,中国共产党高层也主张双方暂时搁置争议,从整体的革命战略出发,尽快团结起来一致对外,才不失为一种智慧之举。此时,冯雪峰、莫文华(刘少奇)、陈伯达、狄恩、任白戈等人党内重要的理论家,都阐明了各自的具体看法。吕克玉(冯雪峰)说:"关于口号的名词的争论应当即刻停止,把'民族革命战争的大众文学'和'国防文学'看成同一内容的东西,现在是没有什么不可以的,虽然'国防文学'一名词在文学思想的意义上太含混了。"① 莫文华(刘少奇)认为,"这里显然是理论上的两派,而不是口号与口号的两派了"。"所以,这次的论争的意义决不是争口号,而是在克服文坛上的关门主义与宗派主义,因为几篇最正确的论文的中心问题都在这一点上。"② 陈伯达认为,"在我们联合战线这里,'创作自由'在'国防文学'以外,这自由还是无限的;'创作自由'在'国防文学'以内,这自由是无限的。在国防文学战线内否认创作自由,这是宗派主义"。"'民族革命战争的大众文学'——这应该是属于国防文学的左翼,是国防文学最主要的一种,一个部分,同时也是国防文学的主力。'民族革命战争的大众文学'——这是左翼作家在'国防文学'下的自己的立场,显然地,这个口号,不是联合战线的口号。"③ 狄恩指出:

---

① 吕克玉:《对于文学运动几个问题的意见》,《作家》第1卷第6号,1936年9月15日。
② 莫文华:《我观这次文艺论战的意义》,《作家》第2卷第1号,1936年10月15日。
③ 陈伯达:《文学界两个口号问题应该休战》,《国防文学论战》1936年10月。

为了文学作品水准的提高和团结力量的加大，我们可以希望一切的作家们都赞同和实践后一口号，但我们适应着统一阵线中各种作家的现实情势，却主张用更广泛的国防文学来做作家间关系的标帜。但同时我们也不能让已经是很坚固的为民族利益战斗的前进作家还原到一般的群众水准，我们希望他们能够巩固统一，但同时我们也希望他们能够坚强地工作。因为这对于整个救亡都是有利的，而我们的一切都是整个地为了救亡，在这种意义上，我觉得今后应该努力的是树立和发挥两个口号的不同的相辅作用，目标既然相同，便不必为了正统而争执，更重要的是怎样促进作家们的救亡工作和文艺作品的创作实践。①

通过对"国防文学"与"民族革命战争的大众文学"论争材料的详细梳理，可以看出，周扬等人的"国防文学"口号，是根据中国共产党制定的抗日民族统一战线政策而提出的，也是对建立"国防政府"主张的一个呼应，主要目的就是号召全国文艺工作者团结起来，用文学力量来激发爱国群众，共同投入到抗日救亡活动中来。但是，鲁迅等人却反对"国防文学"这一口号："我以为应当说：作家在'抗日'的旗帜，或者在'国防'的旗帜之下联合起来；不能说：作家在'国防文学'口号下联合起来，因为有些作家不写'国防为主题'的作品，仍可以从各方面来参加抗日的联合战线；即使他像我一样没有加入'文艺家协会'，也未必就是'汉奸'。"② 与此同时，鲁迅也指出：

"国防文学"这口号，颇通俗，已经有很多人听惯，它能扩大我们政治的和文学的影响，加之它可以解释为作家在国防旗帜下联合，为广义的爱国主义的文学的缘故。因此，它即使曾被不正确的解释，

---

① 狄恩：《当前的文艺论争》，《清华周刊》第45卷第1期，1936年11月1日。
② 鲁迅：《答徐懋庸并关于抗日统一战线问题》，《鲁迅全集》第6卷，北京：人民文学出版社2005年版，第551页。

它本身含义上有缺陷，它仍应当存在，因为存在对于抗日运动有利益。①

可以看出，鲁迅、胡风等人提出"民族革命战争的大众文学"，主要意图在于弥补"国防文学"在阶级立场上的不明确性，以及在创作方法上的不科学性。比如，他们认为，"国防文学"这一口号没有阐明抗日战争的具体性质，更没有强调无产阶级的领导地位，是存在缺陷的。当时，鲁迅主张"民族革命战争的大众文学"，反对"国防文学"的做法引起了许多人的不理解。毫无疑问，许多人对鲁迅产生了严重误会，认为鲁迅反对"国防文学"就是不支持抗日民族统一战线，是一种丧失民族立场的错误行为。

在"两个口号"论争过程中，双方都在为"谁是正统"问题争论不休。实际上，这仅仅是一种表面现象，问题的复杂性却在于"论争之外"。结合当时中国现实革命形势，也许更能够看清问题的关键所在。1935年之后，王明、博古等留苏学生在延安以正统马克思主义者自居，在苏联和共产国际极力支持下，迅速取得了中央领导权。他们继续实行"左倾"冒险主义路线，给中国革命带来了重大损失。此时，毛泽东、朱德等人认为，中国革命只有结合具体国情，采取"游击战"和"运动战"，避免"左倾"冒险行为，才有可能取得最后胜利。1936年之后，国民党发动对陕甘宁解放区的围剿行动，周扬等人在上海的革命活动也受到严重破坏，一度和党中央失去了联系。在周扬等人看来，共产国际对中国革命问题的指示就是正确的。正是在这一前提之下，周扬等人提出了"国防文学"的主张，以呼应党中央在抗日战线问题上的理论主张。但是，鲁迅却说："我以为在抗日战线上是任何抗日力量都是应当欢迎的。同时在文学上也应当容许各人提出新的意见来讨论，'标新立异'也

---

① 鲁迅：《答徐懋庸并关于抗日统一战线问题》，《鲁迅全集》第6卷，北京：人民文学出版社2005年版，第553页。

并不可怕。"① 表面看来，"两个口号"论争是左翼内部不同阵营之间的思想分歧，实际上却是争夺文坛领导权的直接表征。如果站在中国革命的政治高度来看，"国防文学"也许比"民族革命战争的大众文学"更具有操作性，也就更具有"政治正确"的特点，虽然本身也存在着部分缺憾。因此，鲁迅等人提出"民族革命战争的大众文学"受到很多误解，也就在情理之中。一言以蔽之，这依然是左翼内部两种不同逻辑的直接体现。

---

① 鲁迅：《答徐懋庸并关于抗日统一战线问题》，《鲁迅全集》第6卷，北京：人民文学出版社2005年版，第552页。

第三章

作为"革命同路人"的鲁迅

　　长期以来,由于受到新民主主义革命史观的深刻影响,许多研究者认为,鲁迅加入"左联"之后,思想逐渐开始"向左转",就是一个真正的无产阶级革命作家。然而,实际情形果真如此吗?这是需要进一步讨论的。毫无疑问,此时存在着一个"神化"鲁迅的问题,无形之间就夸大了鲁迅和共产党之间的密切关系。此时,鲁迅和国民党政府实现决裂,开始同情中国共产党,极力支持共产党所组织领导的左翼文学运动,很多人以此就断定鲁迅盲目"投靠"共产党,这又属于一种"矮化"鲁迅的错误倾向。实际上,鲁迅和左翼阵营实现合作的前提是对现实的不满和反抗,他所向往的革命与无产阶级革命有关,甚至也有部分一致性,但具体内涵却存在着很大差异。不管是抬高鲁迅,抑或是贬低鲁迅,都不符合鲁迅形象的实际面目。作为一个小资产阶级根性的作家,鲁迅既支持革命,又怀疑革命,是一个复杂的矛盾体。准确地讲,鲁迅是一个"革命同路人",而不是一位无产阶级革命作家。正是在这一意义上,张梦阳说:"一定要把鲁迅算得是什么主义的信徒,好似他的主张没有一点不依循这一范畴,也是多余的。马克思学说之进入他的思想界,仍然和托尼学说并存,他并不如一般思想家那么入主为奴的。"[①]

---

① 张梦阳:《中国鲁迅学通史》上卷,广州:广东教育出版社2005年版,第501页。

第一节　鲁迅的认同危机与思想突围

一　《鲁迅杂感选集·序言》之症候式分析

在后期鲁迅的生命过程中，他和许多共产党理论家直接或间接地保持着密切交往。其中，李大钊、瞿秋白、冯雪峰等人都是非常瞩目的重要人物。1933年7月，"何凝"（瞿秋白）编选的《鲁迅杂感选集》由上海青光书局出版。其中，瞿秋白在选集之前附有序言，文字数量长达一万六千余字，成为鲁迅研究史上的经典文献。其中，瞿秋白对鲁迅前后期思想发展进程进行了阶段性划分，这成为瞿秋白的第一个重要贡献。他说："鲁迅从进化论进到阶级论，从绅士阶级的逆子贰臣，进到无产阶级和劳动群众的真正的友人，以至于战士，他是经历了辛亥革命以前直到现代的四分之一的世纪的战斗，从痛苦的经验和深刻的观察之中，带着宝贵的革命传统到新的阵营里来的。"① 此后，这几乎成为鲁迅研究史上的权威观点，深刻影响了后来中国鲁迅研究的发展方向。瞿秋白曾经是中国共产党的重要领导人，在马克思主义理论方面造诣很深。1931年6月，瞿秋白被解除党中央领导职务之后，开始在上海养病，间或从事文艺评论和翻译工作。期间，瞿秋白和鲁迅之间建立了深厚友谊。1933年3月之后，鲁迅和瞿秋白共同创作了14篇杂文，以鲁迅名义先后在《申报·自由谈》上发表。瞿秋白站在政治革命的立场，高度礼赞了鲁迅杂文的社会价值，具体阐释了鲁迅思想的演变过程，详细分析了鲁迅杂文的基本特点，其现实意义是非常显著的。然而，序言中的部分说法也是可以进一步商榷的。正如孙郁所说："但是，瞿秋白仅仅从阶级的角度和无产阶级反抗压迫的角度去打量鲁迅精神的内核，这就将作为思想家的鲁迅的另外一些内涵省略掉了。瞿秋白是共产党中最早对鲁迅进行系统的分析和研究的人，他的文字集中地体现了那一代人的思维特点和价值特征，

---

① 瞿秋白：《瞿秋白文集》第3卷，北京：人民文学出版社1989年版，第115页。

其认识价值自有其历史的位置。"①

在序言伊始,瞿秋白引用了卢那察尔斯基在《高尔基作品选集序》中的一段话,意在把鲁迅比作"中国的高尔基"。作为苏联无产阶级革命文学的代表作家,高尔基在小说和戏剧创作之外,也有许多文艺性论文问世。紧接着,瞿秋白对鲁迅的杂感文做出了高度评价。瞿秋白说:"现在选集鲁迅的杂感,不但因为这里有中国思想斗争史上的宝贵的成绩,而且也为着现实的战斗:要知道形势虽然会大不相同,而那种吸血的蚊子苍蝇,却总是那么多。"② 可以看出,瞿秋白主要从中国社会思想史的独特视角,来彰显鲁迅杂文的社会价值。以前,许多研究者侧重于关注鲁迅小说,对鲁迅杂文却评价不高。只有瞿秋白,也许第一次对鲁迅杂文做出如此评价。瞿秋白为杂文辩护是具有现实意义的,纠正了以前人们的认识偏见。作为一种战斗的"阜利通",杂文文体完全应该进入文学殿堂之中。在这里,鲁迅也基本持相同观点,他说:

> 不错,比起高大的天文台来,杂文有时确很像一种小小的显微镜的工作,也照秽水,也看脓汁,有时研究淋菌,有时解剖苍蝇。从高超的学者看来,是渺小,污秽,甚而至于可恶的,但在劳作者自己,却也是一种严肃的工作,和人生有关,并且也不十分容易做。③

可以看出,瞿秋白和鲁迅一样,都认识到了杂文的重要价值,这无疑属于他们之间思想认识趋同的现实表征。

瞿秋白的第二个重要贡献在于回答了"鲁迅是谁"的问题。瞿秋白运用莱谟斯和罗谟鲁斯的神话故事,把鲁迅比做"莱谟斯",赞扬其身上具有"野兽性"。在《略论中国人的脸》一文中,鲁迅就谈到中国人的脸

---

① 孙郁:《鲁迅与胡适》,北京:现代出版社2013年版,第366页。
② 瞿秋白:《瞿秋白文集》第3卷,北京:人民文学出版社1989年版,第96页。
③ 鲁迅:《做"杂文"也不易》,《鲁迅全集》第8卷,北京:人民文学出版社2005年版,第418页。

与西洋人、日本人相比，似乎总缺少一点"野兽性"。鲁迅的主要疑问在于："是本来没有的呢，还是现在已经消除。如果是后来消除的，那么，是渐渐净尽而只剩了人性的呢，还是不过渐渐成了驯顺。野牛成为家牛，野猪成为猪，狼成为狗，野性是消失了，但只足使牧人喜欢，于本身并无好处。"① 鲁迅希望中国人能多保留一点"野兽性"，才有可能永葆生机和活力。瞿秋白说：

> 是的，鲁迅是莱谟斯，是野兽的奶汁所喂养大的，是封建宗法社会的逆子，是绅士阶级的贰臣，而同时也是一些浪漫蒂克的革命家的诤友！他从他自己的道路回到了狼的怀抱。②

> 他能够真正斩断过去的"葛藤"，深刻地憎恶天神和贵族的宫殿，他从来没有摆过诸葛亮的臭架子。他从绅士阶级出来，他深刻地感觉到一切种种士大夫的卑劣，丑恶和虚伪。他不惭愧自己是私生子，他诅咒自己的过去，他竭力要肃清这个肮脏的旧茅厕。③

瞿秋白的第三个重要贡献在于，第一次以马克思主义的语言形式阐释了鲁迅思想的演变过程，并在这一过程中，把鲁迅和传统的封建势力、改良派、辛亥革命时期的革命派、自由主义知识分子、后期创造社、太阳社的青年浪漫派等进行了明确区别，把鲁迅前期思想的独特价值描述出来。比如，新文化运动时期的许多作家都想做青年导师，但只有鲁迅愿做一名"革命军马前卒"。"然而正因为如此，他这桥梁才是真正通达到彼岸的桥梁，他的作品才成了中国新文学的第一座纪念碑；也正因为如此，他的确成了'青年叛徒的领袖'。"④ 五卅前后，中国社会思想界

---

① 鲁迅：《略论中国人的脸》，《鲁迅全集》第3卷，北京：人民文学出版社2005年版，第433页。
② 瞿秋白：《瞿秋白文集》第3卷，北京：人民文学出版社1989年版，第97页。
③ 同上书，第99页。
④ 同上书，第104页。

出现了"伟大的分裂"。由于革命形势风云变幻,原来在同一营垒中共同战斗的许多作家,却不得不重新组织阵营。瞿秋白说:"现在的读者往往以为《华盖集续编》里的杂感,不过是攻击个人的文章,或者有些青年已经不大知道'陈西滢'等类人物的履历,所以不觉得很大的兴趣。其实,不但'陈西滢',就是'章士钊'等类的姓名,在鲁迅的杂感里,简直可以当作普通名词读,就是认作社会上的某种典型。"① 可以看出,瞿秋白已经感觉到鲁迅杂文中"个"与"类"的辩证统一关系,这实在是瞿秋白的不同凡俗之处。瞿秋白运用自己敏锐的洞察力,看到了问题背后的本质所在,实在是不同凡响的。

但是,瞿秋白对鲁迅杂文的部分观点并不完全认同。比如,在《现今的新文学的概观》一文中,鲁迅提出了"政治先行,文艺后变"的观点。瞿秋白对此就提出了不同意见。他说:

> 然而,宽泛些说,这种文艺当然也是革命的文学,因为它至少还能够反映社会真相的一方面,暗示改革所能注意的方向。而同时,这些早期的革命作家,反映着封建宗法社会崩溃的过程,时常不是立刻就能够脱离个性主义——怀疑群众的倾向的;他们看得见群众——农民小私有者的群众的自私、盲目、迷信、自欺,甚至于驯服的奴隶性,可是往往看不见这种群众的革命可能性,看不见他们笨拙的守旧的口号背后隐藏着革命的价值。鲁迅的一些杂感里面,往往有这一类的缺点,引起他对于革命失败的一时的失望和悲观。②

这里,瞿秋白指出了鲁迅杂文具有轻视农民的不良倾向,看不到农民在中国革命中的积极意义,这对革命是不利的。暂且不论瞿秋白的观点是否正确,单就他对中国农民问题的独特见解,就很值得我们深入思考。作为鲁迅的精神知己,瞿秋白虽然对鲁迅做出了很高评价,但他并没有

---

① 瞿秋白:《瞿秋白文集》第3卷,北京:人民文学出版社1989年版,第106页。
② 同上书,第113页。

完全附和鲁迅的所有主张，而是根据个人判断，做出了一种独立思考，并且闪烁着智慧的光芒，这实在也是瞿秋白的过人之处。

除此之外，瞿秋白还总结了鲁迅杂文具有"最清醒的现实主义"、"韧的战斗"、"反自由主义"、"反虚伪的精神"等特征。"自然，鲁迅的杂感的意义，不是这些简单的叙述所能够完全包括得了的。我们不过为着文艺战线的新的任务，特别指出杂感的价值和鲁迅在思想斗争史上的重要地位，我们应当同他前进。"① 《鲁迅杂感选集·序言》问世之后，在中国思想文化界产生了深远影响，许多人给予了高度评价。包括鲁迅自己，在阅读了瞿秋白的《序言》之后，就真诚地说"分析的是对的，以前就没有人这样批评过"，"同时，看出我攻击章士钊和陈源一类人，是将他们作为社会上的一种典型的一点来的，也还只有何凝一个人"，"只是说得太好了，应该坏的地方也多提起些"。为了表示支持瞿秋白的选编工作，鲁迅亲自筹划了《鲁迅杂感选集》的编排格式，与《铁流》《毁灭》《两地书》等书一样，都采用二十三开、横排、天地宽大、毛边本。在扉页上，鲁迅采用了自己喜欢的司徒乔的炭画像。不仅如此，鲁迅还担任本书的文字校对，主动替瞿秋白交纳编辑费。可以看出，鲁迅对瞿秋白编选自己的杂文集是看重的，也是很信任瞿秋白的。

但是，我们必须清醒地意识到，瞿秋白的《鲁迅杂感选集·序言》并不是完美无缺的，许多观点也是可以讨论的。倘若运用"症候式分析"的研究方法，也许能够找到这篇序言的症候所在。1998 年，著名学者蓝棣之在《现代文学经典：症候式分析》一书中，正式提出了"症候式分析"的审视角度。所谓"症候"，本来是一种医学术语，表示人们在生病状态之下的外在症状。蓝棣之把"症候"解释为"一种无意识的结构"，反映到文学作品之中，往往表现为表层意蕴和深层意蕴是不一致的，甚至在很多时间是错位的。"症候式分析"作为一种学术研究方法，直接借鉴了精神分析学派大师弗洛伊德和法国学者拉康的批评理论，要求人们不仅仅停留于文本表层结构，而要通过文本深层结构，挖掘文本内部各

---

① 瞿秋白：《瞿秋白文集》第 3 卷，北京：人民文学出版社 1989 年版，第 120 页。

种悖逆、含混以及疑难等现象,即透过"潜文本"来捕捉到作家的言外之意。不可否认,《鲁迅杂感选集·序言》在鲁迅思想经典化过程中发挥了重要作用,厘清了鲁迅研究领域中许多棘手问题,奠定了鲁迅在中国现代思想界的崇高地位。但是,历史地来看,瞿秋白对鲁迅的部分评价是不太严谨的,许多问题可以进一步商榷。

比如,瞿秋白认为,五卅之后是鲁迅前后期思想发生变化的临界点。"正是这期间鲁迅的思想反映着一般被蹂躏被侮辱被欺骗的人们的彷徨和愤激,他才从进化论最终的走到了阶级论,从进取的争求解放的个性主义进到战斗的改造世界的集体主义。"① 必须承认,这一论断是具有现实意义的:第一,在方法论上,瞿秋白把鲁迅思想作为一个动态过程来审视,而不是当作一个静止不变的结构系统,这符合鲁迅思想发展的实际形态;第二,在实践效果上,瞿秋白对鲁迅后期思想也给予了高度认同,对当时左翼内部如何理解认识鲁迅及其作品,起了至关重要的作用,改变了许多人任意评价鲁迅的现实问题。然而,这一结论也是存在着歧异的,因为个性主义是一种思想原则,而集体主义却是一种行为原则,二者分明属于不同的意义范畴。单就思想原则而言,集体主义属于一个意蕴含混的名词概念,意义指涉并不明确。此时,鲁迅思想出现了"向左转"。但是,他依然是个性主义者,很难说他把集体主义作为根本标准。之所以这样看,不是否定鲁迅思想中包含着集体主义因素,而是强调鲁迅本质上是一位个性主义者。不仅如此,进化论和阶级论也并不完全是同一范畴的概念。前者主要是从社会发展的纵向过程这一角度来讲的,后者却是从社会结构的横断层面来说的,它们是不同层级的结构系统。客观来讲,马克思主义文艺理论纠正了鲁迅早期信仰进化论的偏颇。但是,鲁迅后来并没有完全否定进化论,它和阶级论一起依然是支撑鲁迅思想的重要支柱。可以说,鲁迅前后期的思想都不是建立在终点论之上的,这也许是鲁迅思想的独特之处。② 针对这一重要问题,王富仁《中国

---

① 瞿秋白:《瞿秋白文集》第3卷,北京:人民文学出版社1989年版,第110页。
② 王富仁:《中国鲁迅研究的历史与现状》,福州:福建教育出版社2006年版,第37页。

鲁迅研究的历史与现状》、李新宇《鲁迅的选择》等著作中都有详细论述，此不赘述。

作为中国共产党的重要领导人，瞿秋白在苏联留学期间阅读了大量马克思主义理论著作，具有较深的理论素养。在看待中国革命之时，瞿秋白更多的是从政治高度来审视的，在评价鲁迅杂文之时也是如此。尽管瞿秋白对鲁迅杂文的思想特质把握比较准确，甚至超过了同时代许多人。但是，鲁迅思想是一个复杂矛盾体。瞿秋白认为，鲁迅正是从小资产阶级作家向无产阶级革命作家过渡过程中，摒弃了许多不适合革命时代的思想信仰，进而寻找新的思想武器来充实自己的。瞿秋白说：

> 新兴阶级的文艺思想，往往经过革命的小资产阶级作家的转变，而开始形成起来，然后逐渐的动员劳苦民众和工人之中的新的力量。集中新的队伍，克服过去的"因袭的重担"，同时扩大同路人的战线。①

> 同时，新兴阶级的领导展开了真正推翻帝国主义和僵尸，推翻流氓资本和地主官僚的新结合的远景。贫民小资产阶级和革命的知识阶层，终于发见了他们反对剥削制度的蒙昧的思想，只有同着新兴的社会主义的先进阶级前进，才能够实现，才能够在伟大的斗争的集体之中达到真正的个性解放。②

但是，鲁迅并没有按照瞿秋白所设计的道路进发，而是带着旧时代的沉重包袱踟蹰前进，而且鲁迅并没有为此感到羞愧。

在编选鲁迅杂文过程中，瞿秋白从政治革命和思想革命的高度，按照预先设定的取舍标准，对鲁迅杂文做了认真区分。他似乎更加关注鲁迅杂文中的社会性因素，但对鲁迅杂文的文学性因素却遮蔽掉了。客观

---

① 瞿秋白：《瞿秋白文集》第3卷，北京：人民文学出版社1989年版，第112页。
② 同上书，第110—111页。

来讲，这种遴选标准在强调鲁迅杂文的社会价值之时，也限制了鲁迅杂文在文学层面的审美意义。当前者发展到极端程度之时，就可能会演绎成另一种偏颇。因此，许多鲁迅研究者认为，鲁迅后来之所以被政治利用，出现了"神圣化"和"符号化"的现象，可以从瞿秋白对鲁迅评价中找到源头。

> 瞿秋白的《鲁迅杂感选集·序言》在论述鲁迅前期思想的时候，是把他当作一个独立思想家来对待的，它显示了鲁迅与中国任何一个思想派别都不相同，仅仅属于鲁迅的独立特征，但对于鲁迅后期思想，就不是从他的独立性，而是从他与当时左翼革命文学家相同的方面来论述的了，并且他把鲁迅与自己相同的思想当作鲁迅全部思想的制高点。这就使他根本无法发掘鲁迅后期思想的独有的深刻性，并且也影响了后代鲁迅研究的更深入的发展。①

王富仁此时提出了一个很重要的问题，就是瞿秋白在高度礼赞鲁迅之时，代表了中国共产党高层对鲁迅的基本评价。但是，这仅仅是问题的一个方面。另一方面在于，这中间应该也夹杂着瞿秋白的个人因素。当时，瞿秋白刚刚被解除中共中央领导人的重要职务，政治上处于一种低谷状态，心情极度烦闷枯燥，而且疾病缠身，让他有充足的时间深刻反思中国革命的各种经验教训。作为一种"治愈文学"，鲁迅杂文的许多论述有可能触及了瞿秋白的思想痛点，从而引起了他的精神共鸣。正是在大量阅读鲁迅杂文的过程中，让瞿秋白顿时产生了编选鲁迅杂文集子的思想冲动。后来，瞿秋白在《多余的话》中反复提到自己是一个"半吊子的文人"，正是由于"历史的误会"，才把他推到了政治的风口浪尖上。换句话来说，瞿秋白在本质上是一个"书生"，而不是一个"政治家"。因此，瞿秋白主动编选鲁迅杂文，甚至和鲁迅多次共同创作杂文，也可能是为了满足自己早年的文学梦想。总而言之，《鲁迅杂感选集·序言》是

---

① 王富仁：《中国鲁迅研究的历史与现状》，福州：福建教育出版社2006年版，第38页。

瞿秋白一生的智慧之作，虽然中间也存在着部分缺憾，但仍然是中国鲁迅研究史上的宝贵文献，很值得我们认真探究。

二 鲁迅思想的"变"与"不变"

瞿秋白在《鲁迅杂感选集·序言》中对鲁迅思想发展进行了阶段性划分，以动态眼光来审视鲁迅思想的嬗变过程，可以说是具有现实意义的。但是，我们也要清醒地意识到，这种主观判断也存在着部分缺陷，因为任何人的思想发展问题都是一个抽象过程，中间许多复杂因素盘根错节，相互缠绕，很难用一个简单僵硬的直线图示来直接呈现。一般来讲，学术界目前主要把鲁迅思想分为前期和后期两个阶段。前期鲁迅主要受到进化论、个人主义、人道主义等思想深刻影响，主张以"立人"为根基来改造国民劣根性，这在《阿Q正传》《狂人日记》《长明灯》等前期小说创作中都有直接呈现。但是，当1927年大革命失败之后，鲁迅开始对进化论逐渐怀疑起来，许多青年的革命立场和信心也开始动摇，原来的作家群体也出现了阵营分裂。此时，鲁迅也对"五四"时期的文化启蒙主义也持怀疑立场，深切感受到一个人独战的寂寞和悲苦。鲁迅说："总而言之，现在倘再发那些四平八稳的'救救孩子'的议论，连我自己听去，也觉得空空洞洞了。"① 他甚至对原来寄予很大希望的"文学"产生厌倦心理：

> 文学文学，是最不中用的，没有力量的人讲的；有实力的人并不开口，就杀人，被压迫的人讲几句话，写几个字，就要被杀；即使幸而不被杀，但天天呐喊，叫苦，鸣不平，而有实力的人仍然压迫，虐待，杀戮，没有办法对付他们，这文学于人们又有什么益处呢？②

---

① 鲁迅：《答有恒先生》，《鲁迅全集》第3卷，北京：人民文学出版社2005年版，第476—477页。

② 鲁迅：《革命时代的文学》，《鲁迅全集》第3卷，北京：人民文学出版社2005年版，第436页。

但是，鲁迅最终并没有放弃自己的精神信仰，依然在和黑暗现实做艰苦斗争。他说：

> 我们所可以自慰的，想来想去，也还是所谓对于将来的希望。希望是附丽于存在的，有存在，便有希望，有希望，便有光明。如果历史家的话不是谎话，则世界上的事物可还没有因为黑暗而长存的先例。黑暗只能附丽于渐就灭亡的事物，一灭亡，黑暗也就一同灭亡了，它不永久。然而将来是永远要有的，并且总要光明起来；只要不做黑暗的附着物，为光明而灭亡，则我们一定有悠久的将来，而且一定是光明的将来。①

这也许就是鲁迅复杂而又矛盾心境的真实写照。

1927年10月，鲁迅达到上海之后，开启了全新的都市生活体验，其思想也发生了显著变化。不久，鲁迅就和后期创造社、太阳社青年作家发生了激烈论争。李初梨、冯乃超、成仿吾等人批评鲁迅是小资产阶级的"历史性"作家，不能跟上革命时代的发展步伐，应该受到彻底清算和批判。但是，鲁迅对这些所谓革命作家的冷嘲热讽是不接受的。他说：

> 我现在对于做文章的青年，实在有些失望；我看有希望的青年，恐怕大抵打仗去了，至于弄弄笔墨的，却还未遇着真有几分为社会的，他们多是挂新招牌的利己主义者。而他们竟自以为比我新一二十年，我真觉得他们无自知之明，这也是他们之所以"小"的地方。②

在这一现实刺激之下，鲁迅翻译和阅读了许多马克思主义文艺理论，有

---

① 鲁迅：《记谈话》，《鲁迅全集》第3卷，北京：人民文学出版社2005年版，第378页。
② 鲁迅：《两地书》，《鲁迅全集》第11卷，北京：人民文学出版社2005年版，第231页。

效弥补了马克思主义的理论缺陷。此时,阶级论逐渐成为鲁迅思想的一个重要组成部分。

但必须强调的是,他从未放弃进化论的思想信仰。虽然鲁迅已经学习了马克思主义文艺理论,但是并没有觉得自己真理在握,而是冷静地观察着中国革命的发展态势。鲁迅说:"所谓革命,那不安于现在,不满意于现状的都是。文艺催促旧的渐渐消灭的也是革命(旧的消灭,新的才能产生),而文学家的命运并不因自己参加过革命而有一样改变,还是处处碰钉子。"①

> 鲁迅晚年由于接受了马克思主义世界观,摆脱了早期尼采主义的影响;但是,这并不能改变他的虚无主义的本质。与其他思想一样,马克思主义也仍然没有赋予他解放的幻想。在与黑暗的格斗中,为了加强斗争力,阶级斗争学说发挥了作用;但是,他仍然不能具体地描绘理想社会。与其说那是武器,是手段,但不是目的;不如说,由于他通过与那些以挥舞马克思主义的旗号为目的的人的对立,由于否定把应该给予的新社会的秩序作为能够给予的东西来要求,他以那种否定为媒介,在相反的方向上,使自己在个性上马克思主义化了。②

竹内好的话也许道出了鲁迅思想的部分真实,切中了鲁迅思想发展过程中的真实内核,是值得我们仔细品味的。

1930年前后,鲁迅相继加入了中国自由运动大同盟、中国民权保障同盟和中国左翼作家联盟,思想逐渐"向左转"。此时,上海的许多"文学家"就大造谣言,说鲁迅为了争夺文坛第一把交椅,被迫向共产党屈膝投降。此种论调给鲁迅带来了极大伤害。鲁迅说:"我一生中,给我大

---

① 鲁迅:《文艺与政治的歧途》,《鲁迅全集》第7卷,北京:人民文学出版社2005年版,第121页。

② [日]竹内好:《鲁迅》,李心峰译,杭州:浙江文艺出版社1986年版,第161页。

的损害的并非书贾,并非兵匪,更不是旗帜鲜明的小人;乃是所谓'流言'。"① 作为左翼文学阵营的一面旗帜,鲁迅积极扶植"左联"刊物,帮助许多革命作家,多次为地下党员寻找党组织,等等,都是鲁迅思想"向左转"的直接表征。此时,鲁迅只能用文艺方式来为中国革命摇旗呐喊。比如,鲁迅创作了大量具有思想性和艺术性的犀利杂文,其主要以现实批判为中心目标,这些社会批评与早期的"文明批评"和"文化批评"已经迥然不同。如果说鲁迅前期杂文是以传统文化为主要目标,那么后期杂文则以社会政治体制为主要内容。但是,"后期鲁迅的思想并非与前期思想截然相反,而是保持着某些内在关联。比如文化启蒙和国民性批判,尽管不再是后期鲁迅关心的首要问题,但并没有完全消失,而是在一定程度上有所延续"②。因此,鲁迅思想在不同历史时期肯定会呈现出部分差异性,这也是任何事物在发展过程中都要遵循的基本规律。正是在这一意义上,丸山昇说:"以写下等社会人的生活为文艺的对象的,鲁迅纵或不是第一人,也是最早的人们之一……在他下意识的中间,他已反映了时代的要求了,他已呼吸着时代的气息了,倘若我们明白这一点,就知道他后来的转变,实在是一件毫不奇怪的事。"③

  20 世纪 30 年代中后期,国共两党之间的矛盾进一步加剧,中国革命顿时进入了白热化阶段。面对蒋介石政府的军事和文化围剿,鲁迅看到了共产党领导的革命力量处于弱势地位,他近乎出于同情的心理,对各种专制霸权提出了挑战,思想逐渐开始"向左转"。实际上,在 1927 年以前,鲁迅就开始用马克思主义的范畴来论述问题;但最终促使其接近共产党的原因,是国民党处决其最亲近追随者中的年轻人,引起鲁迅极大的愤怒。从此鲁迅更为积极但又忧心忡忡,期望马克思列宁主义能比过去的进化论学说更准确地分析历史。这无疑使鲁迅更加接近共产党。

---

① 鲁迅:《并非闲话》,《鲁迅全集》第 3 卷,北京:人民文学出版社 2005 年版,第 161 页。
② 贺仲明:《后期鲁迅(1927—1936)新论》,《文艺研究》2017 年第 1 期。
③ [日]丸山昇:《鲁迅·革命·历史——丸山昇现代中国文学论集》,王俊文译,北京:北京大学出版社 2005 年版,第 58 页。

第三章 作为"革命同路人"的鲁迅

鲁迅是以自己的方式和独立的姿态参加革命的,他不是严格意义上的革命者,最终也没有加入中国共产党,而是成为"革命同路人"。在鲁迅看来,任何主义都有可能是一种思想规训,一经陷入进去,必然就会失去自身独立性,这是鲁迅排斥的一种状态。"鲁迅与同时代的左翼作家不同的地方是,不是把自己打扮成天使,而他者皆为恶魔。他是带着对自己怀疑的态度,与那些陌生的存在进行交流,以疗救只信进化论的偏颇。"① 在自我思想解剖过程中,鲁迅逐渐摒弃了前期说教式的清谈之风,开始注重实践传统和实干精神。比如,在后期创作的历史小说《理水》《出关》《非攻》《采薇》《起死》中,鲁迅对伯夷、叔齐、庄子等在现实面前无所作为进行了讽喻,而对大禹、墨子等实干家进行了明确褒扬,显示了鲁迅强烈关注现实的精神品格。

长期以来,许多人受到瞿秋白对鲁迅思想发展问题的评价影响,认为鲁迅思想在20世纪30年代前后实现了一种跨越式发展,即从进化论到阶级论,从个人主义到集体主义的根本转变。总体来讲,瞿秋白对鲁迅思想的描述是正确的,阐明了鲁迅思想经历了一个动态发展过程,而不是静止不变的。毋庸讳言,后期鲁迅部分地接受了马克思主义理论,但是,这并没有根本改变鲁迅思想的整体格局,他依然不属于真正的无产阶级革命作家。"我想当时中国的所有思想之所以在鲁迅眼里,都只是无力的现实性的浅薄表现,原因在于他面前的所有思想,包括马克思主义,都看上去不但无法动摇中国当前的黑暗,连与这黑暗都还未充分交锋;而且可以说这是鲁迅渴望不仅竖起终极目标,而且真正带有足以实际推动中国现实的具体行动和力量的思想的一种表现。"②

> 不过,在每一次"挣扎"中经过洗礼的他,与以前的思想相比,并没有变化。对他来说,没有所谓的思想进步。他最初以进化论的

---

① 孙郁:《对话中的鲁迅》,《学术月刊》2014年第10期。
② [日]丸山昇:《鲁迅·革命·历史——丸山昇现代中国文学论集》,王俊文译,北京:北京大学出版社2005年版,第62页。

世界观的信奉者出现，但在后来，他表白自己已经认清了进化论的谬误，而且晚年还悔悟了早期作品中可以看到的虚无的倾向。有些人把这些解释为鲁迅思想的进步。但是，对于他的顽强的自我固执来说，这种解释太歧义了。①

因此，鲁迅思想是"变化"的，但又是"不变"的，即是在"变"与"不变"的对立统一过程中实现更替的。"变"与"不变"的对立统一构成了鲁迅思想的主要特征。一方面，鲁迅思想要遵循一般事物的发展规律，在不断变化过程中保持自身活力；另一方面，鲁迅思想并不是因为"变"才有价值，而是由于"不变"才引人关注。

第二节 "发现俄国"与"想象革命"

一 鲁迅的苏联观

在鲁迅思想的发展过程中，苏俄因素是一个不可忽视的理论资源。特别是在上海最后十年里，鲁迅的亲俄和亲共是密不可分的，二者形成了一个"想象的共同体"，极大地影响了鲁迅后期的思想嬗变。因此，寻找鲁迅和俄苏革命之间的内在关联，是具有重要意义的。早在日本留学期间，鲁迅就已经开始关注俄苏文学的发展态势。在和弟弟周作人合译《域外小说集》时，鲁迅翻译了安德烈夫的《谩》《默》和迦尔洵的《四日》。在《域外小说集·序言》中，鲁迅说："异域文术新宗，自此始入华土。使有士卓特，不为常俗所囿，必将犁然有当于心。"② 可以看出，鲁迅当时已经初步具有"文艺可以转移性情，改造社会"的启蒙思想。回国之后，鲁迅开始大量翻译介绍域外文学。其中，俄苏文学和北欧弱小国家文学成为鲁迅特别关注的对象。正如瞿秋白所说：

---

① ［日］竹内好：《鲁迅》，李心峰译，杭州：浙江文艺出版社1986年版，第9页。
② 鲁迅：《域外小说集·序言》，《鲁迅全集》第10卷，北京：人民文学出版社2005年版，第168页。

俄罗斯文学的研究在中国却已似极一时之盛。何以故呢？最主要的原因，就是：俄国布尔什维克的赤色革命在政治上、经济上、社会上生出极大变动，掀天动地，使全世界的思想都受它的影响。大家要追溯其远因，考察他的文化，所以不知不觉全世界的视线都集中于俄国，都集于俄国的文学；而在中国这样黑暗悲惨的社会里，人人都想在生活的现状里开辟一条新道路，听着俄国旧社会崩裂的声浪，真是空谷足音，不由得不动心。因此大家都要来讨论研究俄国。于是，俄国文学就成了中国文学家的目标。①

阿尔志跋绥夫、跋佐夫、契里珂夫、爱罗先珂、望·蔼覃、勃洛克等作家，相继进入了鲁迅的翻译视野。通过译介这些作家的文学作品，鲁迅深切感到"被侮辱和被损害"国家的文学具有可通约性，这给鲁迅带来了很大的精神慰藉，他好像另外打开了一扇心灵之窗。"十月革命"之后，俄国建立了世界上第一个无产阶级革命政权，给全世界劳苦大众带来了福音。鲁迅说："一个簇新的，真正空前的社会制度从地狱底里涌现而出，几万万的群众自己做了支配自己命运的人。"②"现在苏联的存在和成功，使我确切的相信无阶级社会一定要出现，不但完全扫除了怀疑，而且增加了许多勇气。"③ 这里，鲁迅对俄国革命给予了高度礼赞，希冀中国也能像俄国一样，尽快建立一种无产阶级革命政权。

1927年前后，中国革命形势风云突变，蒋介石背叛了孙中山的三民主义革命政策，中国顿时陷入了白色恐怖之中。尽管蒋介石仍然坚持"北伐"，但主要企图却是消灭异己，为建立专制独裁统治创造条件。国民革命军在占领了上海和南京之后，许多人都在为革命取得胜利而欢呼

---

① 瞿秋白：《〈俄罗斯名家短篇小说集〉序》，《瞿秋白文集》第2卷，北京：人民文学出版社1986年版，第248页。
② 鲁迅：《林克多〈苏联见闻录〉序》，《鲁迅全集》第4卷，北京：人民文学出版社2005年版，第436页。
③ 鲁迅：《答国际文学社问》，《鲁迅全集》第6卷，北京：人民文学出版社2005年版，第19页。

雀跃。但是，鲁迅却看到了各种革命危机。鲁迅说：

> 最后的胜利，不在高兴的人们的多少，而在永远进击的人们的多少，记得一种期刊上，曾经引有列宁的话：第一要事是，不要因胜利而使脑筋昏乱，自高自满；第二要事是，要巩固我们的胜利，使他长久是属于我们的；第三要事是，准备消灭敌人，因为现在敌人只是被征服了，而距消灭的程度还远得很。
>
> 俄国究竟是革命的世家，列宁究竟是革命的老手，不是深知道历来革命成败的原因，自己又积有许多经验，是说不出来的。先前，中国革命者的屡屡挫折，我以为就因为忽略了这一点。小有胜利，便陶醉在凯歌中，肌肉松懈，忘却进击了，于是敌人便又乘隙而起。①

对列宁主义的高度赞扬，表明鲁迅大致已经了解俄国革命的基本状况。在1928年"革命文学"论争中，许多激进作家认为"阿Q时代已经死去"，鲁迅依然是小资产阶级的落后作家。针对后期创造社、太阳社青年作家的集体围攻，鲁迅开始全面审视自己的思想距离。之后，鲁迅主动翻译了普列汉诺夫、卢那察尔斯基、托洛茨基等人的许多经典著作。通过认真阅读马克思主义文艺理论，极大地改变了鲁迅的思想结构。之后，鲁迅思想才开始"向左转"，从此便和俄国文学结下了不解之缘。

实际上，鲁迅持续关注俄国文学并不是偶然的。鲁迅说："俄国的文学，从尼古拉斯二世时候以来，就是'为人生'的，无论它的主意是在探究，或在解决，或者堕入神秘，沦于颓唐，而其主流还是一个：为人生。"② 与其他国家相比，俄国和中国也许更具有相似性。在翻译《工人绥惠略夫》和《赛宁》之时，鲁迅切实感受到了俄国文学里面的暖意和温情。主人公在追求个人幸福的过程中，虽然带有一种"无治的个人主

---

① 鲁迅：《庆祝沪宁克复的那一边》，《鲁迅全集》第8卷，北京：人民文学出版社2005年版，第196—197页。

② 鲁迅：《〈竖琴〉前记》，《鲁迅全集》第4卷，北京：人民文学出版社2005年版，第443页。

义"的倾向。但是，这丝毫没有影响鲁迅礼赞他们的热情。在鲁迅看来，这种特质在中国文学中是奇缺的，因而显得弥足珍贵。

> 那时就知道了俄国文学是我们的导师和朋友。因为从那里面，看见了被压迫者的善良的灵魂，的酸辛，的挣扎；还和四十年代的作品一同烧起希望，和六十年代的作品一同感到悲哀。我们岂不知道那时的大俄罗斯帝国也正在侵略中国，然而从文学里明白了一件大事，是世界上有两种人：压迫者和被压迫者。①

在《争自由的波浪》小引中，鲁迅说："俄国大改革之后，我就看见些游览者的各种评论。或者说贵人怎样惨苦，简直不像人间；或者说平民究竟抬了头，后来一定有希望。或褒或贬，结论往往正相反。我想，这大概都是对的。贵人自然总要较为苦恼，平民也自然比先前抬了头。游览的人各照自己的倾向，说了一面的话。"② 此时，鲁迅虽然部分接受了马克思主义，但是个人主义和人道主义依然占据鲁迅思想的中心位置，这驱使着鲁迅更加关注"底层文学"。可以看出，同情弱者是鲁迅思想的重要维度。由于启蒙之根深深扎在底层土壤之中，鲁迅才赢得了广大民众的崇敬和爱戴。

1928年苏联开始实行第一个五年计划，到1931年苏联煤油产量跃居世界第一位，开始大量出口煤油和小麦。此时，许多西方国家包括日本都深陷于严重的经济危机之中，企业大量破产，工业生产大幅下降，工人失业较为严重。社会主义苏联的迅猛发展使西方诸多国家感到惊恐。为了转嫁经济危机，1931年日本在中国东北制造了"九一八事变"，开始对华进行侵略。在《我们不再受骗了》一文中，鲁迅说：

---

① 鲁迅：《祝中俄文字之交》，《鲁迅全集》第4卷，北京：人民文学出版社2005年版，第473页。

② 鲁迅：《〈争自由的波浪〉小引》，《鲁迅全集》第7卷，北京：人民文学出版社2005年版，第317页。

> 帝国主义是一定要进攻苏联的。苏联愈弄得好,它们愈急于要进攻,因为它们愈要趋于灭亡。我们被帝国主义及其侍从们真是骗得长久了。
>
> 新近我看见一本小册子,是说美国的财政有复兴的希望的,序上说,苏联的购领物品,必须排成长串,现在也无异于从前,仿佛他很为排成长串的人们抱不平,发慈悲一样。这一事,我是相信的,因为苏联内是正在建设的途中,外是受着帝国主义的压迫,许多物品,当然不能充足。但我们听到别国的失业者,排着长串向饥寒进行;中国的人民,在内战,在外侮,在水灾,在榨取的大罗网之下,排着长串而进向死亡去。
>
> 我们的痈疽,是它们的宝贝,那么,它们的敌人,当然是我们的朋友了。它们自身正在崩溃下去,无法支持,为挽救自己的末运,便憎恶苏联的向上。谣诼,诅咒,怨恨,无所不至,没有效,终于只得准备动手去打了,一定要灭掉它才睡得着。但我们干什么呢?我们还会再被骗么?①

站在世界无产阶级的革命立场,鲁迅对苏联所取得的伟大成绩表示赞扬。尽管苏联在许多领域还存在着不尽人意的地方,但是,鲁迅认为这都是可以克服的,困难仅仅是暂时的事情。

毋庸讳言,鲁迅对苏联的高度礼赞是存在问题的。十月革命之后,为了粉碎国内地主资产阶级和帝国主义反对苏维埃政权,列宁开始在全国实施战时共产主义政策,即推行国内贸易国有化、余粮收集制、实物配给制、劳动义务制和工业国有化政策等改革。一方面,这种高度军事化特征的经济政策使政府有效控制了全国人力和物力,为战争胜利提供

---

① 鲁迅:《我们不再受骗了》,《鲁迅全集》第4卷,北京:人民文学出版社2005年版,第439—440页。

了有效的物质保障，当时的确发挥了一定积极作用；另一方面，这种经济政策是严重违背经济规律的，各种弊端随之得以暴露。比如，苏联政府强制大中企业全部收归国有，导致许多企业倒闭或大量减产。不仅如此，在收购余粮过程中，征收的不仅是余粮，部分农民的口粮和种粮也被强制征收，这就严重破坏了农民生产的积极性，对建立工农联盟是极为不利的。1921年，列宁被迫放弃了战时共产主义政策，开始实行新经济政策。经过几年的经济恢复和发展，到1928年俄国的工农业产品总量才达到1913年的生产水平。列宁逝世之后，斯大林成为苏联最高领导人。1928年，斯大林制定了第一个五年计划，实行农业集体化政策，把许多小农庄合并为大型集体农场，逐渐推行农业的机械化和现代化，取得了一系列显著成就。但是，农业集体化也深受农民特别是部分富农的反对，他们不愿意把土地和农产品交给政府。为了逃避农业集体化政策，许多人开始屠杀牲畜，烧毁农作物，以免被政府充公，这导致了苏联农业总产量急剧下降，给国家带来了巨大经济损失。1933年，斯大林又制定了第二个五年计划，把发展重点由农业转向重工业领域，钢铁、煤、电、石油产量得到大幅度提升，使苏联一跃成为世界经济强国。由此可见，苏联在革命和发展过程中，都存在着许多失误，并不是鲁迅想象的那么美好。

因此，鲁迅在"想象苏联"的过程中也存在着部分失误。鲁迅虽然阅读过胡愈之的《莫斯科印象记》和林克多的《苏联闻见录》，也对苏联革命的许多内幕有所觉察，但他毕竟没有亲身到苏联进行实地考察，这极大影响了鲁迅对苏联革命的整体性判断。事实上，为了扫清各种异己力量，斯大林在国内实施了"肃反运动"和"大清洗运动"，大批党政领导、知识分子、革命群众被无辜杀害或流放。比如，布哈林、基洛夫、尼古拉耶夫、图哈切夫斯基、托洛茨基、叶戈罗夫、季诺维也夫等一大批人都遭到暗杀或秘密逮捕。在斯大林的专制独裁之下，各种民主制度形同虚设，苏联顿时陷入恐怖之中。但是，鲁迅对此却一无所知。他仍然说："'苏联是无产阶级专政的，智识阶级就要饿死。'——一位有名的记者曾经这样警告我。是的，这倒恐怕要使我也有些睡不着了。但无产阶级专政，不是为了将来的无阶级社会么？只要你不去谋害它，自然成功就早，阶级的消灭也就早，那时就谁也不会'饿死'了。"① 由此可见，鲁迅对俄国革命是存在"误读"的。

鲁迅也许不知道，斯大林已经把无产阶级专政转化为个人专政，把专政对象指向了许多政治领袖和工农群众，这已经背离了早期的无产阶级革命目标。值得一提的是，法国作家罗曼·罗兰和纪德曾经到苏联实地考察过，他们分别写作了《莫斯科日记》和《访苏归来》。在这两部著作中间，他们在赞叹苏联取得巨大成就的同时，也看到了苏联存在着个人崇拜、特权现象、出身歧视以及言论钳制等黑暗面。孙郁说：

> 纪德对苏联有赞扬，也有批评，那看法才是知识分子的看法，独立的思想甚多，没有被苏联的主流意识形态所囿。而中国知识界判断苏联，是随着苏联官方的导论而体察的。在中国，对苏联的态度一向是两种，要么是好，要么是妖魔化的。在汉语言的语境里，分辨思想的明与暗，也确实是一大难事。②

我们也要清醒地看到，鲁迅对苏联的"误读"不是判断能力的问题，而主要是由于现实条件的客观限制，比如，信息不对称等诸多问题才导致了鲁迅在遥望苏联过程中存在着部分偏颇。

1932年12月12日，中苏两国重新恢复外交关系。12月15日，鲁迅在《祝中俄文字之交》一文中说：

> 可祝贺的，是在中俄的文字之交，开始虽然比中英，中法迟，但在近十年中，两国的绝交也好，复交也好，我们的读者大众却不因此而进退；译本的放任也好，禁压也好，我们的读者也决不因此

---

① 鲁迅：《我们不再受骗了》，《鲁迅全集》第4卷，北京：人民文学出版社2005年版，第440页。

② 孙郁：《鲁迅与俄国》，北京：人民文学出版社2015年版，第26页。

而盛衰。不但如常，而且扩大；不但虽绝交和禁压还是如常，而且虽绝交和禁压而更加扩大。这可见我们的读者大众，是一向不用自私的"势利眼"来看俄国文学的。我们的读者大众，在朦胧中，早知道这伟大肥沃的"黑土"里，要生长出什么东西来，而这"黑土"却也确实生长了东西，给我们亲见了：忍受，呻吟，挣扎，反抗，战斗，变革，战斗，建设，战斗，成功。①

在鲁迅思想发展过程中，俄苏因素是一个独特存在，他似乎对俄苏始终满怀着憧憬之情，认为俄苏革命是值得我们借鉴的。实际上，鲁迅在上海生活期间，曾经多次受到代表官方和民间组织邀请到苏联进行休养或实地访问，但是，由于受到革命环境和个人身体条件的直接限制，鲁迅始终没有踏入这个无产阶级红色政权的土地。其中，大约在1935年初秋，苏联大使夫妇和驻沪领事曾经盛邀鲁迅到苏联调养身体，但是鲁迅婉拒了对方的美意。后来，据许广平女士回忆：

> 在鲁迅先生呢，经过长久的考虑，第一，他以为那时正在迫压最严重，许多敢说敢为的人，都先后消沉，消灭，或者不能公开做他们应做的工作，自己这时还有一支笔可用，不能洁身远去。第二，他自己检讨，对社会人类的贡献，还不值得要友邦如此优待，万一回来之后仍是和未出国前一样的做不出什么，是很对不起的，一定要做出什么来呢，环境是否可能也难说。第三，照他自己耿介的脾气，旅费之类是自己出最好，自己既然没有这能力，处处仰仗别人，就是给一般造谣者的机会，不是并不一动，就已经说他拿卢布了吗？固然为了谣言而气馁，鲁迅不至于如此的伐。不过自量权利义务不相当，他惭愧，因而绝不肯孟浪，还不如仍旧住在中国随时做些于

---

① 鲁迅：《祝中俄文字之交》，《鲁迅全集》第4卷，北京：人民文学出版社2005年版，第475页。

人有益于己安心的工作,这结论,他坚决执行到死。①

后来,鲁迅也得到了关于苏联革命的很多信息,意识到苏联正在发生"变化",但具体情况如何却不得而知。"革命的残酷,清党的无情,生态的破坏,都被鲁迅的笔触省略了。因为远离血色的俄罗斯,他无法体验那里的日常生活的变化。以诗的感觉理解政治与文化,盲点自然会存在其间。他的精神逻辑所含的不确定的可能,埋下了悲剧的种子。"② 针对鲁迅对苏联各种"误读",部分研究者就认为,鲁迅并不是一个伟大作家,甚至缺乏一种基本判断力。毫无疑问,这也是对鲁迅的另一种"误读",实际情况却要比想象的复杂得多。

二 "高尔基在中国"与"中国的高尔基"

在俄苏文学中,高尔基是一个很值得关注的无产阶级作家。在鲁迅后期的生命过程中,高尔基和鲁迅之间曾经产生了一种深度关联,很值得我们深入研究。众所周知,高尔基是苏联著名的作家、诗人、评论家、政论家、学者。少年时期曾当过学徒、搬运工、面包工人。1892年开始进行文学创作。主要作品有《母亲》《童年》《在人间》《我的大学》《鹰之歌》《小市民》《在底层》《意大利童话》《俄罗斯童话》《海燕》《苏联游记》等等。1936年6月18日,高尔基在莫斯科逝世。列宁评价高尔基是社会主义现实主义文学的奠基人、无产阶级艺术最伟大的代表者、无产阶级革命文学导师、苏联文学的主要创始人。作为一位享有世界声誉的无产阶级作家,高尔基的许多作品在中国得到了广泛传播,成为中国左翼文学发展的重要资源。"'高尔基热'在中国的形成是与中国革命,特别是中国左翼革命文学运动紧紧地联系在一起的,高尔基的领袖和导师地位在中国文坛的确立也是与中国革命,特别是左翼革命文学运动紧紧地联系在一起的,他的形象和作品对中国革命和中国现代文学的发展

---

① 许广平:《鲁迅先生的娱乐》,《文艺阵地》第4卷第1期,1939年11月1日。
② 孙郁:《鲁迅与俄国》,北京:人民文学出版社2015年版,第269页。

第三章 作为"革命同路人"的鲁迅

有着特殊的影响和作用。"① 其中,高尔基文学被广泛翻译到中国,鲁迅是做出了很大贡献的。由于鲁迅在中国文坛享有崇高声誉,许多人就把鲁迅称为"中国的高尔基"。鲁迅和高尔基之间具有部分相似之处,但也存在着显著差异。通过他们之间的相互比照和镜鉴,可以折射出中国革命过程中的一些重要问题。

1907年,高尔基的小说《忧患余生》被正式介绍到中国。1908年,在我国留日学生出版的汉语杂志《粤西》第4期上,刊登了署名"天蜕"的译作《鹰歌》,即高尔基的短篇小说《鹰之歌》的中文节译。在译文之前,附有一则短篇译序,说该作是"二十世纪初幕大文豪俄人郭尔奇所作",作者"比年以来获名视托尔斯泰辈尤高"。这可能是中国人对高尔基最早的评价文字。1917年,周瘦鹃从英文转译了高尔基《意大利童话》中的第十一篇,后来收入《欧美名家短篇小说丛刊》(下卷)。这些关于高尔基的最初介绍,突出了作家的坎坷经历和追求自由的性格特质,强调了作家与下层民众的紧密联系,认为高尔基"居恒好杂处于俄罗斯平民苦工及下流社会中,拾闻见,著为说部,故其所作,多为无告小民请命者"②。从"五四"时期到20世纪20年代末期,高尔基作品在中国的翻译出现了大幅度攀升。此时,大部分译者在评价高尔基之时,所依据的主要是苏联的德·米尔斯基、沃罗夫斯基、柯干,法国的巴比塞,英国的查斯托顿,日本的升曙梦等外文资料,这表明中国的高尔基研究依然处于初始阶段。但是,由于外国研究者的成果具有不同观点的交叉,这就有效避免了"一边倒"的不良倾向,对中国普通读者全面了解高尔基也是有利的。除此之外,本时期也出现了中国学者自己撰写的介绍性评论文章,主要目的就是宣传各自社团的文学主张。比如,文学研究会的重要成员郑振铎在评价高尔基之时,就体现了"为人生"的基本理念。他极力肯定高尔基是一位写实主义者,指出他笔下的人物都不是"英

---

① 李今:《三四十年代苏俄汉译文学论》,北京:人民文学出版社2006年版,第69页。
② [苏]罗果夫、戈宝权合编:《高尔基研究年刊》,上海:上海时代书报出版社1948年版,第344—345页。

雄"，而是"一切所谓的下等人"，他所爱的人物是反抗者，其作品的呼声是"反抗的呼声"①。

在高尔基诞辰60周年纪念日前后，中国各种报纸杂志上涌现了一大批纪念高尔基的文章。其中，赵景深的《高尔基评传》和耿济之的《高尔基》很值得关注。赵景深说："高尔基早年的作品，在写实主义内，实还带了一点浪漫主义的气氛"；到了他创作回想录的后期，"才把他真正是个写实主义者显露出来"②。耿济之在《高尔基》一文中，特别强调了《母亲》发表之后，高尔基的许多作品的特殊价值，指出在"奥库洛夫三部曲"和《童年》《在人间》中，可以找到"俄国人的民性的一切"，《我的大学》《日记片段》和1922—1924年的短篇小说等，"完全是真正俄国的写照"；而作家的最后两篇作品《阿尔塔莫诺夫家的事业》《克里姆·萨姆金的一生》，则是"观察50年来俄国生活所得的结晶品"。最后，耿济之总结说：高尔基"35年来积成20巨册的文集内仅有一个总题目，那题目就是'俄国民族'……高氏的全集简直可改称为'近代俄国的民族史'"③。

当时，赵景深和耿济之都是高尔基作品的主要译介者，他们对高尔基的评价非常精彩，真实道出了高尔基作品的重要特点。

20世纪30年代，中国文学界对翻译高尔基作品表现出了空前热情。据统计，"1930—1936年，几乎所有高尔基的伟大作品，都被一一译出。单是截至1937年的7月，中国便出版了129种高尔基的书"④。1930年，惟夫选编的《高尔基短篇小说集》、篷子翻译的《我的童年》先后出版。1931年陈小航、高陵、巴金分别翻译了高尔基的《幼年时代》《我的大学》《草原故事》。1932年，穆木天翻译的《初恋》、茅盾翻译的《高尔基》、沈端先翻译的《高尔基评传》正式出版。1933年，萧三翻译的

---

① 郑振铎：《俄国文学史略》，上海：商务印书馆1924年版，第96页。
② 赵景深：《高尔基评传》，《北新》半月刊第3卷第1号，1929年1月1日。
③ 耿济之：《高尔基——为纪念他35年创作和60年生辰而作》，《东方杂志》第25卷第8号，1928年4月25日。
④ 新中国文艺社编：《高尔基与中国》，上海：读书生活出版社1940年版，第2页。

《高尔基选集》、林克多翻译的《高尔基的生活》、邹韬奋编译的《革命文豪高尔基》、周扬编的《高尔基创作四十年纪念论文集》先后问世。1935年,廖忠贤编译的《高尔基论文选集》出版。1935年,周扬在《高尔基的浪漫主义》一文中指出:"他初期的作品几乎全是浪漫主义的东西,但他的浪漫主义却不是对玄想世界的憧憬,而是要求自由的呼声,对现实生活的奴隶状态的燃烧一般的抗议。"① 1936年,雨风翻译的《海燕》、张彦夫编选的《高尔基选集》第三卷、周天民等编选的《高尔基选集》第四卷出版。同年,林林译的《文学论》、楼适夷译的《我的文学修养》、以群译的《高尔基给文学青年的信》等文论印行。后来,茅盾说:"'向高尔基学习',成为进步的文艺工作者的座右铭","五四以来,中国新文艺的道路是现实主义的道路,构成中国现实主义文艺的因素不止一个,俄国文学的优秀传统以及欧洲古典文学的影响,都是应当算进去的;但是高尔基的影响无疑地应当视为最直接而且最大。五四以来,曾经有好多位外国大作家成为我们注意的对象,但是经过三十年之久,惟有高尔基到今天依然是新文艺工作者最高的典范,而且以后也会仍然是"②。

值得一提的是,高尔基作品在中国的广泛传播和接受,鲁迅的功劳是不可忽视的。据笔者初步统计,鲁迅在42篇文章和19封书信中谈到了高尔基。罗果夫说:"我们不妨断言,高尔基是托庇了鲁迅的力量,才得以成为在中国最受欢迎的外国作家之人的。"③ 鲁迅曾翻译了高尔基的小说《恶魔》《俄罗斯童话》以及论文《我的文学修养》。事实上,鲁迅对高尔基的认识也有一个逐渐演变的过程。早在1920年,鲁迅在翻译阿尔志跋绥夫的小说《幸福》之时,在"译者附记"中,鲁迅说:"阿尔志跋绥夫虽然没有托尔斯泰和戈里奇这样伟大,然而是俄国新兴文学的典型的代表作家的一人。他的著作,自然不过是写实派,但表现的深刻,

---

① 周扬:《周扬文集》,北京:人民文学出版社1984年版,第131页。
② 茅盾:《高尔基和中国文学》,《高尔基研究年刊》1947年。
③ [俄]罗果夫:《鲁迅与俄国文学》,见之译,景宋、巴人编著《鲁迅的创作方法及其他》,上海:新中国文艺社1942年版,第128页。

到他却算了极致。"① 1925年1月12日，鲁迅在《论照相之类》一文中说："罗曼罗兰似乎带点怪气，戈尔基又简直像一个流氓。"② 1925年1月20日，鲁迅在《咬嚼之余》一文中说："我自己觉得我和三苏中之任何一苏，都绝不相类，也不愿意比附任何古人，或者'故意'凌驾他们。倘以某古人相拟，我也明知是好意，但总是满身不舒服，和见人使Gorky姓高相同。"③ 在《论"他妈的！"》一文中，鲁迅又一次提道："Gorky所写的小说中多无赖汉，就我所看过的而言，也没有这骂法。"④ 可以看出，鲁迅对人们把高尔基当作招牌的行为非常不满，他试图在中国还原一个真实的高尔基形象。

在1928年"革命文学"论争之后，鲁迅主动阅读了马克思主义理论，其中，就包括高尔基的文学作品和理论文章。1928年，鲁迅在《〈奔流〉编校后记》中，详细列举了编译高尔基作品、选登高尔基画像的大致情况。此时，鲁迅已经基本能够把握苏联对高尔基的评价动态。之后，鲁迅翻译了升曙梦的《最近的高尔基》和布哈林的《苏维埃联邦从Maxim Gorky期待着什么？》。升曙梦说："在发达历程中，则一面和劳动运动相结合，一面又永是努力，要从个人主义转到劳动阶级集团主义去。他不但是文艺上的伟大的巨匠，还是劳动运动史上的伟大的战士。"⑤ 布哈林说："我们期待Gorky成为我们的苏维埃联邦，我们的劳动阶级和我们的党——他和这是结合了多年的——的艺术家，所以我们是企望Gorky的回来的。"⑥

---

① 鲁迅：《〈幸福〉译者附记》，《鲁迅全集》第10卷，北京：人民文学出版社2005年版，第187页。
② 鲁迅：《论照相之类》，《鲁迅全集》第1卷，北京：人民文学出版社2005年版，第196页。
③ 鲁迅：《咬嚼之余》，《鲁迅全集》第7卷，北京：人民文学出版社2005年版，第62页。
④ 鲁迅：《论"他妈的！"》，《鲁迅全集》第1卷，北京：人民文学出版社2005年版，第245页。
⑤ ［日］升曙梦：《最近的高尔基》，鲁迅译，《鲁迅全集》第16卷，北京：人民文学出版社1973年版，第275页。
⑥ ［俄］尼古拉·布哈林：《苏维埃联邦从Maxinm Gorky期待着什么？》，《鲁迅译文集》第10卷，北京：人民文学出版社1958年版，第129页。

在《译本高尔基〈一月九日〉小引》中,鲁迅阐释了高尔基以前为何不被中国文化人关注的基本原因:"当屠格纳夫、柴霍夫这些作家大为中国读书界所称颂的时候,高尔基是不很有人很注意的。即使偶然有一两篇翻译,也不过因为他所描的人物来得特别,但总不觉得有什么大意思。这原因,现在很明白了:因为他是'底层'的代表者,是无产阶级的作家。对于他的作品,中国的旧的知识阶级不能共鸣,正是当然的事。"① 这里,鲁迅对高尔基的认识已经出现了显著变化,同时,也对中国旧知识分子不重视高尔基的行为给予了微讽。后来,鲁迅甚至引用了苏联革命者对于高尔基的评价,来阐明自己的思想主张。在《〈《母亲》木刻十四幅〉序》中,鲁迅说:"高尔基的小说《母亲》一出版,革命者就说是一部'最合时的书'。而且不但在那时,还在现在。我想,尤其是在中国的现在和未来。"② 可以推测,鲁迅已经或多或少地想以高尔基为榜样,希望能够为中国革命作出应有的贡献。

后来,鲁迅一直想把高尔基全集翻译到中国。1930 年,鲁迅编选的《戈里基文录》是中国第一部关于高尔基的文学论文集,内收柔石、冯雪峰、沈端先等翻译的八篇文章。1930 年,本书由上海光华书局出版,第二年再版之时改为《高尔基文集》。鲁迅在给郁达夫的信中说:

> Gorki 全集内容,价目,出版所,今钞呈,此十六本已需约六十元矣,此后不知尚有多少本。将此集翻入中国,也是一件事情,最好是一年中先出十本。此十本中,我知道已有两种(四及五)有人在译,如先生及我各肯认翻两本,在我想必有书坊乐于承印也。③

---

① 鲁迅:《译本高尔基〈一月九日〉小引》,《鲁迅全集》第 7 卷,北京:人民文学出版社 2005 年版,第 417 页。

② 鲁迅:《〈《母亲》木刻十四幅〉序》,《鲁迅全集》第 8 卷,北京:人民文学出版社 2005 年版,第 409 页。

③ 鲁迅:《致郁达夫》,《鲁迅全集》第 12 卷,北京:人民文学出版社 2005 年版,第 231—232 页。

后来，鲁迅多次用高尔基的生活经历、创作实践和文学思想启示中国作家。他充分肯定高尔基对俄罗斯社会各阶层人们的生活和心理的熟知，高扬其现实主义精神和平民意识，指出了高尔基作品对中国现实社会的特殊价值。鲁迅说：

> 笔只拿在一类人的手里，写出来的东西总不免于蹊跷，先前的文人哲士，在记载上就高雅得古怪。高尔基出身下等，弄到会看书，会写字，会作文，而且作得好，遇见的上等人又不少，又并不站在上等人的高台上看，于是许多西洋镜就被拆穿了。①

本阶段，高尔基主要揭示了苏联民族性格和民族心理的基本特征，并致力于这些特征和民族历史发展之间的内在联系，这占据着高尔基艺术视野的中心位置。当时，中国很少有作家能够清醒地认识到高尔基这些作品的独特价值，也许只有鲁迅准确把握了其中的内在蕴涵。

1932年9月25日，苏联举行了高尔基文学创作四十周年盛大庆典。邹韬奋根据美国康恩著的《高尔基和他的俄国》一书，改编成《革命文豪高尔基》，详细记述了这次纪念活动的盛况："同日起，在一星期里，全国各剧院竞演高尔基的戏剧，各影戏院放映以他的历史做题材而摄制的影片《我的高尔基》，和他的作品电影化的新影片；国内各地的街道，建筑物、图书馆等等，改以'高尔基'为名的，不可胜数；世界各国的文学团体，都举行高尔基夜会，刊行高尔基专号等等。"② 1932年11月，由鲁迅、茅盾、丁玲、曹靖华、冯雪峰、夏衍、楼适夷七人签名的《高尔基的四十年创作生活——我们的庆祝》一文，在左联刊物《文化月报》创刊号上刊载。在开头部分，祝词说：

---

① 鲁迅：《〈俄罗斯的童话〉小引》，《鲁迅全集》第10卷，北京：人民文学出版社2005年版，第442页。
② 邹韬奋：《革命文豪高尔基》，上海：上海生活书店1933年版，第440页。

> 高尔基是世界革命的文学家。他的四十年的创作生活,就是四十年的艰苦的斗争。现在的革命作家和无产作家,尤其是苏联的,没有一个不受着他的影响。他是新时代的文学的导师。高尔基的名字代表着世界文学史上的新时期,这里,世界上的新的阶级开辟了一条光明的道路,开始创造真正全人类的新文化。

> 文学冲锋队的作品已经不是文学,而是比文学更伟大的东西。

> 高尔基是政治家的文学家。高尔基是最伟大的政治家的文学家。他和他的阶级,根本用不着掩盖自己的政治目的。

这篇祝词基本沿袭了卢那察尔斯基的文学观点,表明中国文坛已经接受了苏联官方对高尔基的评价认定。

1933年5月9日,鲁迅在给邹韬奋的信中说:"今天在《生活》周刊广告上,知道先生已做成《高尔基》,这实在是给中国青年的很好的赠品。我以为如果能有插图,就更加有趣味。我有一本《高尔基画像集》,从他壮年至老年的像都有,也有漫画。倘要用,我可以奉借制版。制定后,用的是那几张,我可以将作者的姓名译出来。"① 1933年5月27日,在《译本高尔基〈一月九日〉小引》中,鲁迅说:"然而革命的导师,却在二十多年以前,已经知道他是新俄的伟大的艺术家,用了别一种武器,向着同一的敌人,为了同一的目的而战斗的伙伴,他的武器——艺术的言语——是有极大的意义的。"② 1936年6月18日,高尔基在苏联逝世。苏联政府为高尔基举行了最高规格的追悼会,葬礼在莫斯科红场举行,斯大林亲自守灵,而且将他的骨灰放入专葬苏联政府要人以及著名革命家的克里姆林宫墙,并认为在列宁逝世之后,高尔基的逝世是苏联

---

① 鲁迅:《致邹韬奋》,《鲁迅全集》第12卷,北京:人民文学出版社2005年版,第395页。
② 鲁迅:《译本高尔基〈一月九日〉小引》,《鲁迅全集》第7卷,北京:人民文学出版社2005年版,第417页。

和人类的最重大的损失。"至此,对于高尔基的推举可谓登峰造极。苏联赋予高尔基以实际上任何阶级的作家都无法企及的最高地位和荣誉,事实上也制造了一个无产阶级政权与文学的神话,它象征着无产阶级文学的道路与无产阶级的政治革命相结合所能达到的最完美的境界。"①

在中国,许多人把鲁迅称为"中国的高尔基"。但是,最早把鲁迅称为"中国的高尔基"的并不是左翼文人,而是一些右翼文人。1930年5月7日,《民国日报》署名"男儿"的作者发表了《文坛上的贰臣传》,极力讽刺鲁迅加入"左联"是投降变节行为。他说:"鲁迅常以中国之高尔基自况,高氏在世界文坛拥有极好的地位,共产党打之不倒,乃欢迎之返国,备极崇奉,希望为其工具,鲁迅现以得共产党小子之拥戴以为高尔基之不若了,那里知道他们以彼做政治斗争之工具呢?"1933年1月,署名"美子"的作者在上海《出版消息》第4期上发表了《作家素描(八)——鲁迅》一文,讽刺鲁迅的演讲是"南腔北调",末尾有"我们祝福着这'中国的高尔基'永生"。1933年8月,《新垒》杂志也刊登了力士的《中国的巴比塞》、周铁君的《高尔基与鲁迅》、马儿的《阿Q的时运转了》等文章,对"中国的高尔基"(鲁迅)给予了极大嘲讽。除此之外,在鲁迅被塑造为"中国的高尔基"过程中,瞿秋白也发挥了重要作用。在《鲁迅杂感选集·序言》中,瞿秋白直接引用了卢那察尔斯基的话,

> 象牙塔里的绅士总会假清高的笑骂:"政治家,政治家,你算什么艺术家呢!你的艺术是有倾向的!"对于这种嘲笑,革命文学家只有一个回答:你想用什么来骂倒我呢?难道因为我要改造世界的那种热诚的巨大火焰,它在我的艺术里也在燃烧着么?②

这句话出自瞿秋白译《高尔基创作选集》中的原序,也就是卢那察尔斯

---

① 李今:《三四十年代苏俄汉译文学论》,北京:人民文学出版社2006年版,第67页。
② 瞿秋白:《瞿秋白文集》第3卷,北京:人民文学出版社1989年版,第95页。

基的《作家与政治家》一文。此时，瞿秋白是在"政治家的作家"的意义上来审视鲁迅。瞿秋白说：

> 高尔基在小说戏剧之外，写了很多的公开信和社会论文，尤其在最近几年——社会的政治的斗争十分紧张的时期。也有人笑他做不成艺术家了，因为他只会写些社会论文。但是，谁都知道这些讥笑高尔基的，是些什么样的蚊子和苍蝇。①

紧接着，瞿秋白又论述了鲁迅和高尔基一样，都写作了许多社会杂文，创作的是战斗的"阜利通"。瞿秋白在"革命的作家总是公开地表示他们和社会斗争的联系"这一前提之下，运用类比修辞的方式，把鲁迅称为"中国的高尔基"。这是瞿秋白对鲁迅形象的一种经典塑造，深刻影响了后来中国鲁迅研究的整个发展进程。

1933年6月3日，文学青年魏猛克给鲁迅写了一封信，期待鲁迅能够成为高尔基一样的人物。他说："你是中国文坛的老前辈，能够一直跟着时代前进，使我们想起了俄国的高尔基。我们其所以敢冒昧的写信请你写文章指导我们，也就是曾想起高尔基极高兴给青年们通信、写文章、改文稿。"② 1933年6月5日，鲁迅在回信中说：

> 其次，是关于高尔基。许多青年，也像你一样，从世界上各种名人身上寻出各种美点来，想我来照样学。但这是难的，一个人那里能做得到这么好。况且你很明白，我和他是不一样的，就是你所举的他那些美点，虽然根据于记载，我也有些怀疑。照一个人的精力，时间和事务比例起来，是做不了这许多的，所以我疑心他有书

---

① 瞿秋白：《瞿秋白文集》第3卷，北京：人民文学出版社1989年版，第95页。
② 鲁迅：《通信（复魏猛克）》，《鲁迅全集》第8卷，北京：人民文学出版社2005年版，第380页。

记,以及几个助手。①

1935年8月24日,鲁迅在致萧军的信中说:"我看用我去比外国的谁,是很难的,因为彼此的环境先不相同。……使我自己说,我大约也还是一个破落户,不过思想较新,也时常想到别人和将来,因此也比较的不十分自私自利而已。至于高尔基,那是伟大的,我看无人可比。"②不仅如此,鲁迅的许多外国友人对"中国的高尔基"这一称谓也表示怀疑。艾格尼丝·史沫特莱说,

> 鲁迅逝世的前几年,他创立了和发展了一种政治短评即杂感这一写作形式。在这方面他是一个伟大的文学宗匠,因此许多外国人士把他比作伏尔泰——法国大革命时代伟大的政治讽刺家和评论家。还有一些人努力寻找其他的名安在他头上,某些中国人莫名其妙地把他叫作中国的高尔基或者中国的萧伯纳。他不像萧,也不像高尔基;他是道地的中国货色。他的与高尔基相像,只在高尔基成为一个反对西欧政治上文化上的反动这一点。纵然如此,相像的限度也不止于内容,而不是形式。鲁迅短篇的、锋利的、深刻的批评文章,使一件事物好像阳光下的宝剑似的耀眼。高尔基则写作较长的,更理智的文章。③

1936年10月19日,鲁迅因病在上海逝世。即日,上海《大美晚报》就以"文坛巨星陨落,鲁迅今晨逝世"为题做了详细报道。文章说:"名惊世界之中国唯一学术家,今竟因病魔之缠继高尔基氏之后而逝世,实

---

① 鲁迅:《通信(复魏猛克)》,《鲁迅全集》第8卷,北京:人民文学出版社2005年版,第378页。
② 鲁迅:《致萧军》,《鲁迅全集》第13卷,北京:人民文学出版社2005年版,第528页。
③ [美]艾格尼丝·史沫特莱:《中国的战歌》,江枫译,北京:作家出版社1986年版,第85页。

为中国学术界之一大损失也。"① 上海的日文媒体《每日新闻》以"中国的高尔基，鲁迅氏终于逝世；忘掉我，世界文坛的损失"为标题也深表哀悼。10 月 20 日，上海的《社会晚报》以"文星陨落：各界凭吊，殡仪馆内瞻仰鲁迅，'中国的高尔基'盖棺前夜"为题，对鲁迅逝世表示怀念。随后，中国许多地方的报纸杂志都援引上海的"中国高尔基逝世"的消息，比如，《北平新报》《浙东民报》等都是如此。由于高尔基和鲁迅的逝世时间相差不到五个月，自然会容易引起人们的共同联想。而且，"中国的高尔基"这一称谓也是共产党对鲁迅的盖棺之论。

1936 年 10 月 25 日，王明和萧三在《救国时报》上分别发表了《中国人民之重大损失》《鲁迅先生与中国文坛》两篇文章。王明说："十月二十日上午十点钟，从《真理报》上，我们见到了'中国高尔基'——鲁迅同志病死上海的消息。"② "正因为鲁迅是一个伟大的革命文学家和政论家，所以他和现代的一切伟大作家——高尔基、罗曼罗兰、巴比塞等一样，对于本国人民，对于人类，对于正义，对于真理，对于自由，对于光明——尤其对于在现世界大部分领域内还最受剥削最受压迫的阶级，同时是担负着解放全人类的历史使命的阶级——无产阶级抱着无穷的热爱。"③ 萧三说："在世界文坛上，鲁迅先生处处可比之高尔基。现在'盖棺论定'，尤不能不肯定'鲁迅是中国的高尔基'。我们不久以前丧失了文豪高尔基。现在又失去了文豪鲁迅。这对于世界、苏联和中国的文坛是何等巨大的损失！"④ 王明和萧三都是中国共产党党内的重要人物。此时，鲁迅被他们塑造为完全拥护中国共产党，向往苏联的社会主义作家，中间肯定夹杂着某些政治意图。

1936 年 10 月 22 日，远在陕北的中共中央得知鲁迅逝世的消息之后，

---

① 鲁迅纪念委员会编印：《鲁迅先生纪念集·逝世消息》，上海：文化生活出版社 1937 年版，第 2 页。
② 鲁迅纪念委员会编印：《鲁迅先生纪念集·悼文第四辑》，上海：文化生活出版社 1937 年版，第 6 页。
③ 同上书，第 6—7 页。
④ 萧三：《鲁迅先生与中国文坛》，《1913—1983 鲁迅研究学术论著资料汇编》第 2 卷，北京：中国文联出版公司 1985 年版，第 508 页。

分别发出三则电报：《为追悼鲁迅先生告全国同胞和全世界人士书》《致许广平女士的唁电》《为追悼与纪念鲁迅先生致中国国民党中央委员会与南京国民党政府电》。三则电报都高度评价了鲁迅在中国革命过程中的重要贡献和伟大人格。鲁迅在上海万国公墓下葬之时，几万群众挥泪相送，棺木上覆盖着"民族魂"的旗帜。但是，蒋介石政府却对鲁迅逝世保持沉默，甚至禁止新闻媒体刊载左翼对鲁迅赞扬之词。可以看出，国共两党之间在鲁迅逝世问题上评价不一，他们在争夺民族话语权的同时，成败得失一目了然，这也预示着他们后来的胜败结果。据内山完造回忆，鲁迅多次曾经说过："说我是中国的高尔基，我并不高兴。高尔基只有苏联的才是真的。被人家说成是中国的高尔基，其实就是说不如真的高尔基。我不是中国的高尔基，我是彻头彻尾的中国人鲁迅。"① 针对外界许多人把自己比附为"中国的高尔基"，鲁迅对此是极为不满的，都及时给予了有效拆解，从而保持了自己精神品格的独立性，这是鲁迅区别于很多现代知识分子的卓绝之处。

由此可见，作为"世界上空前的最伟大的政治家的作家"，高尔基在中国的广泛传播和接受是经历了复杂过程的，鲁迅在其中也发挥了重要作用。基于高尔基和鲁迅之间具有诸多相似性，许多人把鲁迅比附为"中国的高尔基"，可谓存在着某些合理性的。但是，鲁迅与高尔基之间毕竟相差甚远：

> 其一是鲁迅乃士大夫出身，来自旧营垒，而高尔基来自底层的流浪的书写者。其二鲁迅一直与执政党处于对立的状况，而高尔基与政党政治的密切性超出人们的想象，他晚年与斯大林的主人与奴仆的关系，表明其精神的滑落。其三，鲁迅在气质上至多与同路人作家相似，而高尔基则由流浪者一跃为无产者的代言人，走向是不同的。②

---

① 卞立强：《内山完造〈花甲录〉中有关鲁迅的资料》，《鲁迅研究资料》第3辑，北京：文物出版社1979年版，第266页。
② 孙郁：《鲁迅与列宁主义的几个问题》，《中国现代文学研究丛刊》2013年第8期。

这也许真实道出了鲁迅和高尔基之间的差异性所在。一言以蔽之，倘若把鲁迅简单地比附为"中国的高尔基"，分明是对鲁迅形象的严重"误读"，其必然和真实的鲁迅形象之间相去甚远，也就不可能深入鲁迅思想内部来真正理解这一"卡里斯玛"典型。

第三节　文艺与政治的歧途

一　"同路人"作家在后期鲁迅思想中的投影

众所周知，"同路人"作家是苏联文艺评论界对以"谢拉皮翁兄弟"团体为代表作家的共同称呼，意为同情无产阶级革命，可以和无产阶级同走一段路。20世纪20年代，"同路人"作家涉及苏联无产阶级文学发展的许多问题，在苏联文学史上占据着特殊位置。长期以来，由于苏联国内对"同路人"作家评价不高，导致人们对其认识存在偏差。实际上，"同路人"作家数量很大，具有相近的审美趣味，曾经引起过一系列激烈论争。其主要成员为隆茨、皮里尼亚克、吉洪诺夫、尼基京、费定、伊万诺夫、左琴科、雅克夫列夫等人。他们中间的很多人都与鲁迅产生了文学关联。关于"谢拉皮翁兄弟"这一团体的文学宗旨，隆茨在其文学宣言中说：

> 我们之所以称自己为"谢拉皮翁兄弟"，是因为我们反对压制和无聊，也因为我们反对每个人都以同样的方式进行写作……我们每个人都有自己的鼓。我们认为，今天的俄国文学极其刻板，清一色的单调。我们可以写故事，小说以及相应的戏剧……但是内容必须是社会性的，并且一定要写当代的主题。我们只要求一件事：一件艺术作品应该有血有肉的，并且以它独特的生命而存在。①

---

① ［苏］马克·斯洛宁：《苏维埃俄罗斯文学》，上海：上海译文出版社1998年版，第236页。

尼基京则说:"不应该要求一个艺术家成为一架社会的地震仪,这不是艺术的主要目的。一个作家有他自己的耳朵,有他自己特定的表现方式。"实际上,"谢拉皮翁兄弟"团体是在苏联实行新经济政策的背景下成立的。1924年,列宁去世之后,这一团体也随之解散。斯大林全面掌握国家权力之后,开始实行文化控制政策,对"谢拉皮翁兄弟"团体中的诸多作家的作品进行查禁或压制,"同路人"作家在苏联社会的影响力受到重创。

"同路人"的概念主要来源于苏联文艺理论家托洛茨基的《文学与革命》。托洛茨基说:

> 他们没有任何革命前不光彩的过去……他们的文学形象和整个精神面貌都是在革命中形成的,由他们所倾心的那个革命的角度所确定的;他们都接受革命,每个人各以自己的方式来接受。但是,在这些个人接受中,有一个他们所有人都具有的共同特点,这一特点将它们与共产主义严格区分开来,并使他们随时有与共产主义相对立的危险。他们没有从总体上把握革命,对革命的共产主义目标也感到陌生。他们程度不同地倾向于越过工人的脑袋满怀希望地望着农夫。他们不是无产阶级的革命艺术家,而是无产阶级革命的艺术同路人。①

托洛茨基接着说:"同路人的文学创作则是一种新的苏维埃民粹主义,它没有旧的民粹派的传统,暂时也还没有政治前途。对于同路人总要出现一个问题:走到那一站为止?"从整体上看,"同路人"作家带有旧俄时代的显著特点。针对"同路人文学",托洛茨基说:"在或因唱老调子或因保持沉默而失去作用的资产阶级艺术与暂时还没有的新艺术之间,出现一种过渡的艺术,它与革命有着或多或少的有机联系,但同时又不是

---

① [苏]托洛茨基:《文学与革命》,刘文飞、王景生、季耶译,北京:外国文学出版社1992年版,第42页。

革命的艺术。"① 他们在苏联革命过程中，虽然支持无产阶级革命，但又不完全相信社会主义，表现了一种犹豫不决的态度，被认为是社会主义革命的"追随者"或"陪伴者"。

早在1925年前后，鲁迅就开始关注苏联无产阶级文学的发展态势，在为任国桢译的《苏俄的文艺论战》一书所写的"前记"中，鲁迅说："不独文艺，中国至今于苏俄的新文化都不了然"，称任国桢的翻译"使我们借此稍稍知道他们文坛上论辩的大概，实在是最为有益的事"②。1926年，当勃洛克的长诗《十二个》翻译到中国之时，鲁迅就为之写了"后记"，称《十二个》是"十月革命的重要作品，还要永久地流传"③。1929年初，鲁迅开始翻译雅各武莱夫的中篇小说《十月》，后收入《现代文艺丛书》中。针对雅各武莱夫对故事主人公在具体革命过程中的实际心态，比如说，他们很多人对革命比较迷茫，甚至始终在革命与反革命之间游移和徘徊，鲁迅感到非常真实。鲁迅说："革命之时，情形复杂，作者本身所属的阶级和思想感情，固然使他不能写出更进于此的东西，而或时或处的革命，大约也不能说绝无这样的情景。"④ 1933年6月26日，鲁迅在给王志之的信中说：

> 《十月》的作者是同路人，他当然看不见全局，但这确也是一面的实情，记叙出来，还可以作为现在和将来的教训，所以这书的生命是很长的。书中所写，几乎不过是投机的和盲动的脚色，有几个只是赶热闹而已，但其中也有极坚实者在内（虽然作者未能描写），故也能成功。这大约无论怎样的革命，都是如此，倘以为必得大半都是坚实正

---

① ［苏］托洛茨基：《文学与革命》，刘文飞、王景生、季耶译，北京：外国文学出版社1992年版，第41—42页。

② 鲁迅：《〈苏俄的文艺论战〉前记》，《鲁迅全集》第7卷，北京：人民文学出版社2005年版，第278页。

③ 鲁迅：《〈十二个〉后记》，《鲁迅全集》第7卷，北京：人民文学出版社2005年版，第312页。

④ 鲁迅：《十月·后记》，《鲁迅全集》第10卷，北京：人民文学出版社2005年版，第352页。

确的人们，那就是难以实现的空想，事实是只能此后渐渐正确起来的。所以这书在他本国，新版还很多，可见看的人正不少。①

在《十月·后记》中，鲁迅还引用了淑雪兼珂的话，说："从党员的见地来看，我是没有主义的人。那就好，叫我自己来讲自己，则——我既不是共产主义者，也不是社会革命党员，又不是帝政主义者。我只是俄罗斯人。而且——政治底的，是不道德的人。在大体的规模上，布尔塞维克于我最相近。我也赞成和布尔塞维克们来施行布尔塞维克主义。"② 1932年9月，鲁迅在《一天的工作·前记》引用了珂刚《伟大的十年的文学》："所谓'同路人'的文学，是开拓了别一条路的。他们从文学走到生活去。他们从价值内在底技巧出发。他们先将革命看作艺术底作品的题材，自说是对于一切倾向性的敌人，梦想着无关于倾向的作家的自由的共和国。然而，这些'纯粹的'文学主义者们——而且他们大抵是青年——终于也不能不被拉进全线沸腾着的战争里去了。"③ 1933年1月，鲁迅编译了苏联"同路人"短篇小说集《竖琴》，由良友图书公司印行。后来，鲁迅又开始编选《一天的工作》。其中，有部分篇目是"同路人"作家作品。本时期，鲁迅编选和翻译了大量苏联"同路人"作家的经典作品，极大影响了中国左翼文学的未来发展。

可以看出，鲁迅之所以非常关注和翻译"同路人"作家的重要作品，主要是由于其在思想本质上和"同路人"作家比较接近。从社会阶层上来看，"同路人"作家属于小资产阶级作家，明显处于资产阶级和无产阶级之间。作为中间阶层，他们对专制社会制度表示不满，企图暴露极端统治的阴暗面，对无产阶级革命表示同情理解，但同时又以各自方式有所保留。比如说，"同路人"作家并不能完全理解无产阶级革命的最终目

---

① 鲁迅：《致王志之》，《鲁迅全集》第12卷，北京：人民文学出版社2005年版，第411页。
② 鲁迅：《十月·后记》，《鲁迅全集》第10卷，北京：人民文学出版社2005年版，第351页。
③ 鲁迅：《一天的工作·前记》，《鲁迅全集》第10卷，北京：人民文学出版社2005年版，第396页。

标，和共产主义所提倡的革命目标保持一定距离，存在着有可能随时背叛革命的潜在危险。因此，鲁迅说："同路人者，谓因革命中所含有的英雄主义而接受革命，一同前行，但并无彻底为革命而斗争，虽死不惜的信念，仅是一时同道的伴侣罢了。"① 与此同时，在很多文字中间，鲁迅就直言不讳地说自己不是无产阶级革命作家。他说："攻击我的批评家们说，鲁迅不是真正的革命家。原因是，如果是真正的革命家，早已该被杀掉了。他还生存在这唠唠叨叨，这就是真正并非革命家的证据，这是实在的，我也承认这道理。"② "他也不相信中国的知识青年，没有经验过工人和农民的生活、希望和痛苦，便能——直到目前为止——产生出无产阶级的文学，创作必须从经验中，而不是从理论中产生出来的。"③

20世纪20年代中期，在"拉普"思想支配之下，许多苏联无产阶级作家思想出现了"极左"倾向。他们认为，"同路人"作家没有鲜明的革命立场，甚至左右摇摆，是革命过程中的极大障碍，需要及时加以批判和清除。实质上，苏联"拉普"作家对"同路人"作家的严肃批评，在中国1928年"革命文学"论争中几乎得到了重演。后期创造社、太阳社激进作家在批判鲁迅过程中，就断定鲁迅是小资产阶级的落后作家，缺乏无产阶级革命的积极性，二者几乎操持着相同论调。茅盾说：

> 实际上，"左联"的十年并未培养出一个"工农作家"，却是培养出了一批优秀的小资产阶级出身的青年作家，正是这些新作家在鲁迅的率领下，冲锋陷阵，取得了巨大的胜利，并且成为中国革命文艺运动的中坚。历史也证明，大量地培养工农作家，只有在无产阶级取得政权的条件下才有可能。在三十年代的上海，只能是良好的愿望。④

---

① 鲁迅：《〈竖琴〉前记》，《鲁迅全集》第4卷，北京：人民文学出版社2005年版，第444页。
② 钟敬文著/译，王得后编：《寻找鲁迅·鲁迅印象》，北京：北京出版社2002年版，第328页。
③ [美]史沫特莱：《史沫特莱回忆鲁迅》，戈宝权译，《新文学史料》1980年第3期。
④ 茅盾：《左联前期——回忆录（十二）》，《新文学史料》1981年第3期。

鲁迅也认为，这些打着"革命文学"口号的青年作家，仅仅是"只挂招牌，不讲货色"，并没有抓住马克思主义理论的精神实质。鲁迅说："左翼作家并不是从天上掉下来的神兵，或国外杀进来的仇敌，他不但要那同走几步的'同路人'，还要招致那站在路旁看看的看客也一同前进。"① 尽管无产阶级在革命过程中扮演了领导角色，但是，也不能忽视中间阶层的特殊价值。倘若把小资产阶级或部分知识阶级排斥在革命之外，对革命是不利的。只有团结一切革命力量，建立革命统一战线，无产阶级革命才可能取得胜利。

鲁迅加入"左联"之后，和后期创造社、太阳社青年作家实行了联合，但是，这并不表明彼此消除了思想差距。夏衍说："在成立左联的时候，我们在组织上服从了党的意见，与鲁迅实行了联合，并以他为左联领导人，但在思想上显然与鲁迅还是有差距的。"② 一方面，鲁迅对中国共产党所领导的工农革命是支持的，也用实际行动证明了自己的革命立场；另一方面，鲁迅实质上是一个具有独立情怀的知识分子，他没有加入中国共产党，中间肯定存在着顾虑。鲁迅对各种革命"口号"和"主义"都是怀疑的，对政党政治更是警惕的。在鲁迅看来，任何政党政治都具有局限性，一旦加入进去，就势必接受各种组织规训，甚至要介入各种纷争，这就会丧失一个独立知识分子的理性思考。"左联"作家大部分都是党员，而鲁迅不是党员。前期阶段，鲁迅拒绝参加"左联"组织的各种活动，许多人认为鲁迅革命积极性不高，甚至搞特殊凌驾于组织之上。后期阶段，鲁迅和周扬等人之间的矛盾冲突变得不可调和。由于周扬等人存在着关门主义倾向，把鲁迅也关在门外，导致鲁迅觉得没有得到应有尊重，这就引起了双方的严重冲突。1949年之后，周扬为此也付出了惨重代价，切实认识到自己的"左倾"错误，这无疑是一个很有

---

① 鲁迅：《论"第三种人"》，《鲁迅全集》第4卷，北京：人民文学出版社2005年版，第451页。

② 夏衍：《"左联"成立前后》，《文学评论》1980年第2期。

意味的历史现象。

关于后期鲁迅的真实文化身份问题,许多外国友好人士也认为鲁迅不是普罗作家。其中,史沫特莱回忆道:"他说,现在被请出来领导无产阶级的文学运动,还有一些他的年轻朋友们坚决请求他当一个无产阶级作家。他要真是装作是一个无产阶级作家的话,那就未免幼稚可笑了。他的根是植在农村中、在农民中和学者生活中的。"① 总而言之,鲁迅不是一个真正的无产阶级革命作家,而是一个"革命同路人"。因此,故意抬高或贬低鲁迅都是一种错误行为,很值得我们高度警惕。

二 皈依与疏离:鲁迅和中国共产党的因缘际会

关于鲁迅和中国共产党之间的最初关系,应该追溯到"五四"时期。鲁迅最早接触的共产党人,是李大钊和陈独秀,他们在新文化运动中是并肩战斗的好友。1919年8月8日,《鲁迅日记》中记载:"下午寄李守常信。"16日记载有:"下午得钱玄同信,附李守常信。"可以推测,他们之间的正式交往应该在这之前。鲁迅在《〈守常全集〉题记》中说:"我最初看见守常先生的时候,是在陈独秀先生邀我去商量怎样进行《新青年》的集会上,这样就算认识了。不知道他其时是否是共产主义者。总之,给我的印象是很好的:诚实,谦和,不多说话。《新青年》的同人中,虽然也很有喜欢明争暗斗,扶植自己势力的人,但他一直到后来,绝对的不是。"② 1927年4月6日,李大钊在北京被军阀张作霖逮捕。当时,鲁迅在"革命策源地"的广州。4月10日,鲁迅写了《庆祝沪宁克服的那一边》一文:"香港《循环日报》上所载李守常在北京被捕的消息,他的圆圆的脸和中国式的下垂的黑胡子便浮在眼前,不知道他现在怎么样。"③ 这里,鲁迅主要表达了对老友的怀念之情,并以李大钊的被捕来证明"黑暗的区域里,反

---

① [美]史沫特莱:《史沫特莱回忆鲁迅》,戈宝权译,《新文学史料》1980年第3期。
② 鲁迅:《〈守常全集〉题记》,《鲁迅全集》第4卷,北京:人民文学出版社2005年版,第538页。
③ 鲁迅:《庆祝沪宁克复的那一边》,《鲁迅全集》第8卷,北京:人民文学出版社2005年版,第196页。

革命者的工作也正在默默地进行"。之后，鲁迅还以李大钊的被捕来激励革命者，不要"小有胜利，便陶醉在凯歌中，肌肉松懈，忘却进击"①。当得知李大钊被害的确切消息之后，鲁迅非常悲痛。1933 年 5 月，鲁迅通过学生宋紫佩转交给李大钊家属 50 圆，以示怀念。

相对而言，鲁迅和陈独秀之间的关系更为密切。1920 年 3 月 11 日，陈独秀在致周作人的信中说："我们很盼望豫才先生为《新青年》创作小说，请先生告诉他。"8 月 22 日信中又说："鲁迅兄的小说，我实在五体投地的佩服。"9 月 28 日信中说："随感录本是一个很有生气的东西……我希望你和豫才、玄同二位有功夫都写点来。豫才兄做的小说实在有集拢来冲印的价值，请你问他倘若以为然，可请《新潮》《新青年》剪下自加订正，即来付印。"后来，陈独秀身处逆境之时，鲁迅也不忘陈独秀的殷殷之谊。1933 年 3 月 5 日，鲁迅在《我怎么做起小说来》中说："《新青年》的编辑者，却一回一回的来催，催几回，我就做一篇，这里我必得记念陈独秀先生，他是催促我做小说最着力的一个。"② 1934 年 8 月，鲁迅在《忆刘半农君》中说："《新青年》每出一期，就开一次编辑会，商定下一期的稿件。其时最让我注意的是陈独秀和胡适之。假如将韬略比作一间仓库罢，独秀先生是外面竖一面大旗，大书道：'内皆武器，来者小心！'但那门却开着的，里面有几枝枪，几把刀，一目了然，用不着提防。"③ 1932 年 10 月，陈独秀在上海被租界当局逮捕，随后引渡给国民党政府。此时，社会各界人士对陈独秀的评价千差万别，有的营救，有的批判，有的痛骂，有的同情。但是，鲁迅在敏感时刻却大谈陈独秀的爽直坦诚的优秀品格，这实在是很值得注意的一件事情。

1927 年 1 月 18 日，鲁迅达到广州，19 日住进中山大学大钟楼。24

---

① 鲁迅：《庆祝沪宁克复的那一边》，《鲁迅全集》第 8 卷，北京：人民文学出版社 2005 年版，第 197 页。

② 鲁迅：《我怎么做起小说来》，《鲁迅全集》第 4 卷，北京：人民文学出版社 2005 年版，第 526 页。

③ 鲁迅：《忆刘半农君》，《鲁迅全集》第 6 卷，北京：人民文学出版社 2005 年版，第 73—74 页。

日，鲁迅日记中就有记载："徐文雅、潘考鉴来。"徐文雅是中山大学预科法科学生，当时为中国共产党中山大学总支书记。潘考鉴也是法科学生，是中国共产党党员。据徐文雅后来回忆：鲁迅日记中所记是第二次去访问鲁迅的事情，第一次还要早两三天，是和毕磊一起去的。当时，毕磊是中国共产党广东区委学生运动委员会副书记（恽代英是书记）、中山大学社会科学研究会干事，也是学委会机关刊物《做什么》的主编。以后，鲁迅日记中经常出现有徐文雅、毕磊以及其他一些共产党员来访，他们不断给鲁迅送《人民周刊》《少年先锋》《做什么》等文学刊物。在1927年"四一五"反革命政变中，徐文雅在教师帮助下化妆离校，毕磊被捕，不屈牺牲。鲁迅很怀念这个年轻的共产党员。在《怎么写》一文中，鲁迅说："现在还记得《做什么》出版后，曾经送给我五本。我觉得这团体是共产青年主持的，因为中间有'坚如''三石'等署名，该是毕磊，通信处也是他。他还曾将十来本《少年先锋》送给我，而这刊物里面则分明是共产青年所作的东西。果然，毕磊君大约确是共产党员，于四月十八日从中山大学被捕。据我的推测，他一定早已不在这世上了，这看去很是瘦小精干的湖南的青年。"[1] 其中，与毕磊同时期牺牲的还有陈延年（陈独秀的儿子），当时担任中国共产党广东区委书记。陈延年曾说鲁迅是他的父执，鲁迅也说陈延年是"老仁侄"，人很聪明。可以看出，鲁迅对这些共产党员是很敬佩的，也深切地怀念着他们。

鲁迅是带着对国民党绝望的心情离开广州的。在广州，鲁迅目睹了从国共合作到国共分裂的真实内幕。虽然无产阶级革命受到了挫折，但是，鲁迅已经意识到只有无产阶级才能够挽救中国。鲁迅说："只是原先是憎恶这熟识的本阶级，毫不可惜它的溃灭，后来又由于事实的教训，以为惟新兴的无产者才有将来，却是的确的。"[2] 鲁迅达到上海不久，后期创造社、太阳社青年作家就发动了对鲁迅的集体围攻。这些作家大多

---

[1] 鲁迅：《怎么写》，《鲁迅全集》第4卷，北京：人民文学出版社2005年版，第21页。
[2] 鲁迅：《二心集·序言》，《鲁迅全集》第4卷，北京：人民文学出版社2005年版，第195页。

数都是共产党员，带有一定的自觉意识。这也是鲁迅到达上海之后，所遇到由共产党人组织实施的第一次批判运动。其中，他们认为，鲁迅是小资产阶级根性的落后作家，是"不革命的"，而"不革命就是反革命"，而且"不革命"要比"反革命"还碍事。鲁迅说："我所属的阶级罢，就至今还未判定，忽说小资产阶级，忽说'布尔乔亚'，有时还升为'封建余孽'。"① 为了厘清"论敌"的理论武器，鲁迅主动翻译了许多马克思主义文艺理论和社会科学著作。因此，孙郁说：

> 促使鲁迅与共产党人走到一起的条件是复杂的。其一是马克思主义的文艺观深深地刺激了他，使他反省到自己过去的偏颇。尤其是马克思的阶级学说，像新的参照，给他的启示是巨大的，这使他在认识论的层面上，感受到了更为系统和全新的知识。其二，中国社会的黑暗，国民党的一党专政，使他看到了人道主义与人性论在那时的苍白，对专制主义，只有用反抗的手段对抗之，才是唯一新生的选择。②

值得一提的是，在柔石的热情介绍之下，冯雪峰来到了鲁迅身边，从此开始长期与鲁迅交往。冯雪峰曾在北京大学旁听过鲁迅的课，但没有直接交往。据鲁迅日记记载，1928年7月、9月期间，冯雪峰曾三次写信给鲁迅，鲁迅都给予回复。1929年12月9日，鲁迅日记记载："夜柔石同画室来。""画室"是冯雪峰的笔名，这应该是鲁迅和冯雪峰的第一次正式见面。后来，冯雪峰成为中国共产党上级组织和鲁迅进行沟通的主要联系人。在冯雪峰担任一定的党内职务后，他自己经常代表党组织征求鲁迅的意见，或者请鲁迅支持他所领导的工作。当时，中央文化工作委员会书记潘汉年派冯雪峰去征询鲁迅对于成立"左联"的具体意见。

---

① 鲁迅：《"硬译"与"文学的阶级性"》，《鲁迅全集》第4卷，北京：人民文学出版社2005年版，第213页。

② 孙郁：《鲁迅与胡适》，北京：现代出版社2013年版，第364页。

据冯雪峰回忆：

> 一九二九十月十一月间……潘汉年（他当时是中宣部干事兼中央文化工作委员会书记，中宣部长是李立三）来找我，他说党中央希望创造社、太阳社和鲁迅及在鲁迅影响下的人们联合起来，以这三方面人为基础，成立一个革命文学团体。潘汉年要我和鲁迅商谈，并说团体名称拟定为"中国左翼作家同盟"，看鲁迅有什么意见，"左翼"两个字用不用，也取决于鲁迅，鲁迅如不同意用这两个字，那就不用。我即去同鲁迅商谈。鲁迅完全同意成立这样一个革命文学团体，同时他说"左翼"二字还是用好，比较明确，旗帜可以鲜明一些。[①]

可以说，冯雪峰这次成功地完成了党组织交给自己的任务。后来，冯雪峰和鲁迅一起并肩战斗，成为"左联"运作过程中的重要支撑力量。

但是，鲁迅与中国共产党的关系也曾经出现过两次危机。就如前文所述，第一次是1928年"革命文学"论争，第二次就是"两个口号"论争。鲁迅参加"左联"之后，和"左联"党团书记潘汉年、冯乃超、阳翰笙、丁玲、冯雪峰等人，几乎没有发生过严重冲突。但是，自1933年周扬任党团书记之后，与鲁迅的摩擦逐渐增多。其中，左翼阵营内部射来的各种暗箭让鲁迅深受其害。"倒提"事件就是值得注意的。1934年6月28日，鲁迅署名"公汗"在《申报·自由谈》上发表《倒提》一文，说当年"西洋的慈善家是怕着虐待动物的，倒提着鸡鸭走过租界就要查办"。有的华人对此表示不满，认为西洋人优待动物，虐待华人，至于比不上鸡鸭。鲁迅却认为，这其实是对西洋人的误解。西洋人鄙夷我们，但并未放在动物之下。鸡鸭无论如何都不能摆脱自己的最终命运。1934年7月3日，廖沫沙以"林默"为笔名，在上海《大晚报》副刊《火

[①] 冯雪峰著，倪墨炎、陈九英编校整理：《冯雪峰回忆鲁迅全编》，上海：上海文化出版社2009年版，第250页。

炬》上发表《论花边文学》一文，除了讽刺那种外形似乎是"杂感"，但又像"格言"，内容却"不痛不痒，毫无着落"的"花边体"之外，还对鲁迅的《倒提》提出了尖锐批评。廖沫沙认为，鲁迅是在为洋人辩护说教，几乎丧失了民族立场，表现出了一种强烈的"买办"意识，理应受到指责。后来，鲁迅说："花边文学""这一个名称，是和我在同一营垒里的青年战友，换掉姓名挂在暗箭上射给我的"①。这里，鲁迅表达了对廖沫沙的厌恶之情。可以想象，"倒提"事件对鲁迅的精神戕害是相当严重的。

　　1936年2月，"左联"在没有发布宣言的情况之下自动解散。鲁迅感到非常不满，因为个人意见没有被周扬等人采纳。此时，鲁迅和周扬等人的矛盾冲突已经公开化。不久，周扬、夏衍等人立即组织了抗日统一战线的作家团体"中国作家协会"，后改名为"中国文艺家协会"，接受文学、戏剧、电影、音乐、美术各界人士入会。周扬等人极力邀请鲁迅签名加入其中。4月20日，何家槐致函鲁迅汇报中国文艺家协会的筹备情况，并附上《作家协会缘起》，请他赞助签名。但是，鲁迅拒绝签名。不久，赞同"民族革命战争的大众文学"口号的作家也积极行动起来，78位新老左翼作家联名签署了《中国文艺工作者宣言》。鲁迅列名其中。但是，鲁迅在给一个文学青年的信中说："《文艺工作者宣言》不过是发表意见，并无组织或团体，宣言登出，事情就完，此后是各人自己的实践。有人赞成，自然很以为幸，不过并不用联络手段，有什么招揽扩大的野心，有人反对，那当然也是他们的自由，不问它怎么一回事。"② 这就直接引起了周扬等人的极大愤怒。他们认为，鲁迅在故意采取一种不合作态度，目的就是破坏革命统一战线。但是，鲁迅对此极力加以否认。他说：

　　　　中国目前的革命的政党向全国人民所提出的抗日统一战线的政

---

① 鲁迅：《花边文学·序言》，《鲁迅全集》第5卷，北京：人民文学出版社2005年版，第437页。

② 鲁迅：《致时玳》，《鲁迅全集》第14卷，北京：人民文学出版社2005年版，第123页。

策，我是看见的，我是拥护的，我无条件地加入这战线。那理由就因为我不但是一个作家，而且是一个中国人，所以这政策在我是认为非常正确的。①

客观地说，鲁迅拒绝加入中国文艺家协会，肯定存在着意气之争。然而，鲁迅对周扬等人不再信任却是一个事实。后来，"两个口号"之争也随之展开。鲁迅和周扬等人的矛盾冲突也变得不可调和。

1936年4月，党中央派冯雪峰从陕北来到上海。冯雪峰于4月20日从延安出发，于25日抵达上海。出发前党中央交给他四项革命任务：

> 第一，同当时上海各界群众救亡运动的负责人沈钧儒等取得联系，传达中央政策，并同他们建立经常联系；同时通过各种线索向各党各派宣传党的政策和开展抗日统战关系。第二，设法在上海建立一个电台，把上海、南京等地的政治经济情况、各党派的动态、群众的抗日救亡的要求和斗争的情况等，尽可能快地报告中央参考。第三，了解被破坏的上海地下党组织和党员的情况，传达中央政策。第四，同文艺界取得联系，传达中央政策，能够管的话也管一下。这四项任务，当时中央指示，前两个是主要的，后两个是次要的。②

冯雪峰到上海之后的第二天，就与鲁迅见面。鲁迅对冯雪峰说的第一句话是："你走了这几年，我被他们摆布得可以。"之后，鲁迅又说："共产党掌权了，第一个祭刀鬼就是我。"③ 李霁野在回忆冯雪峰的文章中也证

---

① 鲁迅：《答徐懋庸并关于抗日统一战线问题》，《鲁迅全集》第6卷，北京：人民文学出版社2005年版，第549页。
② 冯雪峰：《关于一九三六年我到上海工作的任务以及我同文委和"临委"的关系》，《鲁迅研究资料》第4辑，天津：天津人民出版社1980年版。
③ 陈早春：《为鲁迅代笔——近四十年前听冯雪峰闲聊（一）》，《新文学史料》2010年第2期。

实:"1936年4月,在上海晤鲁迅先生时,先生谈到有一天同雪峰开玩笑说:'你们到上海后,首先就要杀我吧!'雪峰很认真地连忙摇头摆手说;'那弗会!那弗会!'我们觉得雪峰实在是憨态可掬的诚实人,一点也没有取笑他的意思。"① 此时,鲁迅在潜意识中对共产党内部的许多人表示不满,这透视了鲁迅对中国革命的深深忧虑。由于冯雪峰到达上海之后,是先找鲁迅和胡风等人接洽,而不是在第一时间与周扬等人联系,导致周扬对冯雪峰也心存不满。不久,鲁迅身体出现了严重不适,几个月之后就与世长辞。但是,鲁迅和共产党之间的关系并没有结束,反而在鲁迅逝世之后,出现了意想不到的深度勾连,很值得我们做进一步思考。

总体而言,鲁迅和中国共产党之间的关系是复杂的,即先后经历了由早期的缺乏了解到日益熟悉,再到皈依,以至于逐渐疏离的曲折过程。不管怎样,鲁迅没有加入中国共产党,这是一个谁也不能改变的历史事实。

> 但后来的一些共产党人,常常又把鲁迅看成共产主义战士,是文化革命的旗手,又给人以南辕北辙的印象,与鲁迅精神的原色,相差甚远。实际上,鲁迅与共产党人,均系同盟的关系,或说是同路人,也未尝不可。但要说其是马克思主义者,便多少可以打些折扣。因为无论在哲学观上还是社会观上,他有着全然不同于共产党的地方。这是有他的作品为证的。②

长期以来,许多研究者有意"神化"鲁迅,也夸大了鲁迅和中国共产党的亲密关系,这是不符合基本历史真实的。实际上,鲁迅不但反对国民党政府的专制统治,而且也对中国共产党领导的无产阶级革命也深表疑虑,这也许就是鲁迅之所以思想痛苦的深层原因。作为一种"不满

---

① 李霁野:《忆冯雪峰同志》,《新文学史料》1983年第2期。
② 孙郁:《鲁迅与胡适》,北京:现代出版社2013年版,第364页。

文化"的代表人物,"鲁迅的精神实质是创造第三种时代,即既没有奴隶又没有奴隶主的时代,这是鲁迅始终的理想,后来鲁迅支持同情共产党,也是出于这一点,因为当时的共产党正是处于受压制的状态中"①。这才是鲁迅和中国共产党之间既契合又疏离的根本原因。

---

① 张梦阳:《人间鲁迅》,《读书》1998年第9期。

第四章

作为"堕落文人"的鲁迅

1927年4月18日,蒋介石在南京建立国民政府以后,继续实行"北伐",大肆屠杀共产党员和革命群众,中国顿时陷入了白色恐怖之中。蒋介石的背叛革命,表明民族资产阶级右翼已经公开投入了帝国主义、封建军阀和地主买办阶级的怀抱,也标志着中国大革命遭遇了失败。面对各地军阀割据的混乱局面,蒋介石政府感到国家统一的重要性。美国学者易劳逸在《流产的革命:1927—1937年国民党统治下的中国》一书中说:"蒋介石认为,思想的统一比任何事情都更重要,如果我们想使国家独立自由强大起来,首先的任务就是在中国人民的思想统一上打主意,把孙中山三民主义作为国家的唯一思想坚定地树立起来,这样他们就不会要求有第二种思想系统来在中国制造混乱。"①为了加强意识形态领域的严格控制,蒋介石政府制定了许多文艺政策和文学思想,以有效配合"党化教育",企图达到一党专政的现实目的。但是,蒋介石政府提倡的"三民主义文艺"和"民族主义文艺"并没有产生预期效果,反而暴露了国民党文学思想的腐朽性。为了阻碍左翼文艺运动的蓬勃发展,蒋介石政府又制定了严酷的查禁制度。吊诡的是,这些查禁制度具有限制与刺激、破坏与规范、自我维护与自我销蚀的双重作用,这就给左翼文人提供了部分空间。比如,以鲁迅为代表的左翼作家,充分运用变换笔名、改变编法等各种"钻网术",和书报审查官员展开巧妙周旋,突破了国民党政府的"文化围剿"。正是在这一意义上,我们引入了"民国机制"这一文学概念,来阐释国民党统治下的中国政治文化生态是复杂的,也是

---

① [美]易劳逸:《流产的革命:1927—1937年国民党统治下的中国》,陈红民等译,北京:中国青年出版社1992年版,第378页。

矛盾的。

第一节　国民党的文艺政策和文学运动

一　"国家统制"与"三民主义文艺"

为了维护国民党新生政权的合法性，蒋介石政府制定了许多文艺政策。所谓国民党文艺政策，就是在国民党政治意识形态影响和组织之下，经由国民党文化宣传机构或在思想上高度认同国民党意识形态的知识分子撰述的各种文学观念和方法，以及体现在文学创作和批评实践、体现在国民党文艺政策的规定和实施中的不成文的趣味规则。但是，蒋介石政府缺乏系统的革命理论指导，只能打着孙中山三民主义的旗号来欺骗人民。1928年7月8日，蒋介石在《中国建设之途径》一文中说："我们要在二十世纪的世界谋生存，没有第二个合适的主义，只有依照总理的遗教，拿三民主义来作中心思想才能统一中国。""要拿三民主义来统一全国的思想，中国的制度才能确立"。1928年9月，国民党召开二届五中全会，宣布全国进入"以党治国"的训政时期，由国民政府执行训政职责，并决定以五院制组成国民政府。在胡汉民和戴季陶等国民党官方理论家的鼓噪之下，蒋介石重新阐释了三民主义政策，并把三民主义儒学化，企图把三民主义变成专制独裁的有力工具。此时，蒋介石几乎垄断了三民主义政策的解释权，经常以孙中山三民主义的忠实信徒相标榜，实际上却是为自己谋取各种政治利益。

1929年3月21日，国民党第三次代表大会通过决议，"确定总理所著三民主义、五权宪法、建国方略、建国大纲及地方自治开始实行法为训政时期中华民国最高之根本法，举凡国家建设之规模，人权民权之根本原则与分际，政府权力与其组织之纲要，及行使政权之方法，皆须以总理遗教为依归"[①]。此外，大会还通过了《训政时期党、政府、人民行

[①] 荣孟源：《中国国民党历次代表大会及中央全会资料》上册，北京：光明日报出版社1985年版，第654页。

使政治治权之分际及方略案》，明确规定："中国革命之目的，在于三民主义；而三民主义之实行，必须依照总理所定之革命程序以为建设，总理生平既分革命建设为军政、训政、宪政三时期，冀其循序迈进，已完成革命之工作。"① 1929 年 6 月，国民党中央宣传部召开全国宣传会议，通过了《三民主义文艺决议案》，确定三民主义为"本党之文艺政策"，要和共产党领导的左翼文艺相对抗。1930 年 1 月 1 日，叶楚伧在上海《民国日报》上发表《三民主义的文艺底创造》一文，指出"文艺创造，是一切创造根本之根本，而为立国的基础所在"，"若没有三民主义之文艺，则三民主义之革命，成为孤立无援，而非常危险"。他还特别强调说，左翼文艺界"用一种很激烈的情调"、"很富于挑拨性的色彩"、"很富于煽动性的文字"以及"不复杂而简易的构造"，正在从事反对国民党执政的文学创作活动，若任其自由发展下去，自己一点也不去运动，那简直是"自暴自弃"。

1928 年下半年开始，在国民党政府所控制刊物的文艺副刊之上，就开始出现了许多鼓吹三民主义的评论文章。他们猛烈攻击左翼文学，叫嚣着要把文艺纳入三民主义的思想轨道之中。其中，上海《民国日报》的副刊《青白之园》《觉悟》，以及南京《中央日报》的两大副刊《大道》《青白》等刊物的影响力相对较大。实际上，1928 年 8 月，廖平在《革命评论》周刊第 18 期上发表了《国民党不应该有文艺政策吗》一文，指出上海文坛只见共产派、无政府派和保守派活跃，而国民党的文艺刊物却可谓寥若晨星。因此，我们的党政府和党人应该十分注意文艺。他说：

> 我们国民党的文艺界要联合一起，成一个大规模中国国民党文艺战争团，再推而广之，和世界上被压迫民族文学家、文人联结一致，成一个世界被压迫民族的文艺团，发出世界被压迫民族的空前

---

① 荣孟源：《中国国民党历次代表大会及中央全会资料》上册，北京：光明日报出版社 1985 年版，第 657 页。

的反抗的大呼声,大共鸣。

  政府要给这种团体相当的援助,以及指导。此外对于一切反革命派的刊物,要检查,禁止,以免影响青年,致有错误的思想。

  整整过了十个月之后,国民党政府对此才有正式回应。1929年6月3日,国民党中央宣传部部长叶楚伧在南京主持召开了全国宣传工作会议,通过了《确定本党之文艺政策案》。会议决定:一要"创造三民主义的文学"(发扬民族精神,阐发民治思想,促进民生建设等文艺作品);二要"取缔违反三民主义之一切文艺作品"(斫丧民族生命,反映封建思想,鼓吹阶级斗争等文艺作品)。会议还通过了"规定艺术宣传方法案",要求"各省特别市县党部宣传部应遴选有艺术修养之同志若干人,组织艺术宣传设计委员会","省市特别党部宣传部在可能范围内,应根据本党之文艺政策,举办文艺刊物","中央对于三民主义之艺术作品应加以奖励"①。这可以看作是国民党政府三民主义文艺政策的正式出台。

  1928年12月9日,《青白之园》在上海创刊,由"青白社"主编,主要撰稿人有苏凤、葛建时、卜少夫、张帆、吴铭心、陈穆如、程天厚、火雪明、许德祐等。"青白社"自称是"爱好文艺而愿意从事革命的同志们的组织"。他们的口号是"从文艺的园中走到革命的路上,在革命路上遍植文艺的鲜花"。由于"青白社"成员主要散布于江浙各地,社内组织活动较少,团体凝聚力不强,这是"青白社"存留时间不长的重要原因。《青白之园》主要发表两种类型的文学:一是攻击谩骂"革命文学"和新月社、现代评论派等作家的文章;二是呼吁国民党政府及时制定文艺政策,以及早日建立本党文艺方面的文章。比如,绵炳的《从"创造"说到"新月"》、竟文的《藨芜庞杂的革命文学》、王兆麟的《浪漫的文学家滚开去吧》、绍先的《革命的文艺与文艺的革命》等都是代表之作。其中,绍先在《革命的文艺与文艺的革命》一文中,极力要求铲除共产党领导的左翼文艺,倡导三民主义文艺。他指出,"要使一般民众对于三民

---

① 《京报》1929年6月6日。

主义由彻底认识而至于完全接受",就必须在文艺上"做一种有系统的工夫,运用国民党的文艺政策",彻底铲除腐化民众的旧文艺或新的恶劣文艺,"实行文艺的革命",同时,"赶紧创造适于三民主义、富有革命性的民众文艺",以此推进党义宣传,组织民众,训练民众。绍先还进一步建议,为了迅速地创造革命文艺,最好由中央党部出面号召各地文艺家联合起来,建立一种文艺革命的联合战线,尽快完成中国文艺的革命,从而建立一种革命的文艺。但是,这种倡议并没有得到国民党政府官员的高度重视,三民主义文艺依然流行于宣传口号,并没有优秀作品问世。不久,《青白之园》也"因为报馆里要增加新闻篇幅"而被迫停刊。"我们这般向无深切研究而便要为革命文学建筑新出路的小子……努力于今的结果,除见园门日益冷落,园景日益萧条外,简直找不出一点足为我们满意的","既没有达到共产党文艺宣传的那样'猛烈'的精神,同时也没有趣味文学那样的程度,这是多么一件痛心的事实"①。

  1930年7月,国民党政府在南京成立了中国文艺社,主要骨干为王平陵、左恭、钟天心、缪崇群等。中国文艺社主办了《文艺月刊》、《文艺周刊》、《文艺新地》以及《中央日报·大道》副刊,得到了国民党中央宣传部的大力支持。其中,《文艺月刊》是中国文艺社的机关刊物,创刊于1930年8月15日,至1941年11月终刊,共存在12年时间。后来,由于抗日战争爆发,办刊地点由南京而武汉,由武汉而重庆,在中国现代文学史上产生过较大影响。由于中国文艺社受到国民党中宣部直接领导,经费充足,稿酬优厚,笼络了一大批知名作家。据不完全统计,包括文学研究会、创造社、新月派、现代评论派、左联盟员等不同倾向的作家,都曾经在《文艺月刊》上发表文章。比如,巴金、老舍、沈从文、臧克家、欧阳予倩、洪深、陈梦家、王鲁彦、梁实秋、何其芳、戴望舒、李金发、林徽因、凌叔华、施蛰存、苏雪林、宗白华等人无不如此。毫无疑问,他们分别属于不同文学阵营,但却能够在《文艺月刊》上自由言说,实在令人深思。在这十几年期间,《文艺月刊》不参与各种文学论

---

① 绍先:《革命的文艺与文艺的革命》,《民国日报》1929年5月12日。

争和批判活动。"文艺大众化讨论","两个口号"之争,左翼对"新月派"、"自由人"和"第三种人"的各种批判活动,在《文艺月刊》上都找不到任何痕迹。其中,在前几期的刊物上,登载了左恭的《鲁迅先生》《金鱼》、钟天心的《偶感》《剑桥的消息》《春日的感怀》《孤独》《自白》《归途吟》《一个新梦》、缪崇群的《自传》《亭子间的话》《秋树》《胜利的人》《过年》《我的病》《菜花》、王平陵的《捣鬼》《缺憾》《添煤》《跑龙套的》《重婚》《生意经》《中国艺人的使命》《清算中国的文坛》《友情》《房客太太》等文章。但是,人们对三民主义文学的兴趣依然不大,这是很值得深思的事情。

1930年4月28日,国民党上海特别市宣传部召开第一次全市宣传工作会议,宣传部部长陈德征做了自我检讨。他说:

> 有许多事情,往往我们想到但还没有做,如谈了好久的三民主义文学,至今尚未完全实现,只看见一般不稳定思想结晶的文艺作品,以及表现不稳定思想的戏剧,对于这种,我们除消极方面的取缔以外,根本方法,尤在我们自己来创造三民主义的文艺,来消灭他们。①

之后,国民党许多右翼文人才开始着手三民主义文艺的理论建设工作。1930年5月,上海《民国日报》副刊《觉悟》开设专栏,大力宣扬三民主义文艺思想。比如,东方的《我们的文艺运动》、郭全和的《三民主义的文学建设》、张帆的《三民主义的文学之理论的基础》、叶楚伧的《三民主义的文学观》、王平陵的《叶楚伧先生的"艺术论"》、陈立夫的《中国文艺复兴运动》等。其中,郭全和在《三民主义的文学建设》一文中,主要阐述了三民主义文艺存在的基本依据,以及否定无产阶级革命文学两层意思。他说:"在中国社会里,本就没有资产阶级与无产阶级的对垒现象,当然没有无产阶级文学的产生的需要",无产阶级革命所依据

---

① 倪伟:《"民族"想象与国家统制》,上海:上海教育出版社2003年版,第11页。

的理论主要是马克思主义的唯物史观和阶级斗争学说。但是,"它所根据的社会进化的原则是错误的,当然用此原则所观察的社会现象是不真实的,不可靠的;此派所观察的社会现象既不真实可靠,其所倡导的无产阶级文学,当然是离了社会的环境和基础,根本已失去了文学本身的意义和价值"。"所以我们的主张,是打倒革命文学和无产阶级文学,根据中国现社会的状况和世界潮流的倾向,建设三民主义的新文学!"① 叶楚伧在《三民主义的文学观》一文中说:"三民主义是从人类内心而来,是心之表现。三民主义是人类所需要的,三民主义的文艺也是人类所需要的。三民主义文艺不附属于三民主义,不是三民主义所产生的。三民主义就是三民主义文艺。三民主义文艺,就是三民主义。只有三民主义的文艺,能解放历来俘虏的文艺,造成独立,自由中华民族所需要的文艺。"② 陈立夫在《中国文艺复兴运动》一文中总结说,"总之,中国的文艺运动,自经共产党利用它作为斗争的工具以来,可算是中国文艺上遭了一个莫大的厄运。文艺之身,早就在那里号泣了。几年来中国文艺界所能看得见的东西,是残忍,刻薄,悲哀,颓废,以及标语式的口号和喧嚣"③。

当时,朱公仆的独幕剧《星夜》、鲁觉吾的小说《杜鹃啼倦柳花飞》等作品,勉强能够称为三民主义文艺。但是,由于缺乏趣味性和艺术性,并没有受到普遍关注。面对左翼文艺的迅猛发展,三民主义文艺运动却悄无声息,几乎没有任何成绩可言。最后,三民主义文艺既没有落实为切实可行的政策措施,也没有形成具有影响力的文学社团和流派,不得不宣告破产。鲁迅说:

> 现在,在中国,无产阶级的革命的文艺运动,其实就是惟一的文艺运动。因为这乃是荒野中的萌芽,除此以外,中国已经毫无其

---

① 郭全和:《三民主义的文学建设》,《民国日报》1930年11月19日。
② 叶楚伧:《三民主义的文学观》,《民国日报》1930年12月2日。
③ 陈立夫:《中国文艺复兴运动》,《民国日报》1931年2月19日。

他文艺。属于统治阶级的所谓"文艺家",早已腐烂到连所谓"为艺术的艺术"以至"颓废"的作品也不能生产,现在来抵制左翼文艺的,只有诬蔑,压迫,囚禁和杀戮;来和左翼作家对立的,也只有流氓,侦探,走狗,刽子手了。①

为了加强意识形态的严格控制,国民党政府不得不放弃三民主义文艺。后来,他们从三民主义文艺之中衍生出民族主义文艺,企图夺回已经丧失的文艺阵地。在蒋介石政府看来,要想在短期内解决民主、民生问题是困难的,而"民族主义"却是一个很好的招牌,对内可以分化各派军阀势力,排斥异己;对外也能够树立良好形象,以民族主义的革命旗号迷惑大众,从而达到一党专制的独裁目标。

二 "民族主义文学"的任务和运命

1930年6月1日,潘公展、范争波、朱应鹏、叶秋原、黄萍荪、傅彦长、王平陵等号称"中国民族主义文艺运动者"的一群文人,在上海宣告成立前锋社,并发表了《民族主义文艺运动宣言》,正式提倡"民族主义文学"。《民族主义文艺运动宣言》共分五节,最先刊载于1930年6月29日、7月6日的《前锋周报》第2—3期上,接着刊载于1930年8月8日《开展》月刊创刊号上,最后再载于1930年10月10日的《前锋月刊》创刊号上。潘公展的《从三民主义立场观察民族主义的文艺运动》、朱大心的《民族主义文艺运动的使命》、叶秋原的《民族主义文艺之理论的基础》、傅彦长的《以民族意识为中心的文艺运动》等文章,都是对《民族主义文艺运动宣言》(以下简称《宣言》)的具体阐释。《宣言》在开首部分指出:"中国的文艺界近来深深地陷入于畸形的病态的发展进程中。这种现象在稍有留意于我国今日的艺坛及文坛的人必不会否认。在今日,当前的现象,正是中国文艺的危机。"一方面,"因为从事

---

① 鲁迅:《黑暗中国的文艺界的现状》,《鲁迅全集》第4卷,北京:人民文学出版社2005年版,第292页。

于新文艺运动的人,对于文艺的中心意识的缺乏,努力于形式的改革而忽略于内容的充实,致一切残余的封建思想,仍在那里无形地支配一切";另一方面,也是更为严重的是,"那自命左翼的所谓无产阶级的文艺运动,他们将艺术呈现给'胜利不然就死'的血腥的斗争",以所谓的"艺术不能不以无产阶级在这黑暗的阶级社会之'中世纪'里面所感觉的感情为内容",从而加速了中国文坛的分裂和混乱,使得"今日中国的新文坛艺坛上满呈着零碎的残局。在这样的局面下,对文艺的中心意识遂致不能形成,所以自有新文艺运动以至于今日,我们在新文艺上甚少成就"。"假如这种多型的文艺意识,各就其所意识到的去路而进展,则这种文艺上纷扰的残局永不会消失,其结果将致我们的新文艺运动永无发挥之日,而陷于必然的倾圮。"① 可以看出,《宣言》既要为国民党政府树立政治合法性的招牌,又要直接对抗左翼文艺运动,从而达到占据意识形态制高点的现实目的。

《宣言》特别强调"文艺的最高使命,是发挥它所属的民族精神和意识","文艺的最高意义,就是民族主义","民族主义的目的,是在形成独立的民族国家"。与此同时,《宣言》还详细阐述了民族主义文艺与民族国家之间相辅相成的关系:"民族主义底充分发展必须有待于政治上的民族国家的建立","文艺上的民族运动,直接影响及于政治上的民族主义底确立"。因此,民族主义文艺的任务是以文艺唤起民族意识,创造那民族的新生命,也即在精神意识上推进民族国家的建立。《宣言》明确地在文学上提出了民族主义要求,并把文艺创作与民族国家建设直接联系起来,这在新文学史上还是第一次。从这一意义上来讲,《宣言》在中国现代历史上的社会价值超过了文学本身。实际上,不仅是《宣言》,整个民族主义文艺运动——包括理论与创作在内,其意义都主要不是体现在文学创作和理论成就上,而在于它体现了中国社会在20世纪30年代初期所面临的结构性变化,这个变化反映在社会思想和意识形态层面,就是民族主义蔚然兴起。但是,《宣言》公开鼓吹所谓的"文艺的中心意识",

---

① 《民族主义文艺运动宣言》,《前锋周报》第2、3期,1930年6月29日、7月6日。

即法西斯主义的"民族意识",提出以"民族意识代替阶级意识",明确反对马克思主义的阶级斗争学说,这分明是要为国民党政府推行的"一个国家,一个主义,一个政党,一个领袖"的意识形态张目。

当时,许多民族主义理论家对中国文坛现状发表了各种看法,比如,泽明的《中国文艺的没落》、李锦轩的《最近中国文艺界的检讨》、洪为法的《普罗列塔利亚文学之崩溃》、范争波的《民国十九年中国文坛之回顾》、张季平的《中国普罗文学的总结》《普罗的戏剧》《普罗的诗歌》、文艺新闻社的《一九三一年之回顾》、向培良的《二十年度文艺思潮的趋势》等。这些作家主要站在右翼立场,任意诋毁普罗文学。李锦轩在《最近中国文艺界的检讨》一文中指出,中国文艺在过去的十几年里"无日不是在混乱的局面下挣扎",基本没有走上正轨。"缺乏中心意识,更为令人失望。"文坛"呈现零乱破碎的病态",许多作品"未能摆脱抄袭与模仿的病毒",根本不可能产生伟大作品,这就必然造成"难于收拾的纷岐错乱的局面",因此,中国文坛面临着"巨大的危机。"① 洪为法认为,普罗文学已经崩溃,普罗作家是"一批丑恶的梦游病者",民族主义文艺才是文坛主潮②。范争波认为,中国的新文艺"愈趋病态和堕落",是最后阶段的普罗文学的没落,普罗文学"在一定的回光返照以后,便自己摇起了最后的丧钟,进入自己掘好的坟墓了"。而民族主义文艺运动是"领有整个的中国文坛","在整个的中国文艺史上,也是可以大书特书的"③。张季平指出,普罗文学已经"走到了尽头,由着矛盾冲突的结果,不可挽回地陷入没落的命运,而轰动一时的普罗文学运动也就烟消云散了",留下的只是"一堆堆的残骸,这一堆堆的残骸,给我们的印象便只有丑恶"。单就理论来讲,普罗文学是"没有独特的建设的,杂乱的一堆,只是生硬地从外国贩来的东西而已"④。可以看出,这些观点都是在故意诬蔑普罗文学,企图

---

① 李锦轩:《最近中国文艺界的检讨》,《前锋周报》1930年7月6日。
② 洪为法:《普罗列塔利亚文学之崩溃》,《中央日报》1931年2月19日。
③ 范争波:《民国十九年中国文坛之回顾》,《现代文学评论》1931年4月10日。
④ 张季平:《中国普罗文学的总结》,《现代文学评论》1931年4月10日。

为民族主义文学树碑立传。但是，他们在自我陶醉之后不久就丧失了文艺阵地。

前锋社被视为是具有官方背景的文艺社团，不仅因为带有鲜明的意识形态立场，更主要的是大部分骨干成员具有官方背景。范争波、朱应鹏、黄震遐、李翼之、方光明等人，都是国民党政府的党政要员。比如，范争波任中国国民党上海市党部常务委员、淞沪警备司令部侦缉队长兼军法处长，朱应鹏为国民党上海市区党部监察委员会委员、上海市政府委员、《前锋月刊》主编。前锋社的另外一些成员傅彦长、叶秋原、陈穆如、陈抱一、李金发等人，虽然没有明确官方背景，但是他们和国民党政府也存在着千丝万缕的联系。前锋社先后创办了《前锋周报》（1930年6月22日创刊）、《前锋月刊》（1930年10月10日创刊）、《现代文学评论》（1931年4月10日创刊）。除了这三大刊物之外，前锋社还有一大批与之相互声援的团体和刊物，如上海的《草野周刊》《时代青年》《当代文艺》《南风月刊》，南京的《开展》周刊、《开展》月刊、《青年文艺》、《长风》半月刊、《流露》月刊，杭州的《初阳旬刊》《青萍月刊》《黄钟》，南昌的《民族文艺》，等等。《前锋周报》上刊载文章主要有三种类型。一是阐释民族主义文艺理论的文章。像雷盛的《民族主义的文艺》、方光明的《苦难时代所要求的文艺》、朱大心的《民族主义文艺的使命》、叶秋原的《民族主义文艺的之理论的基础》、襄华的《民族主义的文艺批评论》、张季平的《民族主义文艺的题材问题》、汤冰若的《民族主义的诗歌论》等。二是短篇小说创作。李翼之的《白马山》《异国的青年》《到武汉》《胭脂马》等。三是杂文创作。"谈锋专栏"中经常登载思想偏激、语言犀利的杂感文，批判和围攻左翼作家。在《最近中国文艺的检讨》一文中，李锦轩认为，左翼文学运动"完全受苏联的支配"。在《前锋周报》第10期后记《编辑室谈话》中，李锦轩又大肆攻击"左联"："所谓左翼作家联盟，更是甘心出卖民族，秉承着苏俄文化委员会的指挥，怀着阴谋想攫取文艺为苏俄牺牲中国的工具。致使伟大作品之无从产生，正确理论之被抹杀；作家之被包围，被排斥；青年之受迷蒙，受欺骗；一切都失了正确的出路；在苏联圈套的阴谋下乱转。

这些无一不断送我们的文艺，牺牲我们的民族。"① 当"左联"遭到镇压之后，他写作了《丧钟响了》一文，说"左翼作家没落了，左翼作家大联盟瓦解了，他们的机关刊全部停刊"②。但是，由于《前锋周报》无法刊登长篇论文和文艺创作，实际影响力也还是有限的。

为了有效弥补《前锋周报》的诸多缺憾，1930年10月10日，"前锋社"推出了大型综合性文艺刊物《前锋月刊》，到1931年4月10日停刊，一共出了7期。编者署前锋月刊社，实际上由朱应鹏主编，上海现代书局出版发行。1930年10月5日，《民国日报》上就为《前锋月刊》大做广告："前进的、民族主义的、唯一的文艺刊物《前锋月刊》创刊号准双十节出版。《前锋月刊》是以民族主义为中心意识的刊物，以突破中国文坛当前的危机为任务的，而一方面顺应世界民族运动之趋势，同时为我们中国现阶段的客观的需要，所以每一个爱好文艺的青年是不可不读的刊物，同时爱好文艺的青年只有向这方面去努力，才是正确的道路。"可以说，《前锋月刊》很好延续了《前锋周报》的办刊方针，而且更加灵活多样，当时产生了很大影响力。傅彦长的《以民族主义意识为中心的运动》、杨民威的《中国的建筑和民族主义》《中国的陶瓷与民族主义》、朱应鹏的《中国的绘画与民族主义》、谷剑尘的《怎样去干民族主义的民众剧运动》等论文，都极力宣扬民族主义文艺。除此之外，《前锋月刊》还介绍和翻译世界各国民族文艺的相关文章。在文学创作方面，万国安的《刹那的革命》《准备》《国门之战》《东北英雄传》《索仑山》、黄震遐的《陇海线上》《黄人之血》《大上海的毁灭》、心因的《野玫瑰》、王平陵的《期待》、范争波的《秀儿》、李赞华的《变动》《矛盾》、潘子农的《决斗》《他在跳跃着》《盐泽》《尹奉吉》、徐苏灵的《朝鲜男女》《三里庙的黄昏》，等等，都是代表性作品。与左翼文学相比，这些作品显得比较粗糙，思想性和艺术性也不高。但是，在民族主义文学中间，它们还是相对较好的文艺作品。

---

① 李锦轩：《编辑室谈话》，《前锋周报》1930年8月24日。
② 李锦轩：《丧钟响了》，《前锋周报》1930年5月。

除此之外，《汗血月刊》也是鼓吹"民族主义文学"的主要阵地。1934年1月15日，《汗血月刊》抛出了"文化围剿专号"，重点围攻左翼文学，用造谣代替事实，影响十分恶劣。1934年2月15日，《汗血月刊》策划了"民族文化建设专号"。表面看来，他们是在建设"民族文化"，实际上却是偷换概念，用"民族文化"代替"民族主义文艺"或"民族主义文化"，欺骗性很强。其中，刘百川的《建设民族文化》《铲除普罗文化暨复兴民族文化方案》是重头戏。除此之外，文公直的《民族文化的需要》、陈无闷的《中国民族文化建设泛论》、胡嗣春的《中国文化复兴之途径》、草玲的《怎样创立复兴民族的新文化》、公甯的《汗血文化之开拓及其动力统治纲领》、范师任的《怎样创立复兴民族的新文化》、胡子翼的《如何创造中国的民族文化》、黎驹的《民族文艺概论》、吴一鸣的《复兴民族文化之创立及其统制》、罗子青的《中国文化统制政策》、丁布夫的《复兴中国民族文化及统治政策之设计》、鞠百川的《复兴民族文化之方案》等文章，也很值得注意。他们大部分人都是运用化名，高举反对普罗文学的旗帜，试图为"民族主义文学"摇旗呐喊。1934年12月1日，《汗血月刊》又推出了"德意法西斯研究专号"，翻译德国法西斯主义的代表作品，宣扬鼓吹法西斯主义，属于一种丧心病狂的危险行为。

当时，许多左翼作家都批判了三民主义文艺或民族主义文艺。比如，冯雪峰的《我们同志的死和走狗们的卑劣》《统治阶级的"反日大众文艺"之检查》、瞿秋白的《屠夫文学》《狗样的英雄》《狗道主义》《青年的九月》、茅盾的《"民族主义文艺"的现形》《〈黄人之血〉及其它》《评所谓"文艺救国"的新现象》、钱杏邨的《大上海的毁灭》、鲁迅的《中国无产阶级革命文学和前驱的血》《"民族主义文学"的任务和运命》《中国文坛上的鬼魅》，等等。他们分别把"民族主义文学"看作是"独裁者的文学"、"屠夫文学"、"大亚细亚主义文学"、"独夫的屠户文学"、"土司政治的文化前锋"，当时产生了重要影响。其中，冯雪峰在《我们同志的死和走狗们的卑劣》中说：

暗杀我们的同志，显示国民党的卑劣。在我们的同志被暗杀了以后陆续出版的《当代文艺》、《南风》、《文艺月刊》、《现代文学评论》等走狗的"文学"刊物，则尤其显出了他们的卑劣。每种杂志都写着"普罗文艺没落了"这一句话，然而没有在一个地方敢傲然地这样说，"我们虐杀了大批普罗革命作家了"，也没有在一个地方提及了他们在一日内封闭了四家书店的事。有勇气宣告走狗文学的勃起以示威，而竟没有勇气宣布屠杀作家，强迫书店，绑票文学的事以示威，斯谓之卑劣！

然而也好，走狗的文学刊物的"如雨后春笋般"的出版，毕竟使文学和走狗不在联系在一起了。当我们说，南京的以每月千二百元（见文艺新闻）收买小狗们而出的《文艺月刊》，毕竟只是些小狗，上海的由刽子手、侦探、识字流氓而组织的民族主义文学，毕竟只是些刽子手、侦探、流氓的时候，也许还有些良善而糊涂的先生们，以为这是我们的过激之谈。然而现在，一本一本都放在你面前了，请认个"货真价实"吧。①

瞿秋白指出，中外反动派妄图剿灭中国红色政权和社会主义的苏联，就必然要做一批鼓吹战争的小说，做一种鼓吹杀人放火的文学，就是"民族主义文学"。茅盾认为，《民族主义文艺运动宣言》"内容的支离破碎，东抄西袭"和"荒谬无稽"的"大胆杜撰"，是"肤浅而生吞活剥的借用"，"牛头不对马尾"。

鲁迅在《"民族主义文学"的任务和运命》一文中，指出所谓"民族主义文学"派，其实是"上海滩上久已沉沉浮浮的流尸"，经过阶级斗争的"风浪一吹，就漂集一处，形成一个堆积"，他们的所谓文学，不过是"与流氓政治同在"的"流尸文学"和为帝国主义及中国反动派效劳的"宠犬派文学"，根本谈不上什么民族主义。鲁迅进一步指出，《陇海线上》把中国军阀军队的自相残杀，同"法国'客军'在非洲沙漠里"

---

① 冯雪峰：《我们同志的死和走狗们的卑劣》，《前哨》第1卷第1期，1931年4月25日。

屠杀阿拉伯人相类比,"就说明中国的'民族主义文学家'根本上只同外国主子休戚相关"。《黄人之血》则字字句句流露出"民族主义文学"的目标是要消灭现在无产者专政的第一个国度苏联,这就是露骨的所谓"民族主义文学"的特色。① 在《中国文坛上的鬼魅》一文中,鲁迅认为国民党政府对待左翼文学的办法,"最先用的是极普通的手段:禁止书报,压迫作者,终于是杀戮作者,五个左翼青年作家就做了这示威的牺牲"。执政当局知道,要剿灭无产阶级革命文学,还需要用文学的武器,作为这武器而出现的就是民族主义文学。但是,随着日本侵略中国的步伐加快,"民族主义文学家们的啼哭也从此收了场,他们的影子也看不见了,他们已经完成了送丧的任务。这正和上海的葬式行列是一样的,出去的时候,有杂乱的乐队,有唱歌似的哭声,但那目的是在将悲哀埋掉,不再记忆起来;目的一达,大家走散,再也不会成什么行列的了"②。

  总体而言,三民主义文艺和民族主义文艺之间是具有内在关联的。民族主义文艺是三民主义文艺的直接衍生物,几乎完全脱胎于三民主义的结构体系。可以说,离开了三民主义文艺,民族主义文艺就成了无源之水。与此同时,民族主义文艺也丰富了三民主义的思想内涵,使它逐渐成为国民党政府专制独裁的理论武器。三民主义作为孙中山早期创立的革命理论,自身实际上具有丰富内涵,仅仅是1927年之后,蒋介石打着继承"总理遗志"的虚假旗号,垄断了三民主义的阐释权,使三民主义变得面目全非起来。但是,二者也存在着显著差异。虽然三民主义文艺和民族主义文艺都是国民党中央出钱出力所办,但前者属于中央宣传部,后者属于中央组织部。前者的主要活动地点是南京,后者则是十里洋场的上海。由于国民党政府内部派系斗争严重,政令不一,他们有时也存在互相攻讦的地方,严重抵消了各自的实际作用。与左翼文学的蓬勃发展相比,不管是三民主义文艺,还是民族主义文艺,它们在蒋介石

---

① 鲁迅:《民族主义文学的任务和命运》,《鲁迅全集》第4卷,北京:人民文学出版社2005年版,第322页。
② 鲁迅:《中国文坛上的鬼魅》,《鲁迅全集》第6卷,北京:人民文学出版社2005年版,第159页。

政府的支持之下，曾经取得过部分成就，也给左翼文艺发展制造了许多障碍。但是，由于缺乏现实土壤，三民主义文艺和民族主义文艺旋即在中国文坛消失，并没有产生重要影响。正是在这一意义上，姜飞说："国民党文学思想，不论是所谓三民主义文学思想，还是所谓民族主义文学思想，都不是一般的文学经验的萃取，而是特定的意识形态的发扬，出于理论斗争的征召而拙于文学艺术的创造，习于陈陈相沿而难于推陈出新，虽然系出'绝对真理'而号称正确，但是短少实践价值而终嫌贫乏。"①

第二节 南京国民政府与鲁迅的矛盾纠葛

一 限制与刺激：国民党查禁制度的二重性

为了加强意识形态领域的严格控制，南京国民政府相继制定了许多文学查禁制度，以防止左翼文学迅猛的发展势头。1927年12月20日，国民政府大学院公布了《新出图书呈缴条例》，规定"一、凡图书新出时，其出版者须自发行之日起两个月内，将该项图书三份，呈送中华民国大学院。二、凡图书改版时，须以前条规定办理，但仅重印而未改版者，不在此限。三、出版者如不遵缴所出图书时，大学院得禁止该图书之发行"。1928年5月14日，国民政府颁布了《著作权法》，规定"著作物之注册，由国民政府内政部掌管之"，而内政部在注册之时，如发现有"显违党义者，或其他经法律规定禁止发行者"，由内政部拒绝注册。1929年8月23日，国民政府又公布了《出版条例原则》，规定"一切出版品之登记审查，由国民政府所属之主管机关办理"。1929年1月10日，中国国民党第二届中央第一九〇次常务会议通过了《宣传品审查条例》，规定有关党政宣传之书籍、期刊、戏剧电影均属于审查范围。"宣传共产主义及阶级斗争者"、"宣传国家主义、无政府主义及其他主义而攻击本党主义政纲政策及决议者"、"反对或违背本党主义政纲政策及决议案

---

① 姜飞：《国民党文学思想研究》，广州：花城出版社2014年版，第43页。

者"、"挑拨离间，分化本党者"、"妄造谣言，以淆乱观听者"，都属于反动宣传品。"曲解本党主义政纲政策及决议案者"、"误解本党主义政纲政策及决议案者"、"记载失实，足以影响观听者"，均为谬误宣传品。对于"反动者查禁封查或究办之"，对于"谬误者纠正或训斥之"，如"抗不遵办者，加重其处分"①。

1930年12月，国民政府先后颁布了《新闻法》《出版法》等法律条文，规定书刊在创刊前必须申请登记，批准后方可出版。1931年2月4日，国民政府司法院颁布了《危害民国紧急治罪法》，明确规定："宣传与三民主义不相容主义者，处五年以上十五年以下有期徒刑。"1932年5月31日，国民党中央通过了《宣传品审查标准》，所认定的反动宣传品为："1. 为其他国家宣传，危害中华民国者；2. 宣传共产主义及鼓吹阶级斗争者；3. 宣传无政府主义、国家主义及其他主义而有危害党国之言论者；4. 对本党主义、政纲、政策、决议恶意诋毁者；5. 对本党及政府之设施，恶意诋毁者；6. 挑拨离间，分化本党，危害统一者；7. 诬蔑中央妄造谣言，淆乱人心者；8. 挑拨离间及分化国族间各部分者。"② 1933年，国民政府教育部颁布了《查禁普罗文艺密令》，附抄作家名单，行动明显政治化，惩处手段越加严厉。1934年4月，国民党在上海成立了"中国国民党中央宣传委员会图书杂志审查委员会"，颁布了《图书杂志审查办法》，规定一切图书杂志须在印刷之前将稿本送审，否则即予以处分。

根据国民党政府制定的各种法律文件，他们开始大量查禁左翼期刊，封存各种进步书店，给左翼文学带来了灾难性后果。从1929年1月始，《创造月刊》《思想》《新兴文化》《新思潮》《太阳月刊》《时代文艺》《我们》《引擎》《现代小说》等报纸杂志，都以"共产党反动刊物""主张唯物史观，鼓吹阶级斗争"的罪名被查禁。1929年7月11日，国民党

---

① 中国第二历史档案馆编：《中国国民党中央执行委员会常务委员会会议录》第7册，桂林：广西师范大学出版社2000年版，第39—40页。
② 蔡鸿源：《民国法律集成》第69册，合肥：黄山书社1999年版，第409页。

中央秘书处编《查禁反动刊物表》，一共罗列 2000 多种查禁刊物，其中属于共产党和左翼进步团体出版的刊物达 60 多种。据国民党中宣部及中央宣传委员会编审科印发的文件，1929 年至 1934 年，被禁止发行的书刊约 887 种；1936 年通令查禁的社会科学书籍就达 676 种。罪名大多是"宣传共产主义"、"内容反动"、"内容不妥"、"煽动阶级斗争"、"宣传赤化"、"妖言惑众"、"煽惑暴动"、"诋毁本党"、"攻击现社会制度"等等。除上海之外，各省市地方政府也开始查禁进步文艺，仅北平一地，1934 年焚毁的书刊就有 1000 多种。不仅如此，国民政府还查封捣毁出版机构，迫害进步出版界人士。如 1929 年，国民党政府查封了创造社。1930 年查封了上海现代书局。1931 年查封了北新、群众、东群等书店。其他曾经出版过左翼文化书刊的湖风书店、良友图书出版公司、神州国光社、光华书局等，也先后遭到查封。当时，书刊的查禁，一般是由中央宣传部审查认为有碍后，函请内政部指令地方党部政府转饬公安、教育、交通等部门实施查禁。但有时中央宣传部可直接饬令地方党政部门查禁，也可以饬令邮电检查部门查扣。1936 年 1—2 月间，国民党中央宣传部接连以种种借口查禁《大众生活》《生活知识》《读书生活》《漫画与生活》《海燕》等杂志 23 种。1936 年 2 月 29 日，国民党中央宣传部就以"抨击本党外交政策，宣传普罗文化，鼓吹人民政府"的罪名查禁了《海燕》，但几乎没有任何事实根据。

不仅如此，国民党政府还直接采用拘捕、绑架、暗杀等极端手段来对付左翼人士。据《上海市公安局特务股破获共党案件统计表（民国二十四年份）》的统计显示，1935 年每月"查禁刊物捕获人犯"分别是：一月"搜获人犯三十名抄获刊物十余种"，二月"搜获人犯四十六名抄获刊物十余种"，三月"搜获人犯三十二名抄获刊物十余种"，四月"搜获人犯二十八名抄获刊物三十余种"，五月"搜获人犯十六名抄获刊物十余种"，六月"搜获人犯七名抄获刊物数种"，七月"搜获人犯五十名抄获刊物五十余种"，八月"搜获人犯十二名抄获刊物数种"，九月"搜获人犯三十一名抄获刊物十余种"，十月"搜获人犯八名"，十一月"搜获人犯二十八名抄获刊物十余种"，十二月"搜获人犯三十九名抄获刊物三十余种"①。1930年秋天,"左联"成员宗晖在南京被国民党特务杀害;1932年2月7日,国民党军警把柔石、胡也频、殷夫、李伟森、冯铿"左联"五作家杀害于上海龙华警备司令部;1933年5月,国民党特务在上海绑架了潘梓年和丁玲,并当场打死拒捕的作家应修人;同年逮捕了洪灵菲和潘漠华;1933年6月18日,中国民权保障同盟总干事杨杏佛被特务暗杀;1933年12月,邹韬奋因为"言论反动、思维过敏、毁谤党国"的罪名,被迫流亡国外;据有关资料显示,"仅一九三三年上半年,不到半年内,上海被捕的共产党员约六百左右,其中多半为文化、文艺界人士",这还不包括非党的其他文化界人士;1934年11月3日,《申报》总编辑史量才也被国民党特务暗杀;1935年7月,《新生》主笔杜重远因发表《闲话皇帝》一文,就被逮捕并判刑。正是在这一意义上,鲁迅说:"统治者也知道走狗的文人不能抵挡无产阶级革命文学,于是一面禁止书报,封闭书店,颁布恶出版法,通缉著作家,一面用最末的手段,将左翼作家逮捕,拘禁,秘密处以死刑,至今并未宣布。"②

20世纪20年代以后,全国出版业大多集中在上海,此地印行的图书占全国总量的2/3以上,仅1929年出版的社会科学译著,包括马克思和列宁主义著作在内,就多达150多种。国民党政府所制定的各种查禁制度,对上海的许多左翼作家来说实乃一种毁灭性打击。其中,鲁迅也深受其害。鲁迅说:

> 上海靠笔墨很难生活,近日禁书至百九十余种之多,闻光华书局第一,现代书局次之,最少也要算北新,只有四种(《三闲集》,《伪自由书》,《旧时代之死》,一种忘了),良友图书公司也四种(《竖琴》,《一天的工作》,《母亲》,《一年》)。但书局已因此不敢印书,一是怕出后被禁,二是怕虽不禁而无人要看,所以卖买就停

---

① 《民国二十五年上海市年鉴》,载王煦华、朱一冰合辑《1927—1949年禁书(刊)史料汇编》第2册,北京:北京图书馆出版社2007年版,第209—210页。
② 鲁迅:《中国无产阶级革命文学和前驱的血》,《鲁迅全集》第4卷,北京:人民文学出版社2005年版,第289页。

顿起来了。杂志编辑也非常小心，轻易不收稿。①

据吴效刚在《民国时期查禁文学书刊目录》中统计，涉及鲁迅作品被查禁的条目有：1934年1月，鲁迅的《二心集》由于"内容确有不妥"被查禁；同月，《伪自由书》由于"诋毁当局"被查禁；1934年2月，鲁迅的《鲁迅自选集》《而已集》《三闲集》分别被查禁；同月，鲁迅翻译的《文艺与批评》《高尔基文集》被查禁；1934年3月，鲁迅翻译的《现代新兴文学的诸问题》《文艺与批评》《文艺政策》《果树园》被查禁；1934年5月，鲁迅的《南腔北调集》由于"攻击党政当局，提倡无产阶级"被查禁；1934年6月，鲁迅翻译的《竖琴》由于"欠妥"被查禁；1934年12月，鲁迅翻译的《一天的工作》由于"宣传普罗文艺"被查禁；1935年1月，鲁迅的《马上日记》《准风月谈》被查禁；1936年2月，鲁迅的《门外文谈》被查禁。当时，不仅鲁迅著作和相关文集被查禁，凡刊载鲁迅重要作品的杂志也经常遭到厄运。如1936年上海《文学丛报》出至第5期被查禁，罪名是"每期几乎都有鲁迅的文章"。另一左翼刊物《现实文学》在1936年7月1日创刊，8月1日出版到第2期就被查禁，主要原因是"左联人员编"、"刊登《答托洛茨基的信》"。之后，鲁迅编辑、推荐的两种苏联文学译作《不走正路的安德烈》和《烟袋》（均为曹靖华译）被查禁，罪名分别是"普罗文艺"和"欠妥"。鲁迅作序的萧军小说《八月的乡村》也被查禁，罪名是"鼓吹阶级斗争"。

在许多书信或文学作品之中，鲁迅经常提到国民党政府查禁制度的卑劣和严酷。鲁迅说："现在当局的做事，只有压迫，破坏，他们那里还想到将来。在文学方面，被压迫的那里只我一人，青年作家，吃苦的多得很，但是没有人知道。上海所出刊物，凡有进步性的，也均被删削摧残，大抵办不［下］去。这种残酷的办法，一面固然出于当局的意志，

---

① 鲁迅：《致曹靖华》，《鲁迅全集》第13卷，北京：人民文学出版社2005年版，第30—31页。

一面也因检查官的报私仇,因为有些想做'文学家'而不成的人们,现在有许多是做了秘密的检查官了,他们恨不得将他们的敌手一网打尽。"①"检查也糟到极顶,我自去年底以来,被删削,被不准登,甚至于被扣住原稿,接连的遇到。听说,检查的人,有些是高跟鞋,电烫发的小姐,则我辈之倒运可想矣。"②"今年7月,在上海就设立了书籍杂志检查处,许多'文学家'的失业问题消失了,还有些改悔的革命作家们,反对文学和政治相关的'第三种人'们,也都坐上了检查官的椅子。他们是很熟悉文坛情形的;头脑没有纯粹官僚的胡涂,一点讽刺,一句反语,他们都比较的懂得所含的意义,而且用文学的笔来涂抹,无论如何总没有创作的烦难,于是那成绩,听说是非常之好了。"③"今年设立的书报检查处,很有些'文学家'在那里面做官,他们虽然不会做文章,却会禁文章,真禁得什么话也不能说。现在我如果用真名,那是不要紧的,他们只将文章大删一通,删得连骨子也没有;我新近给明年的《文学》写了一篇随笔,约七八千字,但给他们只删剩了一千余字,不能用了。"④"今年一年中,我所投稿的《自由谈》和《动向》,都停刊了;《太白》也不出了。我曾经想过:凡是我寄文稿的,只寄开初的一两期还不妨,假使接连不断,它就总归活不久。于是从今年起,我就不大做这样的短文,因为对于同人,是回避他背后的闷棍,对于自己,是不愿做开路的呆子,对于刊物,是希望它尽可能的长生。"⑤

但是,我们也必须看到,国民党政府查禁制度也存在着两面性。一方面,国民党政府查禁制度使许多左翼作家丧失了言论自由,严重阻碍

---

① 鲁迅:《致刘炜明》,《鲁迅全集》第13卷,北京:人民文学出版社2005年版,第270—271页。
② 鲁迅:《致曹靖华》,《鲁迅全集》第13卷,北京:人民文学出版社2005年版,第359页。
③ 鲁迅:《中国文坛上的鬼魅》,《鲁迅全集》第6卷,北京:人民文学出版社2005年版,第161页。
④ 鲁迅:《致刘炜明》,《鲁迅全集》13卷,北京:人民文学出版社2005年版,第324—325页。
⑤ 鲁迅:《花边文学·序言》,《鲁迅全集》第5卷,北京:人民文学出版社2005年版,第439页。

了进步思想的广泛传播，给无产阶级文学带来了重大损失；另一方面，在一定范围内，国民党政府查禁制度在客观上也发挥过正面作用。比如，对于各种盗版翻版或诲淫诲盗作品的查禁，就有效保障了作者和出版机构的正当权益，也有利于引导广大读者的阅读趣味。正是在这个意义上，我们说，国民党政府查禁制度具有破坏与规范、自我销蚀与自我维护等双重作用，仅仅是破坏多于规范，自我销蚀多于自我维护。此外，国民党政府查禁制度还具有限制与刺激的矛盾特征。其中，读者的逆反心理和猎奇心理就抵消了查禁制度的实际作用。所谓逆反心理，主要是指人们对国民党政府黑暗统治普遍不满，于是就对政府制定的各种政策存在抵触情绪。所谓猎奇心理，则是指人们对那些不容易阅读到的出版物，往往怀有一种非常好奇的心理，越是不易读到，便越想阅读。茅盾说："中国历史上的记载：中国人有喜读禁书，偷读禁书，千方百计购买、传抄禁书的传统。只要这禁书是说出了大家心中的话，文网虽严而且密，亦无奈禁书何。"① 对于部分读者来说，禁书也许更具有吸引力，这会有效激发他们的阅读欲望。施蛰存说："一切文学作品，越是被查禁的，青年人就越要千方百计找来看。"② "在许多作家和读者那里，越是限制，反叛的意识越是强烈；越是查禁，表达的愿望和阅读的兴趣越是强烈。因此，在民国文学发展格局中，我们看到一种现象：一种作品不断地被查禁而不断地出版和热销。"③ 1934 年，国民党中央宣传部召开了全国文艺宣传会议，在文艺宣传会议录中，执政当局不得不承认，禁书的结果是"越禁越多"，"而本会之禁令，反成为反动文艺书刊最有力量的广告，言之殊为痛心"，这鲜明反映了国民党政府查禁制度的矛盾性特征。

鲁迅说："中国向来的历史上，凡一朝要完的时候，总是自己动手，先前本国的较好的人，物，都打扫干净，给新主子可以不费力量的进来。

---

① 茅盾：《我走过的道路》中卷，北京：人民文学出版社1984年版，第26页。
② 施蛰存：《戴望舒译诗集·序》，长沙：湖南人民出版社1983年版。
③ 吴效刚：《民国时期查禁文学史论》，北京：中国社会科学出版社2013年版，第210页。

现在也毫不两样,本国的狗,比洋狗更清楚中国的情形,手段更加巧妙。"① "权力者的砍杀我,确是费尽心力,而且他们有叭儿狗,所以比北洋军阀更周密,更厉害。不过好像效力也并不大;一大批叭儿狗,现在已经自己露出尾巴,沈下去了。"② 虽然国民党政府试图扼杀左翼文艺运动,甚至采用暴力手段暗杀进步人士。但是,让执政当局十分恼火的是,实际结果总是事与愿违,革命文艺反而更加深入人心。后来,国民党当局对此也做过深刻反思,但往往都不得要领。其中,蒋梦麟说:"我国文艺发展到这种趋势,政府方面因不懂得本国社会日趋没落的背景和国际巧妙精密的阴谋,故只用两个简单的办法去应付:一个办法是禁封书局、抓人。结果愈禁,人家愈要看……另一个办法是自己来创造文艺。但这种作品,由于政府自己对社会上各种问题负有责任,病者讳疾,而且和广大的民众脱了节,对于社会不满的情绪,知之不深,觉之不切。因此我们的文艺作品都是些不痛不痒的东西。"③ 在一定程度上,蒋梦麟道出了国民党政府文艺政策存在的症结所在,很值得我们深入思考。

二 文网与钻网:"戴着脚镣跳舞"的鲁迅

为了阻碍左翼文艺运动的蓬勃发展,国民党政府出台了各种文学查禁制度。1929年6月,国民党政府公布了《取缔共产书籍办法》,要求各省市党部宣传部随时检查本地区书店销售的所有图书,一旦发现具有反动倾向的"不良"书籍,必须会同该地政府部门予以严厉处置,包括取缔印刷机构和逮捕工人;1930年12月,国民政府颁布了《出版法》,规定出版物不得有"意图破坏中国国民党或破坏三民主义者"、"意图颠覆国民政府或损害中华民国利益者"、"意图破坏公共秩序者"、"妨碍善良风俗者",要求所有涉及党义的出版物必须送审,这就使得所有社会科学

---

① 鲁迅:《致萧军、萧红》,《鲁迅全集》第13卷,北京:人民文学出版社2005年版,第379页。
② 鲁迅:《致曹白》,《鲁迅全集》第14卷,北京:人民文学出版社2005年版,第62页。
③ 蒋梦麟:《谈中国新文艺运动——为纪念"五四"与文艺节而作》,《西潮与新潮:蒋梦麟回忆录》,北京:东方出版社2006年版,第345页。

以及文学书籍,在出版之后都要送中央宣传部审查。1933年10月30日,教育部训令规定,全面开展对各种出版物的审查:"检查的对象,除学校课本传记小说,与社会及自然科学之纯理论作品,毋庸注意外,其应予查禁者阙为:一、共党之通告议案等秘密文件及宣传品,及其他各反动组织或分子宣传反动诋毁政府之刊物。二、普罗文学。"1934年4月5日,国民党中央执行委员会决定设立图书杂志审查委员会,并通过了该会的组织规程。6月1日,国民党中央宣传部公布了《图书杂志审查办法》。1934年4月1日,上海《现代出版界》第23期以《中央党部查禁大批书籍的善后》为题,公布了处理的具体书目及内容。其中,鲁迅的《二心集》由于"内有《对于左翼作家联盟的意见》《中国无产阶级革命文学和前驱的血》《民族主义文学的任务和运命》等篇目,均为宣传无产阶级文艺之反动文字","《伪自由书》内有杂感文四十余篇,多讥评时事攻评政府当局之处,以'伪自由书'为书名,其意亦在诋毁当局",都属于"应禁止发售之书目"①。

1927年10月,鲁迅来到上海之后,面对国民党政府编织的各种文网,痛苦之情难以言表。"文禁如毛,缇骑遍地。"② "上月此间禁书百四十九种,我的《自选集》在内。我所选的作品,都是十年以前的,那时今之当局,尚未取得政权,而作品中已有对于现在的'反动',真是奇事也。"③ "我在这一年中,日报上并没有投稿。凡是发表的,自然是含胡的居多。这是带着枷锁的跳舞,当然只足发笑的。"④ "新年新事,是查禁书籍百四十余种,书店老板,无不惶惶奔走,继续着拜年一般之忙碌也。"⑤ "《子夜》,茅兄已送来一本,此书已被禁止了,今年开头就禁书一百四十九种,单是文学的。昨天大烧书,将柔石的《希望》,丁玲的《水》,全

---

① 《中央党部查禁大批书籍的善后》,《现代出版界》第23期,1934年4月1日。
② 鲁迅:《致台静农》,《鲁迅全集》第12卷,北京:人民文学出版社2005年版,第322页。
③ 鲁迅:《致姚克》,《鲁迅全集》第13卷,北京:人民文学出版社2005年版,第39—40页。
④ 鲁迅:《且介亭杂文二集·后记》,《鲁迅全集》第6卷,北京:人民文学出版社2005年版,第479页。
⑤ 鲁迅:《致郑振铎》,《鲁迅全集》第13卷,北京:人民文学出版社2005年版,第32页。

都烧掉了，剪报附上。"① "至于审查员，我疑心很有些'文学家'，倘不，就不能做得这么令人佩服。自然，有时也删禁得令人莫名其妙。我以为这大概是在示威。""还有一个原因，则恐怕是在饭碗。"② 此时，针对国民党政府的文化围剿，鲁迅不得不运用各种钻网术，与他们进行巧妙周旋，试图冲破执政当局设置的各种封锁线。1933年6月25日，鲁迅在《致山本初枝》信中说："只要我还活着，就要拿起笔，去回敬他们的手枪。"③

（一）变换名字

鲁迅说："这几年来，短评我还是常做，但时时改换署名，因为有一个时候，邮局只要看见我的名字便将刊物扣留，所以不能用。近来他们方法改变了，名字可用，但压迫书局，须将稿子先送审查，或不准登，或加删改，书局是营业的，只好照办。所以用了我旧名发表的，也不过是无关紧要的文章。"④ 针对国民党政府严酷的查禁制度，鲁迅不得不经常变换笔名，以迷惑书报检查官员。上海时期，鲁迅一共使用过将近一百个笔名。比如，"何家干"、"游光"、"丰之余"、"苇索"、"旅隼"、"孺牛"、"越客"、"桃椎"、"丁萌"、"虞明"、"洛文"、"尤刚"、"符灵"、"余铭"、"元艮"、"罗怃"、"子明"、"白在宣"、"赵令仪"、"倪朔尔"、"栾廷石"、"邓当世"、"翁隼"、"孟弧"、"白道"、"梦文"、"公汗"、"常庚"、"史贲"、"康百度"、"越侨"、"曼雪"、"黄棘"、"张沛"等等。这些笔名中间蕴含着诸多深层意义，很值得我们细细品味。

其中，"何家干"是鲁迅运用次数较多的笔名之一。这个笔名的由来是，1933年初，在郁达夫的极力邀请之下，鲁迅开始为《申报·自由谈》写稿，由于"旧日的笔名有时不能用"，便使用了"何家干"为笔名。

---

① 鲁迅：《致萧三》，《鲁迅全集》第13卷，北京：人民文学出版社2005年版，第36页。
② 鲁迅：《且介亭杂文二集·后记》，《鲁迅全集》第6卷，北京：人民文学出版社2005年版，第476页。
③ 鲁迅：《致山本初枝》，《鲁迅全集》第14卷，北京：人民文学出版社2005年版，第247页。
④ 鲁迅：《致刘炜明》，《鲁迅全集》第13卷，北京：人民文学出版社2005年版，第245页。

"何家干"首次出现在《逃的辩护》之中。本文作于 1933 年 1 月 4 日，1933 年 1 月 30 日发表于《申报·自由谈》。鲁迅以"何家干"为笔名的杂文还有《观斗》《崇实》《电的利弊》《航空救国三愿》《不通两种》《战略关系》《颂萧》《对于战争的祈祷》《从讽刺到幽默》等二十三篇杂文，这些文章都发表在《申报·自由谈》上。在《伪自由书·前记》中，鲁迅说，自己杂文的主要特点是"论时事不留面子，砭痼弊常取类型"[①]。它们揭露了国民党政府"攘外必先安内"的反共卖国政策。在刊发这些杂文之前，鲁迅已经预料到执政当局势必会恼羞成怒，甚至要追查"这是谁干的"！于是，鲁迅就主动向敌人挑战，把他们色厉内荏的丑恶嘴脸展现在读者面前。1933 年 5 月之后，由于革命形势急剧变化，"何家干"的笔名不能再使用，鲁迅就不得不更换其他笔名。他说："然而这么一来，却又使一些看文字不能用视觉，专靠嗅觉的'文学家'疑神疑鬼，而他们的嗅觉又没有和全体一同进化，至于看见一个新的作家的名字，就疑心是我的化名，对我呜呜不已，有时简直连读者都被他们闹得莫名其妙了。"[②]

再如，"隋洛文"这一笔名最早出现在译文《被解放的堂吉诃德》之中，该文刊载于 1931 年 11 月 20 日《北斗》月刊第一卷第三期。此后，鲁迅署此名的还有《洞窟》《肥料》《〈士敏土〉代序》《穷苦的人们》《我要活》等译文。从"隋洛文"这一笔名所简化和衍生的笔名，还有"洛文"、"乐贲"、"乐雯"、"洛"、"乐文"，等等。"隋洛文"是鲁迅针对 1930 年浙江省党部呈请国民党中央通缉"堕落文人鲁迅"一事而起的笔名。1930 年 2 月，鲁迅参加了中国自由运动大同盟，为言论自由摇旗呐喊。于是，浙江省党部呈请中央通缉鲁迅。据《鲁迅日记》记载：鲁迅于 3 月 19 日"弃家出走"，4 月 1 日夜"回寓"。对于这件事情，鲁迅在许多地方反复提及，可见对他的精神刺激很大。例如，鲁迅在《两地

[①] 鲁迅：《伪自由书·前记》，《鲁迅全集》第 5 卷，北京：人民文学出版社 2005 年版，第 4 页。

[②] 鲁迅：《准风月谈·前记》，《鲁迅全集》第 5 卷，北京：人民文学出版社 2005 年版，第 200 页。

书·序言》中说:"待到 1930 年我签名于自由大同盟,浙江省党部呈请中央通缉'堕落文人鲁迅等'"①;1936 年 2 月 10 日,鲁迅在《致黄苹荪》的信中也说:"仆为六七年前以自由大同盟关系,由浙江省党部率先呈请通缉之人"②;在《且介亭杂文二集·后记》中,鲁迅又说:"为了自由大同盟而呈请中央通缉'堕落文人鲁迅',也是浙江省党部发起的,但至今还没有呈请发掘祖坟,总算党恩高厚。"③鲁迅之所以要把敌人诬蔑性的头衔,稍加变化,用作笔名,是为了使"将来的战斗的青年,倘在类似的境遇中,能偶然看见这记录,我想是必能开颜一笑,更明白所谓敌人者是怎样的东西的"④。总体而言,鲁迅经常变换各种笔名,逃过了国民党政府书报检查官员的眼睛,成功发表了许多杂文,成为国民党政府的心腹之痛。

(二) 变换编法

鲁迅说:"检查官吏们公开的说,他们只看内容,不问作者是谁,即不和个人为难的意思。有些出版家知道了这话,以为'公平'真是出现了,就要我用旧名子[字]做文章,推也推不掉。其实他们是阴谋,遇见我的文章,就删削一通,使你不成样子,印出去时,读者不知底细,以为我发了昏了。"⑤"我以为审查官的有时审得古里古怪,总要在稿子上打几条红杠子,恐怕也是这缘故。"⑥当时,许多书报检查官员对左翼文学作品,主观臆断地进行删减,使文章变得面目全非,基本失去了应有价值。针对这一现象,鲁迅运用变换编法和敌人展开巧妙周旋,取得了

---

① 鲁迅:《两地书·序言》,《鲁迅全集》第 11 卷,北京:人民文学出版社 2005 年版,第 3 页。
② 鲁迅:《致黄苹荪》,《鲁迅全集》第 13 卷,北京:人民文学出版社 2005 年版,第 24 页。
③ 鲁迅:《且介亭杂文二集·后记》,《鲁迅全集》第 6 卷,北京:人民文学出版社 2005 年版,第 476 页。
④ 鲁迅:《伪自由书·后记》,《鲁迅全集》第 5 卷,北京:人民文学出版社 2005 年版,第 191 页。
⑤ 鲁迅:《致萧军、萧红》,《鲁迅全集》第 13 卷,北京:人民文学出版社 2005 年版,第 316 页。
⑥ 鲁迅:《且介亭杂文二集·后记》,《鲁迅全集》第 6 卷,北京:人民文学出版社 2005 年版,第 477 页。

很大成绩。

  1933—1935年，在编选自己杂文集之时，鲁迅使用添加"附录"和"备考"的方法，这在以前是不多见的。1932年，鲁迅在编选《三闲集》《二心集》过程中，在正文部分就附加了书信。比如，《辞顾颉刚教授令"候审"（并来信）》《文艺与革命（并冬芬来信）》《通信（并Y来信）》《文坛的掌故（并徐匀来信）》《文学的阶级性（并恺良来信）》《关于小说题材的通信（并）Y及T来信》《关于翻译的通信（并J.K.来信）》。1933年，鲁迅编选《伪自由书》《准风月谈》《花边文学》之时，在《不通两种》《战略关系》《颂萧》《止哭文学》《文人无文》《〈杀错了人〉异议》《透底》《"以夷制夷"》《"感旧"以后》《扑空》《答"兼示"》《倒提》《玩笑只当它玩笑》等诸多文章，也都采用了添加文章的作法。1933年7月20日，在《伪自由书·后记》中，鲁迅以"抄新闻"方式添加了《大晚报》《社会新闻》《大美晚报》《中华日报》《微言》《文艺座谈》《时事新报》《中外书报新闻》等报刊上的相关文章，作为杂文的一个重要组成部分，就给人耳目一新之感。鲁迅说："即此写了下来的几十篇，加以排比，又用《后记》来补叙些因此而生的纠纷，同时也照见了时事，格局虽小，不也描出了或一形象么？——而现在又很少有肯低下他仰视莎士比亚、托尔斯泰的尊脸来，看看暗中，写它几句的作者。因此更使我要保存我的杂感，而且它也因此更能够生存，虽然又因此更招人憎恶，但又在围剿中更加生长起来了。"①

  除此之外，1933—1935年，鲁迅在编选许多杂文集之时，经常使用添加"附记"、"后记"等方法，来恢复原稿的本来面目。比如，《迎头经》一文写于1933年3月14日，发表于1933年3月19日《申报·自由谈》，鲁迅在编选此文之时，重新添加了"夜记"：

    这篇文章被检查员所指摘，经过改正，这才能在十九日的报上

---

 ① 鲁迅：《准风月谈·后记》，《鲁迅全集》第5卷，北京：人民文学出版社2005年版，第431页。

登出来了。原文是这样的——第三段"现在通行的说法"至"当然既",原文为"民国廿二年春×三月某日,当局谈话曰:'日军所至,抵抗随之……至收复失地及反攻承德,须视军事进展如何而定,余'。"又"不得而知"下有注云:(《申报》三月十二日第三张)。第五段"报载热河……"上有"民国廿二年春×三月"九字。①

《文章与题目》一文写于1933年4月29日,发表于1933年5月5日的《申报·自由谈》上,意在讽刺国民党内政外交政策的荒谬性。鲁迅在文末添加了附记:"原题是《安内与攘外》"②,意在提醒人们该文在发表时付出的代价。《王化》一文写于1933年5月7日,本来是投给《申报·自由谈》的,但被国民党新闻检查处查禁。后来,鲁迅发表于6月1日的《论语》半月刊第十八期上。鲁迅在编选此文之时,添加了"夜记":"这篇被新闻检查处抽调了,没有登出。幸而既非瑶民,又居租界,得免于国货的飞机来'下蛋',然而'勿要哗啦哗啦'却是一律的,所以连'欢呼'也不许——然则惟有一声不响,装死救国而已!"③《双十怀古》一文原作于1933年10月1日,收录在《准风月谈》之前,未能公开发表。文章主体部分是从各种报纸杂志上剪辑而成,在小引和结语部分表达了对"双十节"的基本态度。鲁迅在"附记"中记载:"这一篇没有能够刊出,大约是被谁抽去了,盖双十盛典,'伤今'固难,'怀古'也不易了。"④

1935年,鲁迅在《且介亭杂文》《且介亭杂文二集》中分别添加了"附记"和"后记"。关于此事,鲁迅在《准风月谈·前记》中说:"还有一点和先前的编法不同的,是将刊登时被删改的文字大概补上去了,

---

① 鲁迅:《迎头经》,《鲁迅全集》第5卷,北京:人民文学出版社2005年版,第66—67页。
② 鲁迅:《文章与题目》,《鲁迅全集》第5卷,北京:人民文学出版社2005年版,第129页。
③ 鲁迅:《王化》,《鲁迅全集》第5卷,北京:人民文学出版社2005年版,第144页。
④ 鲁迅:《双十怀古》,《鲁迅全集》第5卷,北京:人民文学出版社2005年版,第341页。

而且旁加黑点，以清眉目。"①《门外文谈》本来是鲁迅向《自由谈》投稿的，计划每天刊登一节。"但不知为什么，第一节被删去了末一行，第十节开头又被删去了二百余字，现仍补足，并用黑点为记。"② 在编选过程中，鲁迅分别补充了被删掉的所有文字："一九三四年，八月十六夜，写完并记"（第一节）；"但是，这还不必实做，只要一说，就又使另一些人发生恐慌了。首先是说提倡大众语文的，乃是'文艺的政治宣传员如宋阳之流'，本意在于造反。给带上一顶有色帽，是极简单的反对法。不过一面也就是说，为了自己的太平，宁可中国有百分之八十的文盲。那么，倘使口头宣传呢，就应该使中国有百分之八十的聋子了。但这不属于'谈文'的范围，这里也无须多说。专为着文学发愁的，我现在看见有两种。一种是怕大众如果都会读，写，就可以都变成文学家了。"（第十节）。《脸谱臆测》一文是鲁迅写给《生生月刊》的，但是经官方检查之后却不准发表。当鲁迅拿回原稿之后，发现稿件上有用红铅笔打着杠子的地方，才知道原来是得罪了"第三种人"。在编选文集之时，鲁迅也把检查官删掉的文字重新添加进去。根据这一办法，鲁迅也把《中国人失掉自信力了吗》《病后杂谈》《病后杂谈之余》《阿金》等文章，重新做了有效增补，基本上恢复了原稿内容。

总体而言，为了防止左翼文学在意识形态领域的渗透，蒋介石政府实行了严酷的文学查禁制度，运用各种极端手段对左翼文学进行打压，使许多左翼作家深受其害。面对国民党政府编织的各种文网，鲁迅充分运用各种"钻网术"，和书报检查官员展开巧妙周旋，顺利发表了许多杂文。吴效刚说："查禁文学所引发的抗争和斗争精神，作为知识生产者受剥削压迫所引发的反抗和批判精神，形成了民国时期文学在逼仄空间中为生存而斗争的强烈意识和勇敢精神，文学不断地为守护或扩展生存空间而冲锋陷阵，文学主动斗争、批判、抨击、鞭挞不合理制度和这个制

---

① 鲁迅：《准风月谈·前记》，《鲁迅全集》第 5 卷，北京：人民文学出版社 2005 年版，第 200 页。
② 鲁迅：《且介亭杂文·附记》，《鲁迅全集》第 6 卷，北京：人民文学出版社 2005 年版，第 219 页。

度的执掌者,甚至于直接的抨击当政者,这在中国的历史中从来没有。"①作为左翼阵营的代表作家,鲁迅从来不提倡赤膊上阵,而是讲究斗争策略,主张用智慧之举来换取革命成果,这就是革命"战士"的真实姿态。

第三节　在夹缝之中求生存

一　《申报·自由谈》与鲁迅的杂文创作

《申报》创刊于1872年4月30日,早期由英国商人安纳斯托·美查等人在上海发行。1907年5月30日,《申报》开始由华商经营,直到1949年5月26日上海解放之时才停刊,是中国创办最早、出版时间最长的报纸。《自由谈》是《申报》的主要副刊之一,创办于1911年8月24日。早期由王钝根、吴觉迷、姚鹓雏、陈蝶仙、周瘦鹃等人主编,以刊载鸳鸯蝴蝶派作品为主,自1932年12月起,总经理史量才决定改革《自由谈》,启用从法国留学归来的青年才俊黎烈文。1932年12月2日,《自由谈》在投稿简章中明确提倡:1.意味深长之幽默文字。2.翻译短篇世界名著。3.内容充实而有艺术价值之短篇创作小说。4.讨论妇女、家庭、儿童、青年等问题之文学。5.科学家轶闻、发明故事及浅近有趣之科学介绍。6.关于世界各国风土人情等之记述。7.文字优美且具有特殊见地之游记印象记等。1932年12月12日,黎烈文在《编辑室启事(二)》中重申:"编者抱定宗旨,凡合用的稿件,不问作者为谁,决定刊载;凡不合用的稿件,就是最好朋友的作品,也断然割爱。自由谈不是一个人或一部分人的自由谈。"② 自此之后,《自由谈》的办刊风格为之大变,刊载了风格多样的杂文,成为上海进步文艺界的重要阵地。

关于和《自由谈》的具体关系,鲁迅说,"我到上海以后,日报是常看的,却从来没有投过稿,也没有想到过,并且也没有注意过日报的文艺栏,所以也不知道《申报》在什么时候开始有了《自由谈》,《自由

---

① 吴效刚:《论民国时期"查禁文学"》,《中国现代文学研究丛刊》2012年第11期。
② 黎烈文:《编辑室启事(二)》,《申报·自由谈》1932年12月2日。

谈》里是怎样的文字"①。此时，鲁迅不大关注《自由谈》，很可能是因为《申报》是鸳鸯蝴蝶派等作家的文学阵地。但是不久，在好友郁达夫的邀请之下，才开始对《自由谈》具有初步了解，但依然没有投稿。直到阅读了黎烈文的《写给一个在另一个世界的人》（1933年1月25日）之后，鲁迅才心有所动，把《观斗》和《"逃"的合理化》寄给了《自由谈》。1933年初之后，鲁迅开始在《自由谈》上发表作品。在上海时期，鲁迅充分利用《自由谈》这一文艺阵地，以杂文为斗争武器，抨击现实社会各种时弊，成为左翼文化界的精神领袖。正是在这一意义上，唐小兵说："理解晚年的鲁迅，'自由谈'无疑是一个最恰当的渠道，而理解了鲁迅倾注心血的'自由谈'，也就可以从一个层面来理解1930年代的上海文化界，在国难蜩螗之际的言论和心态。"②

1933年1月30日，《自由谈》登载了一篇广告文字："编者为使本刊内容更为充实起见，近来约了两位文坛老将何家干先生和玄先生为本刊撰稿，希望读者不要因为名字生疏的缘故，错过'奇文共赏'的机会。"③"何家干"不是别人，即是鲁迅的笔名，"玄先生"则是茅盾的化名。后来，茅盾也用"玄"、"珠"、"郎损"、"仲方"等笔名，每隔几天就为《自由谈》写稿。很快，鲁迅与茅盾等左翼作家成为《自由谈》的主要撰稿人，得到许多读者的欢迎。据初步统计，自1933年1月开始，鲁迅在《自由谈》上共发表杂文140多篇，"平均每月八九篇"。据笔者统计，1933年1月24日至1933年5月8日，鲁迅给《自由谈》投稿43篇，除了《王化》《保留》《再谈保留》《"有名无实"的反驳》《不求甚解》5篇被新闻检查官查禁未能发表外，其他38篇都得以刊载。1933年10月，鲁迅经过编选之后，由上海北新书局以"青光书局"名义出版，结集为《伪自由书》（《不三不四集》）。1934年2月，本书被国民党政府查禁。1933年6月10日至1933年11月17日，鲁迅在《自由谈》发表

---

① 鲁迅：《伪自由书·前记》，《鲁迅全集》第5卷，北京：人民文学出版社2005年版，第3页。
② 唐小兵：《鲁迅和黎烈文的友谊》，《东方早报》2011年9月23日。
③ 《编辑室告读者书》，《申报·自由谈》1933年1月30日。

杂文61篇。后来，鲁迅把未曾发表的《关于翻译（上）》《双十怀古》《归厚》3篇文章添加进去，结集为《准风月谈》，于1934年12月由上海联华书局以"兴中书局"的名义出版。1934年1月11日至1934年8月23日，鲁迅在《自由谈》上发表杂文38篇，加上在《中华日报·动向》《太白》等刊载的23篇杂文，结集为《花边文学》于1936年6月由上海联华书局出版。可以说，鲁迅在上海寓居期间，特别是在1933年和1934年这两年，是鲁迅杂文创作的一个高峰时期。之后，《自由谈》和鲁迅之间形成了一种相互依赖的关系。因此，鲁迅与黎烈文之间的私人友谊也不断加深，这在鲁迅给黎烈文的私人信件中可以佐证。虽然国民党政府在上海实行严酷的查禁制度，鲁迅运用各种"钻网术"在《自由谈》上发表了大量杂文。比如，《不通两种》《出卖灵魂的秘诀》《〈杀错了人〉异议》《二丑艺术》《"吃白相饭"》《豪语的折扣》《登龙术拾遗》《"商定"文豪》《"京派"与"海派"》《推》《踢》《爬和撞》《冲》《小品文的生机》《倒提》《骂杀和捧杀》等，都是一些优秀杂文。

与"五四"时期相比，20世纪30年代鲁迅杂文除了在内容上存在不同之外，在体式方面也呈现了新变化：即系列性杂文、后记式杂文逐渐增多，在杂文形式上实现了创新。一般而言，系列性杂文是指作者从不同角度对某一话题进行多层面分析，每一个论述视角都独立成篇，由于受到所载刊物版面限制，作者在发表之时就分别予以刊登，这些杂文组合起来又形成了一个集中话题。比如，《推》《踢》《冲》《新秋杂识》《新秋杂识（二）》《新秋杂识（三）》、《关于翻译（上）》《关于翻译（下）》、《感旧以后（上）》《感旧以后（下）》、《玩笑只当它玩笑（上）》《玩笑只当它玩笑（下）》、《奇怪》《奇怪（二）》《奇怪（三）》、《看书琐记》《看书琐记（二）》《看书琐记（三）》、《略论梅兰芳及其他（上）》《略论梅兰芳及其他（下）》，等等，都属于系列性杂文。这里，我以《推》《踢》《冲》为例来说明之。《推》记述的是上海的"上等人"在街上行走，如入无人之境，横冲直撞，推踏弱小者的不合理现象。"上车，进门，买票，寄信，他推；出门，下车，避祸，逃难，他又推。推得女人孩子都跟跟跄跄，跌倒了，他就从活人上踏过，跌死了，他就从死尸上踏过,走出外面,用舌头舔舔自己的嘴唇,什么也不觉得。"①"住在上海,想不遇到推与踏,是不能的,而且这推与踏也还要廓大开去。要推倒一切下等华人中的幼弱者,要踏倒一切下等华人。"② 与"推"相类似的动作是"踢"。《踢》主要描述了中国的三名工人在上海租界码头乘凉,不知什么原因,被白俄巡捕踢入水中,一名被救起,一名被活活淹死。鲁迅说:"'推'还要抬一抬手,对付下等人是犯不着如此费事的,于是乎有'踢'。而上海也真有'踢'的专家,有印度巡捕,有安南巡捕,现在还添了白俄巡捕,他们将沙皇时代对犹太人的手段,到我们这里来施展了。我们也真是善于'忍辱负重'的人民,只要不'落浦',就大抵用一句滑稽化的话道:'吃了一只外国火腿',一笑了之。"③"推"和"踢"只能死伤一两个,倘要多,就非"冲"不可。在鲁迅看来,用现代工具向手无寸铁的群众"冲",是20世纪压制弱小者的特殊战法。鲁迅通过"推"、"踢"、"冲"三类不同的"动作行为",表征了强盗逻辑在中国社会的盛行,也是流氓性的一种集中体现,反映了帝国主义和执政当局共同欺压底层民众,以防止动摇自身的专制统治。而后记性杂文,是鲁迅在编选杂文集之时,对收录杂文做出详细说明,还添加了与自己杂文相关的文章、新闻报道、消息等。后记性杂文一般篇幅较长,字数在一万以上,往往附在文集后面。比如,《伪自由书·后记》和《准风月谈·后记》,都无不如此。

在《自由谈》上,鲁迅杂文中的许多艺术形象也得到拓展。《语丝》时期,鲁迅杂文中的艺术形象,往往都是"泛指"而非"实指",注重局部勾勒而不重视全部或整体。"我的杂文,所写的常是一鼻,一嘴,一毛,但合起来,已几乎是或一形象的全体,不加什么原也过得去的了。"④ 1933年之后,鲁迅进一步拓展了这种表现技巧。其中,他广泛阅读了各

---

① 鲁迅:《推》,《鲁迅全集》第5卷,北京:人民文学出版社2005年版,第205—206页。
② 同上书,第206页。
③ 鲁迅:《踢》,《鲁迅全集》第5卷,北京:人民文学出版社2005年版,第260页。
④ 鲁迅:《准风月谈·后记》,《鲁迅全集》第5卷,北京:人民文学出版社2005年版,第402页。

种报纸杂志，以"抄新闻报纸"的写作方式来援引各种现实事件，再加以重新糅合和改造，形成一种社会批评和文明批评。鲁迅认为："只要写出实情，即于中国有益，是非曲直，昭然具在，揭其障蔽，便是公道耳。"① 比如，《观斗》《崇实》《战略关系》《揩油》《"吃白相饭"》《抄靶子》《倒提》《论秦理斋夫人事》《大小骗》《洋服的没落》《"小童挡驾"》《由聋而哑》《"推"的余谈》等，都是鲁迅根据各种社会乱象，运用比喻、戏仿、拼贴、反语、借代、象征、暗示、双关等手法创作出来的。鲁迅说：

> 然而我的坏处，是论时事不留面子，砭锢弊常取类型，而后者尤与时宜不合。盖写类型者，于坏处，恰如病理学上的图，假如是疮疽，则这图便是一切某疮某疽的标本，或和某甲的疮有些相像，或和某乙的疽有点相同。而见者不察，以为所画的只是他某甲的疮，无端侮辱，于是就必欲制你画者的死命了……这要制死命的方法，是不论文章的是非，而先问作者是那一个；也就是别的不管，只要向作者施行人身攻击了。②

作为一种批判性、否定性、攻击性很强的文学样式，鲁迅杂文径直刺向敌人的要害之处，引起了国民党政府的极度愤恨。他们认为，左翼作家包办了《自由谈》，几乎垄断了中国文坛，对执政当局构成了极大威胁。于是，他们百般制造各种障碍，散布谣言，诋毁鲁迅等左翼作家："《申报》的《自由谈》在礼拜六派的周某主编之时，陈腐到太不像样，但现在也在左联手中了。鲁迅和沈雁冰，现在已成了《自由谈》的两大

---

① 鲁迅：《致姚克》，《鲁迅全集》第13卷，北京：人民文学出版社2005年版，第17—18页。

② 鲁迅：《伪自由书·前记》，《鲁迅全集》第5卷，北京：人民文学出版社2005年版，第4—5页。

台柱了。"① 此时，国民党政府不断向《申报》主编史量才施压，要求解聘黎烈文。但是，史量才顶住了外界压力，坚持独立办报，并没有让步。黎烈文左右为难，经过慎重思索之后，只得选择妥协退让。1933 年 5 月 25 日，黎烈文在《自由谈》上刊登《编辑室启事》一文，提到了自己的现实困境。之后，鲁迅说："我知道《自由谈》并非同人杂志，'自由'更当然不过是一句反话，我决不想在这上面驰骋的。我之所以投稿，一是为了朋友的交情，一则在给寂寞者以呐喊，也还是由于自己的老脾气。"② 1933 年 11 月 25 日，鲁迅在《致曹靖华》的信中说："风暴正不知何时过去，现在是有加无已，那目的在封锁一切刊物，给我们没有投稿的地方。我尤为众矢之的，《申报》上已经不能登载了，而别人的作品，也被疑为我的化名之作，反对者往往对我加以攻击。"③ 在很长一段时间内，鲁迅都没有向《自由谈》投稿。在《准风月谈·前记》中，鲁迅说："很使老牌风月文豪摇头晃脑的高兴了一大阵，讲冷话的也有，说俏皮话的也有，连只会做'文探'的叭儿们也翘起了它尊贵的尾巴。但有趣的是谈风云的人，风月也谈得，谈风月就谈风月罢，虽然仍旧不能正如尊意。"④ "我的谈风月也终于谈出了乱子来，不过也并非为了主张'杀人放火'。其实，以为'多谈风月'，就是'莫谈国事'的意思，是误解的。'漫谈国事'倒并不要紧，只是要'漫'，发出去的箭石，不要正中了有些人的鼻梁，因为这是他的武器，也是他的幌子。"⑤ 实际上，鲁迅后来并没有放弃在《自由谈》上发表文章，而是经常变换笔名，采用"遮眼法"迷惑书报检查官员，把"风云"隐匿在谈"风月"之中，产生了很好的效果。

---

① 鲁迅：《伪自由书·后记》，《鲁迅全集》第 5 卷，北京：人民文学出版社 2005 年版，第 166 页。
② 鲁迅：《伪自由书·前记》，《鲁迅全集》第 5 卷，北京：人民文学出版社 2005 年版，第 4 页。
③ 鲁迅：《致曹靖华》，《鲁迅全集》第 12 卷，北京：人民文学出版社 2005 年版，第 504 页。
④ 鲁迅：《准风月谈·前记》，《鲁迅全集》第 5 卷，北京：人民文学出版社 2005 年版，第 199 页。
⑤ 同上书，第 199—200 页。

面对国民党政府的种种压力，1934年5月9日，黎烈文在《自由谈》上刊登启事，以"事忙无暇兼顾"为由最终辞职。《自由谈》开始由张梓生主编。但是，张梓生也带有左翼倾向，依然延续了黎烈文的编辑风格，经常刊载左翼作家的杂文和翻译文章。1934年11月13日，史量才在杭州被国民党刺杀身亡。1935年10月31日，张梓生也被迫宣布辞职，《自由谈》开始停刊。但是，《自由谈》的现实作用却是有目共睹的。它不但组织了"大众语论争"、"儿童教育论争"、"小品文与'方巾气'之争"、"翻译论争"、"旧戏锣鼓讨论"、"批评与谩骂之争"、"四库全书珍本之争"，等等，而且吸引了不同倾向的文学新人，在《自由谈》上任意驰骋，是上海文化界许多作家的精神家园。总而言之，在上海期间，"鲁迅充分利用了自由谈这个战斗的平台，借助大众传媒的庞大传播功能，写了大量的杂文。鲁迅杂文的影响力和辐射力面对公众，得到极大的释放，也得到社会的极大反响，甚至笔战，这样更激发鲁迅写出优秀的杂文来应付，形成一个良性循环，这也是鲁迅对黎烈文主编的《自由谈》的最大支持"①。

二 "民国机制"与鲁迅的言说空间

德国著名哲学家雅斯贝尔斯说："今天，认为历史是可总览的整体的观念正在被克服，没有一个独此一家的历史总概括仍能让我们满意。我们得到的不是最终的，而只是在当前可能获得的历史整体之外壳，它可能再次被打破。"② 换句话来说，我们总是不断建构自己的历史叙述，而这些叙述永远不会是铁板一块的。长期以来，由于受到狭隘意识形态的现实影响，"民国"话题在中国大陆往往成为一种"政治禁忌"。人们每每谈到"民国"之时，也经常把它简化为"解放前"或"旧社会"。但是，民国社会是非常复杂的，在不同历史时期具有不同的表现形态。我

---

① 石剑锋：《不问风月，只谈家国：黎烈文和他的黄金时代》，《东方早报》2014年6月6日。
② ［德］卡尔·雅斯贝尔斯：《历史的起源与目标》，魏楚雄、俞新天译，北京：华夏出版社1989年版，第3页。

们知道，民国是在推翻了清朝政权、结束了两千多年的封建帝制的基础上建成的，也是辛亥革命的胜利成果之一，绝对不是什么一种历史耻辱。事实上，中华民国是亚洲第一个民主共和国，曾经寄托了中华民族走向民主政治的很大希望。民国时期的政治格局呈现出多元并立、相互对峙的形态。仅就1927年4月18日蒋介石在南京建立国民政府，到1937年卢沟桥事变爆发，这一段历史时期就存在着南京国民政府、工农革命政权、地方军阀势力、外国势力等不同力量。因此，民国政府不是铁板一块的，而是相当松散的。近年来，"民国史"研究取得了显著成就。在民国历史的结构框架中，许多问题得到重新阐释。倘若我们能够跳出"阶级斗争"的狭隘观念限制，努力回到民国社会的历史现场，就可能发现很多被遮蔽了的历史真实。比如，民国时代文学与经济之间的关系、文学与法制之间的关系、文学与自然灾害，等等，都是值得我们关注的。

在这一社会背景之下，陈福康、张福贵、丁帆、张中良、李怡等学者提出了"民国文学史"的概念，从民国视角来研究中国现代文学，试图重构中国现代文学的历史地图。与此同时，"民国风范"、"民国视野"、"民国性"、"民国机制"等概念也相伴而生。其中，李怡提出了"民国机制"的研究范式，就很值得关注。在过去的几年时间里，李怡发表了《"民国文学史"框架与大后方文学》《"五四"与现代文学"民国机制"的形成》《含混的政策与矛盾的需要》《"民国机制"——中国现代文学的一种阐释框架》《辛亥革命与中国现代文学的"民国机制"》、《宪政理想与"民国文学"空间》《是"本土化"问题还是"主体性"问题——兼谈"民国机制"与中国现代文学研究》《民国文学与民国机制的三个追问》等诸多文章，从不同角度阐述了"民国机制"的具体内涵和外延，以及研究路径和方法，在学术界产生了重要影响。"民国机制"不是绝对意义上的外部研究，也不是单一的文化研究，而是让作为主体的人努力贴近社会历史，在动态过程中挖掘主体和对象物之间的内在关联，使他们在相互激发过程中实现自身价值。李怡说："准确地说，民国机制就是从清王朝覆灭开始，在新的社会体制下，逐步形成的，推动社会文化和文学发展的诸种社会力量的综合，这里有社会政治的结构性因素，有民国经济方式的保证和限制，也有民国社会的文化环境的围合，甚至还包括与民国社会所形成的独特的精神导向，它们共同作用，彼此配合，决定了现代文学的总体特征，包括它的优长，也牵扯着它的局限和问题。"①很显然，"民国机制"的提出，有利于确立一种新的研究范式，现实意义是不容低估的。

倘若我们运用"民国机制"的阐释视角来审视鲁迅，也许会引起一些新思考。比如，关于"堕落文人"的通缉令就是一个有趣话题。1930年2月15日，鲁迅在上海出席秘密举行的中国自由运动大同盟成立大会。鲁迅、郁达夫、田汉、冯雪峰等左翼作家都在《中国自由运动大同盟宣言》中签名。1930年3月，《宣言》在《艺术》月刊创刊号上正式发表。中国自由运动大同盟成立之后，举办了很多讲演活动，鲁迅不仅参与并且多次发表演讲，引起了国民党政府的嫉恨。1930年2月24日，国民党上海市党部执委、市教育局长陈德征也发表演说，公开反对自由运动大同盟的社会活动。他说：

> 我们可以明白的说，反革命者是不许有自由的。一切反革命者如果用他们的口或笔来宣传破坏全体国民的自由的时候，我们为民族国家记，就应当斩钉截铁的不许他们有个人的自由。一切反革命者不许有集会以扰乱社会的自由，也不许有发表言论以摇动民族基础的自由，这种制裁的责任，我们是要代替民众的利益而负起来的。②

不久，《民国日报》《针报》《金刚钻》报、《晶报》等各种反动的大小报纸，都组织力量共同攻击自由运动大同盟。1930年3月19日，鲁迅从中国公学演讲回家之后，得知浙江省党部呈请国民党中央通缉鲁迅等人的消息之后，鲁迅即离开寓所避难。1930年9月20日，鲁迅在给曹靖

---

① 李怡、周维东：《文学的"民国机制"答问》，《文艺争鸣》2012年第3期。
② 《民国日报》1930年2月25日。

华的信中说:"现已在查缉自由运动发起人'堕落文人'鲁迅等五十一人,听说连译作(也许连信件)也都在邮局暗中扣住,所以有一些人,就赶紧拨转马头,离开惟恐不速,于是翻译界也就清净起来,其实这倒是好的。"① 可见,鲁迅确定了国民党中央已经批准通缉自己的密令。据倪墨炎考证,这份通缉令到底是否存在还有待查证。截至目前,各种史料都不能证明国民党中央是否批准了通缉鲁迅等人。尽管自由运动大同盟遭到反动力量的集体围攻,但是,中国自由运动大同盟依然继续开展了各种斗争活动,并且产生了很大影响。试想,即使国民党没有正式的通缉令,也照样可以逮捕暗杀鲁迅等人,但这一恐怖事实终于没有发生。正是在这一意义上,我们说,由于鲁迅等左翼作家的积极斗争,鲁迅还是具有部分自由空间的。

此外,鲁迅也曾经运用法律武器维护了自己的合法权益。实际上,早在1925年8月,时任教育总长章士钊以鲁迅声援北京女子师范大学学生运动为由,公报私仇,呈请临时执政免去了鲁迅的教育部佥事职务。鲁迅看到免职令之后,根据《文官惩戒条例》《文官保障法草案》等法律条文,向专门处理行政诉讼的"平政院"控诉了章士钊的违规事实。后来,鲁迅取得胜诉恢复原职。1927年10月,鲁迅到达上海之后,没有继续任教,而是依靠稿费和版税维持生计,成为一名"自由撰稿人"。1929年7月,鲁迅和北新书局老板李小峰之间发生了经济纠纷。由于李小峰是鲁迅在北大任教时期的学生,加之双方前期合作愉快,鲁迅还是比较信任他的。但是,1927年10月之后,鲁迅交给北新书局出版的著作增加到9部,销路也很不错。此外,鲁迅还为北新书局编辑《语丝》《奔流》杂志,也为《北新》半月刊译稿,报酬应该有所增加。然而,鲁迅的实际收入非但没有增加,反而直接下降,这就引起了鲁迅的高度怀疑。鲁迅初步核实之后,发现自己竟有2万多元被李小峰克扣。鲁迅在给许多朋友的信中表达了气愤之情。他说:"北新书局自云穷极,我的版税,本月一文不送,写信去问,亦不答,大约这样的交道,是打不下去的。自

---

① 鲁迅:《致曹靖华》,《鲁迅全集》第12卷,北京:人民文学出版社2005年版,第242页。

己弄得遍身痱子,而为他人作嫁,去做官开厂,真不知是怎么一回事矣。"① "北新近来非常麻木,我开去的稿费,总久不付,写信去催去问,也不复。投稿者多是穷的,往往直接来问我,或发牢骚,使我不胜其苦,许多生命,消磨于无代价的苦工中,真是何苦如此。"② 1929 年 8 月 11 日,鲁迅在致李小峰的信中毫不客气地说:"奉函不得复,已有多次。我最末问《奔流》稿费的信,是上月底,鹄候两星期,仍不获片纸只字,是北新另有要务,抑意已不在此等刊物,虽不可知,但要之,我必当停止编辑,因为虽是雇工,佣仆,屡询不答,也早该卷铺盖了。现已第四期编讫,后不再编,或停,或另请人接办,悉听尊便。"③ 8 月 15 日。鲁迅委托了律师杨铿和北新书局进行交涉。后来,李小峰自知理亏,委托郁达夫和章川岛试图与鲁迅和解。最后双方达成共同协定:"北新书局当年分四期偿还拖欠鲁迅的版税共计八千元,次年起继续偿还,总共偿还欠款约两万元;鲁迅作价收回旧著纸型;此后北新书局出版鲁迅著作,必须加贴版税印花并每月支付版税四百元;鲁迅续编《奔流》,每期出版时北新书局将稿费交鲁迅转发各作者。"④ 这里,尽管鲁迅和李小峰没有最终诉诸法律,但民国法律却在这次事件中发挥了震慑作用。

  作为一名"自由撰稿人",鲁迅的稿费和版税收入也是值得关注的。当时,上海文化界的稿酬制度完备,标准也非常可观,这就为鲁迅提供了生活保障。比如,早在 20 世纪 20 年代前后,鲁迅文章的一般稿费是千字 3 元,有时也能达到 5 元或 6 元。此外,上海出版界制定的版税标准是 10%—20%。北新书局支付鲁迅著作的版税一般是 20%,有时甚至达到 25%。20 世纪 30 年代也能够维持这一水平。1933 年 5 月 15 日,《鲁迅日记》记载:"《两地书》五百本版税百二十五元"。当时,《两地书》定价 1 元,版税应该是 25%。1932 年 12 月 15 日,《鲁迅日记》记载:"以选集之稿付书店印行,收版税泉支票三百。"这是指《鲁迅自选集》,由天

---

① 鲁迅:《致章廷谦》,《鲁迅全集》第 12 卷,北京:人民文学出版社 2005 年版,第 197 页。
② 鲁迅:《致韦丛芜》,《鲁迅全集》第 12 卷,北京:人民文学出版社 2005 年版,第 199 页。
③ 鲁迅:《致李小峰》,《鲁迅全集》第 12 卷,北京:人民文学出版社 2005 年版,第 200 页。
④ 鲁迅:《鲁迅日记》,《鲁迅全集》第 16 卷,北京:人民文学出版社 2005 年版,第 150 页。

马书店出版，初版印刷1000册，定价1.20元，鲁迅得到300元，版税率也是25%。据赵家璧回忆："《良友文学丛书》对所有作家都实行版税制，一般都是按售价作者抽版税百分之十五，一年结两次，交稿录用时，都可预支一部分。仅对鲁迅作品按百分之二十记，这是上海各书店为尊重鲁迅而共同执行之惯例。"① 据陈明远计算，鲁迅在1927—1936年间，基本收入是："1927年共收入3770元，平均每月314.17元；1928年共收入5971.52元，平均每月497.63；1929年共收入15382.334元，平均每月1281.86元；1930年共收入15128.895元，平均每月1260.74元；1931年共收入8909.30元，平均每月742.44元；1932年共收入4788.5元，平均每月399.04元；1933年共收入10300.93元，平均每月858.41元；1934年共收入5679.62元，平均每月473.30元；1935年共收入5671.37元，平均每月472.61元；1936年1—10月，共收入2575.94元，平均每月321.99元。"② 总体而言，鲁迅在上海生活期间，总共收入大概为78000多元，平均每月收入723.87元，折合现代人民币2万多元，这就为鲁迅提供了经济保障。倘若没有稿酬制度，鲁迅的经济生活实在是不可想象的。

秦弓说："乍看起来，民国史与现代史或新民主主义史大致重合，似乎没有给予关注的必要。然而，当我们仅仅以现代史或新民主主义革命史的视角来考察鲁迅时，一些在民国史视角看来成为问题的就无法获得清晰的认识，甚至完全被遮蔽掉。"③ 民国初期，鲁迅对这个民主共和国是寄予很大希望的。1912年，鲁迅应蔡元培之邀到教育部任职，做了许多实际工作。1925年前后，北洋军阀政府开始倒行逆施，鲁迅变得日益怀疑起来。1927年蒋介石背离了孙中山的三民主义政策，制造了"清党"事件和"四一二"反革命政变，鲁迅才对国民党政府彻底失望。总体来讲，民国时期的政治环境是险恶的，使许多左翼作家丧失了言论自由。

---

① 赵家璧：《文坛故旧录——编辑忆旧续集》，北京：生活·读书·新知三联书店1991年版，第44页。
② 陈明远：《鲁迅时代何以为生》，西安：陕西人民出版社2011年版，第56—57页。
③ 秦弓：《从民国史的视角看鲁迅》，《广东社会科学》2006年第4期。

但是，民国历史又充满了矛盾性。

> 民国时代的政治、经济危机促进了左翼作家的现实批判，批判现实的黑暗绝不仅仅是现实政治与经济的简单"反映"，它更是中国作家主动的有意识的选择。例如民国时代的书报检查制度相当严苛，大批"不合时宜"的文学成为反复扫荡的对象，但显而易见，民国文学并不是这些扫荡的残余之物，扫荡的间隙也产生了异样的"钻网"文学，产生了倔强的"摩罗诗力"。①

这里，我们并不是为民国历史粉饰太平，而是强调一个重要事实：任何一种历史叙述，都是一种局部描述，不可能呈现出历史全貌。因为历史不是单一的，而是复杂的，甚至是歧异的。总体来讲，民国社会政治专制，经济凋敝，战争不断，民不聊生，充满了各种血腥和污秽。但是，我们必须承认，民国历史又是中国社会转型过程中的一个重要阶段，具有多副面孔。倘若把鲁迅置于"民国史"的研究框架中来审视，会发现鲁迅等左翼作家充分利用各种现实条件，积极发挥主观能动性，依然获得了部分空间。

---

① 李怡：《"民国文学"和"民国机制"三个追问》，《理论学刊》2013年第5期。

第五章

"老将"的错位：自由主义文人与鲁迅

除了和左翼、右翼之间发生了文学论争之外，鲁迅还和自由主义文人进行过话语交锋。一般来讲，自由主义文人大部分都受到西方自由主义思想的影响，主张超越政治斗争，保持个人独立和思想自由。就内部构成来说，自由主义文人主要可以分为两股力量。一是中间偏右的，以胡适、梁实秋等人为代表；二是以周作人、林语堂为代表，主要队伍包括京派、"论语"派、"第三种人"、新月派和现代派的部分作家。他们不仅反对民族主义文学，也反对把文学当作政治工具的做法。在政治立场和文学主张方面，自由主义文人往往介于左、右翼之间，可以说是处于左右两极的夹缝之中。由于自由主义文人既得不到右翼支持，也得不到左翼附和，在现代中国社会，他们长期处于一种尴尬地位，几乎没有得到应有的重视。实际上，作为一股重要的文学思潮，自由主义贯穿了大半部现代中国文学史，并且和左翼文学形成了一种共生互补的关系。20世纪30年代，鲁迅等左翼作家和很多自由主义文人之间发生过思想碰撞，造成了很大影响。比如，他们和"自由人"、"第三种人"之间围绕着文学与政治、文学与阶级性等诸多问题，就产生了激烈论争。客观来说，"左翼理论家在阶级斗争异常激烈的年代要求文艺发挥战斗的作用，有其历史的合理性，但看不到艺术有自己的特殊规律，更没有从统一战线的观点肯定自由人和'第三种人'有反对'资产阶级'和反动当局的一面，只盯住其'死抱住文学不放'这一点，用教条主义的方式加以批判，这不能不说是一个失误"①。不仅如此，当自由主义文人受到左翼批

---

① 陈国恩、张森、王俊：《中国"自由"派文学的流变》，北京：中国社会科学出版社2014年版，第3—4页。

判之时，由于自身非常强调文学的独立性和审美性，这在一定程度上纠正了左翼简单地把文学当作"煽动工具"和"政治留声机"的偏激做法。以今天眼光来看，自由主义文人当时提出的许多问题是有价值的，对我们更好地处理文学的功利性和艺术性之间的内在关系，应该具有某种启发作用。

第一节 鲁迅和"自由人"及"第三种人"

一 "非近于胖，就近于瘦"

1931年12月25日，《文化评论》在上海正式创刊。在发刊词《真理之檄》中，胡秋原说："我们是自由的知识阶级，完全站在客观的立场，说明一切批评一切。我们没有一定的党见，如果有，那便是爱护真理的信心。"胡秋原自称是"自由人"，既批评国民党政府的"民族主义文艺"，又指责普罗文艺偏离了艺术之路。胡秋原指出，"艺术虽然不是至上，然而也决不是至下的东西。将艺术堕落到一种政治的留声机，那是艺术的叛徒。艺术家虽然不是神圣，然而也绝不是叭儿狗。以不三不四的理论，来强奸文学，是对于艺术尊严不可恕的冒渎"[①]。1932年4月20日，胡秋原在《文化评论》第4期上，又刊发了《文化运动问题——关于"五四"答〈文艺新闻〉记者》和《勿侵略文艺》两篇文章，宣称文艺"至死也是自由的"，"艺术不是宣传"。"估量一切文艺可以从各种观点来看——例如政治的观点，艺术的观点……我并不想站在政治立场赞否民族文艺与普罗文艺，因为我是一个与政治外行的人。其次，对于文艺的态度，也有根据艺术理论的分析与根据艺术之政策的排斥扶植的不同。但是我并不能主张只准某种艺术存在而排斥其他艺术，因为我是一个自由人。"[②] 可以看出，胡秋原站在一种纯文学的基本立场，主张文学

---

① 胡秋原：《阿狗文艺论——民族文艺理论之谬误》，《文化评论》创刊号，1931年12月25日。

② 胡秋原：《勿侵略文艺》，《文化评论》1932年4月20日。

脱离政治干涉，试图超越狭隘的阶级观念，即极力否认文学的党派性和阶级性，幻想能够走"为艺术而艺术"的创作道路。

钱杏邨是左翼阵营的重要批评家之一。在1928年"革命文学"论争中，他以批评鲁迅而名噪文坛，经常以马克思主义理论家自居，俨然自己掌握着绝对真理。针对钱杏邨在《怎样研究新兴文学》《现代中国文学作家》《文艺批评集》等文章中运用的批评理论，胡秋原提出了不同意见。胡秋原认为，钱杏邨的批评理论基础混乱，非真实批评的成分较为严重，主观主义和右倾机会主义倾向明显，实在是一个观念论者。胡秋原说："因为钱先生的理论实在与马克思主义不仅相隔太远，而且简直是马克思主义的反面。如果一定要拖住马克思，那么，只能说是马克思主义之歪曲，误用与恶用。"① 一言以蔽之，胡秋原认为钱杏邨是把马克思主义"虐画化"了。针对胡秋原的批评意见，左翼作家谭四海提出了商榷意见，认为胡秋原无视文学的"阶级性"，虽然"打起好好的反民族主义文学，反法西文化的旗帜"，其实是想"找第三个'安身地'，结果是'为虎作伥'！"② 1932年6月6日，冯雪峰发表了《致文艺新闻的信》（编辑改名为《阿狗文艺论者的丑脸谱》）一文，认为"胡秋原在这里不是为了正确的马克思主义的批评而批判了钱杏邨，却是为了反普罗革命文学运动。胡秋原曾以'自由人'的立场，反对民族主义文学的名义，暗暗地实行了反普罗革命文学的任务，现在他是进一步的'以真正马克思主义者应当注意马克思主义的赝品'的名义，以'清算再批判'的取消派的立场，公开地向普罗文学进攻，他的真面目完全暴露了，他嘴里不但喊着'我是自由人'，'我不是统治阶级的走狗'，并且还喊着'马克思主义'，甚至还喊着'列宁主义'，然而实际上是这样的"③。此后，左翼和"自由人"及"第三种人"的论争序幕正式拉开。

1932年7月，苏汶在《现代》第1卷第8期上发表《关于〈文新〉

---

① 胡秋原：《钱杏邨理论之清算与民族文学理论之批评》，《读书杂志》第1期，1932年1月。
② 谭四海：《"自由智识阶级"与"文化"理论》，《文艺自由论辩集》，上海：上海书店1982年版，第16页。
③ 冯雪峰：《阿狗文艺论者的丑脸谱》，《文艺新闻》第58号，1932年6月6日。

与胡秋原的文艺论辩》一文,极力支持胡秋原的基本观点。苏汶自称是"第三种人",嘲笑左翼文学不要真理也不要文艺,认为许多作家之所以"搁笔",原因在于"左联"批评家的"凶暴"和将要霸占文坛的缘故。1932年10月1日,周起应(周扬)发表了《到底是谁不要真理,不要文艺——读〈文新〉与胡秋原的文艺论辩》,指出"只有实践才能辨别真理和谬误,只有实践才是真理的决定的规准。可是马克思列宁主义的实践观决不是苏汶先生所说'目前主义的功利论'。我们承认客观真理的存在,但我们反对超党派的客观主义。无产阶级的阶级性,党派性不但不妨碍无产阶级对于客观真理的认识,而且可以加强它对于客观真理的认识的可能性。因为无产阶级是站在历史的发展的最前线,它的主观的利益和历史的发展的客观的行程是一致的。所以,我们对于现实愈取无产阶级的,党派的态度,则我们愈近于客观的真理"[①]。1932年12月,周扬又以"绮影"为笔名发表了《自由人文学理论检讨》一文。他说:"以一面在艺术的根本认识上,抹杀艺术的阶级性,党派性,抹杀艺术的积极作用和对于艺术的政治的优位性,来破坏普罗文学的能动性,革命性,一面以普罗文化否定论作理论基础,来根本否认普罗文学的存在,在意识形态领域的文学上解除普罗列塔利亚特的武装,这就是胡秋原,这位自由主义的马克思主义文艺理论家的任务。"[②] 在这里,周扬凭借着深厚的马克思主义理论功底,批评了胡秋原和苏汶等人的文学观念,指出他们试图抹杀文学的阶级性,是一种违反文学规律的错误做法,得到许多左翼作家的高度认同。

当时,针对中国普通民众的阅读能力不高,左翼作家提倡文艺大众化运动,主张用连环画或唱本等艺术样式,来慢慢提高读者的认识能力。但是,苏汶对此却不予认同。实际上,苏汶此时是站在超阶级的基本立场,来指责左翼文学缺乏审美性,是没有现实价值的。但是,鲁迅却提出了反对意见。他说:

---

① 周扬:《到底是谁不要真理,不要文艺?》,《现代》第1卷第6期,1932年10月。
② 绮影:《自由人文学理论检讨》,《文学月报》第1卷第5—6号,1932年12月15日。

左翼作家诚然是不高超的，连环图画，唱本，然而也不到苏汶先生所断定的那样的没出息。左翼也要托尔斯泰，弗罗培尔。但不要"努力去创造一些属于将来（因为他们现在是不要的）的东西"的托尔斯泰和弗罗培尔。他们两个，都是为现在而写的，将来是现在的将来，于现在有意义，才于将来会有意义……而且我相信，从唱本说书里是可以产生托尔斯泰，弗罗培尔的。①

后来，鲁迅又在《"连环图画"辩护》一文中，明确指出了连环图画在中西方国家都具有历史渊源。鲁迅指出，连环图画在西方国家随处可见，比如，意大利的教皇宫里陈设的《旧约》《耶稣传》《圣者传》的连环图画。在东方国家，则有印度的阿强陀石窟，中国的《孔子圣迹图》，等等。鲁迅说：

书籍的插画，原意是在装饰书籍，增加读者的兴趣的，但那力量，能补助文字之所不及，所以也是一种宣传画。这种画的幅数极多的时候，即能只靠图像，悟到文字的内容，和文字一分开，也就成了独立的连环图画。最显著的例子是法国的陀莱（Gustave Doré），他是插图版画的名家，最有名的是《神曲》，《失乐园》，《吉诃德先生》，还有《十字军记》的插画。德国都有单印本（前二种在日本也有印本），只靠略解，即可以知道本书的梗概。然而有谁说陀莱不是艺术家呢？②

通过这些事实列举，鲁迅阐述了连环图画不仅是一种艺术的道理，并且已经坐在"艺术之宫"里面了。由于双方站在不同的认识立场，运用非此即彼的思维方式，自说自话，最后都没有得到结论让对方心服口

---

① 鲁迅：《论"第三种人"》，《鲁迅全集》第4卷，北京：人民文学出版社2005年版，第453页。
② 鲁迅：《"连环图画"辩护》，《鲁迅全集》第4卷，北京：人民文学出版社2005年版，第458页。

服，就使这次论争的现实意义大打折扣。

1932年10月1日，《现代》杂志第1卷第6期发表了周起应（周扬）的《到底是谁不要真理，不要文艺——读〈文新〉与胡秋原的文艺论辩》、易嘉（瞿秋白）的《文艺的自由和文学家的不自由》、苏汶的《第三种人的出路——论作家的不自由并答复易嘉先生》、舒月的《从第三种人说到左联》、苏汶的《答舒月先生》等诸多文章。左翼作家和苏汶的文章都在《现代》杂志同期刊发，就证明了"左翼与'第三种人'的论争，尽管看似针锋相对，但在背后却是互通往来，更像朋友而非'敌我'"①。苏汶也说："最近周起应先生赠阅《文学月报》第五、六期合刊一册，里面有一篇批评《现代》第一卷上所发表的创作的论文，叫做《粉饰，歪曲，铁一般的事实》，作者谷非先生因为我曾经以'现实'、'真实'、'事实'为创作的理想，便拿这些来作准绳批评《现代》上的创作（虽然他对'现实'有和我不同的解释法），而得到差不多所有这些作品都是粉饰，是歪曲，是非现实的那结论。又承起应好意，时常问起我对这篇文章的意见。我就发表意见如次。"② 种种资料表明，左翼和"第三种人"之间的话语论争不是一种敌对关系，更多的是一种文艺争鸣。

不久，左翼和"第三种人"之间的文学论争进入了白热化阶段，双方都各执一词，针锋相对，围绕着文学和政治、文学和阶级性等等话题展开了激烈论争。易嘉（瞿秋白）在《文艺的自由和文学家的不自由》一文中说："作者——文学家也不必当什么陪嫁的丫鬟，跟着文学去出嫁给什么阶级。每一个文学家，不论他们是有意的，无意的，不论他是在动笔，或者是沉默着，他始终是某一阶级的意识形态的代表。在这天罗地网的阶级社会里，你逃不到什么地方去，也就做不成什么'第三种人'。"③ 针对瞿秋白的文学观点，苏汶指出，"但是左翼拒绝中立。单单

---

① 陈国恩、张森、王俊：《中国"自由"派文学的流变》，北京：中国社会科学出版社2014年版，第130页。
② 苏汶：《批评之理论与实践》，《现代》第2卷第5期。
③ 易嘉：《文艺的自由和文学家的不自由》，《现代》第1卷第6期，1932年10月。

拒绝中立倒还不要紧。他们实际上是把一切并非中立的作品都认为中立，并且从而拒绝之。这种拒人于千里之外的态度，我觉得是认友为敌，是在文艺的战线上使无产阶级成为孤立。而在作家方面来看，他们虽然再四声明要文学，却依旧是不要"①。在苏汶看来，第一，左翼文坛经常借革命来压服人，经常摆出一副"朕即革命"的架子；第二，有意曲解别人的话，政治目的之莫须有冤狱是不用说了，他们甚至会在你的每一个句子里都加以一个有意的诠释；第三，因曲解别人而起的诡辩和武断。

1932年11月26日，何丹仁（冯雪峰）在《关于第三种文学的倾向与理论》一文中说："但是，阶级性，主要地却反映在文艺作品（文艺批评也如此）之阶级的任务，之做阶级斗争的武器的意义上。一般所说的，'一切的文艺都不是超阶级的（这种文艺只能在将来没有阶级的社会里存在），同时都不是超利害的，又都是直接间接地做阶级的斗争的武器'的理论，是文艺的历史所证明了的。"② 1932年11月，针对左翼提出"文学武器"说，苏汶指出：

> 我们当然不反对文学作品有政治目的。但我反对因这政治目的而牺牲真实。更重要的是，这政治目的要出于作者自身对生活的认识和体验，而不是出于指导大纲。简单说，这些作品不是由政治的干涉主义来塑定的；即使政治毫不干涉文学，它们也照样会产生。
>
> 我们看到从政治立场来指导文学，是未必能帮助文学对真实的把握的；反之，如果这指导而带干涉的意味，那么往往会消灭文学的真实性，或甚至会使它陷于"奉天承运，皇帝诏曰"式的文学的覆辙。
>
> 如果我们认定了文学的永久的任务是表暴社会的真相以指示出它的矛盾来之所在，那么我们一定会断然地反对那种无条件的当政

---

① 苏汶：《第三种人的出路——论作家的不自由并答复易嘉先生》，《现代》第1卷第6期，1932年10月1日。

② 何丹仁：《关于第三种文学的倾向与理论》，《现代》第2卷第2期，1932年11月26日。

治的留声机的文学理论,反对干涉主义,要是这种干涉会损坏了文学的真实性的话。我们要求真实的文学更甚于那种只在目前对某种政治目的有利的文学,因为我们要求文学能够永远保持着它的对人生的任务。①

1933年6月,戴望舒在《现代》第3卷第2期上发表了《法国通信——关于文艺界的反法西斯谛的运动》一文,指出"我不知道我国对于德国法西斯谛的暴行有没有什么表示。正如我们的军阀一样,我们的文艺者也是勇于内战的。在法国的革命作家们和纪德携手的时候,我们的左翼作家想必还是在把所谓'第三种人'当作唯一的敌手吧!"② 1933年7月1日,鲁迅在《文学》第1卷第1号上发表了《又论"第三种人"》,认为"戴先生看出了法国革命作家们的隐衷,觉得在这危急时,和'第三种人'携手,也许是'精明的策略'。但我以为单靠'策略',是没有用的,有真切的见解,才有精明的行为,只要看纪德的讲演,就知道他并不超然于政治之外,决不能贸然称之为'第三种人',加以欢迎,是不必别具隐衷的。不过在中国的所谓'第三种人',却还复杂得很。所谓第三种人,原意只是说:站在甲乙对立或相斗之外的人。但在实际上,是不能有的。人体有胖瘦,在理论上,是该能有不胖不瘦的第三种人的,然而事实上却并没有,一加比较,非近于胖,就近于瘦。文艺上的'第三种人',也一样,即使好像不偏不倚罢,其实是总有些偏向的,平时有意的或无意的遮掩起来,而一遇切要的事故,他便会分明的显现……所以在这混乱的一群中,有的能和革命前进,共鸣;有的也能乘机将革命中伤,软化,曲解。左翼理论家是有着加以分析的任务的"③。在文章中,鲁迅用"非近于胖,就近于瘦"的形象比喻否认了"第三

---

① 苏汶:《论文学上的干涉主义》,《现代》第2卷第1期,1932年11月。
② 戴望舒:《法国通信——关于文艺界的反法西斯谛的运动》,《现代》第3卷第2期,1933年6月。
③ 鲁迅:《又论"第三种人"》,《鲁迅全集》第4卷,北京:人民文学出版社2005年版,第549页。

人"存在的可能性。以今天眼光来看，鲁迅对"第三种人"的评价是可以讨论的，需要我们辩证看待。

二 文艺战线上的关门主义

1932年11月3日，中共中央宣传部长张闻天以"哥特"为笔名在《斗争》第30期上发表了《文艺战线上的关门主义》一文，严厉批评了部分左翼作家存在着"关门主义"倾向。文章发表之后，曾经在部分左翼作家中间得到传阅。虽然张闻天明确指出了左翼作家的思想错误，但是由于中国革命形势严峻，政治化思维已经占据支配性地位，"关门主义"并没有得到有效遏制。值得一提的是，冯雪峰对待"第三种人"的批评立场出现了显著变化。在"左联"早期阶段，冯雪峰评价"第三种人"的态度是很激烈的。但是，冯雪峰在《关于"第三种文学"的倾向与理论》一文中却改变了原来的认识立场。他说：

> 左翼一向以来的态度，是并非不承认自己的错误，也并非要包办文学，它只要领导一切左翼的以及"爱光明的人"的文学去和一切黑暗的势力和文学斗争，他比任何人都最欢迎一切"爱光明的人"同路走；在清算自己的错误的时候，也决不肯忽视真正的朋友的意见。
>
> 因此，我们不把苏汶先生等认为我们的敌人，而是看作应当与之同盟战斗的帮手，我们就应当建立起友人的关系来。正因为我们要建立友人的关系，而且还希望这关系的进步，所以我们要有一切关于真理的争论，要指摘苏汶先生的错误，这个道理是容易明白的。[①]

当时，冯雪峰很可能是阅读到了张闻天的文章之后，才改变了对"第三种人"的认识态度。

---

① 冯雪峰：《关于"第三种文学"的倾向与理论》，《现代》第2卷第3期，1933年1月。

但是，由于现实革命形势使然，左翼阵营并没有袪除"关门主义"的错误路线，他们依然延续了早期的理论观点，认为"自由人"和"第三种人"试图超越阶级，幻想做艺术至上的自由主义者，是完全不可能的。1933年9月，胡秋原在《读者杂志》第3卷第7期发表了《第三种人及其他》一文，认为："要做一个真正的第三种人——Radical，也需要不断的深沉的反省。第三种人是有动摇性的，但动摇应该有一个限度。一个真正的Radical虽然不是一个真正的布尔什维克，但必须是一个革命的同情者。革命的同情者，而不是革命的反对者，革命的障碍者。虽然不是革命的主角，但是革命的助手。在文学上，他虽然不是一个左翼作家，但至少不是一个左翼作家之反对者。"此时，胡秋原清醒意识到，部分左翼作家的关门主义倾向已经严重遮蔽了"第三种人"的现实价值，呼吁革命作家尽早袪除二元对立的僵化思维模式。苏汶也说："因此，这些作品与其说是政治的留声机，倒还不如说是作者自己的留声机。作家，即使他同时也是一个阶级的战士，但当他写作的时候，他是不能抹杀他的艺术家的良心的。"① 1932年7月，苏汶在《现代》第1卷第8期发表《关于〈文新〉与胡秋原的文艺论辩》一文，特别指出："最初，在根本还没有什么阶级文学的观念打到作者脑筋里去的时候，作者还在梦想文学是个纯洁的处女。但不久，有人告诉他说，她不但不是处女，甚至是一个人尽可夫的淫卖妇，她可以今天卖给资产阶级，明天卖给无产阶级。""终于，文学不再是文学了，变为连环图书之类；而作者也不再是作者了，变为煽动家之类。"

后来，胡秋原承认自己始终没有否定文学的阶级性，也没有否定整个左翼文学，仅仅是对左翼作家将文学政治化表示不满。他说：

一、革命政党乃至其文学团体，应在原则上承认文艺创作之自由，以及在某种程度上承认作家创作之自由；二、如果是一个进步的作家，也应该不闭目于时代之斗争，应该获得马克思主义概念，该从时代解放运动中丰富其灵感。一切的教条，命令，"警棍，加帽子"溺爱，阿

---

① 苏汶：《论文学上的干涉主义》，《现代》第2卷第1期，1932年11月。

好，不仅徒劳，并且首先是腐化并自杀无产者文学自身的。①

瞿秋白认为胡秋原不是一个"真正的马克思主义者"，胡秋原对这种评价也表示认同。在《浪费的论争》一文中，胡秋原指出，"一个艺术家一定要做政治的留声机，我无论如何总是觉得不大够味儿的。无论那一家的片子，因为一个艺术家，他没有锐利的眼光，观察生活的现实，只有做政治的留声机的本领，就是刀锯在前我也要说他是一个比较低能的艺术家"。"我绝不是'立定主意反对一切'利用艺术的政治手段，而对于利用艺术为革命的政治手段，并不反对。为什么呢？因为革命是最高利益，不能为艺术障碍革命。为革命牺牲一切，谁也无反对之理由。不过且让我顽强地说一句：即在那之际，那补助革命的艺术，不限定是真正值得称为艺术的东西而已。我所要求保留的就只有这一点。"② 胡秋原一再强调，他反对政治干涉文学并不是针对左翼而言的："至于我说'勿侵略文艺'与说'艺术非至下'，老实说，是对所谓民X文学，民Y文学而言，在反对这种比较低下的东西，我从古典文学理论中，就是取一点'艺术至上论'的武器，但绝不妨碍普罗文学的尊严。"③

在《文艺自由论辩集》编者序中，苏汶指出，"我没有如鲁迅先生所说，心造出一个横暴的左翼文坛的幻影来；当时的左翼文坛事实上是横暴的。至于其所以如此横暴之故，一半固然由于残留的宗派性，但一半究竟也可以说是出于误解。对胡秋原先生，据我私见，这误解多份是由于他个人的较复杂的社会关系；然而起先攻击胡先生最猛烈的洛扬先生，也终于在另一篇文章《并非浪费的论争》里，把一切都解释了，胡先生也可以无憾"④。有意思的是，"新月派"文人梁实秋也意识到了左翼文学具有许多弊病。他在《论"第三种人"》一文中说：

非赤即白，非友即敌，非左即右，非普罗阶级即资产阶级，非

---

① 胡秋原：《一年来文艺论争书后》，《读书杂志》第3卷第2期，1933年2月。
② 胡秋原：《浪费的论争》，《现代》第2卷第2期，1932年12月。
③ 同上。
④ 苏汶：《〈文艺自由论辩集〉序言》，上海：现代书局1933年版，第3页。

革命即反革命——这一套的逻辑，我们是已经听过不少了。鲁迅先生之根本否认第三种人亦不过是此种逻辑运用到文学上的一例而已。①

强分作家为两个阶级，或左右二翼，这对于文学的发展并没有什么利益。这也许是一种策略罢，大约是逼迫一般较易接受宣传的作家向左转的策略。如此，则第三种人之被否认，亦正是此策略之一部，使此种自称为"第三种人"者感觉惶惑不安，然后左转，以免于没落，而加厚无产阶级之势力。为阶级斗争计，此种策略是聪明的。为文学计，此种策略无利亦无害。②

由此可见，梁实秋和鲁迅在关于"阶级性"和"人性"问题论争之后，已经意识到左翼作家之所以这样言说，仅仅是一种论争策略而已，这是非常难能可贵的。

后来，鲁迅对"第三种人"的认识态度也发生了变化。比如，鲁迅对待杨邨人的批评立场就值得注意。杨邨人本来属于左翼作家，1928年加入太阳社，1932年叛变革命，后来宣称要做"第三种人"。1933年2月，杨邨人在《现代》第2卷第2期发表《揭起小资产阶级革命文学之旗》一文，指出"无产阶级已经树起无产阶级文学之旗，而且已经有了巩固的营垒，我们为了这广大的小市民和农民群众的启发工作，我们也揭起了小资产阶级革命文学之旗，号召统治，整齐队伍，也来扎住我们的阵营。……我们也承认着文艺是有阶级性的，而且也承认着属于某一阶级的作家的作品任是无意地也是拥护着其自身所属的阶级的利益。我们是小资产阶级的作家，我们也就来作拥护着目前小资产阶级的小市民和农民的群众的利益而斗争"。"我认识自己是一个小资产阶级知识分子，受不了蹲在政党生活的战壕里头的内心上的矛盾交战的痛苦，我自动地

---

① 陈漱渝：《一个都不宽恕》，北京：人民日报出版社2010年版，第243页。
② 同上书，第244页。

恢复了我的自由。"韩侍桁也是"左联"成员，后来转向"第三种人"。1933年6月，韩侍桁在《读书杂志》第3卷第6期发表《文艺时评·揭起小资产阶级革命文学之旗》一文，说杨邨人是"一个忠实者，一个不欺骗自己，不欺骗团体的忠实者"；他的言论是"纯粹求真理的智识者的文学上的讲话"。之后，杨邨人主动给鲁迅写信，借助曹聚的《读伪自由书》一文，故意讽刺鲁迅已经老态龙钟，很可能将要停止工作。鲁迅在《答杨邨人先生公开信的公开信》一文中，把杨邨人说成"革命小贩"，厌恶之情溢于言表。此时，鲁迅撕开了杨邨人背叛革命的丑恶嘴脸，这和他对苏汶的批评态度是不同的。

不久，有人传言苏汶加入了国民党中央图书杂志审查委员会，鲁迅才改变了对"第三种人"的批评态度。鲁迅说："时光是不留情面的，所谓'第三种人'，尤其是施蛰存和杜衡即苏汶，到今年就各自露出他们本来的嘴脸来了。"① "数年前的文坛上所谓'第三种人'杜衡辈，标榜超然，实为群丑，不久即本相毕露，知耻者皆羞称之，无待这里多说了。"② 在《伪自由书·后记》中，鲁迅指出，"革命文学者若不想以他的文学，助革命更加深化，展开，却借革命来推销他自己的'文学'，则革命高扬的时候，他正是狮子身中的害虫，而革命一受难，就一定要发现以前的'良心'，或以'孝子'之名，或以'人道'之名，或以'比正在受难的革命更加革命'之名，走出阵线之外，好则沉默，坏就成为叭儿。这不是我的'毒瓦斯'，这是彼此看见的事实！"③ 这里，鲁迅讽刺了杨邨人等人是一群"假革命"者。总之，鲁迅对"第三种人"的早期判断在后来得到了有效验证，说明鲁迅对中国知识阶级的许多劣根性还是深切了解的。

---

① 鲁迅：《准风月谈·后记》，《鲁迅全集》第5卷，北京：人民文学出版社2005年版，第412页。

② 鲁迅：《"题未定"草（六至九）》，《鲁迅全集》第6卷，北京：人民文学出版社2005年版，第447页。

③ 鲁迅：《伪自由书·后记》，《鲁迅全集》第5卷，北京：人民文学出版社2005年版，第192页。

第二节　作为方法的"鲁迅"与"胡适"

胡适是中国自由主义文学的重要代表之一，在中国现代文学史、思想史、哲学史、学术史等领域都做出了特殊贡献。但是，由于受到意识形态等诸多因素影响，在很长一段时间内，胡适被认为是"资产阶级知识分子的右翼"和"美帝国主义的代言人和走狗"，阶级斗争的火药味很浓厚。20世纪80年代以后，中国大陆思想界开始解冻，胡适再度进入读者视野，又成为受到热捧的历史人物。这种评价反差是很值得注意的，折射出中国思想文化界的风云变幻，以及背后的政治文化生态。特别是谢泳的《胡适还是鲁迅》一书出版之后，曾经引起学术界热烈讨论。作为20世纪中国社会的两位智者，胡适与鲁迅之间的关系话题实在耐人寻味。总体而言，鲁迅是一位启蒙主义者，注重以思想革命来改造中国；胡适则是一位自由主义者，强调用政治改良来变革社会。"鲁迅启悟中国人的精神自觉，侧重于内省，启发人们从思维内层和精神根柢处进行反思和深省，以打通正确认识自己和认识世界的路径。胡适启悟中国人的精神自觉，侧重于外取，即从西方，主要是美国引进民主政治模式与先进的思维方式，并以现代性的眼光重新审视中国传统文化，在整理国故中推陈出新。"[①] 可以说，鲁迅和胡适之间具有很多值得探讨的话题，在相互比照过程中，寻找他们之间的异同点，也许不失为一种研究理路。

一　鲁迅和胡适：从同一战阵到不同营垒

从身世上来讲，胡适和鲁迅都属于封建时代的破落子弟。家道中落，早年丧父，生活困难几乎是他们共同的人生际遇。青少年时期，他们分别在家乡接受私塾教育之后，先后都曾经出国留学，学习外国先进的科学技术。在日本，鲁迅到仙台医专学习医学专业；在美国，胡适到康奈尔大学主修农学专业。之后，他们又都更换专业，鲁迅转向文艺，胡适

[①] 张梦阳：《鲁迅与胡适：互为镜像的知识分子景观》，《中国社会导刊》2007年第5期。

却转向哲学。1909年，由于家累等现实原因，鲁迅提前回国。1912年，鲁迅在蔡元培的极力邀请之下来到北京，任教育部佥事一职，过上了小公务员的单调生活。与此同时，1917年，胡适也在蔡元培的盛邀之下，来到北京大学任教。作为文学革命的主要发起人，胡适不久就发表了《文学改良刍议》一文，提出"文章八事"的基本主张，在中国迅速暴得大名。后来，鲁迅曾经在北京大学等学校兼职，主要讲授中国小说史等课程。胡适和鲁迅正式接触是在1918年。可以说，《新青年》是他们早期建立私人友谊的直接平台。同为《新青年》的重要撰稿人，鲁迅和胡适是在讨论如何编辑过程中熟识起来的。查鲁迅日记和书信，在1918—1924年，他们之间相互借阅书籍，讨论中国古典小说和新诗问题，交往可谓频繁。虽然鲁迅比胡适年长10岁，但是他们都提倡白话文，反对文言文；提倡新道德，反对旧道德，同是"五四"文学革命的重要发起人，是同一战阵中的亲密战友。

"五四"文学革命后期，新文化阵营内部出现了严重分化。胡适出现了思想转向，开始提倡"整理国故"，重新回归传统文化，走向了新文学运动的对立面。鲁迅说："后来《新青年》的团体散掉了，有的高升，有的隐退，有的前进，我又经验了一回同一战阵中的伙伴还是会这么变化，并且落得一个'作家'的头衔，依然在沙漠中走来走去。"① 自此之后，鲁迅和胡适之间开始分道扬镳，分别走向了不同的人生道路。1921年12月，在《阿Q正传》第一章《序》中，鲁迅就不无讽刺地说："我所聊以自慰的，是还有一个'阿'字非常正确，绝无附会假借的缺点，颇可以就正于通人。至于其余，却都非浅学所能穿凿，只希望有'历史癖与考据癖'的胡适之先生的门人们，将来或者能够寻出许多新端绪来，但是我这《阿Q正传》到那时却又怕早经消灭了。"② 鲁迅和胡适的性情不同，个体的差异是其中原因，更重要的是他们的精神资源的背景相差甚

---

① 鲁迅：《〈自选集〉自序》，《鲁迅全集》第4卷，北京：人民文学出版社2005年版，第469页。
② 鲁迅：《阿Q正传》，《鲁迅全集》第1卷，北京：人民文学出版社2005年版，第515页。

大，一个是东方的岛国式的倔强的精神，一个是美国大陆宽厚博大的情致，这些不仅在思维方式上存在着差异，而且在价值态度上也不相同。后来，鲁迅坚持走底层路线，倾向于自下而上的启蒙主义，而胡适却倾向于自由主义，幻想通过改良方式，挽救风雨飘摇的国民政府。二者的现实选择看似偶然，实际上却蕴含着必然性。他们代表了两种现代知识分子类型，在相互博弈过程中彰显了各自的魅力。

> 鲁迅对外界的存在是敏感的，他的超常的嗅觉，常常可以体察到人间的异态，并且用自己的心，去迎接着种种厄运。我觉得他的出国留学，与胡适有着两种不同的心境。胡适一到美国，便喜欢上了那里的生活，对西方文明，充满了敬意，那种常态下的人生体验，使他能够从学理的角度，较为平和地去理解人生。但鲁迅的出国，似乎并无那么多祥和的田园氛围和庄重的学术沐浴。他是为了逃离苦难，寻找别样的人生，才离家出走的。这种不同的心境，决定了两人未来的不同的道路，一个在学术之途孜孜以求，一个放浪于人间的底层，承受着精神的炼狱之苦。这种区别，奠定了中国现代性的两种不同的精神路向。他们因此而在现代中国，扮演了完全不同的角色。①

这段话分明总结了鲁迅和胡适趋于不同现实选择的内在原因，的确属于一种切实评价。

胡适在美国留学期间，就接触到了西方民主制度，并认为这是最具普世价值的现代政治制度。1922年5月，胡适等人在《努力周报》上发表《我们的政治主张》一文，提出"好人政府"的基本主张。他们认为，中国的政治军阀混战，国无宁日，全是因为好人自命清高，不愿参与政治，才让坏人当道。他们提出由知识分子的"好人"组成"好人政府"，努力改变政治腐败的社会现实。他们觉得不必开展打倒帝国主义和封建

---

① 孙郁：《鲁迅与胡适》，北京：现代出版社2013年版，第22页。

军阀的斗争，中国就可以富强起来。

> 我们以为现在不谈政治则已，若谈政治，应该有一个切实的、明了的，人人都能了解的目标。我们以为国内的优秀分子，无论他们理想中的政治组织是什么……现在都应该平心降格的公认"好政府"一个目标，作为现在改革中国政治的最低限度的要求。我们应该同心协力的拿这共同目标来向国中的恶势力宣战。

> 今日政治改革第一步在于好人须要有奋斗的精神。凡是社会上的优秀分子，应该为自卫记，为社会国家记，出来和恶势力奋斗。

> 我们所谓的"好政府"，在消极方面是要有正当的机关可以监督防止一切营私舞弊的不法官吏。在积极方面是两点：一是充分运用政治的机关为社会全体谋充分的福利，二是充分容纳个人的自由，爱护个性的发展。①

之后，胡适提出了改革政治的三个原则和六项主张，即要求一个"宪政的政府"、"公开的政府"、"有计划的政府"，在召开旧国会、制宪、裁兵、改良选举制度、财政公开等条件下实行南北议和。"好政府主义"初步彰显了独立自由精神，体现了中国自由知识分子干涉政治的方式。

1930年5月，鲁迅在《萌芽月刊》第1卷第5期发表《"好政府主义"》一文，主要是针对梁实秋的文学观点，认为他所开列医治中国现状的多种药方，主要包括三民主义、共产主义、国家主义、无政府主义、好政府主义，等等，都应该受到责难。"其实是，指摘一种主义的理由的缺点，或因此而生的弊病，虽是并非某一主义者，原也无所不可的。有如被压榨得痛了，就要叫喊，原不必在想出更好的主义之前，就定要咬

---

① 胡适：《我们的政治主张》，《胡适文集》第3卷，北京：北京大学出版社1998年版，第328、329、328页。

住牙关。但自然，能有更好的主张，便更成一个样子。不过我以为梁先生所谦逊地放在末尾的'好政府主义'，却还得更谦逊地放在例外的，因为自三民主义以至无政府主义，无论它性质的寒温如何，所开的究竟还是药名，如石膏，肉桂之类——至于服后的利弊，那是另一个问题。独有'好政府主义'这'一副药'，他在药方上所开的却不是药名，而是'好药料'三个大字，以及一些唠唠叨叨的名医架子的'主张'。不错，谁也不能说医病应该用坏药料，但这张药方，是不必医生才配摇头，谁也会将他'褒贬得一文不值'（'褒'是'称赞'之意，用在这里，不但'不通'，也证明了不识'褒'字，但这里梁先生的原文，所以姑仍其旧）的。"① 在这里，鲁迅直接批评了梁实秋的理论观点，意在表达对"好政府主义"的政治主张的不满。

1918年，孙中山提出"知难行易"学说，认为"行先知后"，"不知也能行"，严厉批评当时革命党人的畏难退缩思想，这就夸大了所谓"先知先觉"者的个人作用。1929年6月，胡适在《新月》第2卷第4号发表了《知难，行亦不易》一文，批评了孙中山的"知难行易"学说，提出所谓"专家政治"的主张，呼吁蒋介石政府"充分请教专家"，声言"此说（指知难行易——引者注）不修正，专家政治决不会实现"。胡适说："今日最大的危险是当国的人不明白他们的事是一件绝大繁难的事。以一班没有现代学术训练的人，统治一个没有现代物质基础的大国家，天下的事有比这个更繁难的吗？要把这件大事办的好，没有别的法子，只有充分请教专家，充分运用科学。"针对胡适的基本观点，鲁迅在《知难行难》一文中说："中国向来的老例，做皇帝做牢靠和做倒霉的时候，总要和文人学士扳一下子相好。做牢靠的时候是'偃武修文'，粉饰粉饰；做倒霉的时候是又以为他们真有'治国平天下'的大道，再问问看，要说得直白一点，就是见于《红楼梦》上的所谓'病笃乱投医'了。""代表各种政见的人才，组成政府，又牺牲掉政治的意见，这种'政府'

---

① 鲁迅：《"好政府主义"》，《鲁迅全集》第4卷，北京：人民文学出版社2005年版，第248—249页。

实在是神妙极了。但'知难行易'竟'垂询'于'知难,行也不易',倒也是一个先兆。"① 可以看出,鲁迅和胡适对中国知识分子的评价方面是截然不同的。实际上,胡适主要想成为国民政府的"诤臣",幻想通过政治改良来实现国家进步。但是,在鲁迅看来,这是中国文化人的一种美好幻梦而已,在现实面前注定是要失败的。

1929年4月20日,国民政府下了一道保障人权的法令。之后,胡适、罗隆基、梁实秋等人在《新月》杂志上发表了关于人权问题的相关文章。胡适在表示欣喜之余,也不免失望。胡适在《人权与约法》一文中认为,第一,这道命令认人权为"身体、自由、财产"三项,但这三项都没有进行一种明确规定。就如"自由"究竟是哪几种自由?又如"财产"究竟受怎样的保障?这都是一些很明显的缺点。第二,命令所禁止的只是"个人或团体",而并不曾提及政府机关。个人或团体固然不得以非法行为侵害他人身体自由及财产,但今日我们最感觉痛苦的是种种政府机关或假借政府与党部的机关侵害人民的身体自由及财产。如今日言论出版自由之受干涉,如各地私人财产之被没收,都是以政府机关的名义执行的。第三,命令中说即"违者即依法严行惩办不贷",所谓依法是依什么法?我们就不知道今日有何种法律可以保障人民的人权。中华民国刑法固然有妨碍"自由罪"等章,但种种妨碍若以政府或党部名义行之,人民便完全没有保障了。② 言语之间,胡适是在反对蒋介石政府的人权法令,试图发挥自己作为"诤臣"的现实作用。鲁迅在《王道诗话》一文中对此进行了无情嘲讽。他说:

  文化班头博士衔,人权抛却说王权,朝廷自古多屠戮,此理今凭实验传。

  人权王道两翻新,为感君恩奏圣明,虐政何妨援律例,杀人如

---

① 鲁迅:《知难行难》,《鲁迅全集》第4卷,北京:人民文学出版社2005年版,第347页。

② 胡适:《人权与约法》,《新月》第2卷第2号,1929年5月。

草不闻声。

    先生熟读圣贤书，君子由来道不孤。千古同心有孟子，也教肉食远庖厨。

    能言鹦鹉毒于蛇，滴水微功漫自夸，好向侯门卖廉耻，五千一掷未为奢。①

这里，鲁迅以诗歌形式对胡适的做法表达了厌恶之情，同时也显示了鲁迅对国民党政府早已彻底绝望，主张以暴力革命来推翻这个独裁政权，而不是运用改良方式来尽力挽救它。

    总体而言，胡适和鲁迅本来是同一战阵中的革命战友。在没有加入"左联"之前，虽然鲁迅和胡适的心境差异很大，但是由于个人主义的先天气质，使他们在灵魂深处具有许多相通之处。其中，专制统治都是他们的共同敌人，警惕党派自身所衍生出来的主奴关系，以及对弱者的迫害，对他们来讲都是重要的思路。但是，随着中国社会的急剧变化，他们选择了不同的人生道路。归根结底，鲁迅和胡适属于不同知识分子类型。鲁迅后期和国民党政府采取了一种不合作态度，思想出现了左倾，并且逐渐同情共产党，最后成为"革命的同路人"。胡适早期提倡"好政府主义"和"专家政治"，幻想以改良方式实现政治改革，希望做一个"诤臣"，反对共产党领导的工农革命，终于倒向了国民党政府的怀抱，成为资产阶级的右翼代表。孙郁说：

    鲁迅晚年与胡适的分歧，在对待工农革命的态度上，大概是重要的一环。一个愿意做人民的牛，成为受难阶层的呼号者，一个充当了统治集团的诤友，希望用科学理性和民主意识重塑国家。道不同，择术亦有别，在不同的路上走，则是必然的了。②

---

① 鲁迅：《王道诗话》，《鲁迅全集》第5卷，北京：人民文学出版社2005年版，第51页。
② 孙郁：《鲁迅与胡适》，北京：现代出版社2013年版，第233页。

两人的走向对立，大而言之，乃文化背景的不同。一个是相信进化论和尼采学说的，故峻急超拔，孤傲阴冷；一个则是实验主义的信徒，将美式的文化模式看成灵丹妙药，因此通达乐观，果敢持重。从小处看，两人经历有别，处境不同，思维方式迥异，这也导致选择的差别。在一个多元化的世界里，他们的道路均系常态的选择，无可非议，但在专制意味颇浓的时代里，其冲突的背后隐含的，却是悲剧性的东西。在两人的碰撞中，可以品味出20世纪中国文化的某些苦涩来。①

二 互为镜像的知识分子

作为中国新文学天穹的两位巨星，胡适和鲁迅是互为镜像的知识分子。在国外留学期间，他们都受到西方先进的物质文明和政治文明的熏陶感染，成为具有新思想的现代知识分子。其中，胡适接受了杜威的实验主义学说，主张学习西方现代民主制度，通过政治改良来使中国走向现代化。鲁迅却深受尼采主义的思想影响，又主动接受俄国社会主义理论，倡导以思想革命来唤醒中国。后来，鲁迅和胡适之间分歧逐渐加深，最后走上了两种不同道路。在鲁迅看来，胡适主动向蒋介石政府献媚示好，已经丧失了独立知识分子的精神操守，实乃中国知识阶层的一种耻辱。"鲁迅眼里的胡适，是渐渐被御用化，广告化的精神存在。靠拢于官方，注重于精英人物，建立一套权威的知识系统，或许在另一种意义上，会形成对底层人民的新的压迫。鲁迅不相信胡适的努力会推动中国的现代化，他觉得靠这类人支撑的中国的文化，外表的形态或许会变，而根本的东西，依然如故。"②这也许是一种事实评价。

在鲁迅和胡适分道扬镳之后，鲁迅经常对胡适进行揶揄。胡适由于性情温和，宽厚待人，在中国知识群体中间人缘很好。许多作家很以能够和胡适交往感到庆幸。针对这一现象，鲁迅不无讽刺地说："须多谈胡

---

① 孙郁：《鲁迅与胡适》，北京：现代出版社2013年版，第189—190页。
② 同上书，第202页。

适之之流，但上面应加'我的朋友'四字，但仍须讥笑他几句。"① 关于胡适的为人，鲁迅曾把其和陈独秀放在一起进行比照。鲁迅认为，陈独秀心胸坦荡，具有浩然之气。胡适却内心多虑，思想分裂。鲁迅在《关于中国的两三件事》一文中说："征服中国民族的心，这是胡适博士给中国之所谓王道所下的定义，然而我想，他自己恐怕也未必相信自己的话的罢。在中国，其实是彻底的未曾有过王道，'有历史癖和考据癖'的胡博士，该是不至于不知道的。"② 非常有意思的是，胡适对鲁迅的各种讽刺，基本没有做过反批评，而是保持一种沉默态度。许多人就认为，胡适不以恶言伤人，保持着中国文化人温柔敦厚的精神气度。其中的是非曲直，我们暂且不论，留待后来评议。

同为具有社会责任感的知识分子，胡适和鲁迅对蒋介石政府的统治方式都是不满的。在这一点上，二者存在着共同目标，就是努力改变现状。但是，在如何具体实施这一点上，他们之间发生了分歧。胡适认为，中国只有走逐渐改良之路，尽快制定中华民国宪法，明确人民的基本权利和义务，厘清政府的统治权限，以法律形式来保障人权，才能使人民享有现代民主。胡适说："只有自由可以解放我们的民族精神；只有民主政治可以团结全民族的力量来解决全民族的困难；只有自由民主可以给我们培养成一个有人味的文明社会。"③ 但是，在鲁迅看来，胡适的政治主张在中国没有现实土壤，改良注定是行不通的，因为执政当局已经无药可救，只有通过暴力革命，推翻现有反动政权，中国革命才有出路。在《灯下漫笔》一文中，鲁迅指出，中国在历史上只有两个时代："一，想做奴隶而不得的时代；二，暂时做稳了奴隶的时代。"④ 言外之意，鲁迅认为，中国人只有祛除各种"奴隶性"才可能享有民主自由。除此之

---

① 鲁迅：《文摊秘诀十条》，《鲁迅全集》第8卷，北京：人民文学出版社2005年版，第373页。

② 鲁迅：《关于中国的两三件事》，《鲁迅全集》第6卷，北京：人民文学出版社2005年版，第9页。

③ 胡适：《我们必须选择我们的方向》，《胡适语萃》，北京：华夏出版社1993年版，第135页。

④ 鲁迅：《灯下漫笔》，《鲁迅全集》第1卷，北京：人民文学出版社2005年版，第225页。

外，简直是一种美好幻想而已，注定是不可能实现的。

作为一个"清醒的现实主义者"，鲁迅深知中国革命的复杂性。只有首先"立人"，使民众逐渐觉醒之后才能"立国"。鲁迅说："有我所不乐意的在天堂里，我不愿意去；有我所不乐意的在地狱里，我不愿去，有我所不乐意的在你们将来的黄金世界里，我不愿去。"①"我疑心将来的黄金世界里，也会有将叛徒处死刑，而大家却以为是黄金世界的事，其大病根就在人们各各不同，不能像印版书似的每本一律。"② 毫无疑问，胡适是一个"虚幻的自由主义者"。在胡适看来，中国几千年历史上从来不缺少暴力革命。但是流血之后，最遭殃的还是普通劳苦大众，他们并没有摆脱自己的奴隶地位，依然受到封建地主阶级的压迫和奴役。鲁迅倡导自下而上的启蒙主义路线，始终在普通大众中间摇旗呐喊，希望唤醒民众的革命热情，民间意味十足；而胡适则幻想以自上而下的改良方式，通过影响国民党上层人物来逐渐改革，贵族性色彩很重。在建构现代民族国家这条道路上，鲁迅和胡适分别代表了两种知识分子的人格类型。因此，他们的许多分歧也是可以理解的。实际上，任意地抬高其中一方，而贬低另一方，都属于一种不理性行为。

1936年11月，鲁迅去世之后，苏雪林致信胡适先生，不惜对鲁迅进行恶意攻击。她说"鲁迅这个人在世的时候，便将自己造成一种偶像，死后他的羽党和左派文人更极力替他装金，恨不得将全国人民都香花供养。鲁迅本是个虚无主义者，他的左倾，并非出于诚意，无非借此沽名钓利罢了。但左派却偏恭维他是什么'民族战士'，'革命导师'，将他一生事迹，吹得天花乱坠，读了真使人胸中格格作恶"。"鲁迅的心理完全病态，人格的卑污，尤出人意料之外，简直连起码的人的资格还够不着。"③ 12月14日，胡适在回信中表示持不同看法。他说：

---

① 鲁迅：《影的告别》，《鲁迅全集》第2卷，北京：人民文学出版社2005年版，第169页。
② 鲁迅：《致许广平》，《鲁迅全集》第11卷，北京：人民文学出版社2005年版，第466页。
③ 孙郁：《鲁迅与胡适》，北京：现代出版社2013年版，第251页。

> 我很同情于你的愤慨，但我以为不必攻击其私人行为。鲁迅攻击我们，其实何损于我们一丝一毫？他已死了，我们尽可以撇开一切小节不谈，专讨论他的思想究竟有些什么，究竟经过几度变迁，究竟他信仰的是什么，否定的是些什么，有些什么是有价值的，有些什么是无价值的。如此批评，一定可以发生效果。
>
> 凡论一人，总须持平。爱而知其恶，恶而知其美，方是持平。鲁迅自有他的长处。如他早年的文学作品，如他的小说史研究，皆是上等工作……①

由此可见，胡适在为人处事方面，善于从大处着眼，不偏不倚，坦荡荡具有君子之风，可谓深得中国古人的中庸之道。胡适逝世之后，蒋介石对之评价为"新文化中旧道德的楷模，旧伦理中新思想的师表"，实在也是一种契合之论。

尽管鲁迅和胡适之间具有很多歧异，但也存在着相似点。"即使我们套用'左翼'或'右翼'这样的概念，依然可以看到两人精神的相近性。在这个概念下，通常所说的'进步'与'保守'，也会失去语义。我相信对他们的不同路向的描述，会给人以启示。在'被现代化'的苦路上，鲁迅与胡适，暗示了社会进化的两种可能。"② 他们都是个性主义者，具有独立思想和精神追求。倘若祛除狭隘意识形态的局限性，全面审视鲁迅和胡适在中国社会的价值意义，可以说，他们都是中华文化孕育出来的天才人物。"如果没有鲁迅的国民性批判，中国的现代性方案就缺少了一个人性的深度；如果没有胡适的知识批判和执着的对制度理性的诉求，中国的现代性方案也许就缺少了一个稳健的、可具操作性的设计。二人不同的文化选择，并非水火不容，而是各具特色，相互补充，丰富了中国现代性的维度和精神资源。"③ 正是在这一意义上，我们才说，鲁迅和

---

① 耿云志、欧阳哲生：《胡适书信集》（中、下），北京：北京大学出版社1996年版，第701页。
② 孙郁：《鲁迅与胡适》，北京：现代出版社2013年版，第354—355页。
③ 汪卫东：《变化的语境与鲁迅作为资源的意义》，《鲁迅研究月刊》2005年第4期。

胡适是互为镜像的知识分子。

第三节 "政治文化人"的批评伦理

一 左翼与政治化思维

"政治文化"（political culture）一词是美国政治家阿尔蒙德于1956年在《政治季刊》上发表《比较政治体系》一文时提出来的。阿尔蒙德认为，政治文化不同于明确的政治理念，也不同于现实的政治策略，它是作为一种心理积淀，蕴藏于人们的内心之中，并潜移默化地支配着人们的政治行为。1966年，阿尔蒙德与鲍威尔合著的《比较政治学：体系、过程、政策》一书，对"政治文化"一词做出了进一步阐释。他们认为：

> 政治文化是一个民族在特定时期流行的一套政治态度、信仰、感情。这个政治文化形成于本民族的历史以及现在社会、经济、政治活动进程之中。人们在过去的经历中形成的态度类型对于未来的政治行为有着重要的强制作用。政治文化影响各个担任政治角色的行为、他们的政治要求和对法律的反应。①

上述研究者对"政治文化"一词进行了多角度阐释，具有一定理论价值和现实意义。罗伯特·A. 达尔指出，在一个政治化的特殊年代，"无论一个人是否喜欢，实际上都不能完全置身于某种政治体系之外"，"每一个人都在某一时期以某种方式卷入某种政治体系"，"不论他们的价值观和关注的是什么，人们都不可避免地会陷入政治体系的网中，不管他们是否喜欢，甚至是否注意到这一事实"②。

这里，笔者是从文学和政治之间关系的角度来使用"政治文化"概

---

① ［美］阿尔蒙德、鲍威尔：《比较政治学：体系、过程、政策》，曹沛霖等译，上海：上海译文出版社1987年版，第29页。
② ［美］罗伯特·A. 达尔：《现代政治分析》，王沪宁、陈峰译，上海：上海译文出版社1987年版，第16页。

念的。

按照"政治文化"这一概念的具体内涵,来审视20世纪30年代的文学论争,会发现政治化思维作为一种"集体无意识",已经深刻影响了双方的话语方式。此时,论争双方不仅仅具有作家身份,而且还是一种"政治文化人"。不管是左翼作家,还是自由主义文人,无不打上了一种政治化思维的鲜明印记。不可否认,他们在诸多方面存在着显著差异。但是,在思维方式上却具有某种一致性。"在某种意义上可以说,30年代文学论争中的各方,所持的观点往往并非出自文学的或学术的思考,而常常是从自身的政治立场、政治态度出发,针对自身对当时政治文化形势的理解而采取的某种文学策略"①。在论争过程中,"政治文化人"的许多主张看似是文学观念的表达,实际上却是各自政治价值观的直接呈现。更值得注意的是,许多论争的兴起和结束,双方所依据的并不是客观真理,而是政治革命的现实需要,体现了一种实用主义倾向。比如,当左翼作家和"第三种人"的论争进入白热化阶段之时,由于张闻天发表了《文艺战线上的关门主义》一文,严厉批评了左翼排斥"同路人"的错误路线,冯雪峰批评"第三种人"的话语立场就发生了变化,这是一个很有意思的现象。总体来讲,左翼阵营的政治化思维体现在两个方面。

第一,强调文学受制于政治的影响,决无脱离政治的自由可言。当时,"自由人"胡秋原提倡政治勿要侵略文艺,应该保持文艺自身的独立性。他说:"我所谓'自由人'者,是指一种态度而言,即是在文艺或哲学的领域,根据马克思主义的理论来研究,但不一定在政党的领导之下,根据党的当前实际政纲和迫切的需要来判断一切。"② 但是,瞿秋白却认为,既然文学离不开社会生活,所以就离不开生活中的阶级斗争;既然文学应当作用于社会生活,所以就应当作用于生活中的阶级斗争并成为阶级斗争的武器。由于阶级斗争的激烈性,"每一个阶级都在利用文艺做宣传,不过有些阶级不肯公开的承认,而要假托什么'文化','文明',

---

① 朱晓进:《政治化思维与三十年代中国文学论争》,《中国社会科学》2002年第6期。
② 胡秋原:《浪费的论争》,《现代》第2卷第2期,1932年12月。

'国家','民族','自由','风雅'等等的名义,而新兴阶级用不着这些假面具。新兴阶级不但要普通的煽动,而且要文艺的煽动"①。瞿秋白认为,强调文学脱离政治,其实是在掩饰自己的反对无产阶级,事实上是做了伪善的资产阶级的艺术至上派的留声机,也就成为资产阶级。瞿秋白的最终结论是,在阶级社会中,文学家绝不会是自由的超阶级的"第三种人",文学也就不可能是自由的文学。作为中国共产党党内的重要领导人,瞿秋白之所以如此强调文学工具论的意义,说明了中国共产党党内在这一问题上立场一致,甚至已经得到高层领导人的肯定,这就有可能被当作一种文艺政策来加以推行。

在《关于〈文新〉与胡秋原的文艺论辩》一文中,苏汶提出了左翼的"一切主张都无非是行动",是"不会再要真理,再要文艺",是"目前主义的功利论"。1932年10月1日,周扬在《到底是谁不要真理,谁不要文艺?》一文中指出:

> 我们承认客观真理的存在,但我们反对超党派的客观主义。无产阶级的阶级性,党派性不但不妨碍无产阶级对于客观真理的认识,而且可以加强它对于客观真理的认识的可能性。因为无产阶级是站在历史的发展的最前线,它的主观的利益和历史的发展的客观的行程是一致的。所以,我们对于现实愈取无产阶级的,党派的态度,则我们愈近于客观的真理。②

胡秋原在《浪费的论争》一文中说道:"伊里支就说过,文学应该是党的文学,也强调过哲学之党派性。不过,一个革命领袖这么说,文学者没有反对的必要。'不屑于党的文学家滚开罢'(伊里支),滚就是了。然而既谈文学,仅仅这样说是不能使人信服的。"③ 针对这一观点,周扬提出

---

① 易嘉(瞿秋白):《文艺的自由和文学家的不自由》,《现代》第1卷第6期,1932年10月。
② 周扬:《到底是谁不要真理,谁不要文艺?》,《现代》第1卷第6期,1932年10月。
③ 胡秋原:《浪费的论争》,《现代》第2卷第2期,1932年12月。

了反对意见。他说：

> 从胡秋原对于党派性的这种轻蔑和嘲笑的态度中，我们可以看出：一方面，他是怎样以抛弃马克思主义的最大的而且最有价值的系统——马克思主义哲学的党派性，来贬低马克思主义的革命的本质。他的这种"无党派性"的主张，当然也并不是新奇的，这正是他们西欧的祖宗考茨基，伯恩斯坦因等人的机会主义的社会民主主义理论的可耻的最大的特质。另一方面，他是怎样用"我是自由人……无党无派"这些话，来掩饰他自己的社会法西斯蒂的党派性。所以他一听见人们讲"党""派"两字，就好像人家揭发了他的阴私似的，破口大骂，连什么屁党鸟派，不是怎么使人人都销魂荡魄的这种"村妇式"的话都会骂出来了。①

可以看出，双方围绕着文学和政治之间关系，针锋相对，各执一词，并没有取得什么积极成果。

后来，冯雪峰强调并不要求所有的作家都具有党派性，"左翼对于一般作家也从未下过什么命令"，但他对文学本质的政治化理解，与瞿秋白几乎完全一致。针对苏汶的文学阶级性不等于要求文学成为阶级斗争的武器的责难，冯雪峰认为，在阶级斗争之间并不存在调和与超然。"一切无党派的文学，一切游移动摇的小资产阶级的文学，一切'自由人'的文学，在客观上也同样地或者有利于这一阶级，或者有利于那一阶级——客观上是如此，正不必问作者愿意不愿意。"② 所以，不是左翼拒绝中立，而是客观上没有中立的可能性。在冯雪峰看来，艺术的价值就是政治的价值。

> 艺术价值不是独立的存在，而是政治的，社会的价值，艺术价

---

① 周扬：《自由人文学理论检讨》，《文学月报》第 1 卷第 5、6 号合刊，1932 年 12 月。
② 冯雪峰：《关于"第三种文学"的倾向与理论》，《现代》第 2 卷第 3 期，1933 年 1 月。

值就不能和政治的价值并立起来，归根结蒂，它是一个政治的价值。

一切时代的一切阶级的艺术行动，不过是直接间接地由当时的政治行动所决定的东西；它的客观价值的构成，就看它帮助了那当时的为现在同时也为未来的政治行动多少，把当时的现实反映了多少，客观的真理把握住了多少而决定的；但帮助开倒车的反动的统治，歪曲客观的现实和真理的艺术，则固然演了反动阶级的任务，却一般地没有价值的，也要成为罪恶而遗留的。①

作为中国共产党党内重要的理论家，冯雪峰的观点几乎代表了中国共产党高层对文学与政治之间关系的基本态度，这说明了政治化思维在党内已经蔓延，并且渗透到了许多领导人的思想深处。

第二，强调文学的政治倾向性与真实性是统一的。左翼首先强调艺术真实不同于生活真实，在它其中可以加进主观认识；其次认为无产阶级的主观认识完全符合历史发展规律和趋势，无产阶级创造的艺术真实能够深刻地体现生活真实，无产阶级的政治倾向性构成了艺术真实的本质内容，文学的政治倾向性和真实性也就达到相互统一。比如，周扬就认为，文学的真实性应当和政治倾向性相统一。他反对"客观反映"的基本观点，认为既然反映是由作家来实施的，作家的政治倾向性必然会投射到作品中来，文学的反映其实必然带着阶级意识，文学的真实性生成绝对离不开阶级斗争的介入。周扬说：

实际上作为认识的主体的人，不但不是像镜子一样地不变的，固定的东西，而且也不单是生物的存在，而是社会的，阶级的存在。他不是离社会关系而独立的个人，相反地，他是在特定的社会关系之内活动着的社会的，阶级的一员，阶级斗争的参加者。②

---

① 冯雪峰：《关于"第三种文学"的倾向与理论》，《现代》第2卷第3期，1933年1月。
② 周扬：《文学的真实性》，《现代》第3卷第1期，1933年5月。

> 文学的真实，决不单是作家的才能，手腕，力量，技术的问题，也不单是苏汶先生所说的"艺术家的良心"、"诚恳的态度"等等的问题，而根本上是与作家自身的阶级立场有着重大关系的问题，是明明白白的了。①

在周扬看来，文学这一反映生活的镜子，其实是一面阶级的镜子，最主要的是看它掌握在哪一个阶级手中。周扬和其他左翼作家一样，都认定只有无产阶级才是最先进的阶级，才能认识人类社会发展的基本规约。因此，无产阶级的介入文学创作，不但没有削弱文学真实性，反而最大限度地提高了文学真实性。

不仅如此，其他左翼作家也坚持类似的观点。冯雪峰则与周扬的论述基本一致，确认无产阶级代表了真理，所以无产阶级的倾向性与生活的真实性是同一的。冯雪峰说："文艺作品不仅单是反映着某一阶级的意识形态，它还要反映着客观的现实，客观的世界。然而这种的反映是根据着作者的意识形态，阶级的世界观的，到底要受着阶级的限制的。到目前为止，只有无产阶级的世界观——辩证法的唯物论，才能够最接近客观的真理。"② 主要原因在于，反映现实生活需要辩证法的唯物论，而只有无产阶级才掌握了这种理论，所以，无产阶级带着自己的阶级倾向进入文学创作，不但不减弱对于客观生活的认识准确性，相反却是提高这种认识准确性的必然要求。瞿秋白也认为，真理、文学与革命是并存的，文艺的煽动力量与文艺的反映生活是统一的。这样，现实的反映与真理的探求，也就与阶级的要求和利益完全一致了。"无产阶级是处于特殊的历史的地位，为着无产阶级的人类社会而奋斗。在它的前进运动中集中着社会全体的社会的前进运动，在自己的主观的、阶级的、党派的认识中表现着客观的真理。"③ 从冯雪峰的论述可以看出，由于无产阶级

---

① 周扬：《文学的真实性》，《现代》第3卷第1期，1933年5月。
② 冯雪峰：《关于"第三种文学"的倾向与理论》，《现代》第2卷第3期，1933年1月。
③ 冯雪峰：《关于"第三种文学"的倾向与理论》，《现代》第2卷第3期，1933年1月。

的阶级性、主观性、情感追求等方面符合历史发展方向，它与文学真实性、艺术价值不但不冲突，而且根本上就代表着文学的真实性和艺术价值。但是，这中间也存在着一种绝对化、简单化倾向。我们知道，无产阶级作为一个阶级出现在历史活动中，受到各种复杂因素的影响，绝对不可能做到完美无缺。因此，无产阶级可以追求真理，但却难以认为它本身就是一种真理象征。倘若如此，无产阶级就像神一样全知全能，这是不符合历史唯物主义认识论的。

在左翼方面，政治性、阶级性、党派性，不仅不是影响文学真实性的干扰因素，相反，正是加强文学真实性的催化剂。因此，文学创作从政治出发，带有倾向性，不仅不错误，也不片面，相反却会更加符合创作实际。毫无疑问，这种认识观形成于阶级斗争的激烈时期，自身具有多面性。当它符合阶级斗争的实际之时，所强调的真实也还具有一定的历史合理性。但是，当这种观念仅仅停留于阶级斗争的范围之内，以阶级斗争为唯一内容，看不到现实生活本身的复杂性和丰富性，就往往会成为对于现实生活的一种遮蔽。更进一步来讲，如果将阶级斗争时期的倾向性和真实性同一的观点，放之四海而皆准，也放在阶级斗争结束时期来确认文学的真实性，势必就会造成对于文学真实性与生活关系的极度扭曲。"总之，从左翼使用的工具、武器、标语、口号、煽动、阶级性、真理等来看，将文学价值与政治价值相等同，将文学真实与阶级斗争相等同，将艺术力量与政治力量相等同，文学除了从属于服务于政治，已经没有其他的审美任务。即使左翼也强调文学是用形象去反映生活、反映真理的，也强调作家要提高艺术的表现能力，但这一切也都是为了提高文学的政治力量。"[①]这就是左翼和政治化思维之间的深层次关系，很值得我们进一步探究。

二 "亚政治文化"与鲁迅的错位

1927年4月18日，蒋介石在南京建立国民政府。国民党政权的建立，

[①] 刘锋杰、薛雯、尹传兰：《文学政治学的创构》，上海：复旦大学出版社2013年版，第84页。

一方面暂时结束了北洋军阀时期四分五裂的局面，在形式上完成了国家统一；另一方面却实行一党专政，在全国推行"党化教育"，企图在意识形态上获得绝对控制权。所谓"党化教育"，实际上就是将"一个党"、"一个主义"的政策贯彻到学校教育方面。1927年4月，国民党上海市党部就初步拟定了《党化教育委员会章程》，具体规定了该委员会有权利监督各校推行"党化教育"、审查违反党义的课本、取缔违反党义的学校。1927年8月，国民党政府教育行政委员会制定了《学校施行党化教育办法草案》，严格要求学校的教育方针要"建立在国民党的根本政策之上"，要"把学校的课程重新改组，使与党义不违背"，"并能发扬党义和实施党的政策"①。之后，国民党的许多地方政府都颁布了《党化教育大纲》，将"党化教育"的办法具体化，甚至要求以国民党训练党员的办法训练学生，以国民党的思想为学生的思想，以"三民主义"为学生的人生观，以国民党的纪律为学校纪律，使所有学生都听从国民党的指挥。当时，"党化教育"引起了许多进步人士的极大不满，无奈之下，国民党政府后来又将"党化教育"改为"三民主义教育"。1928年5月，国民党政府大学院在南京举行全国第一次教育会议，明确提出"此后中华民国的教育宗旨，就是三民主义"，要求所有公办学校和私立学校都要遵循。1929年6月3日，国民党在南京召开全国宣传会议，先后通过了《确立本党之文艺政策案》《规定艺术宣传方法案》等诸多法案，确立了三民主义的中心地位，试图统一全国民众的思想，引起了革命力量的严重抗议。

此时，不但左翼进步作家激烈反对国民党制定的文艺政策，就是许多中间作家也明确反对。比如，1929年6月6日，梁实秋就针对国民党统一思想的高层意志和政策实施，以及全国宣传会议第三次会议关于"取缔违反三民主义之一切文艺作品"的决议，写作了《论思想统一》一文，直接抨击了国民党政府的错误做法。

阿尔蒙德认为，当社会成员对政治问题和政府的政治行为的"正当性问题的看法"发生疑问和分歧之时，就会产生与主体政治文化相背离

---

① 《教育杂志》第19卷第8号，1927年8月。

的各种"亚政治文化"（政治次文化）的群体。他说："在较具冲突性的政治文化中，在政府的正当性和解决问题的途径这两个问题上，公民间观点相互对立"，而"公民政治态度和价值上发生严重分歧的时候，就出现我们称之为'政治次文化'的那种群体，它们在一些基本问题和意识形态等问题方面都持有不同的看法"①。"权力客体从来不是完完全全的被动体，它自发拥有'反权力'政治文化，而'权力政治文化'和'反权力政治文化'刚好构成一对矛盾体。"② 可以看出，梁实秋作为"反权力政治文化"的代表人物，站在自由主义作家的阶级立场，对国民党政府的倒行逆施进行了指责，具有一种"亚政治文化"的鲜明倾向。当然，梁实秋在强调人性、个性和超阶级性等方面，和左翼作家存在着分歧，甚至也不时将批判矛头指向"普罗文学"。但是，双方在反对国民党专制独裁方面，却几乎存在着共同利益。比如，在涉及文学的社会功能方面，梁实秋在强调文学独立性的同时，也肯定文学反映社会政治的现状和大众生活的作用。

作为自由主义阵营的主要代表，"新月派"文人的亚政治文化特征非常鲜明。比如，他们以信奉"民主政治"相标榜，对国民党专制政治采取对立或游离态度。像罗隆基、胡适、梁实秋等人都对政府的许多倒行逆施进行了严厉批评。其中，罗隆基说："我们相信民主政治的人，很诚意的认定国民党的一党专制，不能把中国的政治引向常规。"③"凡压迫言论自由者，往往臻于灭亡。"④ 胡适也斥责了国民党政府侵害自由、侵犯人权的无耻行径。他说："无论什么人，只须贴上'反动分子'、'土豪劣绅'、'反革命'、'共党嫌疑'等等招牌，便没有人权的保障。身体可以受侮辱，自由可以完全被剥夺，财产可以任意宰割，都不是'非法行为'了。无论什么书报，只须贴上'反动刊物'的字样，都在禁止之列，都

---

① ［美］阿尔蒙德：《当代比较政治》，龚文库译，台北：风云出版社1992年版，第76—77页。
② 孙正甲：《政治文化》，哈尔滨：北方文艺出版社1992年版，第21—22页。
③ 罗隆基：《中国的共产》，《新月》第3卷第10期，1930年12月。
④ 罗隆基：《告压迫言论自由者》，《新月》第2卷第6、7号，1929年9月。

不算侵害自由了。无论什么学校,外国人办的只须贴上'文化侵略'字样,中国人办的只须贴上'学阀'、'反动势力'等等字样,也就都可以封禁没收,都不算非法侵害了。"① "新月派"作家的激烈言论引起了执政当局的不满,他们通过教育部发布训令,指责胡适误解党义,并加以严正警告。"新月派"文人和国民党政府的矛盾进一步加剧,国民党上海市党部斥责《新月》"诋毁本党,肆行反动",查禁《新月》2卷6、7期合刊。不久,《新月》杂志第3卷第8期也遭到查禁,新月书店北平分店也被检查,部分店员被捕。不仅如此,国民党政府还把梁实秋等人创办的《自由评论》扣留。梁实秋对此提出了严重抗议:"我们立在国民的立场,根据法律所赋予我们的言论出版自由的权利,怀着善意批评政治,研究学问,发表文艺,为什么硬给我们一个'反动'的罪名?假如我们的刊物有干违法纪的地方,为什么不给我们以公开的审判?为什么不给我们以辩护的机会?"②

1930年6月1日,国民党政府组织一大批政客、军官、特务、御用文人等,成立了"六一社",鼓吹所谓"民族主义文艺运动",并在许多刊物上同时刊发《民族主义文艺运动宣言》,试图让"民族主义"成为国民党文艺的中心意识,从而抵制阶级斗争学说和左翼文艺。但是,"民族主义"仅仅是执政当局借以利用的旗帜而已。傅彦长说:"以民族意识为中心思想的文艺运动,在现代中国是最为需要的,思想不问其浅薄深奥,只要是可以利用的就是好的。我们中国人现在所需要的思想,只不过是可以利用的民族意识"③ 这句话佐证了"民族主义文艺运动"的根本性质。当时,除了左翼作家对民族主义文艺运动提出批评之外,许多自由主义作家也反对民族主义文艺运动。其中,胡秋原发表了《阿狗文艺论——民族文艺理论之谬误》《艺术非至下》《钱杏邨理论之清算与民族主义文学理论之批评》等等文章。胡秋原提出了"文艺自由论",主要是针对"民族主义文学家"

---

① 胡适:《人权与约法》,《新月》第2卷第2号,1929年5月。
② 梁实秋:《编后记》,《自由评论》第37期,1930年4月。
③ 傅彦长:《以民族意识为中心的文艺运动》,《前锋月刊》第2期,1930年12月。

们叫嚣着要以统治当局的"中心意识"来统一文学的论调的。由此可见，民族主义文学不但受到左翼作家的共同反对，也受到自由主义作家的严厉批判，几乎丧失了现实基础。毫无疑问，胡秋原对民族主义文艺运动的直接批评，也带有"亚政治文化"的鲜明特征。

可以看出，许多自由主义作家对国民党政府的专制独裁也是不满的。此时，他们理应和左翼作家实现联合，共同抵制执政当局的倒行逆施。但是，由于双方缺乏相互沟通，彼此之间存在着误会，这种合作最终都没有实现。比如，胡秋原在批评民族主义文学之时，也指责了左翼文学存在着缺陷："艺术虽然不是至上，然而也决不是至下的东西。将艺术堕落到一种政治的留声机，那是艺术的叛徒。艺术家虽然不是神圣，然而也绝不是叭儿狗。以不三不四的理论，来强奸文学，是对于艺术尊严不可恕的冒渎。"① 事实上，胡秋原提出"文艺自由"并非是针对左翼的，仅仅是在客观上造成了一种"误伤"。后来，胡秋原做了自我辩解："无论'自由人'也好，'第三种人'也好，对于左翼敬而远之者，至少大多数决非存心攻击。""也许，我这话过火一点也未尝不知，但不要忘记我是在反对民族文艺时所说的话。""对于真正的革命家思想家，我从来就尊敬，对于整个普罗文学运动也只有无限同情。""也从来就没有反对普罗文学运动。""中国左翼文坛是一天一天向比较正确的路线上走，我也是承认的。"② 但是，胡秋原的"文艺自由论"引起了左翼作家的激烈反对，双方为此展开了针锋相对的话语论争。

左翼作家和自由主义作家在论争过程中，对作家政治立场的定性，经常会影响到论争进程，甚至决定着最后结果。例如，左翼作家和"第三种人"之间的文学论争，其中的核心问题，依然是文艺与政治的关系、革命作家对小资产阶级作家的态度问题。从本质上来讲，这仍然是1928年"革命文学"论争的重新演绎。左翼作家在批评"第三种人"之时，

---

① 胡秋原：《阿狗文艺论——民族文艺理论之谬误》，《文化评论》创刊号，1931年12月25日。

② 胡秋原：《浪费的论争》，《现代》第2卷第2期，1932年12月。

也带有一种绝对化倾向。此时，他们也是以二元对立思维方式来评价"第三种人"。瞿秋白在《文艺的自由和文学家的不自由》一文中说："每一个文学家，不论他们是有意的，无意的，不论他是在动笔，或者是沉默着，他始终是某一个阶级的意识形态的代表。在这天罗地网的阶级社会里，你逃不到什么地方去，也就做不成什么'第三种人'。"① 当时，胡秋原也支持苏汶的主张。他说："所谓'第三种人'，原指所谓'作者之群'，然而这名称马上变为用以指那既非南京的'民族文学家'，又非普罗作家的'中间群'之称了……我们应该承认，这一种'第三种人'是存在的。"② 起初，鲁迅、茅盾等人并没有加入论争，直到后来才阐述了自己看法。鲁迅在《论"第三种人"》《又论"第三种人"》中都否定"第三种人"存在的可能性，这应该也是一种极端化思维方式。因此，冯雪峰说："我们不能不否认我们——左翼批评家往往犯着机械论的（理论上）和左倾宗派主义的（策略上）错误。"③ 茅盾也说："通过与'第三种人'的这场论争，也暴露了左翼文艺批评界的贫弱，和引来了作家对批评家的意见。"④ 实际上，"自由人"、"第三种人"并不反对文学的政治目的，他们与左翼作家从政治角度看问题的思路具有一致性，但根本分歧是在于政治策略不同，而不同策略背后的深层次原因，还是一种政治立场的差异。正是在这一意义上，我们说，鲁迅等左翼作家在批评"自由人"、"第三种人"之时，也存在着错位现象。

---

① 易嘉（瞿秋白）：《文艺的自由和文学家的不自由》，《现代》第1卷第6期，1932年10月。
② 胡秋原：《论"第三种人"》，《救国时报》1936年3月20日。
③ 冯雪峰：《关于"第三种人"的倾向与理论》，《现代》第2卷第3期，1933年1月。
④ 茅盾：《我走过的道路》（中），北京：人民文学出版社1984年版，第143页。

第六章

都市语境与"上海鲁迅"的形象建构

上海在鲁迅后期生命历程中简直就是一个宿命。可以说,鲁迅后期的生命存在与文学成就,离开了上海这一都市文化语境,是无法有效进行和完成的。作为中国现代化程度最高的大都市,虽然上海存在着很多丑陋和畸形的社会性因素,但也有作为"自由撰稿人"的浓厚文化氛围,有发达的现代出版业,有保障人身安全的"都市壕堑",这是中国其他地方所不能代替的。然而经过了短时期兴奋之后,鲁迅逐渐开始"嫌恶"上海起来。鲁迅说:"海上'文摊'之状极奇,我生五十余年矣,如此怪像,实是第一次看见,倘使自己不是中国人,倒也有趣,这真是所谓Grotesque,眼福不浅也,但现在则颇不舒服,如身穿一件未曾晒干之小衫,说是苦痛,并不然,然[不]说是没有什么,又并不然也。"① 在这里,鲁迅用"穿一件未曾晒干之小衫"的形象比喻,来表达对上海这座城市的复杂心情,的确是意味深长的。"去留两难"的矛盾心境是鲁迅对上海的切实感受。无论如何,鲁迅终于没有离开这个"魔幻之都"。在上海这一都市文化场域之中,鲁迅以杂文为斗争武器,借助租界这一特殊空间,和中国各种政治势力和文化集团进行了直接交锋,并取得了很大成就。正是在和"他者"进行对话过程中,鲁迅形象的多维建构这一论题才得以完成。因此,上海和鲁迅后期生命之间已经建立了一种深度关联,二者在相互阐释过程中得到增值。基于此,笔者提出了"上海鲁迅"这一概念,意在表明"城与人"之间不仅是一种简单的选择关系,而且也是可以相互生成的。在"上海鲁迅"这一形象建构过程中,体现了革

---

① 鲁迅:《致郑振铎》,《鲁迅全集》第12卷,北京:人民文学出版社2005年版,第507—508页。

命性和对话性的显著特征。

第一节 都市空间与鲁迅的职业选择

一 作为"自由撰稿人"的鲁迅

1927年10月3日,鲁迅携许广平到达上海。查《鲁迅日记》记载:"午后抵上海,寓共和旅馆。下午同许广平往北新书局访李小峰,蔡漱六,谏邀三弟,晚到,往陶乐春夜餐。夜过北新店取书及期刊等数种。玉堂、伏园、春台来访,谈至夜分。"① 当时,鲁迅选择上海作为寓居之地,主要原因在于:"上海的书局和期刊报纸众多,稿酬制度完备,文化市场成熟,是先后作为政治中心的北京(北平)和南京所不能相比的,当时几乎唯有上海具备了职业作家出现并赖以生存和发展的条件,鲁迅1927年到上海选择'作游民而创作'的原因也在这里。"② 比如,商务印书馆、世界书局、中华书局、良友图书公司、北新书局、开明书店、文化生活出版社、群众图书公司、泰东书局等出版机构,都在上海。以商务印书馆为例,在其成立后将近30年时间里,所有出版物大约只有5700种,13320册,而从1927—1936的十年间就约达9654种,18003册,后十年比前三十年的总和还要多近一倍。除此之外,上海还是各种文化人的聚集之地,文化氛围较为浓厚。1927年前后,各地文化人纷纷来到上海,形成了一股迁徙热潮。这样,上海迅速成为中国现代思想文化的重镇。许多现代知识分子群聚上海,必将深刻影响这个东方大都会的政治文化生态。

鲁迅来到上海之后,决定不再从事教授职业,而想成为一名"自由撰稿人"。1927年11月18日,鲁迅在致翟永坤的信中说:"我近半年来,教书的趣味,全没有了,所以对于一切学校的聘请,全都推却。只因万

---

① 鲁迅:《鲁迅日记》,《鲁迅全集》第16卷,北京:人民文学出版社2005年版,第39页。
② 陈方竞:《鲁迅与1930年代的左翼文学批评》,《齐鲁学刊》2007年第4期。

不得已,在一个学校里担任了一点钟,但还想辞掉他。"① "我先到上海,无非想寻一点饭,但政、教两界,我想不涉足,因为实在外行,莫名其妙。也许翻译一点东西卖卖罢。"② "我在上海,大抵译书,间或作文;毫不教书,我很想脱离教书生活。心也静不下,上海的情形,比北京复杂得多,攻击法也不同,须一一对付,真是糟极了。"③ 实际上,鲁迅对上海的感情是很复杂的。

> 我到上海已十多天,因为熟人太多,一直静不下,几乎日日喝酒,看电影。我想,再过一星期,大约总可以闲空一点。倘若这样下去,是不好的,书也不看,文章也不做。这里的情形,我觉得比广州有趣一点,因为各式的人物较多,刊物也有各种,不像广州那么单调。我初到时,报上便造谣言,说我要开书店了,因为上海人惯于用商人眼光看人。也有来请我去教国文的,但我没有答应。④

可以看出,初来乍到的新鲜感和兴奋感还没有完全消退,鲁迅已经产生了一种焦虑心情,很担心在这个"魔幻之都"中迷失自我。

20世纪20年代后期,上海出版业的商业化倾向严重。不久,鲁迅就开始感到身心交瘁,疲于应付,甚至日益讨厌上海了。他说:"我现在真做不出文章来,对于现在该说的话,好像先前都已说过了。近来只是应酬,有些是为了卖钱,想能登,又得为编者设想,所以往往吞吞吐吐。但终于多被抽掉,呜呼哀哉。"⑤ "以译书维持生计,现在是不可能的事。上海秽区,千奇百怪,译者作者,往往为商贾所诳,除非你也是流氓。加以战争及经济关系,书业也颇凋零,故译著者并蒙影响。预定译本,成后收受,现已无此种地方,即有亦不可靠。我因经验,与书坊交涉,

---

① 鲁迅:《致翟永坤》,《鲁迅全集》第12卷,北京:人民文学出版社2005年版,第89页。
② 同上书,第67页。
③ 鲁迅:《致台静农》,《鲁迅全集》第12卷,北京:人民文学出版社2005年版,第104页。
④ 鲁迅:《致廖立峨》,《鲁迅全集》第12卷,北京:人民文学出版社2005年版,第81页。
⑤ 鲁迅:《致曹聚仁》,《鲁迅全集》第12卷,北京:人民文学出版社2005年版,第401页。

有时用律师或合同，然仍不可靠也。"① "我自到上海以来，虽有几种报上说我'要开书店'，或'游了杭州'。其实我是书店也没有开，杭州也没有去，不过仍旧躲在楼上译一点书。因为我不会拉车，也没有学制无烟火药，所以只好这样用笔来混饭吃。因为这样在混饭吃，于是忽被推为'前驱'，忽被挤为'落伍'，那还可以说是自作自受，管他娘的去。"② 可以看出，许多"不如意"已经在鲁迅心中慢慢升腾，并逐渐把这个"20世纪中国最忧郁的灵魂"推向一种尴尬之境。

从1927年12月到1931年12月，在蔡元培先生的推荐之下，鲁迅受聘为国民政府大学院的特约撰述员，月薪300元，这有效保障了鲁迅在上海前期的日常生活。后来，在蒋介石的强力干涉之下，鲁迅的特约撰述员被撤销。1932年3月2日，鲁迅在给许寿裳的信中说："被裁之事，先已得教部通知。蔡先生如是为之设法，实深感激。惟数年以来，绝无成绩，所辑书籍，迄未印行，近方图自印《嵇康集》，清本略就，而又突陷兵火之内，存佚盖不可知。教部付之淘汰之列，固非不当，受命之日，没齿无怨。现北新书局尚能付少许版税，足以维持，希释念为幸。"③ 之后，鲁迅只得完全依靠稿费、版税等收入维持生活。当时，稿酬主要有三种形式：1. 稿费，又称"润笔之资"、"润笔费"；2. 版税，又称为"提成费"、"版费"；3. 买断版权，又称为"作价购稿"。20世纪30年代前后，鲁迅文章的一般稿费是千字3元，有时也能达到5元或6元。比如，黎烈文在主编《申报·自由谈》之时，对"海外印象和富有幽默性的短论和纯文艺作品"，稿费标准是千字2元至5元。但黎烈文给鲁迅的稿酬是优厚的。1933年1月，鲁迅的《逃的辩护》和《观斗》在《自由谈》上发表，都是千字文。1933年2月8日，鲁迅收到《自由谈》稿费

---

① 鲁迅：《致李秉中》，《鲁迅全集》第12卷，北京：人民文学出版社2005年版，第239—240页。
② 鲁迅：《在上海的鲁迅启事》，《鲁迅全集》第4卷，北京：人民文学出版社2005年版，第76页。
③ 鲁迅：《致许寿裳》，《鲁迅全集》第12卷，北京：人民文学出版社2005年版，第287—288页。

12元。同年2月，鲁迅在《自由谈》上发表千字文8篇，3月8日收到稿费48元。3月发表11篇，4月7日收到稿费66元。6月发表7篇，7月6日收到稿费42元。《自由谈》是每月结算稿费，下月初寄给作者。由此推算，鲁迅文章是千字6元。据陈明远统计，鲁迅在上海期间，总收入共计78000多元，平均每月收入723.87元。① 但是，鲁迅有时依然感觉经济压力很大。1929年8月，由于北新书局老板李小峰拖欠鲁迅版税和编辑费，差一点对簿公堂。后来，在郁达夫等人的共同调解下，双方才同意和解。鲁迅既不靠官，也不靠商，成为一名"自由撰稿人"，这是鲁迅向往的一种生活方式。

但是，在上海时期，鲁迅仅仅创作了《理水》《采薇》《出关》《非攻》《起死》等短篇小说，其他大部分为杂文。鲁迅说："我到上海后，即做不出小说来，而上海这地方，真也不能叫人和他亲热。"② 许多人就认为，鲁迅的文学创作能力呈现衰退趋势，甚至还出现了"鲁迅不做事"的荒唐说法。针对这一不实论调，鲁迅说："今天我自己查勘了一下：我从在《新青年》上写《随感录》起，到写这集子里的最末一篇止，共历十八年，单是杂感，约有八十万字。后九年中的所写，比前几年多两倍；而这后九年中，近三年所写的字数，等于前六年，那么，所谓'现在不大写文章'，其实也并非确切的核算。"③ 这里，鲁迅之所以被认为"现在不大写文章"，主要因为他们觉得杂文不属于文学创作，至多是一种文学副产品。然而，鲁迅却说：

> 其实"杂文"也不是现在的新货色，是"古已有之"的，凡有文章，倘若分类，都有类可归，如果编年，那就只按作成的年月，不管文体，各种都夹在一处，于是成了"杂"。……况且现在是多么

---

① 陈明远：《文化人的经济生活》，上海：文汇出版社2005年版，第203页。

② 鲁迅：《致萧军、萧红》，《鲁迅全集》第13卷，北京：人民文学出版社2005年版，第279页。

③ 鲁迅：《且介亭杂文二集·后记》，《鲁迅全集》第6卷，北京：人民文学出版社2005年版，第466页。

迫切的时候，作者的任务，是在对于有害的事物，立刻给以反响或抗争，是感应的神经，是攻守的手足。①

在鲁迅心目中，杂文绝不是文字的边角余料，它本来就是文学园地的重要组成部分，甚至关乎于当代中国文化的健康发展。毫无疑问，如果从"大文学史"的视角来审视杂文这种特殊文体，其在文学百花园中也具有非常重要的地位。后来，杂文成为鲁迅挑战现存制度、捍卫社会权利的一种主要方式。

今天，我们所说的作为"自由撰稿人"的鲁迅，在很大程度上是指鲁迅在杂文创作领域的巨大成就。1927年10月之后，鲁迅的《伪自由书》《准风月谈》《花边文学》《且介亭杂文》《且介亭杂文二集》《且介亭杂文末编》《集外集》《集外集拾遗》《集外集拾遗末编》等杂文集问世。此前，鲁迅对杂文创作还有一点自嘲自谦的意味。后来，鲁迅创作杂文的自觉意识逐渐增强，并且开始出现了少有自信。他说：

> 然而要做这样的东西的时候，恐怕也还要做这样的东西，我以为如果艺术之宫里有这么麻烦的禁令，倒不如不进去；还是站在沙漠上，看看飞沙走石，乐则大笑，悲则大叫，愤则大骂，即使被沙砾打得遍身粗糙，头破血流，而时时抚摩自己的凝血，觉得若有花纹，也未必不及跟着中国的文士们去陪莎士比亚吃黄油面包之有趣。……但是我并不惧惮这些，也不想遮盖这些，而且实在有些爱他们了，因为这是我辗转而生活于风沙中的瘢痕。凡有自己也觉得在风沙中辗转而生活着的，会知道这意思。②

---

① 鲁迅：《且介亭杂文·序言》，《鲁迅全集》第6卷，北京：人民文学出版社2005年版，第3页。
② 鲁迅：《华盖集·题记》，《鲁迅全集》第3卷，北京：人民文学出版社2005年版，第4—5页。

二 租界文化与鲁迅的电影生活体验

鲁迅之所以选择上海,还有一个重要原因,即上海拥有大面积的外国租界。众所周知,中国租界形成于鸦片战争之后,主要分布于上海、天津、汉口、广州等主要城市,是中国半殖民地化的直接表征。费成康说:

> 租界是19世纪中期至20世纪中期帝国主义列强在中国等国的通商口岸开辟、经营的居留、贸易区域。其特点是外人侵夺了当地的行政管理权及其他一些国家主权,并主要由外国领事或侨民组织的工部局之类的市政机构来行使这些权力,从而使这些地区成为不受本国政府行政管理的国中之国。①

其中,上海租界在中国出现时间最早,面积最大。在一定意义上,上海是一个因租界而繁荣的大都市。有学者指出,"研究近代上海是研究中国的一把钥匙;研究租界,又是解剖近代上海的一把钥匙"②。"近百年的上海,乃是城外的历史,而不是城内的历史,真是附庸蔚为大国,一部租界史,就把上海变成了租界的城市。"③ 在上海期间,鲁迅的活动区域主要在租界范围之内。租界对于上海时期的鲁迅具有特殊意义,也是建构鲁迅形象的一个重要视角。

1842年8月,清政府在鸦片战争中失败,被迫签署了丧权辱国的《南京条约》。条约第二条规定:"自今以后大皇帝恩准英国人民带同所属家眷寄居大清沿海之广州、福州、厦门、宁波、上海等五处港口贸易通商无碍,且大英君主派设领事管事等官住该五处城邑,专理商贾事宜,与各地方官公文往来,令英人按照下条开叙之例,清楚交纳货税钞饷等

---

① 费成康:《中国租界史》,上海:上海社会科学院出版社1991年版,第384页。
② 陈旭麓:《陈旭麓学术文存》,上海:上海人民出版社1990年版,第713页。
③ 曹聚仁:《上海春秋》,上海:上海人民出版社1996年版,第9页。

费。"1843年，上海正式开埠。1845年11月，中英两国签署《土地章程》，决定"将洋泾浜以北，李家场以南之地，准租与英国商人，以为建造房舍及居留之用"。后来，美国、法国、日本等国也模仿此例，划定了各自的租界范围。毫无疑问，租界是清政府丧权辱国的现实明证，也是中华民族历史记忆中的永远伤痛。自此之后，租界成为西方列强侵略中国的桥头堡。但是，我们也必须意识到，租界在中国近代化过程中具有一种特殊意义。当时，上海租界是中国面积最大、侨民最多、经济最发达、政治地位最高的地区。

  就在这个城市，中国第一次接受和汲取了19世纪欧洲的制外法权、炮舰外交、外国租界和侵略精神的经验教训。就在这个城市，胜于任何其他地方，理性的、重视法规的、科学的、工业发达的、效率高的、扩张正义的西方和因袭传统的、全凭直觉的、人文主义的、以农业为主的、效率低的、闭关自守的中国——两种文明走到一起了。两者接触的结果和中国的反应，首先在中国开始出现，现代中国就在这里诞生。①

  经过近八十年时间的经济发展，到20世纪30年代前后，上海已经成为全国的文化、经济中心，也是远东第一大城市。在上海租界，标志着西方霸权的建筑主要有："银行和办公大楼、饭店、教堂、俱乐部、电影院、咖啡馆、餐馆、豪华公寓及跑马场，他们不仅在地理上是一种标志，而且也是西方文明的具体象征，象征着几乎一个世纪的中西接触所留下的印记和变化。"②

  20世纪30年代中期，上海租界的繁荣程度达到了一种巅峰状态。据初步统计，"1936年，上海公共租界人口已超过218万，法租界人口则接

---

① ［美］罗兹·墨菲：《上海：现代中国的钥匙》，上海社会科学院历史研究所编译，上海：上海人民出版社1987年版，第4—5页。
② ［美］李欧梵：《上海摩登：一种新都市文化在中国（1930—1945）》，毛尖译，北京：北京大学出版社2001年版，第6页。

近50万。1933年，上海工业资本总额占全国40%，工人占43%，总产值占50%。到抗日战争前，除东北三省外，外国资本对华进出口贸易和商业总额有81.2%集中在上海，银行投资的79.2%、工业投资的67.1%、房地产投资的76.8%均集中在上海。1936年上海直接对外贸易总值占全国外贸总值的55.56%。1936年，上海对全国各通商口岸贸易总值9万亿元，占全国的75.2%。1936年，上海有华资银行58家，占全国总数的35%"[1]。由此可见，在中国近代化发展过程中，上海占据着一种重要地位，是其他地区都不能比拟的。

毋庸讳言，上海的现代化和租界之间具有密切联系。长期以来，由于受到意识形态因素的影响，上海被称为"罪恶的渊薮"、"造在地狱上的天堂"、"销金之窟"。比如，郭沫若形容上海之时说："游闲的尸，淫嚣的肉，长的男袍，女的短袖，满目都是骷髅，满街都是灵柩，乱闯，乱走。"[2] 周作人说："上海滩本就是一片洋人的殖民地，那里的文化是买办流氓与妓女的文化，压根儿没有一点理性与风致。"[3] 可以看出，许多作家站在"乡土中国"的评价立场，对上海的商业性、殖民性以及肉欲化极为不满。不可否认，租界是西方列强侵略中国的直接产物。但是，我们也要特别强调的一个历史事实是，上海租界之中并不全部都是外国人，而是呈现了华洋杂居的基本格局。东西方文化得到融合之后，"租界文化"也应运而生。

20世纪30年代，海派文化、左翼文化、租界文化等多种文化形态相互交织，共同构成了混合杂糅的"上海文化"。李永东在《"租界文化"概念的文学史意义》一文中，对"租界文化"的基本内涵进行了详细阐释。他说：

> 租界文化是指19世纪40年代中期以来，随着上海、天津、武汉

---

[1] 李永东：《租界文化与30年代文学》，上海：上海三联书店2006年版，第18页。
[2] 郭沫若：《上海印象》，《郭沫若全集》（文学编）第1卷，北京：人民文学出版社1982年版，第162页。
[3] 周作人：《上海气》，《语丝》第112期，1927年1月1日。

等地外国租界的相继开辟,在以上海租界为主的租界区域逐渐形成的殖民性、商业性、现代化、都市化、市民化的中西杂糅的文化形态,是与中国传统文化、海派文化、都市文化既有着一定联系,又有着明显区别的一种新型文化,其本质和特征体现在与租界现象相联系的独特的市政制度、文化体制、城市空间、市民体验和审美风尚等多个文化层面。①

因此,租界文化除了殖民性、自治性、混合性等特征之外,还掺杂了其他文化因子。从实质上来讲,租界文化是一种移民文化。罗兹·墨菲在《上海——现代中国的钥匙》一书中说:

> 没有多少人,不管中国人还是外国人,抱着长期在此居住的希望来到上海。他们多半在几年内发财致富,然后离开。
>
> 对洋人来说,上海是化外之地,不受他们本国文化知识的影响和管辖,每个人各行其是,或者很快与当地的恶习同流合污,一点也不感到内疚。在上海,道德简直毫不相干,或者毫无意义,这是连一个不速之客也都体会到的气氛……对于华人来讲,上海同样是不受限制的。那些选定来此过新生活的人,例如商人,由于上项选择而与传统中国及其所行使的维护道德的约束断绝关系。②

这些就决定了上海的租界文化不是单色调的,而具有多副面相。

在20世纪30年代的租界化上海,摩天大楼、百货公司、咖啡馆、舞厅、公园、跑马场、电影院、赌场等标志性场地随处可见。早在1908年,上海的西班牙商人安东尼奥·雷马斯由于经营电影放映盈利颇丰,随后建起了上海第一座电影院——虹口大戏院。到20世纪30年代后期,上海

---

① 李永东:《"租界文化"概念的文学史意义》,《西南大学学报》2007年第5期。
② [美]罗兹·墨菲:《上海——现代中国的钥匙》,上海社会科学院历史研究所编译,上海:上海人民出版社1987年版,第10页。

已有 30 多家大型电影院,国泰、大光明、明星、卡尔登、兰心、美琪等都是较为知名的高档影院。作为一种现代娱乐产业,电影在某种程度上引领着都市文化生活潮流,看电影成为上海部分有闲阶级和市民群体的消遣娱乐方式。根据鲁迅日记记载,从 1916 年 9 月 30 日鲁迅在北京大栅栏第一次观看影戏始,到 1936 年 10 月 10 日在上海大戏院观看最后一部电影终,大概鲁迅一生总共看过 149 部电影。在上海寓居期间,鲁迅所观电影就多达 120 多部。值得注意的是,鲁迅所观电影基本上都是外国影片,且以好莱坞电影为主,对国产电影却缺乏兴趣。据许广平后来回忆,"国产影片,在广州看过《诗人挖日记》,使他几乎不能终场而去。那时的国产片子,的确还幼稚,保持着不少文明戏作风,难以和欧美片竞争,实在也难得合意的选材。从此之后,对于国产片无论如何劝不动他的兴趣。后来《姊妹花》之类轰动一时的片子,他也绝对不肯去看了"①。从题材上来讲,鲁迅对侦探、历史、战争、科幻等诸多电影类型较为喜爱,它们主要来自美国、德国、法国等西方资本主义国家以及苏联。下面,我将对鲁迅喜爱的电影类型进行简要分析。

1. 探险纪录片。在上海时期,鲁迅非常迷恋带有冒险精神和探险性质的纪录片,像《北极探险记》《人兽奇观》《南极探险》《兽国春秋》《兽国奇观》《兽王历险记》《万兽之王》《海底探险》《兽国寻尸记》等等。鲁迅之所以喜欢这些探险纪录影片,一是他早年就富有科学探索精神。鲁迅在南京的江南水师学堂和矿路学堂学习期间,就初步接受过西方自然科学的熏陶;并且通过严复、林纾等人的翻译,接触到西方的进化论及探险小说与探案小说。之后鲁迅到日本留学,在弘文学院和仙台医专学习日文与医学之余非常留心西方科学的最新成果,如进化论的最新发展(《人之历史》)以及居里夫人发现镭元素(《说鉬》)等。鲁迅尤其喜爱将科学与文学联姻的科幻小说,其早期的文学译作《月界旅行》《地底旅行》《北极探险记》和《造人术》等都是科幻小说。二是鲁迅受到越文化传统的深刻影响,骨子里面带有浙东人的硬脾气,极具冒险精

---

① 许广平:《鲁迅先生的娱乐》,《文艺阵地》第 4 卷第 1 期,1939 年 11 月 1 日。

神，这种精神在西方文化的洗礼下又化为对静态安稳的中国文化的批判动力，这也是鲁迅喜爱探险片的一个原因。三是增长见识，开阔视野，以电影直接的感性画面增加阅历，甚至成为旅游的一种替代。1936年4月15日，鲁迅在致颜黎民的信中说："我不知道你们看不看电影；我是看的，但不看什么'获美''得宝'之类，是看关于菲洲和南北极之类的片子，因为我想自己将来未必到菲洲或南北极去，只好在影片上得到一点见识了。"① 周建人的妻子王蕴如也回忆说："鲁迅喜欢看电影，喜欢看记录片，看各地的风土人情。因为他认为这些地方不可能去游览，但可以借助电影了解那里的风光。"② 可以看出，鲁迅之所以比较喜爱探险纪录片，除以上原因外，电影能够有效弥补生命缺憾，在增添生活的乐趣与见识的同时，还能够给中国的民族性格注入动态的冒险因子。

  2. 历史故事片。20世纪30年代习惯上被人们称为"动荡的三十年代"，也是中国革命进入纵深阶段的关键时期。作为中国左翼文艺运动的精神领袖，鲁迅迫切需要了解外国革命形势及其发展状况。此时，许多外国的革命题材或历史题材电影就进入鲁迅的生活视野。"历史的片子，可以和各国史实相印证，还可以看到那一时代活的社会相，也是喜欢去看的。"③ 据初步统计，鲁迅在上海期间观看过《古城末日记》《罗宫春色》《凯瑟琳女皇》《拉斯普丁》《富人之家》《自由万岁》《倾国倾城》《十字军英雄记》《战地英魂》《土宫秘密》《铁血将军》《夏伯阳》《复仇艳遇》等电影。实际上，这些电影主要以美国和苏联为主。我们知道，鲁迅一生没有踏上过美国和苏联的土地，特别是对苏联社会主义革命，他曾是抱有殷切希望的，幻想中国革命能够借鉴苏联经验取得胜利。鲁迅通过瞿秋白、冯雪峰、曹靖华等人，虽然对苏联革命也略知部分事实，但由于中苏两国前期断交、双方信息不对称等现实原因，鲁迅在想象苏

---

① 鲁迅：《致颜黎民》，《鲁迅全集》第14卷，北京：人民文学出版社2005年版，第77页。
② 王蕴如：《回忆鲁迅在上海的片断》，参见上海鲁迅纪念馆编《回忆鲁迅在上海》，上海：上海书店出版社2017年版，第56页。
③ 许广平：《鲁迅先生的娱乐》，《文艺阵地》第4卷第1期，1939年11月1日。

联革命过程中也存在着误读。此时，鲁迅迫切希望通过电影来窥探苏联革命的真实状况。"最后看的一次《复仇艳遇》，是在他逝世的前十天去看的，最令他快意，遇到朋友就介绍，是永不能忘怀的一次，也是他最大慰藉，最深喜爱，最足纪念的临死前的快意了。"① 电影《复仇艳遇》是根据普希金小说《杜波罗夫斯基》改编而成的，由苏联列宁格勒电影制片厂在1936年出品。《复仇艳遇》可能是鲁迅一生最满意的一部影片，在逝世之前，鲁迅曾经数次劝说黎烈文、黄源等人到影院观看，可见他对此影片极为偏爱。尽管鲁迅对译名很不满意，以为是检察官所改。通过观看大量的外国历史故事片，鲁迅不但缓解了现实生活和文化斗争的压力，而且也拓宽了个人的知识视野，这是鲁迅和域外世界进行对话互动的重要途径。

3. 卡通动画片。鲁迅一生提倡"立人"学说，认为人只有首先在精神层面祛除蒙蔽，广泛接受启蒙思想教育，才有可能成为真正"大写的人"。鲁迅曾经主张利用电影来逐步提高青少年的美育思想。鲁迅在《"连环图画"辩护》中说："有一天，在一处筵席上，我随便的说：用活动电影来教学生，一定比教员的讲义好，将来恐怕要变成这样的。"② 鲁迅在接近五十岁之时，儿子周海婴才得以降生，这对于他来说无疑是非常欣慰之事。1931年，鲁迅在《答客诮》中说："无情未必真豪杰，怜子如何不丈夫。知否兴风狂啸者，回眸时看小於菟。"此诗足以说明鲁迅对周海婴的溺爱之情。在日常生活中，鲁迅不但经常给海婴购买儿童玩具、图画书籍等，还和许广平一起陪伴海婴观看卡通电影。据初步统计，自1933年12月23日鲁迅陪海婴观看第一部电影开始，到1936年10月10日观看最后一次电影为止，鲁迅和海婴到上海各大影院观影多达35次，共计看过40多部电影。比如，《米老鼠》《神猫艳语》《米老鼠大会》《可爱的小白兔》《奇怪的企鹅》《聪明的小鸡》《外国王先生》《大

---

① 许广平：《鲁迅先生的娱乐》，《文艺阵地》第4卷第1期，1939年11月1日。
② 鲁迅：《"连环图画"辩护》，《鲁迅全集》第4卷，北京：人民文学出版社2005年版，第457页。

力士》《欢天喜地》《异马》等等，都是深受鲁迅和海婴喜爱的影片。许广平也认为，"五彩卡通集及彩色片，虽然没甚意义，却也可以窥见艺术家的心灵的表现，是把人事和动物联系起来，也架空，也颇合理想，是很值得看的"①。据鲁迅日记记载，1933年12月23日，"午后同广平邀冯太太及其女儿并携海婴往光陆大戏院观儿童电影《米老鼠》及《神猫艳语》"。这里，鲁迅提到的两部电影都是美国动画片，后来风靡全世界，成为家喻户晓的经典影片。从1928年到1953年，迪士尼相继拍摄了一百多部以米老鼠为题材的动画片，而《米老鼠》是第一部。鲁迅认为，卡通动画片能够全面激发孩童们的想象力，使他们保持健康人性和真实人生，是教育儿童身心发展的很好形式，也是有效贯彻"立人"思想的重要手段之一。

必须看到，鲁迅观看电影不是为了追赶时尚潮流，而是基于缓解日常生活压力，增强感性的画面认识，也为文学创作积累素材。虽然上海时期鲁迅称不上特别富足，但日常生活水平依然居于小康之上。鲁迅平时非常节俭，然而对观影之事十分讲究。据许广平回忆，鲁迅在上海经常乘坐汽车去看电影，有时还要提前预订影院的"花楼"位置，用以确保观影过程的身心舒适。"看电影是要高高兴兴，不是去寻不痛快的，如果坐到看不清楚的远角落里，倒不如不去了。所以我们多是坐在楼上的第一排，除非人满了，是很少坐到别处去的……另外还有一个原因，就是他不愿意费许多时间去空等，普通座位，容易客满，早去竞争，他是不肯的，只得花较大的价钱坐对号位子了。"②鲁迅在与丑恶的社会现象及洋场形形色色的文人苦斗之余的闲暇时光，经常和家人朋友一起去看电影，这已经成为上海时期鲁迅的主要娱乐方式。

客观来讲，20世纪30年代外国电影源源不断涌进上海，不但极大地刺激了国产电影的迅猛发展，而且成为西方资本主义国家对华文化殖民的有效手段。具体来讲，这些外国电影除了部分具有积极意义之外，还

---

① 许广平：《鲁迅先生的娱乐》，《文艺阵地》第4卷第1期，1939年11月1日。
② 同上。

有不少是宣扬殖民思想,歪曲革命斗争的,甚至还有一些低级趣味的艳情片。"大凡一种艺术,都有一种感动力;尤其是一切艺术之总和的电影,具有更大的感化力和推动力!因为它有这种更大的感化力和推动力,所以苏俄利用它来宣传社会主义的建设,意大利利用它来宣传法西斯的政治,日本利用它来宣传军国民主义,英美各国更利用它来夸耀资本主义的锋芒。"① 鲁迅在观影之后,许多日记中间经常出现"佳"、"甚佳"、"甚拙"、"亦不佳"、"殊不佳"等不同评价。鲁迅在《略论中国人的脸》《上海文艺之一瞥》《"连环图画"辩护》《电影的教训》《未来的光荣》《小童挡驾》《现代电影与有产阶级·译者附记》等诸多杂文中,详细阐释了自己对外国电影的深度思考。鲁迅认为,电影艺术不但可以"纵观古今,横览欧亚,撷华夏之古言,取英美之新说,探其本源,明其族类,解纷挈领,粲然可观"②,而且也能够了解世界各国政治、经济、思想、文化等领域的真实状况。但是,鲁迅对外国电影又始终保持着警惕性,他清醒意识到许多外国电影蕴含着反启蒙的基本特征。鲁迅说:"近五六年来的外国电影,是先给我们看了一通洋侠客的勇敢,于是而野蛮人的陋劣,又于是而洋小姐的曲线美。但是,眼界是要大起来的,终于几条腿不够了,于是一大丛;又不够了,于是赤条条。这就是'裸体运动大写真',虽然是正正堂堂的'人体美与健康美的表现',然而又是'小童挡驾'的,他们不配看这些'美'。"③ 由此可见,鲁迅极力主张"拿来主义",严厉批判"送来主义",根本原因在于部分外国电影里具有欺骗性,是严重毒害人们思想的精神鸦片。

相比热衷于观看外国影片,鲁迅很少观看国产影片,主要是看过的几部都令鲁迅深深失望,有的没有看完终场就愤而离席回家。鲁迅在《上海文艺之一瞥》中将上海滩的文学趣味与国产电影的趣味一并论列,

---

① 时影:《民国电影》,北京:团结出版社2005年版,第25页。
② 鲁迅:《题记一篇》,《鲁迅全集》第8卷,北京:人民文学出版社2005年版,第370页。
③ 鲁迅:《"小童挡驾"》,《鲁迅全集》第5卷,北京:人民文学出版社2005年版,第469页。

以反思其共同的文化根源："现在的中国电影，还在很受着这'才子+流氓'式的影响，里面的英雄，作为'好人'的英雄，也都是油头滑脑的，和一些住惯了上海，晓得怎样'拆梢'，'揩油'，'吊膀子'的滑头少年一样。看了之后，令人觉得现在倘要做英雄，做好人，也必须是流氓。"①

值得一提的是，1933年，鲁迅和刘呐鸥围绕着电影《瑶山艳史》和《春蚕》发生了一场激烈论争。《瑶山艳史》是由刘呐鸥的朋友黄漪磋编剧兼监制，导演为杨小仲，主要演员有许曼丽、罗慕兰、孔绣云、杨静我等。《瑶山艳史》主要讲述了国民党有志青年黄云焕、黄惠瑶兄妹到西南少数民族聚居地瑶族地区从事教育开化工作。但是，朱天华却和黄云焕暗中较劲，也提出同去。几经周折后，黄云焕和朱天华被共同派往瑶山。他们在去往瑶山的途中巧遇到瑶族姑娘孟丽，并在她带领之下来到孟家。之后，在其兄孟飞引荐之下拜访了瑶王李荣宝、其女李慕仙、其子李成辉。期间，孟丽和李慕仙均爱恋善良品正的黄云焕，但黄云焕仅仅属意李慕仙。此时，朱天华非常贪图孟丽的美貌，欲对其进行非礼却被人发现，得到了应有的惩罚。由于政治时局突变，黄云焕被抓，随后被孟飞、李成辉等人救回瑶山。最后，黄惠瑶也顺利进山和哥哥团圆，并且和孟飞有情人终成眷属。1933年8月13日，《申报》运用大量图片和文字为《瑶山艳史》作广告宣传，"国产电影二十年来第一部蛮荒文化巨片，全沪影迷到新光去！"该影片在上海12家大型影院热映，竟持续播放达46天之久，受到上海电影爱好者的广泛赞誉。其中，许多电影评论家也从电影题材、拍摄技术、演员演技等不同层面，对《瑶山艳史》做出高度评价。一时之间，电影《瑶山艳史》成为上海广大市民街头热议的重要话题。

电影《春蚕》是根据著名作家茅盾的同名小说改编而成的，由程步高任导演，蔡叔声（夏衍）任编剧，王士珍摄影。该影片主要讲述了浙东地区老通宝和大儿子阿四、小儿子多多头以及四大娘等一家人齐心协

---

① 鲁迅：《上海文艺之一瞥》，《鲁迅全集》第4卷，北京：人民文学出版社2005年版，第300页。

力,日夜辛苦,为育蚕而忙碌,但由于此时西方资本主义国家向中国大量倾销商品,直接导致江南丝绸业倒闭、养蚕农民破产的故事。《春蚕》最先在上海新光大戏院公映之时,也借助广告极力宣传曰:"中国第一流小说家茅盾原著","新文坛与影坛的第一次握手"。紧接着,该影片在上海 7 家影院陆续上映,共计放映 25 天,但最后不得不草草收场。与《瑶山艳史》的热映相比,具有现实主义风格的左翼电影《春蚕》,尽管反映了中国底层民众的真实生存状况,但在都市化上海的广大市民中间却反应平淡。不久,《晨报·每日电影》专门召开了座谈会,除了程步高和夏衍之外,沈西苓、阳翰笙、叶灵凤、郑伯奇、钱杏邨等知名人士均出席座谈会。部分批评家指出,电影《春蚕》虽然存在着所配音乐和故事情节不太协调,故事缺乏戏剧化特征,农村破产的气氛不够鲜明等不足之处,但是,这部电影总体上是严肃坚实的,也是积极进步的。1933 年 10 月 10 日、11 日,钱杏邨在《晨报·每日电影》发表《再论〈春蚕〉》一文,认为《春蚕》的意义在于将电影从消遣职能转向教育职能,从个人小圈子转向"社会生活史","开辟了新文艺电影之路","开辟了新的教育电影之路","在中国电影文化运动发展史上,是一个新的光荣的记录,是一个伟大而正确的尝试"[①]。可以看出,钱杏邨全面肯定了电影《春蚕》在中国左翼电影发展史上的重要地位,是值得我们特别关注的。

当电影《瑶山艳史》和《春蚕》在上海公映之后,鲁迅和刘呐鸥围绕着两部电影表达了不同看法。刘呐鸥在《电影时报》上先后发表了《异国情调与〈瑶山艳史〉》《〈瑶山艳史〉的体裁》《从电影演技说到许曼丽——〈瑶山艳史〉女主角》三篇影评,对《瑶山艳史》称赞有加,竭力为之宣传推介。与此相对,鲁迅却公开批评《瑶山艳史》,他认为,"这部片子,主题是'开化瑶民',机键是'招驸马',令人记起《四郎探母》,以及《双阳公主追狄》这些戏本来。中国的精神文明主宰全世界的伟论,近来不大听到了,要想去开化,自然只好退到苗瑶之类的里面去,而要成这种大事业,却首先须'结亲',黄帝子孙,也和黑人一样,不能和欧亚大国的公

---

① 钱杏邨:《再论〈春蚕〉》,《晨报·每日电影》1933 年 10 月 10 日。

主结亲，所以精神文明就无法传播。这是大家可以由此明白的"①。饶有意味的是，刘呐鸥对于鲁迅支持的电影《春蚕》明确提出了批评意见，他说："艺术上的制作方针之不鲜明，也是本片失败原因之一。作品既然选用了，负责者也该任用几个比较 Savoir Fairo（社交等场所上临机应变的才能、机智。——引者注）的人把他重新改编一下；应删得删，可视化的也得可视化……""材料是散漫底横陈，毫无剧底趣味和结构。"② 可以看出，鲁迅和刘呐鸥对《瑶山艳史》《春蚕》两部电影作出不同评价，可能夹杂着某种私谊成分，但更多是他们在电影评价标准方面出现了明显分歧。实际上，刘呐鸥更多是依据"软性电影"理论来批评《春蚕》缺乏娱乐性和趣味性，夹杂着过多"意识"和"主义"，但艺术性却明显不足；而鲁迅则主要从"硬性电影"标准去审视《瑶山艳史》并没有跳出旧时代电影题材的窠臼，仅仅是充满消遣性和娱乐性的文化产品，在思想性和艺术性上远远落后于时代主潮。在那个左倾思想流行的特殊政治语境中，他们分别卷入了 20 世纪 30 年代"软性电影"和"硬性电影"的理论之争，也都坚守个人的电影评判标准，但总体而言，鲁迅肯定电影《春蚕》的左翼立场是与其五四文学的启蒙精神一致的，他所否定的《瑶山艳史》则因其是以变异形式出现的"才子佳人"团圆剧；相比之下，以表现生活快节奏与性的商品化的"现代"而著称的新感觉派作家刘呐鸥，却推崇传统变身的热销的团圆剧而令人感到奇怪。

由于电影艺术的机械复制特征以及难以表现心灵深度，鲁迅对许多经典名著改编成电影艺术是持怀疑态度的。根据周建人的妻子王蕴如回忆，"他也看一些名著改编的电影。有时候邀我们一同去看。我记得他看过歌德的《浮士德》、大仲马的《三剑客》，还看过德国神话故事《斩龙遇仙记》等"③。但是，在鲁迅看来，倘若把文学作品改编成电影，就必

---

① 鲁迅：《电影的教训》，《鲁迅全集》第 5 卷，北京：人民文学出版社 2005 年版，第 310 页。
② 刘呐鸥：《评〈春蚕〉》，《矛盾》第 2 卷第 3 期，1933 年 11 月 1 日。
③ 王蕴如：《回忆鲁迅在上海的片断》，参见上海鲁迅纪念馆编《回忆鲁迅在上海》，上海：上海书店出版社 2017 年版，第 56 页。

须忠实于原著，否则就是艺术形式转化的失败。比如，当鲁迅听说有人想把苏联作家班台莱耶夫的童话《表》改编为电影之时，就明确提出了反对意见，他说："《表》将编为电影，曾在一种日报（忘其名）上见过，且云将其做得适合中国国情。倘取其情节，而改成中国事，则我想：糟不可言！我极愿意这不成为事实。"① 1935年12月3日，鲁迅在给日本友人山本初枝的信中说："一旦变成了机器，颇觉无聊，没办法，就去看电影。但电影也没有好的，上月看了杰克·伦敦的《野性的呼声》，大吃一惊，与原著迥然不同。今后对于名著改编的电影再不敢领教了。"② 可以推测，鲁迅之所以反对把文学作品改编成电影，主要原因可能在于，小说原著和电影属于两种不同艺术形式，不论在形式媒介上还是在表现技巧上二者都相差甚远，影视很难将小说的心理深度与象征隐喻表现出来。换句话说，鲁迅以其天才的直觉，已经意识到本雅明等西哲所分析的电影艺术的机械复制与平面化特征。因此，就是对于自己的中篇小说《阿Q正传》，鲁迅同样反对对之进行改编。他说："我的意见，以为《阿Q正传》，实无改编剧本及电影的要素。因为一上演台，将只剩了滑稽，而我之作此篇，实不以滑稽或哀怜为目的，其中情景，恐中国此刻的'明星'是无法表现的。"③ 当然，由于影视艺术已经成为当代重要的艺术形式，反对的声浪也挡不住许多经典名著被改编成电影，但它们已经成为与文学文本迥然不同的电影文本。

尽管鲁迅一生在文学创作方面经常被奉为时代先锋，甚至成为许多作家争相模仿的重要对象，但是，鲁迅思想依然保留着许多传统性因素，这就使其精神世界呈现出矛盾状态。一方面，在现代化的大都市上海，鲁迅基本脱离了政、教两界，成为主要依靠稿费和版税谋生的"自由撰稿人"，用杂文和上海各类文人展开了激烈论争，被奉为中国左翼文学的精神领袖，表现出极富现代性的思想底色；另一方面，上海时期鲁迅的

---

① 鲁迅：《致孟十还》，《鲁迅全集》第13卷，北京：人民文学出版社2005年版，第442页。
② 鲁迅：《致山本初枝》，《鲁迅全集》第14卷，北京：人民文学出版社2005年版，第378页。
③ 鲁迅：《致王乔南》，《鲁迅全集》第12卷，北京：人民文学出版社2005年版，第245页。

日常生活却是十分传统的，基本保持了作为知识阶层的日常习惯。比如，鲁迅在衣食住行等方面都极为朴素，写作也使用传统的毛笔。出人意料的是，鲁迅在日常娱乐方面却偏爱好莱坞电影，对相对滞后的国产电影缺乏兴趣，这可以看出鲁迅的审美趣味又是何其现代！电影也许是鲁迅和"魔幻之都"上海握手的重要入口。不可否认，在20世纪30年代的上海，无论是在拍摄技术方面，还是在艺术技巧方面，许多国产电影都广泛借鉴过西方电影的成熟经验，但和西方电影相比依然存在着差距。著名导演张石川在《传声筒里》一文中说："据我看外国片的经验，我相信，我们中国影片不如人的地方，只是在四方面：（一）器械的不完备；（二）经济的不充裕；（三）剪接的不经济；（四）一切电影从业员不能密切合作。"① 可以看出，张石川也明显忽视了其他因素对电影发展的严重制约。尽管鲁迅曾经通过多种方式对国产电影（包括左翼电影）表示支持，但是，这并不能左右其对好莱坞电影的偏爱。不仅如此，鲁迅也没有因为好莱坞电影夹杂着文化殖民因素，就转移或者降低自己的电影审美趣味，这是很值得我们进一步思考的。

作为一种新兴的艺术门类，电影无疑给现代人展示了异样的世界和视觉无意识，有效丰富了我们观照世界的方式，是人类艺术活动中的一次重要革命。正如瓦尔特·本雅明所说："电影对现实的表现，在现代人看来就是无与伦比地富有意义的表现，因为这种表现正是通过其最强烈的机械手段，实现了现实中非机械的方面，而现代人就有权要求艺术品展现现实中的这种非机械的方面。"② 实际上，在鲁迅后期的文学创作过程中，除了有效借助各种报纸杂志上的新闻事件之外，电影也是鲁迅观照域外世界的重要窗口。值得注意的是，尽管鲁迅对许多好莱坞电影表现出偏爱的姿态，然而，他并没有对带有商品拜物教性质的电影放弃反思，和许多法兰克福学派的学者们相似，鲁迅也隐约察觉到这种凭借现代科技手段大规模复制、

---

① 张石川：《传声筒里》，《明星》1933年第1卷第1期。
② ［德］瓦尔特·本雅明：《机械复制时代的艺术作品》，王才勇译，北京：中国城市出版社2002年版，第51页。

传播文化产品的电影,正在日益成为束缚现代人意识的工具和独裁主义的帮凶,并以较从前更为巧妙有力的方式来欺骗和奴役大众。鲁迅说:"但那些影片,本非以中国人为对象而作,所以运入中国的目的,也就和制作时候的用意不同,只如将陈旧枪炮,卖给武人一样,多吸收一些金钱而已。而中国人对于这些的见解,当然也和他们的本国人两样,只看广告中借以吸引看客的句子,便分明可知,于各类影片,大抵都只见其'非常风情,浪漫,香艳(或哀艳),肉感……'了。"① 总而言之,鲁迅从不掩饰自己对外国电影的偏爱,但也明确指出了电影在给人们带来精神愉悦的同时,内部也潜藏着异化因素,是需要我们特别警惕的。正是在这个意义上,我们说鲁迅对外国电影的态度是复杂的,也是矛盾的,这也许正是鲁迅思想本质的悖论之处。

第二节 "上海鲁迅"的历史生成

一 鲁迅杂文中的"上海书写"

刘俊在《20世纪中国文学中的上海书写》一文中说:"所谓上海书写,是指以上海为表现背景,展示20世纪中国人在上海这样一个现代化大都市中的生活习俗、情感方式、价值判断和生存形态,以及书写者本身在这种书写过程中所体现出的对上海的认同、期待、回忆和想象。上海书写并不等同于上海题材的文学创作,而是在上海题材的基础上,浇筑进书写者对上海的情感态度和价值判断。而上海在上海书写中,即是一个背景,又不只是一个背景——它也是一个参与作品成立的重要角色。"② 按照刘俊对"上海书写"这一概念的基本理解,在许多杂文中,鲁迅对"抄靶子"、"吃白相饭"、"揩油"、"西崽"、"流氓相"等现象进行了详细描述,可以称为鲁迅杂文中的"上海书写"。

---

① 鲁迅:《现代电影与有产阶级·译者附记》,《鲁迅全集》第4卷,北京:人民文学出版社2005年版,第419页。

② 刘俊:《论20世纪中国文学中的上海书写》,《文学评论》2002年第3期。

在上海生活期间，鲁迅经常感觉到自己是一个局外人，总不能融入这个现代化大都市之中。对于上海部分文人，鲁迅从不掩饰自己的鄙夷之情。鲁迅说：

> 所谓上海的文学家们，也很有些可怕的，他们会因一点小利，要别人的性命。但自然是无聊的，并不可怕的居多，但却讨厌得很，恰如虱子跳蚤一样，常常会暗中咬你几个疙瘩，虽然不算大事，你总得搔一下了。这种人物，还是不和他们认识好。我最讨厌江南才子，扭扭捏捏，没有人气，不像人样。现在虽然大抵改穿洋服了，内容也并不两样。其实上海本地人倒并不坏的，只是各处坏种，多跑到上海来作恶，所以上海便成为下流之地了。①

> 上海之所谓"文人"，有些真是坏到出于意料之外，即人面狗心，恐亦不至于此，而居然摇笔作文，大发议论，不以为耻，社会上亦往往视为平常，真大怪事也。②

> 这里有一种文学家，其实就是天津之所谓青皮，他们就专用造谣、恫吓，播弄手段张网，以罗致不知底细的文学青年，给自己造地位；作品呢，却并没有。真是惟以嗡嗡营营为能事……他们自有一伙，狼狈为奸，把持着文学界，弄得乌烟瘴气。③

> 我宁可向泼剌的妓女立正，却不愿意和死样活气的文人打棚。④

---

① 鲁迅：《致萧军、萧红》，《鲁迅全集》第13卷，北京：人民文学出版社2005年版，第315—316页。
② 鲁迅：《致曹靖华》，《鲁迅全集》第13卷，北京：人民文学出版社2005年版，第462页。
③ 鲁迅：《致王冶秋》，《鲁迅全集》第14卷，北京：人民文学出版社2005年版，第148—149页。
④ 鲁迅：《"京派"和"海派"》，《鲁迅全集》第6卷，北京：人民文学出版社2005年版，第315页。

言语之间，鲁迅流露出一种对上海文人的极度讨厌之情。

1927年2月19日，鲁迅在《老调子已经唱完》的演讲中说：

> 上海是：最有权势的是一群外国人，接近他们的是一圈中国的商人和所谓读书的人，圈子外面是许多中国的苦人，就是下等奴才。将来呢，倘使还要唱着老调子，那么，上海的情状会扩大到全国，苦人会多起来。①

> 假如你在租界的路上走，有时总会遇见几个穿制服的同胞和一位异胞（也往往没有这一位），用手枪指住你，搜查全身和所拿的物件。倘是白种，是不会指住的；黄种呢，如果被指的说是日本人，就放下手枪，请他走过去；独有文明最古的黄帝子孙，可就"则不得免焉"了。这在香港，叫作"搜身"，倒也还不算很失了体统，然而上海则竟谓之"抄靶子"。抄者，搜也，靶子是该用枪打的东西，我从前年九月以来，才知道这名目的确。四万万靶子，都排在文明最古的地方，私心在侥幸的只是还没有被打着。洋大人的下属，实在给他的同胞们定了绝好的名称了。②

在上海租界之中，弱国子民横遭欺凌和侮辱，却不能够有任何反抗。"靶子"本来是该用枪打的目标，供射击者练习枪法、实弹演练之用，现在却变成了中国的"下等人"。这个被称为国际大都市的区域，却上演着"抄靶子"的活剧。整个租界几乎变成了一个打靶场，这实在是一种民族耻辱。

上海是一个世俗化程度很高的地方，不论高等华人，还是小市民阶层，无不具有一种钻营投机的心理。他们打着光明正义的幌子，却经常

---

① 鲁迅：《老调子已经唱完》，《鲁迅全集》第7卷，北京：人民文学出版社2005年版，第325页。

② 鲁迅：《"抄靶子"》，《鲁迅全集》第5卷，北京：人民文学出版社2005年版，第215页。

行个人私利。鲁迅说：

> 揩油，是说明着奴才的品行全部的。这不是"取回扣"或"取佣钱"，因为这是一种秘密；但也不是偷窃，因为在原则上，所取的实在是微乎其微。因此也不能说是"分肥"；至多，或者可以谓之"舞弊"罢。然而这又是光明正大的"舞弊"，因为所取的是豪家，富翁，阔人，洋商的东西，而且所取又不过一点点，恰如从油水汪洋的处所，揩了一下，于人无损，于揩者却有益的，并且也不失为损富济贫的正道。

> 在上海，如果同巡捕，门丁，西崽之类闲谈起来，他们大抵是憎恶洋鬼子的，他们多是爱国主义者。然而他们也像洋鬼子一样，看不起中国人，棍棒和拳头和轻蔑的眼光，专注在中国人的身上。①

"揩油"本来是一个讨便宜，沾光之类的小市民习性，是私有社会弱小者求生存的一种手段，在道德上也不高尚。但是，许多人不但不以为耻，反而自以为得意，这似乎是一种矛盾现象。鲁迅分析说："揩油的生活有福了。这手段将更加展开，这品格将变成高尚，这行为将认为正当，这将算是国民的本领，和对于帝国主义的复仇。打开天窗说亮话，其实，所谓'高等华人'也者，也何尝逃得出这模子。"② 虽然"揩油"不仅存在于上海市民中间，甚至在潜意识中，许多中国人都可能存在"揩油"情结。但是，鲁迅这里不是意在批判国民性的问题，而是专注于研究殖民地社会的变态人格。鲁迅通过观察上海普遍存在的"揩油"现象，主要意在探讨所谓"高等华人"的内在灵魂，勾画出了这些灵魂深处共有的丑恶和凶险。

---

① 鲁迅：《"揩油"》，《鲁迅全集》第5卷，北京：人民文学出版社2005年版，第269、270页。

② 同上书，第270页。

上海租界居住着许多洋人，于是就产生了各种买办、西崽。西崽本来是上海人对于那些在中国居住的西方国家侨民家中华人奴仆的称呼。后来，这个概念逐渐泛化，把买办这一群体也涵盖其中，指代那些为外国人奔走卖命的中国人。鲁迅说："新的事物，都是从外面侵入的。新的势力来到了，大多数的人们还是莫名其妙。北平还不到这样，譬如上海租界，那情形，外国人是处在中央，那外面，围着一群翻译，包探，巡捕，西崽……之类，是懂得外国话，熟悉租界章程的。这一圈之外，才是许多老百姓。"① 西崽是上海在近代化过程中的一种特殊产物。除了崇洋和势利之外，西崽也毫无特操可言，奴才相十足。在《"题未定"草（一至三）》一文中，鲁迅说：

> 西崽之可厌不在他的职业，而在他的"西崽相"。这里之所谓"相"，非说相貌，乃是"诚于中而形于外"的，包括着"形式"和"内容"而言。这"相"，是觉得洋人势力，高于群华人，自己懂洋话，近洋人，所以也高于群华人；但自己又系出黄帝，有古文明，深通华情，胜洋鬼子，所以也胜于势力高于群华人的洋人，因此也更胜于还在洋人之下的群华人。租界上的中国巡捕，也常常有这一种"相"。
>
> 倚徙华洋之间，往来主奴之界，这就是现在洋场上的"西崽相"。但又并不是骑墙，因为他是流动的，较为"圆通自在"，所以也自得其乐，除非你扫了他的兴头。②

一般来讲，"西崽"也存在着多重矛盾：自己是中国人，却为外国人办事；虽然受到殖民者剥削，但他们也剥削中国人；他们表面上为帝国主义做事，但也憎恨帝国主义侵略，说起"反帝"之类的道理也义愤激

---

① 鲁迅：《现今的新文学的概观》，《鲁迅全集》第4卷，北京：人民文学出版社2005年版，第136页。
② 鲁迅：《"题未定"草（一至三）》，《鲁迅全集》第6卷，北京：人民文学出版社2005年版，第367页。

烈，但他们毕竟是奴才。

上海是一个畸形发展的城市。许多小市民认为，"吃白相饭"在上海并不难为情的，反倒成为一种特殊职业。他们长期混迹于上海，熟悉各种世道法则。"吃白相饭"的人经常运用欺骗、威压、溜走等手段来实行坑蒙拐骗。鲁迅说：

> 第一段是欺骗。见贪人就用利诱，见孤愤的就装同情，见倒霉的则装作慷慨，但见慷慨的却又会装悲苦，结果是席卷了对手的东西。
>
> 第二段是威压。如果欺骗无效，或者被人看穿了，就脸孔一翻，化为威吓，或者说人无礼，或者诬人不端，或者赖人欠钱，或者并不说什么缘故，而这也谓之"讲道理"，结果还是席卷了对手的东西。
>
> 第三段是溜走。用了上面的一段或兼用了两段而成功了，就一溜烟走掉，再也寻不出踪迹来。失败了，也是一溜烟走掉，再也寻不出踪迹来。事情闹得大一点，则离开本埠，避过了风头再出现。①

在这不到二百字的叙述中，鲁迅条分缕析地揭出了"吃白相饭"的职业秘密。可以说，这些就是"吃白相饭"的"三部曲"，或者三种手段。所谓"吃白相饭"的人，原来就是一伙流氓。所谓"吃白相饭"，实质上就是吃流氓饭。不管他们的行为千变万化，但总逃不出欺骗、威压、溜走这三种手段。这里，鲁迅通过对上海特有的"吃白相饭"行为的详细描述，深入阐释了产生这种特殊职业的社会根源，进而挖掘了这种社会现象背后的文化——流氓文化，实在令人叹为观止。

北京和上海是鲁迅寓居时间最长的两个地方。鲁迅经常以相互比照的眼光来审视这两座城市。鲁迅说："我近来是在上海，上海与北平不

---

① 鲁迅：《"吃白相饭"》，《鲁迅全集》第5卷，北京：人民文学出版社2005年版，第218—219页。

同，在上海所感到的，在北平未必感到。""在中国做人，真非这样不成，不然就活不下去。例如倘使你讲个人主义，或者远而至于宇宙哲学，灵魂灭否，那是不要紧的。但一讲社会问题，可就要出毛病了。北平或者还好，如在上海则一讲社会问题，那就非出毛病不可，这是有验的灵药，常常有无数青年被捉去而无下落了。"① 1933年10月18日，沈从文在天津《大公报·文艺副刊》发表了《文学者的态度》，讥笑上海作家的文学创作缺乏认真严肃的态度，说这些文人大多数寄生于书店、报馆、官办的杂志，商业气十足，挑起了京海派论争。12月1日，海派文人苏汶在《现代》第4卷第2期发表《文人在上海》一文加以反驳。1934年2月3日，鲁迅在《申报·自由谈》上发表了《"京派"与"海派"》一文，阐述了对京派和海派的具体看法，参与了京海派论争。鲁迅说：

    北京是明清的帝都，上海乃各国之租界，帝都多官，租界多商，所以文人之在京者近官，没海者近商，近官者在使官得名，近商者在使商获利，而自己也赖以糊口。要而言之，不过"京派"是官的帮闲，"海派"则是商的帮忙而已。但从官得食者其情状隐，对外尚能傲然，从商得食者其情状显，到处难于掩饰，于是忘其所以者，遂据以有清浊之分。而官之鄙商，固亦中国旧习，就更使"海派"在"京派"的眼中跌落了。②

1935年5月5日，鲁迅在《太白》半月刊第2卷第4期上发表了《京派和海派》一文，又一次对"京派"和"海派"做出了深度剖析，后来成为一种经典论述，很值得我们进一步思考。

---

① 鲁迅：《今春的两种感想》，《鲁迅全集》第7卷，北京：人民文学出版社2005年版，第409页。
② 鲁迅：《"京派"与"海派"》，《鲁迅全集》第5卷，北京：人民文学出版社2005年版，第453页。

二 都市壕堑中的"文化散兵"

在上海期间，鲁迅主要是在租界（半租界）范围内活动。在国民党政府的严酷统治下，许多左翼作家深受其害。鲁迅说："上海曾大热，近已稍凉，而文禁如毛，缇骑遍地，则今昔不异，久见而惯，故旅舍或人家被捕去一少年，已不如捕去一鸡之耸人耳目矣。我亦颇麻木，绝无作品，真所谓食菽而已。"① 据许广平回忆："他在上海，躲起来，不能被允许去教书，去演讲，去和青年们接触，因此时常感到寂寞，烦躁不安。有敲门声了，他就赶紧伏在窗口看看，是不是他的客人。一面躲藏，一面希望有人来。他内心寂寞，他要和青年在一起。"② 在这一恐怖的社会氛围中，鲁迅不得不想尽办法和敌人周旋。1935 年，鲁迅编选了前期的许多杂文，名为《且介亭杂文》。"且介"是"租界"二字各取一半，点出了自己居住在"半租界"。1927 年 10 月之后，鲁迅在上海选择的三个居住地，即景云里 23 号、拉摩斯公寓、大陆新村 9 号，都属于真正租界化的地区。景云里邻近公共租界的虹口，拉摩斯公寓位于北四川路 194 号，大陆新村 9 号位于施高塔路，北四川路和施高塔路都位于公共租界越界筑路的区域，即"半租界"。后来，鲁迅曾经四次避难的容身之地——内山书店、花园庄旅馆、大江南饭店、内山完造寓所等等，也都在租界地区。"北四川路，施高脱路，窦安乐路一带是所谓'越界筑路'地段，也是日本人集中居住的地区，名义上是公共租界，实质上归日本人统治，这很少有白人巡捕，也没有印度'三道头'，当然，国民党警察也不能在这个地区巡逻。"③ 可以说，租界在鲁迅后期的生命过程中发挥了一种重要作用。

20 世纪 30 年代，鲁迅反抗专制统治的斗争策略很多，主要有"壕堑战"、"散兵战"、"持久战"、"韧战"，等等。在租界居住期间，鲁迅就

---

① 鲁迅：《致台静农》，《鲁迅全集》第 12 卷，北京：人民文学出版社 2005 年版，第 322 页。
② 许广平：《青年人与鲁迅》，《少年读物》第 10 期，1938 年 10 月 16 日。
③ 夏衍：《懒寻旧梦录》，北京：生活・读书・新知三联书店 2000 年版，第 91 页。

像战士一样挖掘壕堑保护自己。鲁迅说:"战斗当首先守住营垒,若专一冲锋,而反遭覆灭,乃无谋之勇,非真勇也。"①"对于社会的战斗,我并不挺身而出的,我不劝别人牺牲什么之类就为此。欧战的时候,最重壕堑战,战士伏在壕中,有时吸烟,也唱歌打纸牌,喝酒,也在壕内开美术展览会,但有时忽向敌人开他几枪。中国多暗箭,挺身而出的勇士容易丧命,这种战法是必要的罢。但恐怕也有时会遇到非短兵相接不可的,这时候,没有法子,就短兵相接。"② 可以说,鲁迅正是有效借助租界才得以保存性命。1932年鲁迅到北平探望母亲,当有人问到居住上海租界是否危险之时,鲁迅回答说:"租界和内地现在没有区别,帝国主义和统治阶级原是一家人,统治阶级现在很灵敏,不过现在被统治阶级也很灵敏,所以没有什么危险。"③ 这说明了鲁迅在和敌人斗争过程中是讲究斗争智慧的,而不是一种匹夫之勇。比如,鲁迅和外界通信都是通过弟弟乔峰转达的,详细住址从不对外公布。鲁迅和朋友们碰面交谈,通常也不在寓所之中,而是选择在内山书店。"要见鲁迅先生,在当时是件相当麻烦的事。因为他并没获得居住的自由,需要事先约定时间、地点,而且要找朋友陪同了去,这样不仅要打扰许多朋友,对于先生也增加了一层麻烦。"④

除此之外,在"掩护"鲁迅方面,鲁迅的日本朋友内山完造也发挥过重要作用。在上海期间,鲁迅到内山书店共计500多次,购书达1000余册。去内山书店里和友人"漫谈",几乎成为一种经常性活动。鲁迅曾经四次避居内山书店,都得到内山完造的有效掩护。1930年3月,社会上流传着国民党政府下令通缉"堕落文人"鲁迅的各种传闻。鲁迅得知这一消息之后,在内山书店避居一个月之久;1931年1月,由于柔石等"左联"作家被捕,鲁迅感到处境危险,在内山完造极力帮助之下,鲁迅

---

① 鲁迅:《致榴花社》,《鲁迅全集》第12卷,北京:人民文学出版社2005年版,第409页。
② 鲁迅:《致许广平》,《鲁迅全集》第11卷,北京:人民文学出版社2005年版,第462页。
③ 病高:《鲁迅先生访问记》,《北国月刊》第1卷第4期,1935年5月。
④ 陈白尘:《我没有见过鲁迅先生》,《联合日报晚刊》1946年10月18日。

全家人避居花园庄旅馆；1932年"一·二八事变"之后，内山安排鲁迅一家避难内山书店，并出面使被日军拘禁的周建人获释；1934年8月，由于内山书店的中国店员被捕，鲁迅又到内山完造的千爱里的家中暂避。不仅如此，1932年之后，由于国民党政府实行书报审查制度，鲁迅的许多著作不能在市场上正常出售。但是，读者在内山书店依然能够购买到鲁迅著作。在内山完造的介绍之下，鲁迅结识了许多日本友人，包括武者小路实笃、增田涉、横光利一、鹿地亘、山本初枝、铃木大拙等人。鲁迅和日本民间人士的密切交往，使鲁迅在日本国内名声大增。增田涉在《忆鲁迅》中说："鲁迅为日本人所重视，固然由于他自身的伟大，但上海内山书店的主人内山完造氏的居功确也不少。"① 关于内山完造，曹聚仁说："中日邦交那么坏，民族仇恨那么深，但我们似乎忘记了内山是日本人，他正是我们的朋友。"② 但是，这也使许多无聊文人完成了对鲁迅的"汉奸"想象。于是，鲁迅又被戴上了一顶"汉奸"帽子。

当时，化名"天一"的作者在《内山完造的秘密》中说："内山完造的手段是很巧妙的，他以'左'倾的态度来结交中国共产党及其左倾人物，一方面，可以从这些左倾人物中取得重要的情报；另一方面，借'左倾'的掩护，来进行他的间谍活动。一·二八战事发生，他更忙得厉害，成了皇军的一只最好的猎犬。施高塔路的内山书店，实际是日本外务省的一个重要的情报机关，而每个内山书店的顾客，客观上就成了内山的探伙，而我们的鲁迅翁，当然是探伙的头子了。"③ 化名"思"的作者在《鲁迅愿做汉奸》一文中说：

> 盖彼之诋毁政府，本靠之向共产党易钱，不过共产党自身且在捕捉之列，不能予彼保障，如转而做汉奸，则日本之搜罗破坏中国现政府者，其迫切固不亚于共产党，且金钱报酬更高，况乎还有保

---

① ［日］增田涉：《忆鲁迅》，《留东学报》月刊第2卷第6期，1936年12月1日。
② 曹聚仁：《听涛室人物谈》，上海：上海人民出版社1998年版，第482页。
③ 天一：《内山完造底秘密》，《社会新闻》第7卷第16期，1934年5月18日。

障。因此，鲁迅即搜集其一年来诋毁政府之文字，编为《南腔北调集》，乞其老友内山完造介绍于日本情报局，果然一说便成，鲁迅所获稿费几及万元，以视《申报·自由谈》之十洋一千，更相去几倍矣。现此书已由日本同文书局出版，凡日本书店均有出售，中国官厅格于治外法权，果然无如之何。闻鲁迅此技已售，大喜过望，已与日本书局订定密约，将此期以此等作品供给出版，乐于作汉奸矣。①

除此之外，像白羽遐的《内山书店小坐记》、新皖的《内山书店与左联》、男儿的《鲁迅文坛上的贰臣传》、甲辰生的《鲁迅卖狗皮膏药》等文章，都是如此货色。这些反共文人诬蔑鲁迅丧失了民族立场，是一个"汉奸文人"，给鲁迅带来了很大精神伤害。

面对各种恶意攻击，鲁迅不断积蓄力量，揭穿了这些无耻文人的滑稽把戏。鲁迅说：

> 我与中国新文人相周旋者十余年，颇觉得以古怪者居多，而漂聚于上海者，实尤为古怪，造谣生事，害人卖友，几乎视若当然，而最可怕的是动辄要你生命。但倘遇此辈，第一切戒愤怒，不必与之针锋相对，只须付之一笑，徐徐扑之。②

> 汉奸头衔，是早有人送过我的，大约七八年前，爱罗先珂君从中国到德国，说了些中国的黑暗，北洋军阀的黑暗。那时上海报上就有一篇文章，说是他之宣传，受之于我，而我则因为女人是日本人，所以给日本人出力云云。这些手段，千年以前，百年以前，十年以前，都是这一套。叭儿们何尝知道什么是民族主义，又何尝想到民族，只要一吠有骨头吃，便吠影吠声了。其实，假使我真做了

---

① 思：《鲁迅愿作汉奸》，《社会新闻》第 7 卷第 12 期，1934 年 5 月 6 日。
② 鲁迅：《致黎烈文》，《鲁迅全集》第 12 卷，北京：人民文学出版社 2005 年版，第 415 页。

汉奸，则它们的主子就要来握手，他们还敢开口吗？①

这些反共文人之所以编造各种谣言，恶意诋毁鲁迅，主要是想捞取各种政治资本，主要企图溢于言表。鲁迅接触的很多日本人都是底层知识分子、流浪者以及左翼人士，而不是日本军国主义的狂乱分子。种种资料表明，鲁迅不是一个狭隘的民族主义者，而是一个世界主义者。

实际上，鲁迅早年曾经留学日本，对这个东洋国家充满了复杂感情，对日本人和日本文化更是褒贬兼有。比如，鲁迅在厨川白村的《出了象牙之塔·后记》中说厨川氏"呵责他本国没有独创的文明，没有卓绝的人物，这是的确的"。但他同时又说："但总而言之，毕竟并无固有的文明和伟大的世界的人物；当两国的交情很坏的时候，我们的论者也常常于此加以嗤笑，聊快一时的人心。然而我以为惟其如此，正所以使日本能有今日，因为旧物很少，执著也就不深，时势一移，蜕变极易，在任何时候，都能适合于生存。不像幸存的古国，恃着固有而陈旧的文明，害得一切硬化，终于要走到灭亡的路，中国倘不彻底地改革，运命总还是日本长久，这是我所相信的。"② 1931 年之后，日本开始侵略中国东北，中华民族面临着亡国灭种的潜在危险。面对突如其来的重大灾难，鲁迅的抗日立场可以说是非常坚决的。第一，鲁迅先后多次公开发表了抗日宣言。1932 年 2 月 4 日，日本制造了"一·二八事变"之后仅仅几天内，鲁迅就在《上海文化界告世界书》上公开签名，名列第二，明确支持"反对日本帝国主义惨无人道的屠杀，转变帝国主义战争为世界革命的战争，打倒日本帝国、国际帝国主义的"口号。1936 年 9 月 20 日，鲁迅签署了《文艺界同人为团结御侮与言论自由宣言》，并表示"我们是文学者，因此也主张全国文学界同人应不分新旧派别，为救国抗日而联合……无论新旧左右，其为中国人则一，其不愿为亡国奴则一……我们

---

① 鲁迅：《致杨霁云》，《鲁迅全集》第 13 卷，北京：人民文学出版社 2005 年版，第 99 页。
② 鲁迅：《出了象牙之塔·后记》，《鲁迅全集》第 10 卷，北京：人民文学出版社 2005 年版，第 269 页。

不必强求抗日立场之划一，但主张抗日的力量即刻统一起来"①。第二，鲁迅创作了许多优秀的犀利性杂文，直接抨击日本帝国主义的侵略。比如，《"民族主义文学"的任务和运命》《"友邦惊诧"论》《今春的两种感想》《文章与题目》《论现在我们的文学运动》等诸多杂文，都直接或间接地对日本侵华事件提出了严肃批判。因此，鲁迅绝对不是一个"汉奸文人"，而是具有爱国情怀的知识分子作家。

鲁迅加入"左联"之后，拒绝参加飞行集会、贴标语、散发传单等等活动。许多人就指出鲁迅的革命积极性不高，是一种消极怠工的错误行为。但是，鲁迅却极力加以否认。他说：

> 我尽管攻击军阀和政府，但也要注意自己的生命啊！如果不注意，我早就被他们杀掉了。所以那些攻击我的，犯幼稚病的批评家们说，鲁迅不是真正的革命家。为什么呢，因为如果是真正的革命家，那就应当早已被杀了。而我现在还活着，还在发牢骚，说怪话。据说这就是并非真正革命家的证据，这也许是实际情形吧。②

> 血的应用，正如金钱一般，吝啬固然是不行的，浪费也大大的失算。我对于这回的牺牲者，非常觉得哀伤……至于现在似的发明了许多火器的时代，交兵就都用壕堑战。这并非吝惜生命，乃是不肯虚掷生命，因为战士的生命是宝贵的。在战士不多的地方，这生命就愈宝贵。所谓宝贵者，并非"珍藏于家"，乃是要以小本钱换得极大的利息，至少，也必须买卖相当。以血的洪流淹死一个敌人，以同胞的尸体填满一个缺陷，已经是陈腐的话了。从最新的战术的眼光看起来，这是多么大的损失。③

---

① 《鲁迅年谱》第4卷，北京：人民文学出版社1984年版，第380—381页。
② ［日］增田涉：《鲁迅传》，载鲁迅博物馆《鲁迅研究资料》2，北京：文物出版社1977年版，第367—368页。
③ 鲁迅：《空谈》，《鲁迅全集》第3卷，北京：人民文学出版社2005年版，第298页。

那末，我们穷人唯一的资本就是生命。以生命来投资，为社会做一点事，总得多赚一点利才好；以生命来做利息很小的牺牲，是不值得的。所以我从来不叫人去牺牲，但也不要再爬进象牙之塔和知识阶级里去了，我以为这是最稳当的一条路。①

1930年5月7日，时任中共中央宣传部部长的李立三在上海爵禄饭店约见鲁迅。据冯雪峰回忆，双方"谈话约四五十分钟。李立三希望鲁迅发表宣言，以拥护他的'左'倾机会主义的。鲁迅没有同意。谈话中李立三提到法国作家巴比塞，因为在这之前巴比塞发表过一篇宣言似的东西，题目好像叫《告知识阶级》。但鲁迅说中国革命是长期的、艰巨的，不同意赤膊上阵，要采取散兵战、堑壕战、持久战等战术"②。当时，冯雪峰和鲁迅都住在景云里。鲁迅回家之后说："今天我们是各人讲个人的。要我发表宣言很容易，可对中国革命有什么好处？那样我在中国就住不下去，只好到外国去当寓公。在中国我还可以能打一枪两枪。"③据倪墨炎考证，李立三很有可能是要让鲁迅发表宣传中国革命即将在"一省或几省取得胜利"的政治主张。倪墨炎的主要证据是，1930年6月1日，中共中央政治局发布了李立三起草的《新的革命高潮与一省或几省的首先胜利》的决议。④之后，很多地方就出现了工农红军攻打大城市的"左倾"错误。关于和李立三见面会谈的事情，鲁迅也曾经向三弟周建人谈及过，这在周建人的《回忆大哥鲁迅》一文中都有记述。种种资料表明，鲁迅对李立三的革命路线是不赞成的，因为这几乎就等于一种赤膊上阵，对中国革命也是极为不利的。

1932年6月5日，鲁迅在致台静农的信中说："沪上实危地，杀机甚

---

① 鲁迅：《关于知识阶级》，《鲁迅全集》第8卷，北京：人民文学出版社2005年版，第229页。

② 冯雪峰：《在北京鲁迅博物馆的谈话》，《雪峰文集》第4卷，北京：人民文学出版社1985年版，第494页。

③ 同上。

④ 倪墨炎：《鲁迅革命活动考述》，上海：上海文艺出版社1984年版，第74页。

多，商业之种类又甚多，人头亦系货色之一，贩此为活者，实繁有徒，幸存者大抵偶然耳。今年春适在火线下，目睹大戮，尤险，然竟得免，颇欲有所记叙，然而真所谓无从说起也。"① 1934年6月3日，鲁迅在致杨霁云的信中说：

> 试看社会现状，已岌岌不可终日，则叭儿们也正是岌岌不可终日的。它们那里有一点自信心，连做狗也不忠实。一有变化，它们就另换一副面目。但此时倒比现在险，它们一定非常激烈了，不过那时一定有人出而战斗，因为它们的故事，大家是明白的。何以明白，就因为得之现在的经验，所以现在的情形，对于将来并非只是损。至于费去了许多牺牲，那是无可免的，但自然愈少愈好，我的一向主张"壕堑战"，就为此。②

由于国民党政府不断制造各种恐怖氛围，才使鲁迅不得不频繁改变斗争策略，和敌人展开各种巧妙周旋，从而能够避开各方面的明枪暗箭。此时，鲁迅以杂文为有效武器，借助租界这一特殊空间，成为一名"都市壕堑中的文化散兵"。其中，鲁迅深切体验到了独战的寂寞和悲哀。但是，这个精神界战士却始终没有妥协退让，而是在痛苦流血之后，独自抚慰伤口，继续和敌人进行残酷斗争。1936年10月22日，胡愈之在鲁迅先生的葬礼上代表主席团所宣读的《哀辞》中说："鲁迅先生不单是一个伟大的作家和思想家，而且是世界劳苦大众之友，青年的导师，中国民族解放的英勇斗士。鲁迅先生一生所企图的，是人类社会自由解放，与世界和平，所教导我们的，是为和平自由而艰苦斗争。"③ "后期鲁迅激烈批评国民党专制政府，置身于世界无产阶级文化运动之一翼的中国左翼文学阵营指导地位上，坚持用文艺与世界人民，特别是被压迫民族实

---

① 鲁迅：《致台静农》，《鲁迅全集》第12卷，北京：人民文学出版社2005年版，第308页。
② 鲁迅：《致杨霁云》，《鲁迅全集》第13卷，北京：人民文学出版社2005年版，第137页。
③ 曹聚仁：《鲁迅年谱》，北京：生活·读书·新知三联书店2011年版，第165页。

现沟通,这些都不是一个单纯的民族主义者所具有的品格。"① 一言以蔽之,鲁迅不但是一位坚定的爱国主义者,而且是具有世界情怀的国际主义者,鲁迅的精神文化遗产必将惠及世界各族人民。

第三节 "上海鲁迅"的建构机制

毫无疑问,鲁迅和上海这座城市之间已经建立了一种深度关联。在"城"与"人"的对话过程中,二者相互增值。一方面,"上海为鲁迅提供了中西交融、古今杂存的现实场所,为鲁迅思考中国的现实问题提供了重要的文化参照,对鲁迅的身份转型、文化选择、都市书写和文化反抗产生了直接或间接的影响。同时,上海也把三十年代最为繁复、最为严峻的生存问题、思想、文化界涉及到的理论与现实问题,并置在这个终身致力于反抗的'精神界战士'面前,挑战了鲁迅,激发了鲁迅,也造就了鲁迅"。另一方面,"鲁迅将生命中的最后十年留给了上海,上海成为他审视文化,审视人性最易触及、最为切近的窗口,鲁迅也将自己成熟而丰富的人生体验和生命感悟夹杂在有关上海的镜像描写中,提供了一种崭新的极富创造性的城市文本,增加了上海描写的风骨和质感,使斑驳难辨物理意义上的上海具有了延展的意义。鲁迅思想的维度也因三十年代的上海而更富有锋芒,更富有痛击丑恶现实的韧性和力量,并随同乡土中国的城市化、现代化完成一名现代知识分子的过渡和转型的同构过程"②。正是在这个意义上,笔者提出了"上海鲁迅"的基本概念。在上海这一都市场域之中,左翼、自由主义文人、右翼都对鲁迅进行了形象塑造,鲁迅也成为他们竞相争夺的焦点作家。在"上海鲁迅"这一形象建构过程中,体现了"革命性"和"对话性"的显著特征。

---

① 赵京华:《破解狭隘的民族主义壁障——作为精神资源的鲁迅后期国际主义》,《探索与争鸣》2016年第7期。

② 丁颖:《都市语境与鲁迅上海创作的关联研究》,博士学位论文,2010年,吉林大学。

一 革命性

1927年10月3日，鲁迅达到上海之后，便和这个"魔化之城"结下了一段不解之缘。当时，上海是南京国民政府控制的中心地带，同时也是西方列强侵略中国的重要据点。在上海这一都市文化场域中，左翼、自由主义文人、右翼等各种势力都对鲁迅形象进行了现实塑造。在这里，鲁迅形象的建构和20世纪30年代中国革命具有密切关联，二者形成了一种同构关系，它们在相互阐释过程中得到确证。其中，革命性是上海时期鲁迅形象建构的基本特征之一。关于"革命"，陈建华说："在革命话语中，'革命'是道德力量的显示，政治立场的选择，也是正在展开的包括身心投入和热烈期待的'真理'的历史过程。在这种主体对观念或语言彻底控制、支配的欲望与幻觉中，既排除了反思自己被观念或语言所控制、所支配的可能，也排除了别人对'真理'选择甚至怀疑的可能。"① 我们知道，鲁迅不但要反抗国民党政府的专制统治，而且还要防止左翼内部射来的各种暗箭，这种内外夹击的现实困境使鲁迅感到身心交瘁。作为左翼文艺运动的精神领袖，鲁迅在很多时候是痛苦的，甚至会产生一种悲哀之情。鲁迅说："惟搏战十年，筋力伤惫，因此颇有所悟，决计自今年起，倘非素有关系之刊物，皆不加入，藉得余暇，可袖手倚壁，看大师辈打太极拳，或夭矫如撮空，或团转如摸地，静观自得，虽小品文之危机临于目睫，亦不思动矣。"② 但是，这仅仅是一种美好幻梦而已，直到最后逝世之时，鲁迅也没有能够享受到这种生活。

鲁迅来到上海不久，就成为中国各股政治势力和文人集团重点关注的作家。许多反共文人大肆制造谣言，企图让鲁迅不再发表各种"反动"言论。此时，有的诬蔑鲁迅偷拿苏联卢布，为苏联人卖命；有的攻击鲁迅是汉奸文人，投靠日本帝国主义；有的诋毁鲁迅是托派分子，信奉托

---

① 陈建华：《"革命"的现代性——中国革命话语考论》，上海：上海古籍出版社2000年版，第171页。

② 鲁迅：《致陶亢德》，《鲁迅全集》第13卷，北京：人民文学出版社2005年版，第67页。

洛茨基主义。一时之间,鲁迅成为许多反共作家口诛笔伐的重要对象。比如,鸣春说:

> 上海的文坛变成了擂台。鲁迅先生是这擂台上的霸王。鲁迅先生好像在自己房间里带了一副透视一切的望远镜,如果发现文坛上那一个的言论与行为有些瑕疵,他马上横枪跃马,打得人家落花流水。因此,鲁迅先生就不得不花去可贵的时间,而去想如何锋利的笔端,如何达到挖苦人的顶点,如何要打得人家用不得翻身。①

少离说:

> 鲁迅翁加入托派的动机,主要的却是被火一般的领袖欲所驱使着。这谁都已经知道了。托派自陈独秀、彭述之等被捕后,虽只有残灰,而因不为人所注意之故,年来已由残灰复活了。鲁迅翁由反左联而投降左联,为的是"争第一把交椅",还言之,就是被领袖欲所驱使。②

面对这些反共文人制造的各种谣言,鲁迅始终保持着一种理性态度,和他们展开巧妙周旋,有效粉碎了敌人的各种文化围剿。鲁迅说:"对于谣言,我是不会懊恼的,如果懊恼,每月就得懊恼几回,也未必活到现在了。大约这种境遇,是可以练习惯的,后来就毫不要紧。倘有谣言,自己就懊恼,那就中了造谣者的计了。"③ 这体现了鲁迅已经成为斗争经验丰富的革命战士。

除此之外,鲁迅还要防止左翼阵营内部射来的各种暗箭。因此,鲁迅不得不保持着一种"横站"姿态。实际上,鲁迅和周扬等人之间的矛

---

① 鸣春:《文坛与擂台》,《中央日报》1934年11月16日。
② 少离:《鲁迅与托派》:上海《社会新闻》第7卷第2期,1934年4月。
③ 鲁迅:《致萧军》,《鲁迅全集》第13卷,北京:人民文学出版社2005年版,第511页。

盾冲突是两种不同理念的抵牾。相对而言，鲁迅比较倾向于思想革命，周扬等人却倾向于政治革命。但是，鲁迅从来不排斥政治革命。如果离开了政治革命，思想革命也就失去了现实支撑，鲁迅对此是深有体味的。总体来讲，鲁迅是支持革命的，但同时也怀疑革命。这就使许多人认为鲁迅是一个革命的悲观主义者，完全看不到革命积极因素。

> 正因为鲁迅悉知中国现实的沉重，所以他从不轻易相信能够真正动摇中国沉重现实的力量可以简单地产生，在此意义上，鲁迅的思想确实不是单纯的乐观主义。而且，因为深深知道改变现实的不易，知晓除了依靠现有的力量对它加以培育之外别无它途，所以鲁迅思想中包含了超越幻想及作为其反面的绝望的因素，这和卑俗意义上的悲观主义完全不同。①

这也许就是鲁迅思想的矛盾性和丰富性所在。对于周扬等人的"左倾"做法，鲁迅是很反感的。在一般情况下，鲁迅还是不想撕破脸面公开他们之间的矛盾纠葛的。

> 至于我的先前受人愚弄呢，那自然；但也不是第一次了，不过在他们还未露出原形，他们做事好像还于中国有益的时候，我是出力的。这是我历来做事的主意，根柢即在总账问题。即使第一次受骗了，第二次也有被骗的可能，我还是做，因为被人偷过一次，也不能疑心世界上全是偷儿，只好仍旧打杂。②

直到"左联"后期，鲁迅对周扬等人的很多做法彻底失望之时，他才不得不选择一种决绝态度，这就是鲁迅真实的革命立场。

---

① ［日］丸山昇：《鲁迅·革命·历史：丸山昇现代中国文学论集》，王俊文译，北京：北京大学出版社2005年版，第201页。
② 鲁迅：《致萧军》，《鲁迅全集》第13卷，北京：人民文学出版社2005年版，第559页。

实际上，在上海这一都市场域中，左翼、自由主义文人、右翼等各种力量，在塑造鲁迅形象过程之中，都是把鲁迅作为一种"符号资本"来争夺的，有的想利用鲁迅捞取经济资本，有的却是想获得各种政治资本，从而享受到鲁迅带来的各种利益。尽管这种资本争夺显得较为隐蔽，但实际影响力却是巨大的。因为鲁迅对待他们的立场如何，在各种力量需要争取民心的革命条件下，直接制约着他们在中国的现实利益。一言以蔽之，上海时期鲁迅形象的建构背后具有深层意蕴。就鲁迅自身而言，他被各种利益集团争夺，不但显示了鲁迅本体具有丰富价值，而且也显示了他们在中国革命过程中的真实立场。透过鲁迅形象这一"符号中介"，折射出了20世纪30年代中国革命过程中的深层次问题。"革命"是任何社会形态更替的一种最高形式，它积聚了人类社会发展过程中的一切"崇高"和"丑陋"。各种"真善美"和"假恶丑"在革命过程中得到体现。可以说，鲁迅的意义并不仅仅在于鲁迅本身，而在于作为一种政治文化符号，鲁迅之于现代民族国家建构过程中彰显出来的中国问题。换句话说，鲁迅形象塑造中的革命性因素是值得重视的。

二 对话性

对话是日常交际活动中一种普遍现象。从本质上来讲，对话者之间就是同意和反对、肯定和补充、问和答的关系，用巴赫金的话来说，就是"纯粹的对话关系"。对话理论是俄国著名文论家巴赫金建构的理论体系。关于对话理论，笔者不作具体介绍，只想运用这种研究视角来阐释鲁迅形象的主要特征。在上海期间，鲁迅几乎没有停止和各种势力进行论争。可以说，论争是鲁迅后期生命过程中一种存在方式。竹内好说：

> 论争是鲁迅文学支撑自身的食粮。把十八年的岁月消磨在论争里的作家，即使在你中国也是不多见的。旁观者将此批评为病态，也并非不可思议。学匪、堕落文人、伪善者、反动分子、封建余孽、刻毒者、变节者、堂吉诃德、杂感家、买办、虚无主义者，这些转为奉定鲁迅而发明的数目繁多的嘲骂，其丰富多彩，和鲁迅所使用

的笔名相比毫不逊色,也暗示着论争的激烈程度和性质。他不仅攻击旧时代,也不宽恕新时代。很多嘲骂是来自他所爱的下一代青年,对此他是不肯退缨的。

他通过论争能得到些什么,或舍弃些什么呢?他倒并非在不能求得极度宁静的情况下就不工作了。论争对于鲁迅来说,大概是"生活道路上的草"吧。他因为"即使书案上吹下来的是废纸",也得为此而拼命。①

因此,鲁迅的最后十年是和论争分不开的,这也成就了鲁迅作为"精神界之战士"的独特价值。

1927年10月,鲁迅达到上海之后不久,就和后期创造社、太阳社青年作家发生了激烈论争。此时,鲁迅切实感受到了中国知识阶层的理论贫乏和思想拙劣。鲁迅说:"第四阶级文学家对于我,大家拚命攻击。但我一点不痛,以其打不着致命伤也。以中国之大,而没有一个好手段者,可悲也夫。"②"革命文学家的言论行动,我近来觉得不足道了。一切伎俩,都已用出,不过是政客和商人的杂种法术,将'口号''标语'之类,贴上了杂志而已。"③"有马克斯学识的人来为唯物史观打仗,在此刻,我是不赞成的。我只希望有切实的人,肯译几部世界上已有定评的关于唯物史观的书——至少,是一部简单浅显的,两部精密的——还要一两本反对的著作。那么,论争起来,可以省说许多话。"④鲁迅的文学观之所以新,最主要在于他对于马克思主义,不是将自己整个投入其中,也不是相反地全部拒绝,而且他的接受方式也没有陷入浅薄的折衷主义,

---

① [日]竹内好:《鲁迅》,李心峰译,杭州:浙江文艺出版社1986年版,第2—3页。
② 鲁迅:《致章廷谦》,《鲁迅全集》第12集,北京:人民文学出版社2005年版,第114页。
③ 鲁迅:《致章廷谦》,《鲁迅全集》第12集,北京:人民文学出版社2005年版,第118页。
④ 鲁迅:《文学的阶级性》,《鲁迅全集》第4集,北京:人民文学出版社2005年版,第128页。

而是成功地接受了马克思主义的本质内容。"① 当鲁迅陷入一种思想认同的危机之时,他有意识地把目光投向了域外。其中,俄国和日本就是鲁迅特别关注的重要对象。通过广泛借鉴这两个精神资源,鲁迅重新获得了一种思想支撑。

在鲁迅看来,十月革命是世界无产阶级革命史上的一个标志性事件,对中国革命应该也具有特殊意义。之后,鲁迅主动翻译和阅读了卢那察尔斯基、普列汉诺夫、高尔基、果戈理以及"同路人"作家等人的许多著作。

> 俄国文学作品对鲁迅而言,范本的价值是无疑的,还有一点,那就是参照。对照他们而发现自己的所缺。欧美的经验毕竟与我们相隔,倒是俄国,似乎更与我们相关。因此,可以说,鲁迅对俄国问题的敏感,是饥渴于精神粮食的民族的一种选择。②

通过和俄国作家的精神对话,鲁迅感到俄国革命和中国革命之间存在着相似之处。可以说,鲁迅后期的思想转向,是和俄国因素密不可分的。正是通过俄国革命这一现实样板,鲁迅看到了革命有时不仅仅都具有进步性,而且也暗藏着各种污秽和丑陋。与此同时,这也就带来另外一个现实问题——当鲁迅过分关注俄国文学的时候,而对其他资源重视不够,这也就缺少了一种有效比较。但是,在中国革命形势极为不利的现实条件之下,这也都是完全可以理解的。

除了俄国文学之外,鲁迅也对日本文学寄寓了很大希望。在鲁迅眼里,存在着两个日本:一个是法西斯主义的日本,另一个是温和的大众的日本。而后者与中国的普通民众一样,都属于被压迫阶级,面临着革命的现实任务。厨川白村、藏原惟人、片上伸、清野季吉、有岛武郎、

---

① [日]丸山昇:《鲁迅·革命·历史:丸山昇现代中国文学论集》,王俊文译,北京:北京大学出版社2005年版,第44页。
② 孙郁:《对话中的鲁迅》,《学术月刊》2014年第10期。

鹤见佑辅、升曙梦等人的经典论著，都相继进入了鲁迅的翻译视野。由于鲁迅通晓日语，甚至许多俄国文学都是从日语转译过来的。可以说，鲁迅对日本文学的利弊得失都熟悉得很。在《出了象牙之塔·后记》中，鲁迅说：

> 我译这书，也并非想揭邻人的缺失，来聊博国人的快意。中国现在并无"取乱侮亡"的雄心，我也不觉得负有刺探别国弱点的使命，所以正无须致力于此。但当我旁观他鞭责自己时，仿佛痛楚到了我的身上了，后来却又霍然，宛如服了一帖凉药。生在陈腐的古国的人们，倘不是洪福齐天，将来要得内务部的褒扬的，大抵总觉到一种肿痛，有如生着未破的疮。未尝生过疮的，生而未尝割治的，大概都不会知道；否则，就明白一割的创痛，比未割的肿痛要快活得多。这就是所谓"痛快"罢？我就是想借此先将那肿痛提醒，而后将这"痛快"分给同病的人们。①

言语之间，鲁迅对日本没有沾染陈旧文明是礼赞的，也许正因为这些原因，日本在近代化过程中才发展如此迅速。这里，鲁迅是想通过借鉴日本的现实优势，能够给中国带来些许发展经验。

不仅如此，鲁迅还与中国各种政治势力和文人集团展开相互对话。刚到上海不久，鲁迅就和后期创造社、太阳社青年作家展开了文学论争。尽管在鲁迅看来，这些青年作家对"革命文学"的实质内涵缺乏理解，甚至他们对鲁迅思想存在着误读成分。但是，通过和他们进行现实对话，鲁迅也逐渐认识到中国无产阶级革命文学面临着困境。后来，鲁迅才开始向俄国、日本等寻求真理，希望能够获得一种理论支撑。"马克思主义深深冲击中国文坛的时候，他能够自觉地将自我置身于新的文化漩涡里，且以自我解剖的意识重塑己身，确系难能可贵。他的思想的开放性和自

---

① 鲁迅：《出了象牙之塔·后记》，《鲁迅全集》第10卷，北京：人民文学出版社2005年版，第267页。

由性,在此得到了一次有趣的升华。和鲁迅同时代的文人,很少有人不断汲取新的文化营养,不断地修正自我的思路,并且将自我与新的、有生命力的文化存在联系在一起。"① 鲁迅加入"左联"之后,不但和瞿秋白、冯雪峰、胡风等人保持精神对话,而且也和"四条汉子"等人摩擦不断。在相互对话过程中,鲁迅虽然心力交瘁,但也看到了左翼阵营内部的真实境况。不仅如此,鲁迅还和右翼作家、自由主义文人等多种力量进行论战,撕开了他们的丑陋嘴脸,取得了一系列显著成就。值得注意的是,鲁迅并不是完全否定论敌的所有观点,而是运用辩证思维方法,层层剥离其中的是非曲直,给人一种以理服人的印象。孙郁说:"鲁迅不是一个独断论者,他永远在寻找着什么,他一方面直面着现象界,一方面与多样的精神群落对话。他的智慧诞生多维的交流里,也诞生于默默攀谈的静思中。"② 可以说,鲁迅思想之所以具有反常规的特点,主要源于鲁迅和多种精神群体进行对话,并在这一对话过程中实现了思想跨越,这对于鲁迅来讲是一种意外收获。

总而言之,鲁迅不但与国内各种文学力量进行话语交锋,而且还把眼光朝向域外,和许多精英人物保持着对话关系。在这一相互对话过程中,鲁迅主动汲取了各种思想资源,极大丰富了鲁迅的精神世界,使他获得了源源不断的力量支撑。今天看来,鲁迅文学之所以具有多维空间,一个重要原因在于,鲁迅不但从中国传统文化中获益良多,也从外国文化中汲取了许多精华性因素,这才使鲁迅文学充满了多种可能性。"从这个意义上说,鲁迅及其文本的价值与意义就不是一个限定的独立单位,而是一个动态的生成系统,它不断地被鉴赏者改造成各自的审美经验,这样才使鲁迅的文本具有多方面的价值和长久的艺术魅力。"③ 因此,我们说,鲁迅的思想是开放的,而不是封闭的,是动态的,而不是静态的。也正是在相互对话过程中,鲁迅成为中国各种力量争夺的焦点作家。他

---

① 孙郁:《鲁迅与胡适》,北京:现代出版社2013年版,第365页。
② 孙郁:《对话中的鲁迅》,《学术月刊》2014年第10期。
③ 王卫平:《鲁迅接受与解读的接受学阐释及重建策略——鲁迅接受史研究》,《鲁迅研究月刊》2001年第11期。

们根据不同的政治立场和文化选择,分别塑造了形形色色的鲁迅形象。也正是在鲁迅形象的建构过程中,20世纪中国革命过程中的许多问题得到彰显。正是在这一意义上,孙郁说:"鲁迅与他的时代以及后来的社会思潮,形成了一种深度的文化关系。他不仅进入文化的先验认知形式里,重要的在于,成了继孔子之后,深刻影响知识分子人格的一种精神参照。这个参照同样进入到政治层面,对各个阶层的人士都有不同程度的暗示力。鲁迅与二十世纪中国的关系,同时也是新的知识阶级产生流变的缩影。他在文学、社会学、艺术学、政党文化里,都有值得深思的内涵。或者不妨说,也是认识二十世纪中国文化与社会变革的表本性的存在。"①

---

① 孙郁:《关于民国人物》,《湖州师范学院学报》2014年第3期。

结　语

作为"治愈文学家"的鲁迅

　　2011年9月24—26日,中国鲁迅研究会和绍兴市人民政府在绍兴举办了以"鲁迅:经典与现实"为主题的国际学术研讨会。其中,日本东京大学著名学者代田智明提交了《作为治愈文学家的鲁迅》一文,正式提出"治愈文学"的概念。代田智明把鲁迅文学概括为"治愈文学"——"对陷于受挫而失意的人常常给予很大程度的治愈和鼓励","在人的内心世界矛盾地共存着两个视线:一个是对现实受不了的视线,另一个是即使如此也受得了的接受视线。这样才开始形成能对现实起作用的主体性。治愈过程是形成这种主体性的主要因素"①。2014年1月,代田智明在《鲁迅对于改革与革命的立场——终末论与同路人》一文中重新提到了"治愈文学"。他说:

　　　　鲁迅的生平轨迹表明,无论经受过怎样的失落、挫败和曲折的人,也可以拒绝那种压迫着人如果不肯否定自我进行改变,就不能在社会上活下去的强大压力。反过来说,鲁迅的人生和精神历程,能够鼓舞人们确信:即使面对强压,选择坚持贯彻自我原有的思想和伦理态度,也必定能够在社会上活下去。事实确已如此:有些横遭社会挤压、陷入自我嫌恶的人,正是依靠阅读鲁迅的著作得到了许多勉励和勇气,顶住了各种压力,看到了重生复活的可能性。鲁迅作品作为治愈文学的秘密,也许就在这里。②

---

①　王晓初、赵京华:《鲁迅研究的世纪反思与突破》,《鲁迅研究月刊》2012年第7期。
②　[日]代田智明:《鲁迅对于改革与革命的立场——终末论与同路人》,《东岳论丛》2014年第1期。

结语　作为"治愈文学家"的鲁迅

一言以蔽之，所谓"治愈文学"主要是指鲁迅文学具有疗救人的心理创伤，鼓励人们重新树起战胜困难的勇气的作用。

倘若按照代田智明对"治愈文学"的具体阐释，在此基础上进一步拓展"治愈文学"的内涵和外延，来审视鲁迅文学之于20世纪中国革命的现实意义，会发现作为"治愈文学家"的鲁迅应该还有其他蕴涵。早在留学日本时期，鲁迅的专业是生理医学，经过"幻灯片事件"之后，鲁迅才弃医从文，希望用文艺来唤醒国民性。"五四"时期，鲁迅就创作许多短篇小说，后来一发而不可收拾，结集为《呐喊》和《彷徨》。为了现实需要，鲁迅虽然中断了自己的医学专业，但是，这对鲁迅后来的文学创作依然产生了重要影响。史沫特莱说：

> 他说他从日本回国的时候是一个医生。然而他不久便看到，中国的疾病大半是由于贫穷所致，而大多数医生仅只花掉他们的时间去治疗富人的身心不识，穷人呢，他们是太穷，也许是过于无知，无法去延聘科学的医生。他不情愿为了个人赚钱而用毕生精力去治疗富人的小病痛。他希望出一把力，去改造祖国的基础，而他以为最好的办法莫过于做一个新思想的传播者。①

埃德加·斯诺说：

> 鲁迅早期学到的医道并未完全荒废掉，因为在他的作品中，他给中国文学施加了手术刀带来的那种新的解放的影响。像外科医生那样冷酷无情，当他一旦在对社会的剖析中发现了坏死的肌肉和毒瘤时，就用医生那干净、利索的动作，迅速地把它们剜掉。②

---

① ［美］史沫特莱：《鲁迅是一把宝剑》，孙郁、黄乔生主编《海外回响：国际友人忆鲁迅》，石家庄：河北教育出版社2000年版，第19页。
② ［美］埃德加·斯诺：《向鲁迅致敬》，孙郁、黄乔生主编《海外回响：国际友人忆鲁迅》，石家庄：河北教育出版社2000年版，第26—27页。

由此可见，医学经验深刻影响了鲁迅后期的人生选择，并使他成为疗救"病态社会"中诸多痼疾的"治愈文学家"。

实际上，鲁迅在最后十年中，不但创作了许多杂文，而且翻译了大量马克思主义理论和社会科学著作。这都绝不是什么随意之作，而是鲁迅经过慎重考虑而做出的文学选择。比如，鲁迅和后期创造社、太阳社青年作家，左翼、右翼文人，自由主义作家等各种势力进行论争之时，产生了一大批优秀杂文。这些都是针对中国社会的诸多弊病而创作的，具有引起人们警醒的重要作用。在鲁迅看来，自己的杂文理应和社会时弊同时灭亡。但是，事实却并非如此。鲁迅说：

> 所以我的应时的浅薄的文字，也应该置之不顾，一任其消灭的；但几个朋友却以为现状和那时并没有大两样，也还可以存留，给我编辑起来了。这正是我所悲哀的。我以为凡对于时弊的攻击，文字须与时弊同时灭亡，因为这正如白血轮之酿成疮疖一般，倘非自身也被排除，则当他的生命存留中，也即证明着病菌尚存。①

这里，鲁迅的主要用意在于，虽然经过了长期革命，但是许多病态性因素却依然存在，中国社会并没有发生根本性变化。从这个意义上讲，鲁迅杂文应该还存在着特殊价值，因为"病态中国"的诸多乱象严重阻碍了社会发展的历史进程，是一种消极性因素。换句话来讲，作为一种精神性资源，鲁迅杂文并没有随着时代发展而失去意义，而是永远保持着一种现实活力，很值得我们深入研究。

当然，随着社会语境的巨大变化，今天来重新审视鲁迅文学，许多观点也是可以进一步探讨的，甚至也存在着部分缺憾。客观来说，鲁迅正是凭借着这些作品成为20世纪中国的"卡里斯玛"典型。但是，鲁迅绝不是什么"神"，而是一个矛盾体，肯定也存在着很多局限性。否则，

---

① 鲁迅：《热风·题记》，《鲁迅全集》第1卷，北京：人民文学出版社2005年版，第308页。

那就不是一个真实的鲁迅、完整的鲁迅，而是神化的鲁迅、虚构的鲁迅，和鲁迅形象的本来面貌也就相差甚远。

其实，真实的鲁迅并非一个同一化的平面，而是一个蕴含着差异性的生命，在其内部，往往是伟大和平凡并存、正面和负面同在的。

对鲁迅的深刻认知应该是力求基于反思和超越的认知，鲁迅的现代应该是在被人们意识到他的思想和文学中都蕴含着某些不可回避的内在缺陷而形成的：鲁迅并非完美无缺的鲁迅，而是有着缺陷的鲁迅。鲁迅并非现代的唯一思想资源，尽管显得极为重要，但也仅是其中的一种而已。①

"'鲁迅'在中国的命运，从一个作家的命运到一个词汇的命运，再从一个词汇的命运回到一个作家的命运，其实也折射出中国的命运。中国历史的变迁和社会的动荡，可以在'鲁迅'里一叶见秋。"② 在不同历史语境中，中国各种政治力量和文化集团分别建构了形态各异的鲁迅形象。所谓"横看成岭侧成峰，远近高低各不同"的道理也就在于此。鲁迅本体具有多副面孔，中间存在着无限可能性。因此，我们对鲁迅形象的任何描述，都是建立在有限的认知视野之内的，不可能穷尽鲁迅形象的所有维度。单就 20 世纪 30 年代而言，左翼、右翼、自由主义作家等分别塑造了各自心目中的鲁迅形象，但很多却与鲁迅本体相差甚远，几乎没有现实意义可言。20 世纪 40 年代以后，鲁迅被毛泽东纳入了新民主主义革命历史观的轨道之内，这不仅提高了鲁迅在中国现代革命进程中的重要地位，而且，也证明了中国共产党执政之后的历史合法性。今天，在世俗化的社会语境之中，部分研究者认为，鲁迅遭遇到了一种寂寞，鲁迅研究和以前革命激情洋溢的年

---

① 袁盛勇：《鲁迅的沉沦——论鲁迅言与思的不一致乃至背离》，《中国现代文学研究丛刊》2014 年第 1 期。
② 余华：《十个词汇里的中国》，台北：麦田出版社 2011 年版，第 152 页。

代相比，目前也正处于一个比较冷清的状态。实际上，这是鲁迅研究的一种正常状态，而不是一种非常状态。之所以能够出现这种现象，表明了现代社会已经逐渐趋于理性化，人们开始具有了多种选择，而不是把鲁迅定于一尊。作为一个"球形发展的天才"，鲁迅文学不是封闭的，而是完全敞开的。"尽管绝对意义上的真实的鲁迅永远也不可及，但阐释者可以在阐释之路上接近，再接近些鲁迅本体。何况接近鲁迅本体的过程也是阐释者接近阐释者本体自身的过程。"① 在我们与鲁迅保持精神对话过程中，倘若运用不同视角来重新审视这些"老"问题之时，也许会得出不一样的结论。

重新回到问题的起点，我们会发现，20 世纪 30 年代中国革命和鲁迅形象建构具有一种同构关系，二者在相互阐释过程中得到增值。在上海这一都市场域之中，左翼、右翼、自由主义作家等不同势力都把鲁迅看作一种象征资本来争夺。他们或诋毁，或抬高，或联合，或利用，都试图从鲁迅身上获取现实利益。但是，鲁迅并没有保持一种沉默态度，而是以"战士"的革命姿态和他们进行了艰苦卓绝的斗争，展现了一个独立知识分子的精神魅力。长期以来，由于受到各种现实因素影响，鲁迅形象一度被污名化，严重背离了鲁迅形象的本真面目，也使鲁迅研究走向误区。但是，鲁迅文学内部蕴含着多重空间，是我们取之不竭，用之不尽的宝贵精神性资源。竹内好说："中国文学只有不把鲁迅偶像化，而是破除对鲁迅的偶像化、自己否定鲁迅的象征，那么就必然能从鲁迅自身中产生出无限的、崭新的自我。这是中国文学的命运，也是鲁迅给中国文学的教训。"② 通过阅读鲁迅文学，我们可以获取许多人生密码。正是因为这些，作为"治愈文学家"的鲁迅是值得我们进一步研究。

---

① 徐妍：《祛魅与还原：新时期以来鲁迅形象重构的逻辑演变》，《西南民族大学学报》2009 年第 6 期。

② ［日］竹内好：《鲁迅》，李心峰译，杭州：浙江文艺出版社 1986 年版，第 38—39 页。

附录一

20世纪50年代文学史著中的鲁迅形象

一

鲁迅是中国现代文学史和中国现代思想史乃至中国现代革命史上绕不过去的一个人物。一百年来，不同时代的读者对鲁迅的阐释从来没有间断过，分别建构起了各自心目中的鲁迅形象。作为现代中国社会的一个"卡里斯玛"典型，鲁迅不断地被各种政治势力所言说，成为一个特殊的文化符号。然而，鲁迅是一个非常丰富的人物，这决定了任何对鲁迅映像的描述，都可能和鲁迅本体之间存在差距。比如，"五四"时期新旧两派对鲁迅持截然不同的态度，"左联"内部在如何认识鲁迅问题上一度也存在重大分歧，甚至发生过激烈的文艺论争，这些表明认识鲁迅并非易事。直到毛泽东在《新民主主义论》中强调"鲁迅的方向，就是中华民族新文化的方向"，左翼内部关于如何认识鲁迅的分歧才得以弥合，开始比较一致地按照新民主主义的思想把鲁迅纳入新民主主义文化的逻辑框架，视之为无产阶级文学的导师和精神领袖。这既极大地提高了鲁迅在中国现代文学史和思想史上的地位，同时也为中国共产党创造自己的新文化指定了方向。

20世纪50年代，王瑶、丁易、刘绶松等人撰写的几部中国现代文学史著先后出版，代表了中国现代文学史这一学科的正式诞生。这些著作中关于鲁迅的论述，可以说是中国共产党人在获得政权后为着手在全国范围内推进新民主主义文化建设所做努力的一个重要组成部分。正是在这个意义上，汪晖说："鲁迅形象是被中国革命领袖作为这个革命的意识形态的或文化的权威而建立起来的，从基本的方面说，那以后鲁迅研究所做的一切，仅仅是完善和丰富这一新文化权威的形象，其结果是政治权威对于相应的意识形态权威的要求成为鲁迅研究的最高结论，鲁迅研究本身，不管他的研究者自觉与否，同时也就具有了某些政治意识形态的性质。"① 从这几部代表性的中国现代文学史著中，我们可以看到鲁迅的形象如何被建构，这一建构工程遵循着什么样的思想原则，又存在一些什么问题。这些问题，其实非常真切地折射出了那个时代的总体思想特点、知识分子的心理以及社会思想领域中一些现在值得深入思考的问题。

二

1949年10月1日，中华人民共和国成立，翻开了中国历史的崭新一页。对于刚刚夺取政权的中国共产党人而言，推动政治、经济、文化建设，巩固新生的人民共和国，是刻不容缓的头等大事。鉴于新的政权要在旧的历史地基上建立起来，共产党人必须面对一个不容回避的现实，即把大众的思想尽快统一到中国共产党人的历史观点上来，这是保证新中国各项建设事业顺利发展的一个重要条件。换言之，为了加强意识形态方面的引导，中国共产党亟需对为数众多的从旧时代过来的知识分子进行思想教育和思想改造，帮助他们认清新中国的前途和在新时代所要遵循的思想和行为准则。此时，历史选择了中国现代文学史，同时也再一次选择了鲁迅。

1950年5月，教育部召开全国高等学校专题会议，通过了《高等学校文法两学院各系课程草案》，对中国新文学课程的内容作出了规定。其中特别强调："运用新观点、新方法，讲述自五四时代到现在的中国新文学的发展史，着重在各阶段的文艺思想斗争和其发展状况，以及散文、诗歌、戏剧、小说等著名作家和作品的评述。"草案明确规定"中国新文学史"为大学中国语言文学系的主要课程之一。从此以后，编写高等院校的统一教材作为一项系统性工程，摆在了许多教育工作者的面前。鲁迅作为中国新文学史上的一面光辉旗帜，自然成了新文学史教材编写的重中之重。这在王瑶《中国新文学史稿》、丁易《中国现代文学史略》以

---

① 汪晖：《无地彷徨——五四及其回声》，杭州：浙江文艺出版社1994年版，第251页。

及刘绶松《中国新文学史初稿》中，可以说都得到了淋漓尽致的体现。

1953年8月，《中国新文学史稿》脱稿问世。这原是王瑶在清华大学中文系教授中国新文学史课程的讲义草稿。它继承了朱自清先生编纂新文学史的风格。全书分四编，总计60万字。《中国新文学史稿》的问世，开创了中国现代文学史研究和编纂的一个新阶段，王瑶也据此成为中国现代文学学科的重要奠基人。在这部史稿的第一编第三章《成长中的小说》中，王瑶对鲁迅的短篇小说集《呐喊》《彷徨》作出了高度评价。《呐喊》主要作于1918—1922年之间，王瑶说："正是五四的高潮期，这些也正是'文学革命的实绩'，和《狂人日记》的精神一样，充满了反封建的战斗热情。"在解读《狂人日记》《一件小事》《阿Q正传》之后，王瑶高度评价了鲁迅那极富自我批判精神的可贵之处。在论述到短篇小说集《彷徨》的时候，王瑶说：

> 当然，看见许多战友的中途变节，心境是凄凉的，《彷徨》中就不免带点感伤的色彩，热情也较《呐喊》减退了些。他自己说"技术虽然比先前好一点，思路也似乎毫无拘束，而战斗的义气却冷却不少"。这是实在的。但鲁迅是不会孤独下去的，当他默感到革命的潜力和接触到青年的热情的时候，他的战斗是极其尖锐的，这在杂文的成绩里就更可找到了说明。①

紧接着，王瑶详细地论述了鲁迅的《祝福》《离婚》《在酒楼上》《孤独者》以及《伤逝》等短篇小说的特色。这些小说真实地反映了辛亥革命前后到大革命以前这个历史阶段的时代特点，充溢着改革社会的愿望和战斗热情，而且在形式和艺术构思方面也新颖多样，逐渐形成了比较成熟的写作风格。最后，王瑶说：

> 鲁迅，从他的创作开始起，就是以战斗姿态出现的，他一面揭

---

① 王瑶：《中国新文学史稿》，上海：新文艺出版社1953年版，第84页。

发着社会丑恶的一面,一面也表现了他的改革愿望和战斗热情。在这二者的统一上,不只他作品的艺术水平高出了当时的作家,就是在思想性的强度上也远远地走在了当时的前面。当作文化革命的旗帜,三十年来多少进步的作家就是追从着他的足迹前进的。①

在第五章《收获丰富的散文》中,王瑶以《匕首和投枪》为标题,对鲁迅的《热风》《坟》《华盖集》《华盖集续编》《而已集》中的杂文做出了很高评价。在部分杂文之中,鲁迅用极为辛辣的笔调暴露和讽刺了中国社会存在的许多丑恶之处。之后,王瑶对《野草》《朝花夕拾》等散文集做了非常深入的阐释。可以说,《野草》在悲凉之中透露着非常坚韧的战斗性,许多文字用了象征和重叠的手法,凝结着异常悲愤的声音和气息。在第二编《左联十年》中,王瑶以《鲁迅领导的方向》为题,主要论述了在白色恐怖的环境之中,特别是在"左联"成立前后,各种极"左"社会思潮逐渐抬头,社会革命情势日益陷入一种极度危险的状态。而此时,鲁迅却表现出异常的冷静和理性,他紧紧地立足于中国的现实国情,以敏锐的眼光觉察出当时中国革命形势正在发生着微妙变化。事实上,鲁迅对于当时中国革命的认识深度和高度都是远远地超过一般作家的。比如,鲁迅在"左联"成立大会上作了《对于左翼作家联盟的意见》的演讲,就表现出一种极为深刻的远见卓识。之后,王瑶对鲁迅和"自由人"、"第三种人",以及围绕着"两个口号论争"进行了鞭辟入里的论析,认为鲁迅为坚决捍卫无产阶级革命文学的合理性作出了巨大牺牲。

总体而言,王瑶的《中国新文学史稿》主要是以新民主主义革命理论为指导纲领,整体结构上与新民主主义革命史保持一致。虽然本书受到特定时代学术生产体制的制约,存在许多不足,但毕竟又有属于自己的学术追求与文学史构想,既满足了时代的要求,又不是简单地执行意识形态的指令,在试图对自己充满矛盾的历史感受与文学体验进行整合

---

① 王瑶:《中国新文学史稿》,上海:新文艺出版社 1953 年版,第 87 页。

表述的过程中，尽可能体现出历史的多元复杂性。不仅如此，王瑶在本书中所引述材料极为丰富，在评价具体作家时，从"人民本位主义"的立场出发，持一种较为宽容的态度，这在当时的社会历史语境之下实在是难能可贵的。

《中国现代文学史略》是丁易在国内各大学讲授中国现代文学史的讲义提纲，后来经过进一步加工和修改，1955年由作家出版社正式出版。全书共分十二章，详细地介绍了中国现代文学发展的基本历程。其中，在论述鲁迅的部分中，丁易把鲁迅对于中国现代文学的贡献提到了无以复加的高度。比如，在第一章《五四运动与中国现代文学革命运动的兴起、发展和斗争以及鲁迅的贡献》中，他非常注重凸显鲁迅在文学革命理论建设方面的重要领导作用，介绍了以鲁迅为首的文学革命阵营和封建文学及右翼资产阶级文学的斗争情况；在第二章《以鲁迅为旗手的中国左翼作家联盟的活动及革命文学理论的进展和斗争》中，丁易以很大篇幅阐述了鲁迅在革命文学斗争方面所做出的巨大努力，特别是和买办资产阶级"新月派"、"法西斯民族主义文学"、"反动的小资产阶级的文艺自由论"、"帮闲文学论语派"以及和其他反动的文学集团之间的艰苦斗争。我们可以看出，丁易的文学史叙述带有浓厚的阶级斗争色彩，意识形态的倾向性极为突出。在第五、六章中，丁易以《中华民族新文化的旗手共产主义者鲁迅》（上、下）为题，详细分析了鲁迅。他说："鲁迅是近代中国伟大的思想家和革命家，是二十世纪现实主义的世界大师之一，是伟大的爱国主义者和国际主义者，他一生的思想和文学发展道路，是完全和中国人民的革命发展道路相吻合的。鲁迅的方向，就是中华民族新文化的方向。"[①] 在解读鲁迅前期小说时，丁易说："鲁迅这些短篇小说的创作方法，基本上可以说还是属于批判的现实主义创作方法，但是他的批判的彻底性和革命性，却远非一般的批判的现实主义所能范围，这是和他前期的彻底的反帝反封建的思想有着密切关系的。而在一九二七年以后，鲁迅已经成为一个共产主义者，因而他的后期创作却是

[①] 丁易：《中国现代文学史略》，北京：作家出版社1955年版，第175页。

属于社会主义现实主义范畴了。"① 但是，丁易在后面对此又做了一系列非常深刻的反思：

> 不过鲁迅前期创作虽然达到了这样辉煌的成就，但他对当时中国革命出路还没有明确的认识，因而他虽然热爱农民，可是对于农民的革命性却又多少有些怀疑，流露了某些程度的悲观情绪，而有"两间余一卒，荷戟独彷徨"的感觉。不过，这对于鲁迅前期创作的辉煌的成就却也并无妨碍，因为如前所说，鲁迅的创作已经出色地完成了当时新民主主义革命的要求，而他思想上这一矛盾，也就是他在进行着严肃的自我思想改造的斗争；终于改变了阶级立场，成为一个共产主义者，而这一伟大的自我改造斗争，也正是他从彻底的批判的现实主义进入社会主义现实主义的关键。②

可以看出，这是一系列概念的相互缠缚和矛盾的表述：鲁迅前期小说存在缺陷，原因是这些小说不完全符合社会主义现实主义文学的基本要求，即对于农民的革命热情估计不足，作者自己身上又存在迷失方向后的消沉情绪；但鲁迅应该是伟大的，理由是这些作品具备了新民主主义文学的性质，特别是鲁迅后来经过思想斗争实现了自我的蜕变，成了一个"共产主义者"——问题是鲁迅后来的思想进步要成为鲁迅前期小说取得杰出成就的一个理由，原是相当勉强的——这是在鲁迅前期小说确实不符合社会主义现实主义文学的标准，而鲁迅又必须先验地给予高度肯定时，研究者在逻辑上所使用的一个技巧。这同时也告诉人们，在当时的一些学者看来，社会主义现实主义的标准与新民主主义文学的标准，是有重要区别的。对于像鲁迅这样必须加以全面肯定的作家来说，当难以用社会主义现实主义的标准时，就使用新民主主义文学的标准——这时，新民主主义文学其实成为比社会主义现实主义文学低一等级但又符合毛

---

① 丁易：《中国现代文学史略》，北京：作家出版社1955年版，第184页。
② 同上书，第187页。

泽东的新民主主义思想的一种文学，因为它是共产党人可以接受的，它又存在向社会主义现实主义文学发展的一种逻辑和历史的必然性。这就是当时知识分子中流行的一种带有普遍性的思想形式。从当时的这种情况看，丁易对鲁迅的评价，没有不切实际地拔高鲁迅，也没有毫无根据地贬低鲁迅，而是大致符合鲁迅本人的真实形象的。

1956年4月，刘绶松的《中国新文学史初稿》由作家出版社出版。全书分上、下两卷，约55万字，原是刘绶松在武汉大学讲授中国新文学时的讲义内容，后来经过进一步完善修改才得以面世。作为当时影响很大的一部新文学史著，它内容丰富，结构清晰，自成体系，带有鲜明的时代色彩。该书在《绪言》中即宣言研究新文学史必须具备几个基本观念：一是"划清敌我界限"，凡是"为人民的作家"、"革命作家"就给予主要的地位和篇幅，凡是"反人民的作家"，就无情地揭露和批判；二是分别主从，即突出"社会主义现实主义"的主流；三是把对鲁迅的研究提到首要的地位上来。其中，刘绶松在前三编部分对鲁迅及其文学创作进行了集中评述，分别建构了"五四"时期、第一次国内革命战争时期以及第二次国内革命战争时期的鲁迅形象。作者在阐释"五四"时期的鲁迅形象之时，主要从他的早期文学创作谈起，探讨了《狂人日记》《孔乙己》《药》《明天》《故乡》《阿Q正传》等重要小说的思想艺术特征。刘绶松说：

> 总起来说，收在《呐喊》里的鲁迅的早期创作，不只是现代中国文学史上不朽的杰作，也是世界文学宝库中稀有的伟大作品。当我国新文学运动还在倡导、发轫的时候，我们就有了这样在思想内容上和在艺术形式上都已经达到异常卓越、成熟境界的作品，来作为我们前进途中的鼓舞和范例，这实在是我国现代文学的一件最值得夸耀的事。①

---

① 刘绶松：《中国新文学史初稿》，北京：作家出版社1956年版，第65页。

之后，刘绶松对第一次国内革命战争时期的鲁迅形象进行了详细解读。此时，鲁迅堪称"青年叛徒的领袖"和"无产阶级革命文学的奠基者"。刘绶松这样描述此阶段的鲁迅形象："在本时期，探索与战斗，在鲁迅，是一个密切而不能分割的实践的整体：他是一面战斗，一面探索，在战斗中探索，同时也在探索中战斗的。这是鲁迅本时期战斗历程上最主要的特色。"① 这里，刘绶松重点从"战斗的武器之一杂文"、"战斗的武器之二小说"、"战斗的武器之三散文诗、散文"三个层面来塑造鲁迅的。在第三编中，刘绶松论述了第二次国内革命战争时期的鲁迅。刘绶松首先强调了鲁迅在"左联"成立时所发挥的重要领导作用，探讨了鲁迅和"新月派"、"民族主义文学"、"第三种人"、"论语派"之间的激烈斗争，表现了鲁迅经过长期的自我批判和自我改造之后，其思想已经发生了重大发展和进步。刘绶松说："经过这次自我批判之后，他对中国历史发展的看法，已经不再是从革命的小资产阶级的立场与观点，以及进化论的观点出发，而是以一个马克思主义者的看法了，他对于中国人民大众革命的力量和前途，已经没有丝毫的怀疑，而是坚信唯有新兴的无产者才有将来了。"②

可以说，经过这样一个发展，一方面标志着作为思想家的鲁迅的前后期思想本质上的变化；另一方面，也标志着作为文学家和新文学运动的领导者的鲁迅在创作方法上前后的显著不同的面貌。刘绶松说："从进化论到阶级论，这是一个伟大的跃进。这样一个跃进，在鲁迅，是体现了时代和历史对于一个伟大的现实主义的客观要求，同时，也是体现了一个伟大的现实主义作家对于自己的严格批判和忘我战斗的革命精神的。"③ 客观地讲，鲁迅思想的巨大转变是和中国共产党的政治教育和社会影响分不开的，具体表现在：倘若与共产党和人民革命事业有利的，鲁迅都竭力拥护；假如与共产党和人民革命事业有害的，鲁迅都极力反对。可以说，党对于鲁迅的关怀爱护与鲁迅对于党的始终如一的忠诚，

---

① 刘绶松：《中国新文学史初稿》，北京：作家出版社1956年版，第95页。
② 同上书，第259页。
③ 同上书，第262页。

是鲁迅后期文艺事业的不朽价值所由产生的根源。正是在这个意义上，我们才说，鲁迅的思想发展进程深深地反映了而且紧紧地结合了中国人民革命的曲折前进的道路，体现了马克思列宁主义和毛泽东思想在中国大陆的伟大胜利，同时也把我们的新文学运动推向了一个更新更高的发展阶段。

三

可以看出，王瑶的《中国新文学史稿》是在遵循马克思列宁主义以及毛泽东思想的基本前提之下，以新民主主义革命发展史为主要依据，来编纂中国新文学史的。比如，王瑶对中国新文学史的分期问题的处理就体现了政治因素的强力渗透。王瑶把中国新文学的发展分做四个时期。第一期是1919—1927年，相当于毛主席在《新民主主义论》里第一第二两个时期；第二时期是1927—1937年的十年，相当于《新民主主义论》的第三个时期；第三时期是1937—1942年的五年，即从抗战开始到《在延安文艺座谈会上的讲话》的发表，抗战期间前五年的文学；第四时期是1942—1949年的七年，即自《延安文艺座谈会上的讲话》的发表到中华全国文艺工作者代表大会的召开的时期。王瑶这里对中国新文学史的分期是一种政治认同的必然结果。1952年8月30日，在出版总署与《人民日报》共同召集的《中国新文学史稿》（上册）座谈会上，多数专家虽然也极大地肯定了王瑶在新文学史著建设方面的重大贡献，但是，一些学者也对《中国新文学史稿》（上册）在政治立场方面存在的缺陷甚至"错误"进行了严厉批评，反映了中华人民共和国成立初期异常复杂的政治文化氛围。历史在无意间给王瑶开了一个玩笑，当时这部备受质疑和批判的新文学史著，后来却成了中国现代文学学科史上的一部经典之作。综合当时诸多学者提出的各种批评意见，它们"一方面体现了当时政治对历史编写的要求，另一方面，从学术研究的层面上说，表现了强烈地要求建立另一种学术传统的趋向。这就要求建立学术为政治服务的传统，要求治学者有明确的政治立场，在治史时要鲜明地表现这一政治立场。因此，首要的问题不是追求历史的客观真实性，而是考虑所描述的历史对哪个阶级有利。为此，就要检查所描述的历史是否符合某一阶级的理论主张，符合他们对历史的意见"①。非常幸运的是，在20世纪50年代前期极为特殊的社会文化语境之中，王瑶并没有完全接受来自各种政治因素的规训，而是坚持个人的独立见解，对各种文学现象进行了实事求是的评述。比如，王瑶在论述新文学运动的发生发展及其背景时，较多地采用了"基本性质"的判断。但在进入具体的作家作品的评价定位之时，王瑶就表现出十分的谨慎，其评判的标准就比较宽松一些，不纯粹以政治态度划线。在后来的论述中，王瑶对文学史的评判标准作出了局部的调整，提出以"人民本位主义"为根本，有意将原来标示的"新民主主义"或"无产阶级革命"这样政治性的标准淡化一些，也"扩容"一些，以更能贴近具体文学创作的实际。此种治史风格充分表现了王瑶独到的理路。换言之，王瑶在从事新文学史著的编纂时，并没有完全放弃个人的独立思考，而是把个人思考悄悄地融会于政治逻辑之中，这正可看出王瑶非常注重策略性和技巧性的一面。

正是在这个意义上，有学者指出：

> 王瑶的《中国新文学史稿》将启蒙主义思想与新民主主义的革命论断掺杂在一起的做法，与稍后丁易的《中国现代文学史略》，以及刘绶松的《中国新文学史初稿》相比，更显示出该书在意识形态方面离当时的政治要求有相当的距离——后两者都是严格按照《新民主主义论》强调的新文学中社会主义因素的成长壮大来描述新文学史的，并以此来筛选作家的。②

与王瑶的《中国新文学史稿》相比，丁易的《中国现代文学史略》和刘绶松的《中国新文学史初稿》出版相对较晚。它们表现出几乎相同的鲜明倾向，即向政治层面的大角度倾斜，或可称为新文学史著的大幅度政

---

① 黄修己：《中国新文学史编纂史》，北京：北京大学出版社2007年版，第95页。
② 张传敏：《民国时期的大学新文学课程研究》，北京：人民出版社2010年版，第152页。

治化。"政治标准第一"是他们编写中国新文学史的共同指导方针。其中，丁易的《中国现代文学史略》就以中国新民主主义革命史为主要纲领，把中国新文学史作为新民主主义革命史的一个重要组成部分来进行分期和评述的。该书在《绪论》中就开门见山地说：

> 中国现代文学运动是和新民主主义革命运动分不开的，并且血肉相连而成为新民主主义革命运动的一部分。这两者之间的关系，简单地说来就是：现代文学运动是为革命运动所规定，但同时它又对革命运动起了一定的影响和推动作用，必须通过这种关系去考察中国现代文学，才可以看出中国现代文学的社会意义和社会任务。①

这就表明丁易的文学史写作目标非常明确，即是要说明现代文学和革命运动之间的关系及其社会意义。他第一次将新文学史上的诸多作家，严格地按照他们的具体政治态度和政治立场，分为"革命作家"、"进步作家"、"反动作家"，并以此为主要标准对众多的文学流派和文学社团进行了区分。鉴于鲁迅在中国新文学史上的重要地位，丁易进行了特殊处理：他没有为鲁迅之外的其他任何作家安排专章，而鲁迅却独独占了厚厚的两章。不仅如此，他还在文学运动和文学斗争部分，非常着意地强调"鲁迅为首"。比如相关的标题："以鲁迅为首对于革命文学的态度和意见"、"以鲁迅为首的中国左翼作家联盟的成立及其和反动政治的斗争"、"以鲁迅为首的革命文学阵营和反对文学倾向的斗争"等，都是明证，目的是强调鲁迅对于新中国文化和政权建设的独特意义。同样值得一提的是，在中国新文学史的整个书写过程中，丁易非常强调"社会主义现实主义"创作方法的重要性。"丁易为了套用这个理论来整合新文学，显示政治倾向的进步，甚至把'社会主义现实主义'实际表现的时间大大地提前了，以致全然不顾新文学历史发展的基本事实，甚至不惜任意剪裁

---

① 丁易：《中国现代文学史略》，北京：作家出版社1955年版，第2页。

史实，去服从这一预设的结论"①。最典型的套用的例子就是本书第二章有关鲁迅小说的一节，标题就是"从彻底的批判的现实主义到社会主义现实主义"。其中，丁易把鲁迅的小说《非攻》和《理水》都说成是"社会主义现实主义文学"了。他所找到的基本依据就是鲁迅作品具有"主题的积极意义和战斗性的强烈"，以及对反动派的"无情打击"和对革命力量"由衷的拥护"等重要特点。这些套用的基本用意在于能够体现出中国新文学发展的政治方向，而不至于在指导思想上触犯政治红线。这正是丁易和当时的主流意识形态达成共识的一个佐证。不过本书的基本立论及其方法、体例，与王瑶等人的新文学史相比，是更能反映20世纪50年代前期现代文学研究和教学的一般路子，这是一本很政治化、代表学术主流，因而在当时实际影响很大的著作。

和丁易的《中国现代文学史略》一样，刘绶松的《中国新文学史初稿》也体现了政治形势开始发生重大变化时作者所选择的一个新的治学模式。刘绶松在评价作家作品时，同样依据政治第一的标准，把作家的政治表现和现在的政治地位作为关注的重点，以政治定性代替文学评判，对作家只注重阶级分析，以其政治态度站队划线，严格区分敌我，凡是在现实政治生活中已被判定为"反动的"，不管其在历史上表现如何，对新文学有无重要贡献，创作上有无特色，一律因人废言，全盘否定，或尽量压低其在文学史上的位置。可以说，刘绶松的《中国新文学史初稿》坚定地贯彻了毛泽东的新民主主义思想。比如，他把中国新文学史分为五个阶段，第一阶段：五四运动时期（1917—1921）；第二阶段：第一次国内革命战争时期（1921—1927）；第三阶段：第二次国内革命战争时期（1927—1937）；第四阶段：抗日战争时期（1937—1945）；第五阶段：第三次国内革命战争时期（1945—1949）。这里，刘绶松对中国新文学分期问题的处理，完全参照了新民主主义革命史的分期标准和分期方法。他在本书中还极力推崇左翼文学和解放区文学，而对自由主义文学及其他

---

① 温儒敏、李宪瑜、贺桂梅、姜涛：《中国现当代文学学科概要》，北京：北京大学出版社2005年版，第98页。

所谓"反动文学"都持拒斥的态度,这就表现出一种非常鲜明的阶级立场和审美趣味。"总而言之,刘绶松在其《中国新文学史初稿》中,是把鲁迅放到新民主主义革命史的框架中来评价的。这其实是遵命而作,非如此就会犯重大的错误。从这一意义上说,刘著与同一时期的另外几部新文学史一起,共同规划并实践了中国现代文学史的一种述史模式,因而也就奠定了中国现代文学学科中的鲁迅研究的基础。而刘著的特点,则是更为注重鲁迅的思想意义甚至政治意义的发掘。所以,其政治色彩更浓一些。当然,这就不能不影响到他后来的学术影响力。"① 不言而喻,在主流意识形态的强大影响之下,1949年后新文学史的编写日益走向了"一体化"的生产阶段。王瑶早期的较具个人特色的述史模式被政治权力逐步地同化和稀释,这对于中国新文学史学科发展无疑是一个不良信号。黄修己说:"他们的编纂实践开了另一条传统,也就是不顾历史事实,理论为先,实是政治为先,按照政治的要求来描画、阐释历史,实际上是歪曲了历史,在他们手里终于完成了新文学史的政治化。"② 然而,我们也不必过于责怪这些学者,因为1949年之后的特殊语境决定了他们不可能完全挣脱历史本身的局限性。此时,他们也许只有和占据中心位置的政治话语达成某种谅解,或者形成政治一体化的利益共同体,才有可能寻求一种极为有限的言说空间,进而才有可能从事新文学史的具体编纂工作。

纵观20世纪50年代的三部较具代表性的新文学史著作,可以说,它们都是努力按照毛泽东的新民主主义思想来建构鲁迅形象的。他们在阐释鲁迅及其代表作的时候,往往极力关注其对于新民主主义革命有利的一面,而对其他方面则关注较少或基本不予关注。主要原因在于,新中国需要鲁迅这样的进步知识分子作为榜样,引导来自旧时代的知识分子改造世界观,把立足点转移到人民大众这方面来,从而突出中国共产党在文化建设方面的领导作用。虽然鲁迅在这些新文学史著中的形象建构

---

① 陈国恩:《武汉大学鲁迅教学和研究的世纪回顾》,《长江学术》2010年第2期。
② 黄修己:《中国新文学史编纂史》,北京:北京大学出版社2007年版,第108页。

存在着一些差异，但更多地却是表现出它们的相似性。一方面，鲁迅是中国现代文学史的奠基者之一，其崇高地位本身就是一种客观存在。鲁迅的独特魅力是扎根在他的厚重的文学作品之中的，绝非任何人凭空制造的神话。因此，各种新文学史著都给他以显要的位置。另一方面，由于1949年后极为特殊的社会历史际遇，毛泽东在《新民主主义论》中对鲁迅的权威评价被强化和放大，鲁迅终于成为"新中国的第一等圣人"，使他在新中国文化建设方面扮演了一个极端重要的角色。在这样的条件下，一些史著对鲁迅形象的描述可能和鲁迅本体之间存在差异，其中的偏颇也就难以避免。正是因为这个原因，我们才不妨说"鲁迅"的形象是被不同时代的读者不断建构起来的，究竟哪一种形象更加符合鲁迅自己，这需要历史的检验。不但如此，透过不同新文学史家对鲁迅形象的经典塑造，可以看出中国不同历史时期特殊的社会文化氛围。或许还可以说，每当控制社会思想的精神文化机制趋于宽松和理性的时候，鲁迅形象就会逐渐地接近于鲁迅本体。此时，鲁迅研究的学理精神就会得到更好的发扬，鲁迅研究会取得重要的成果。当文化机制变得日益苛酷，甚至走向极端的时候，鲁迅形象就会被歪曲，成为实用政治的一个手段，鲁迅研究也就走上了一条教训深刻的歧途。

附录二

"他者"眼中的鲁迅形象
——以夏志清、司马长风、顾彬为考察中心

一

鲁迅是谁?不同时代的读者可能会得出完全不同的答案。如果从1913年恽铁樵对其文言小说《怀旧》的评论开始算起,鲁迅研究已经走过了整整一个世纪的光辉历程。这一百年来,读者们对鲁迅形象的描述从来就没有间断过,分别建构了各自心目中的鲁迅。作为中国现代社会的一个"卡里斯玛"典型,鲁迅不断地被各种利益集团所利用,成为一个特殊的文化符号逐渐地被经典化。在中国大陆较为正统的现代文学史著中,鲁迅成为不同时代的文学史家书写的重中之重。鲁迅曾经被塑造为"五四运动的先驱者"、"左翼文艺运动的旗手"、"无产阶级文学的伟大导师和精神领袖"、"中国现代文学的奠基者"、"中国现代小说之父"等等光辉形象。1940年,毛泽东发表了《新民主主义论》一文,鲜明地提出"鲁迅的方向,就是中华民族新文化的方向"。之后,这一结论被无限地放大和强化,鲁迅终于成为"新中国的第一等圣人"和"党外的布尔什维克"。1949年之后,许多文学史家编纂中国新文学史基本上是按照新民主主义革命思想来书写的。比如,王瑶的《中国新文学史稿》、丁易的《中国现代文学史略》、张毕来的《新文学史纲》、刘绶松的《中国新文学史初稿》、蔡仪的《中国新文学史讲话》等一系列影响深远的文学史著,都是严格遵循此种政治逻辑来进行编纂的。基于此,汪晖说:

鲁迅形象是被中国革命领袖作为这个革命的意识形态的或文化的权威而建立起来的，从基本的方面说，那以后鲁迅研究所做的一切，仅仅是完善和丰富这一新文化权威的形象，其结果是政治权威对于相应的意识形态权威的要求成为鲁迅研究的最高结论，鲁迅研究本身，不管他的研究者自觉与否，同时也就具有了某些政治意识形态的性质。①

然而，鲁迅是一个非常丰富的伟大人物，这就决定了任何对鲁迅形象的塑造，都和鲁迅本体之间可能存在着部分差距。倘若从不同的政治立场和审美趣味来看，鲁迅必然会呈现出不同的多副面孔，同时，这也可能是鲁迅研究日益走向深入和完善的必由之路。

20世纪60年代以来，与中国大陆较为正统的文学史家不同，夏志清、司马长风、顾彬等人由于置身于红色意识形态之外，或者说他们受到极"左"政治思潮的影响较小，这为他们重新认识鲁迅提供了一系列客观条件。在夏志清《中国现代小说史》、司马长风《中国新文学史》、顾彬《二十世纪中国文学史》中，建构了一种区别于传统意义的"另类"鲁迅形象，令人耳目为之一新。虽然他们处于不同的时代和地区，但是，他们都对鲁迅作出了相对比较独立的评价和判断，部分观点的学理性较强，颇值得鲁迅研究界的同仁借鉴和思考。当然，由于他们的知识结构和评价标准迥然不同，他们对鲁迅及其作品的认识也必然会存在着部分差异，甚至某些结论是和鲁迅本身相悖离的。然而，正是他们塑造的这些"另类"鲁迅形象，为我们重新观照鲁迅提供了另一种视角，必将进一步推动鲁迅研究逐渐走向成熟。他们对鲁迅形象的描述到底存在着那些差异？各自的评价标准是什么？这些评价又存在着哪些问题？哪些观点是需要我们进一步警惕的？这无疑都是我们需要深入挖掘和厘清的东西。

---

① 汪晖：《无地彷徨——五四及其回声》，杭州：浙江文艺出版社1994年版，第251页。

二

夏志清是中国现代小说史研究领域的开拓性人物，其早期代表作《中国现代小说史》于1961年由耶鲁大学出版社出版。夏志清当时是用英文写作本书的。《中国现代小说史》分别于1979年和1991年在台湾和香港出版中译繁体字版。复旦大学出版社于2005年在中国内地出版删减版，旋即掀起了一股广泛的评价热潮。全书分三编，共十九章。夏志清把中国现代小说史主要分为三个时期，初期（1917—1927年），成长的十年（1928—1937年），抗战期间及胜利以后（1937—1957年）。其中，夏志清在论述鲁迅的时候，开篇就说："鲁迅是中国最早用西式新体写小说的人，也被公认最伟大的现代中国作家。在他一生最后的六年中，他是左翼报刊读者群心目中的文化界偶像。自从他于1936年逝世之后，他的声誉更越来越神话化了。""这种殊荣当然是中共的制造品。在中共争权的过程中，鲁迅被认为一个受人爱戴的爱国的反政府发言人，对共产党非常有利。"① 可以看出，夏志清在本书中带有非常鲜明的反共倾向，此种倾向贯穿于全书始终。

紧接着，他详细地介绍了鲁迅的基本生平，首先，对鲁迅的短篇小说集《呐喊》中的《狂人日记》《孔乙己》《药》《故乡》《阿Q正传》作出了自己的独立评价。其中，夏志清在评价《阿Q正传》时说："《呐喊》集中最长的一篇小说当然是《阿Q正传》，它也是现代中国小说中唯一享有国际盛誉的作品。然而，就它的艺术价值而论，这篇小说显然受到过誉：它的结构很机械，格调也近似插科打诨。这些缺点，可能是创作环境的关系。"② 其次，夏志清论述了《彷徨》中的短篇小说《祝福》《在酒楼上》《肥皂》《离婚》，与鲁迅早期小说集《呐喊》的风格特点进行了对比。他说："《彷徨》收集了一九二四至二五年间写成的十五篇小

---

① 夏志清：《中国现代小说史》，刘绍铭等译，香港：香港中文大学出版社2001年版，第23页。
② 同上书，第33页。

说，就总体而论，这一个集子比《呐喊》更好，但是由于它主要的气氛是悲观沮丧的，所以并没有受到更热烈的好评。"① 夏志清在论《肥皂》时说：

> 就写作技巧来看，《肥皂》是鲁迅最成功的作品，因为它比其他作品更能充分地表现鲁迅敏锐的讽刺感。这种讽刺感，可见于四铭的言谈举止。而且，故事的讽刺性背后，有一个精妙的象征，女乞丐的肮脏破烂衣裳，和四铭想象中她洗干净了的赤裸身体，一方面代表四铭表面上赞扬的破旧的道学正统，另一方面则代表四铭受不住而做的贪淫的白日梦。②

这种迥异于正统文学史家的"异见"，非常鲜明地折射出夏志清的特殊的审美趣味。

之后，他论述了鲁迅生命后期的文学创作情况。夏志清认为此期的鲁迅思想是既不左也不右，变得完全孤立起来。在解读鲁迅后期杂文创作时，夏志清说：

> 作为讽刺民国成立二十年来的坏风恶习来看，鲁迅的杂文非常有娱乐性，但是因为他基本的观点不多——即使是发挥得淋漓尽致——所以他十五本杂文给人的印象是搬弄是非、啰啰嗦嗦。我们对鲁迅更基本的一个批评是：作为一个世事的讽刺评论家，鲁迅自己并不能避免他那个时代的感情偏见。且不说他晚年的杂文（在这些文章里，他对苏联阿谀的态度，破坏了他爱国的忠诚），在他一生的写作经历中，对青年和穷人，特别是青年，一直采取一种宽怀的态度。这种态度，事实上就是一种不易给人点破的温情主义的表现。③

---

① 夏志清：《中国现代小说史》，刘绍铭等译，香港：香港中文大学出版社2001年版，第35页。
② 同上书，第39页。
③ 同上书，第45页。

针对这种"温情主义",夏志清认为在鲁迅较差的小说《孤独者》中具有深切的表现。

最后,夏志清对鲁迅做了一个总体性评价:"就长远的眼光看来,虽然鲁迅是一个会真正震怒的人,而且在愤怒时他会非常自以为是(对于日后在暴政下度日的中共作家来说,这种反抗精神是鲁迅留给他们的最宝贵的遗产),他自己造成的温情主义使他不能够跻身于世界名讽刺家——从贺瑞斯、班强生到赫胥黎之列。这些名家对于老幼贫富一视同仁,对所有的罪恶予以攻击。鲁迅特别注意显而易见的传统恶习,但却纵容,甚而后来主动地鼓励粗暴和非理性势力的猖獗。这些势力,日后已经证明比停滞和颓废本身更能破坏文明。大体上说来,鲁迅为其时代所摆布,而不能算是他那个时代的导师和讽刺家。"[①] 由此可见,夏志清在塑造鲁迅形象时,由于置身于美国自由主义的社会文化语境,遵循的是迥异于中国大陆主流意识形态的政治逻辑,这使他在评价鲁迅时可以根据自己的独立理解来任意言说,部分评价带有非常明显的非理性色彩。

司马长风的《中国新文学史》共三卷,上卷于 1975 年出版,中、下两卷分别于 1976 年和 1978 年,由香港昭明出版社出版。司马长风研究领域本是中国政治思想史,后来才逐渐转到文学以及文学史研究。他痛感于 20 世纪 50 年代中国大陆政治对文学的粗暴干涉,以及先驱作家们盲目模仿欧美文学所致积重难返的附庸意识。为了有效地避免中国大陆新文学史写作过程中的千篇一律,防止出现以政治尺度代替文学尺度的弊端,他决心以纯文学的立场来重新编纂中国新文学史。司马长风在介绍了文学革命(1915—1918 年)之后,把中国新文学史发展划分为四个时期:诞生期(1918—1920 年)、成长期(1921—1928 年)、收获期(1929—1937 年)、凋零期(1938—1949 年)。司马长风认为文学史之所以要划分时期,主要原因在于:"第一,就文学史的全程来说,适当的分期可显露发展的大势,流变的关键,从而了解全程的特点,把握其精神;第二,

---

[①] 夏志清:《中国现代小说史》,刘绍铭等译,香港:香港中文大学出版社 2001 年版,第 46 页。

就个别的分期来说，可以突出该时期的特点，便于人们了解和研究。"① 其中，司马长风在第五章《新文学的诞生和胜利》中，详细地论述了鲁迅的第一篇短篇白话小说《狂人日记》，他首先对其予以极大肯定，说："用日记体写小说，在中国是首创；用白话写没有故事的小说更是首创；但凭写一个疯子的胡言乱道，浑然成一个完整的创作，这些都是了不得的成就。对于一篇初试啼声的小说，我们只有无条件的喝彩。"② 但他最后又对鲁迅前期的小说创作给予微讽：

> 所谓受上述观点的限制，是说把小说（也可以说是文学）看成了改良社会的工具，在他看来，小说并不是为了表现艺术的美，而是利用小说形式，艺术装饰来传达改良社会的思想，来激动人们去改良社会。只要能达这个目的，他便不再多做艺术加工，因此艺术之肉每每包不住改良社会之骨，作品未免太寒素，有时太简陋了，又因为不太去写风月，使作品缺乏色彩和情调。读来如置身在阴暗天幕下的冰原上。③

在第八章《鲁迅小说——一枝独秀》中，司马长风对鲁迅及其他作品作出了深入评价。首先，他论述了鲁迅前期小说《孔乙己》《药》《故乡》的主要思想内容和艺术特色。之后，他对鲁迅的代表作《阿Q正传》进行了再评价，一一指出了此小说存在的诸多缺陷：小说的部分用语缺乏大众化的特点，主人公没有统一的个性特征，主题和内容都是一个灰冷绝望的世界。此种看法明显区别于20世纪50年代较为正统的新文学史著对《阿Q正传》的评价，可以看出司马长风绝不迷信内地广为流行的所谓"正确"观点，独独痴迷于自己的个人主义看法。在第十一章《短篇小说欣欣向荣（上）》中，作者对鲁迅的《肥皂》《离婚》以及杰作《在

---

① 司马长风：《中国新文学史》上卷，香港：昭明出版社1975年版，第10页。
② 同上书，第68页。
③ 同上书，第69页。

酒楼上》作出了高度评价。之后，司马长风对"五四"时期两位主要小说家鲁迅和郁达夫进行了有意味的比较阅读，话语中暗含着许多值得我们进一步深思的东西。他一开始就盛赞郁达夫的小说在鲁迅之上，说："《沉沦》辞藻的凄婉生动，情意的真挚纯粹，当时文坛确无人能及。即使鲁迅小说也不行。鲁迅的文字比郁达夫凝练、冷隽，但是从审美眼光来看，不过是一把晶光发亮的匕首；可是郁达夫的辞藻，尤其《沉沦》里的辞藻，则如斜风细雨中的绿叶红花，不但多彩并且多姿。"① 在当时的历史时空条件之下，此种评价可以说是非常前卫和新锐的，可以说和当时的主流意识形态明显是不相符的。在本节结束之时，司马长风又说："鲁迅的作品篇篇都经千锤百炼，绝少偷工减料的烂货，但是郁达夫则有一部分失格的作品，在谨严一点上，郁达夫不及鲁迅。但是郁达夫由于心和脑无蔽，所写的是有情的真实世界，而鲁迅蔽于疗救病苦的信条，所写则多是没有布景，缺乏色彩的概念世界（只有《在酒楼上》《故乡》少数例外）；在文学的浓度和纯度上，鲁迅不及郁达夫。"② 最后，司马长风在《中国新文学史》（中卷）的第十八章《三十年代的文坛》介绍了"左联"成立前后鲁迅的主要思想和社会活动。面对太阳社、后期创造社作家的围攻，鲁迅表现出非常的坚定和执着。随后，他和"新月派"、"民族主义文艺运动"等所谓的反动文学之间发生了激烈论争，直到1936年鲁迅先生逝世为止。这里可以看出，司马长风对鲁迅后期的文学创作活动关注较少。比如，鲁迅后期的杂文、散文以及小说创作等都没有纳入他的研究视野之内，更谈不上做出一种比较客观的评价了。

顾彬是当今德国著名的汉学家、作家和翻译家。中国古典文学、中国现当代文学和中国思想史是他主要的研究领域。其主要作品和译著有《中国诗歌史》、《二十世纪中国文学史》和《鲁迅选集》（六卷本）。2006年，"中国当代文学是垃圾"的说法给顾彬带来了巨大的社会声誉，不过，他随之对此给予否认并做了进一步澄清。其中，《二十世纪中文

---

① 司马长风：《中国新文学史》上卷，香港：昭明出版社1975年版，第154页。
② 同上书，第159页。

学史》是他在中国大陆影响力较大的专著之一。2008年，范劲等人把其翻译成中文，由华东师范大学出版社正式出版。顾彬在本书中文版序言中特别做交代："我和我的同辈们在文学史书写方面最大的不同是：方法和选择。我们不是简单地报道，而是分析，并且提出三个带W的问题：什么，为什么以及会怎样？举例来说，我们的研究对象是什么，为什么它会以现在的形态存在，以及如何在中国文学史内外区分类似的其他对象。"全书共分三章，第一章《现代前夜的中国文学》，第二章《民国时期（1912—1949）文学》，第三章《1949年后的中国文学：国家、个人和地域》。在关于以什么标准来遴选如此众多的中国作家时，顾彬说："我本人的评价主要依据语言驾驭力、形式塑造力和个体性精神的穿透力这三种习惯性标准。在这方面我的榜样始终是鲁迅，他在我眼中是20世纪无人可及也无法逾越的中国作家。除了他的重磅作品之外也有其他的零散之作能经得起时间考验，这对我来说是不言而喻的。"① 顾彬在本书第二章《民国时期（1912—1949）文学》中，以"救赎的文学：鲁迅和《呐喊》"为题，对鲁迅及其前期小说创作作出了系列评价。首先，顾彬从对鲁迅的短篇小说集《呐喊》的译名开始谈起，他认为迄今为止的种种翻译没有一个触及要害。主要原因在于："这并不值得奇怪，因为中国革命的反宗教特征和将鲁迅神圣化，为社会变革的旗手的做法给这部小说集里也许是最重要的文本的细致阅读制造了障碍。"② 之后，顾彬对鲁迅的《呐喊》自序做出了非常独到的解读。他说：

> 读者能体验到，作者绝不是当时青年运动的代表和支持者，经过细致阅读，读者发现的毋宁说是这场运动的批评者……这个文本包含的不仅是那个时代历史和苦闷史的中心形象，而且同时还呈现

---

① ［德］顾彬：《二十世纪中国文学史》，范劲等译，上海：华东师范大学出版社2008年版，第2页。
② 同上书，第31页。

出了极其多样性的主题的大杂烩——也可以说是一个万花筒。①

可以看出，按照顾彬的逻辑推理和判断，我们许多读者都曾对这篇序言产生了不同程度的误读。顾彬从知识考古学的角度，详细地梳理了"旷野"意象在西方世界的意义变迁史。这个意象本身具有非常浓厚的宗教色彩，在顾彬的解读中就体现得异常鲜明。同时，这也道出了他认为鲁迅的短篇小说集《呐喊》属于"救赎文学"的个中原因。顾彬从这里可以得出一个结论，他说：

> 旨在将中国从民族和社会灾难中拯救出来的中国现代派的许诺，一旦被当作了宗教替代品，其结果很可能就是让知识分子翘首期待一个超人、一个领袖，也就是一个弥赛亚式的被世俗化的圣者形象，从而无条件地献身到革命事业中去。在这个语境下也就能看出对鲁迅作品的误读。②

正是在这个意义上，顾彬说："对鲁迅作品的每一解读因此都必须从一位不可靠的作者、个别情况下甚至从一位不可靠的叙述者出发。作者与他那个时代以及他本人的距离，使他在20世纪的中国显得如此独异，只有少数中国知识分子做到了对局限性的反思，能看透文人作用的渺小。"③ 显然，顾彬在阐释"旷野"、"国民性"、"中国形象"等和鲁迅作品主题相关的许多关键词时，是充分调动了他的博学多识的优势的，正是这种极为开阔的阅读视野使他看待问题的思路大开。而且，他审视鲁迅的许多角度是相当独特的。此时，他塑造了一个不为我们熟知的"另类"鲁迅形象。他说："他没有同时代人的幼稚。正是他与自己作品及与自己时代的保持距离构成了《呐喊》的现代性。这些小说是五

---

① [德]顾彬：《二十世纪中国文学史》，范劲等译，上海：华东师范大学出版社2008年版，第31页。
② 同上书，第32页。
③ 同上书，第33页。

四时期最重要的文学范例,标志着中国新文学的开端,其意义有三重性质:分别在于新的语言、新的形式和新的世界观领域,这已被普遍地认可为突破传统走向现代的标志。"① 最后,顾彬对《呐喊》中的《狂人日记》《孔乙己》《故乡》《一件小事》《阿Q正传》等进行了有效解读。值得一提的是,他也对鲁迅的代表作《阿Q正传》作出了别具一格的评价。顾彬说:"从某个方面说,《阿Q正传》脱离了《呐喊》从总体上看还保持着抒情性的框架。该作品缺少其他作品所表现的绝望、紧张和压抑,而这种特征于第二部小说集《彷徨》中变得完全是有目共睹。"②

三

可以看出,夏志清的《中国现代小说史》是一部相当有影响但也饱受争议的著作。作者以融贯中西的学识、宽广深邃的批评视野,深入地探讨了中国现代小说的发展路向。本着"优美作品之发现和评价"的编写原则,夏志清发掘并论证了张爱玲、沈从文、钱锺书、张天翼等重要作家的文学史地位,使本书成为西方研究中国现代文学史的经典之窗。于是,这四位新发现的现代作家,后来被誉为"文坛新四家"。刘绍铭在《夏志清传奇》中说:"夏教授时发愕愕之言,不愧为中国文学的异见分子,《中国现代小说史》对张爱玲另眼相看,已叫人侧目。但更令道统派文史家困扰的,是他评价鲁迅的文字中,一点也看不出对这一代宗师瞻之在前、仰之弥高的痕迹。"③ 本书成书于20世纪五六十年代,其时中国政局动荡多变,一切均以政治挂帅,但夏教授却不随波逐流,敢于坚持立场,立一家之言。若非他具有恢宏独到的眼光和独排众议的魄力,相信本书也未必会以现时的面目与广大读者见面,整个中国现代小说的研究发展也可能会改写了。作为一个身处海外的中国文学研究者而言,夏

---

① [德]顾彬:《二十世纪中国文学史》,范劲等译,上海:华东师范大学出版社2008年版,第37页。

② 同上书,第42页。

③ 刘绍铭:《夏志清传奇》,《信报》2001年6月16日。

志清曾接受过正规的欧美文学教育,特别是受到西方"新批评"文学思潮的影响较深,使他十分关注文本所彰显的自身价值。而且,夏志清具有非常严重的反共立场,尤其是对中国大陆当时的极"左"政治思潮极为反感。在评价鲁迅之时,他以一个异见分子的立场做出自己的独立评价。一方面,他也承认鲁迅的抗议精神使后之来者深受启发;另一方面,却对鲁迅的温情主义以及对粗暴和非理性主义的默认的态度不满,此种见解严重地动摇了鲁迅在中国现代文学史上的霸主地位。换言之,夏志清极为推崇文学本身的美学质素及修辞精髓。他在《中国现代小说史》中不遗余力地批判那些或政治挂帅或耽于滥情的作者,认为他们失去了对文学的鉴别力。在这一评价尺度下,许多左派作家自然首当其冲。因为对他们而言,文学与政治、教化、革命的目的密不可分,甚至可以互为利用。但是,回到当时的社会历史语境之中,我们可以看出,夏志清对鲁迅评价的部分立论基础是站不住脚的,原因在于完全脱离政治因素的所谓纯文学是根本不存在的。虽然中国现代文学曾深受极"左"政治的侵害,但是,从一个极端滑向另一个极端也是不可取的,它明显地违背了文学发展的基本规律。所以,这种极端倾向也是值得我们特别警惕的。当然,夏志清对鲁迅的迥异评价,也为我们塑造了一个"另类"的鲁迅形象,这完全是运用别一种视角来观照鲁迅,其重要意义是绝对不容抹杀的。正是在这个意义上,王德威说:

> 全书体制恢宏,见解独到,对任何有志现代中国文学文化研究的学者和学生,都是不可或缺的参考资料。也因为这本书展现出的批评视野,使夏志清得以跻身当代欧美著名评家之列,而毫不逊色。更重要的,在《中国现代小说史》初版问世近四十年后的今天,此书仍与当代的批评议题息息相关。世纪末的学者治现代中国文学史,也许碰触夏当年无从预见的理论及材料,但少有人能在另起灶炉前,不参照、辩难或反思夏著的观点。由于像《中国现代小说史》这样的论述,是我们对中国文学现代化的看法,有了典范性的改变;后之来者必须在充分吸收、辩驳夏氏的观点后,才能够推陈出新,另

创不同的典范。①

　　司马长风的《中国新文学史》是一部较具个人特色的文学史著。当时，中国内地刚刚从"文化大革命"的阴影中走出来。在过去的很长一段时间里，由于受到极"左"政治思潮的严重冲击，文学史研究几乎陷入一种停滞状态。当然，鲁迅研究也不能够逃脱此种厄运，可以说也是深受其害。为了摆脱极"左"意识形态对文学史研究的过度干扰，司马长风花费了数年之功，终于写出了一部特色鲜明的新文学史著。司马长风在遴选中国现代诸多作家之时，完全遵循艺术至上的审美原则。他明确地阐明了自己衡量文学作品的具体标准："一是看作品所含的情感的深度和厚度，二是作品意境的纯粹性和独创性，三是表达的技巧。"② 然而，问题在于，这种完全撇开了具体的社会历史语境，置文学的社会性和历史性于不顾，明显地是一种唯心主义的治学理路。不可否认，与20世纪50年代的许多新文学史著相比，司马长风的纯文学史观具有一定的历史进步性。他极力反对政治对文学的干预，拒斥文学为政治服务的思想，纠正了过去文学史著中的诸多偏见和错误。但是，此种带有个人主义色彩的文学史著，有时会在不自觉之间走向另外一种偏颇，从而丧失文学史应该具有的科学性。而且，由于当时客观条件的诸多限制，许多应该入史的作家都没有能够进入司马长风的研究视野，这就决定了这是一部残缺不全的文学史著。其中，他在具体论述鲁迅的文学创作之时，对鲁迅后期的许多作品语焉不详。但是，他对自己比较推崇的沈从文的文学创作却大书特书，运用巨大篇幅来为沈从文大唱赞歌。不仅如此，他经常以沈从文作品的优长来和其他作家进行比较对照，以此来作为他们在文学史上重要与否的衡量标准，这明显就是一种比较主观随意的治史态度。比如，司马长风为了凸显自己独立的文学史观，极力反对"文以载道"的主张，对鲁迅作品中"为人生而艺术"的倾向持反对态度，他认

----
① 王德威：《重读夏志清教授〈中国现代小说史〉》，《当代作家评论》2005年第4期。
② 司马长风：《中国新文学史》下卷，香港：昭明出版社1978年版，第100页。

为这是一种典型的功利主义的文艺观点。正是在这个意义上，司马长风说：

> 具体的说，分析不清，文学不宜载孔孟之道，也不宜载任何之道。换言之，我们反对文以载道，是从文学立场出发，认为文学自己是一客观价值，有一独立天地，她本身即是一种神圣目的，而不可以用任何东西束缚她，摧残她，迫她做仆婢做妾待。因此，把文学监禁起来，命令她载孔孟之道固然不可，载马列之道也不可。无论载什么道，都是把她贬成了手段，都是囚禁文学，摧残文学，坚持下去必然造成文学的畸形发展，终至于气息奄奄。①

总而言之，司马长风《中国新文学史》对鲁迅形象的塑造，既有许多真知灼见，也有许多偏见甚至谬见，它们共同掺杂于文学史叙述之中，这就必须需要我们做好进一步的辩驳和厘清工作。

顾彬是一位个性鲜明的德国汉学家，他对中国文学具有一种非常痴迷的偏好。在过去的四十多年的时间里，他一直关注中国文学的发展动态，并且颇有建树。不可否认，他具有极为宽广的世界文学视野，了解多国语言和文化传统，在论述中国作家之时，有时就不自觉地带有一种"西方中心主义"的腔调。但是，这一比较阅读习惯也给他在评价作品之时带来了许多灵感。顾彬非常推崇鲁迅，以一种"疏离"的眼光来观照鲁迅，把鲁迅视为20世纪中国文学史上的标杆和榜样。可以说，他对鲁迅的尊崇是发自内心的真正喜爱。顾彬十分重视鲁迅作品中的"世界性因素"，认为鲁迅是一个世界性作家。比如，他十分关注鲁迅《呐喊自序》中的"荒原"意象，也就是"旷野中的呐喊者"意象。他由此追溯了《圣经》、尼采以及艾略特的作品，在对比的过程中揭示了20世纪中国文学的现代性和独特性，即它所担负的与民族复兴相关联的极为艰难的启蒙使命，以及鲁迅在自序中所包含的反讽意味。但是，顾彬的肯定

---

① 司马长风：《中国新文学史》上卷，香港：昭明出版社1975年版，第5页。

鲁迅是和其他文学史家神化鲁迅是不一样的。他是从一个独特的角度进入鲁迅作品世界的，进而发现了鲁迅作品中孕育着非常典型的"忧郁"色彩。

不仅如此，顾彬也极为赞赏鲁迅散文的语言魅力，他说："在恐怖暴政之下，鲁迅成功地在开口和沉默之间发展了中国语言的各种可能性，他所采用的方式至今无人能及。他偏爱重复句式、悖论和辛辣嘲讽。他调遣着不同的语言层次：白话文与口语，口语又同文言相交杂。高雅和平白的语言运用、中西文法、本国语与外来词构成了一种需要反复阅读的独特风格。"① 可以说，顾彬为我们塑造了一个异样的鲁迅形象，此种形象是不为我们所熟知的，这无疑极大地丰富了我们对于鲁迅文学世界的理解。但是，在顾彬论述鲁迅作品的话语中间，也存在着许多值得进一步斟酌的地方，甚至许多立论基点是极为不牢靠的。正是在这个意义上，陈晓明说："不过，顾彬很难把自己的态度理顺，因为他的立足点会摇摆移动，顾彬似乎也试图建构一个无所不能的鲁迅形象，鲁迅不只是身处于时代激流的前列，猛烈地批判国民性、批判封建的过去和专制的当代，但他并没有沉醉于新文化运动，而是他与自己作品及与自己时代保持距离构成了《呐喊》的现代性。"② 但是，不管顾彬对鲁迅的论述中间存在着多少不足，也不能够掩盖他对本问题的深度思考，而且这一思考极具启迪意义。因此，顾彬的《二十世纪中国文学史》是下了极大功夫的，是一部不可多得的现代文学史著。他非常忠实于自己的艺术感觉，不受固有结论的左右，坦诚直言，且时常有十分精彩的独立见解闪烁。顾彬为中国现代文学史建构了一个不一样的鲁迅形象，为我们进一步理解鲁迅打开了另一扇窗户。

总体而言，不管是夏志清的《中国现代小说史》，还是司马长风的《中国新文学史》，抑或是顾彬的《二十世纪中国文学史》，他们在塑造鲁

---

① ［德］顾彬：《二十世纪中国文学史》，范劲等译，上海：华东师范大学出版社2008年版，第165页。
② 陈晓明：《对中国的痴迷：放逐与皈依——评顾彬〈二十世纪中国文学史〉》，《文艺研究》2009年第5期。

迅形象方面的实际贡献很大。虽然他们各自所处的历史时代不同,但在具体评价鲁迅及其作品之时,他们都做出了自己的独立判断和思考,把对鲁迅及其作品的理解真实地表达出来,为我们描述了一个另类的鲁迅形象。他们没有把鲁迅神圣化和妖魔化,而是从自己的价值立场和审美标准出发,为鲁迅研究的长足发展开拓了一条新路径。因此,竹内好说:"中国文学只有不把鲁迅偶像化,而是破除对鲁迅的偶像化、自己否定鲁迅的象征,那么就必然能从鲁迅自身中产生出无限的、崭新的自我。"[①]但是,这绝对不能够成为鲁迅研究界对其漠视的主要理由,因为,任何人对鲁迅映像的描述都是不可能和鲁迅本体完全吻合的,仅仅是有的表现得真切一点,有的塑造得不够完美而已。通过他们对鲁迅的独特理解,我们可以看出,一方面,我们必须摆脱过去极"左"意识形态的严重束缚,站在世界文学的新高度,重新审视鲁迅及其文学作品的独特魅力,从而形成一种宽松和谐的文化氛围,为鲁迅研究的进一步深化贡献一分力量;另一方面,我们也必须清醒地认识到,"他者"对鲁迅形象的塑造并不是尽善尽美的,其中的偏颇也是极为明显的,部分观点缺乏应有的科学性,有的甚至是一种十分随意的主观判断。因此,面对海外汉学家的洞见和偏见,我们绝对不要过分迷恋,不加选择地加以鼓吹,而应该正确地加以辨析和剥离,为鲁迅研究界提供一个有效参照。只有如此,鲁迅研究才有可能进一步走向深入,不至于误入歧途。

---

① [日]竹内好:《鲁迅》,李心峰译,杭州:浙江文艺出版社1988年版,第28页。

参考文献

（一）报纸杂志

《新青年》
《创造月刊》
《民国日报》副刊《觉悟》
《太阳月刊》
《文化批判》
《语丝》
《新月》
《生活知识》
《大晚报》
《夜莺》
《文学界》
《中央日报》
《诗歌杂志》
《申报·自由谈》
《前锋周报》
《现代》
《新文学史料》
《上海鲁迅研究》
《鲁迅研究月刊》
《中国现代文学研究丛刊》

（二）国内专著

艾晓明：《中国左翼文学思潮初探》，北京：北京大学出版社 2007 年版。

包亚明：《文化资本与社会炼金术》，上海：商务印书馆 1997 年版。

陈漱渝：《鲁迅论争集》，北京：中国社会科学出版社 1998 年版。

陈漱渝：《鲁迅和他的论敌》，北京：人民日报出版社 2010 年版。

陈方竞、刘中树：《鲁迅与浙东文化》，长春：吉林大学出版社 1999 年版。

陈国恩：《俄苏文学在中国的传播与接受》，北京：中国社会科学出版社 2000 年版。

陈国恩：《学科观念与文学史建构》，北京：中国社会科学出版社 2012 年版。

陈国恩：《中国"自由"派文学的流变》，北京：中国社会科学出版社 2014 年版。

陈明远：《假如鲁迅活着》，上海：文汇出版社 2003 年版。

陈明远：《文化人的经济生活》，上海：文汇出版社 2005 年版。

陈明远：《知识分子与人民币时代》，上海：文汇出版社 2006 年版。

陈明远：《文化名人的个性》，西安：陕西人民出版社 2010 年版。

陈明远：《鲁迅时代何以为生》，西安：陕西人民出版社 2011 年版。

陈安湖：《为鲁迅声辩》，武汉：华中师范大学出版社 2001 年版。

陈丹青：《笑谈大先生》，桂林：广西师范大学出版社 2011 年版。

陈立旭：《都市文化与都市精神》，南京：东南大学出版社 2002 年版。

陈树萍：《北新书局与中国现代文学》，上海：上海三联书店 2008 年版。

陈宝良：《中国流氓史》，北京：中国社会科学出版社 1993 年版。

陈存仁：《银元时代的生活史》，桂林：广西师范大学出版社 2007 年版。

程光炜：《文化的转轨——"鲁郭茅巴老曹"在中国（1949—1981）》，北京：北京大学出版社 2015 年版。

程凯：《革命的张力——大革命前后新文学知识分子的历史处境与思想探求（1924—1930）》，北京：北京大学出版社 2014 年版。

程振兴：《鲁迅纪念研究（1936—1949）》，北京：中国社会科学出版社 2011 年版。

曹聚仁：《上海春秋》，上海：上海人民出版社 1996 年版。

曹聚仁：《鲁迅评传》，上海：复旦大学出版社 2006 年版。

曹清华：《中国左翼文学史稿》，北京：中国社会科学出版社 2008 年版。

崔之清：《国民党结构史论（1905—1949）》，北京：中华书局 2013 年版。

方维保：《红色意义的生成——20 世纪中国左翼文学研究》，合肥：安徽教育出版社 2004 年版。

费成康：《中国租界史》，上海：上海社会科学院出版社 1991 年版。

冯光廉、刘增人、谭桂林：《多维视野中的鲁迅》，济南：山东教育出版社 2002 年版。

傅光明：《论战中的鲁迅》，北京：京华出版社 2006 年版。

高旭东：《走向二十一世纪的鲁迅》，北京：中国文联出版社 2001 年版。

高旭东、葛涛：《鲁迅传》，北京：人民出版社 2013 年版。

高华：《革命年代》，广州：广东人民出版社 2010 年版。

郜元宝：《鲁迅六讲》，上海：上海三联书店 2000 年版。

顾钧：《鲁迅翻译研究》，福州：福建教育出版社 2009 年版。

古大勇：《解构语境下的传承与对话——鲁迅与 1990 年代后中国文学与文化思潮》，北京：中国社会科学出版社 2011 年版。

郝庆军：《诗学与政治：鲁迅晚期杂文研究（1933—1936）》，北京：文化艺术出版社 2007 年版。

韩石山：《少不读鲁迅，老不读胡适》，北京：中国友谊出版公司

2005 年版。

黄乔生：《鲁迅图传》，北京：中央编译出版社 2012 年版。

胡明：《正误交织陈独秀——思想的诠释与文化的批判》，北京：人民文学出版社 2004 年版。

胡梅仙：《中国现代自由主义文学话语之建构（1898—1937）》，北京：中国社会科学出版社 2009 年版。

贾振勇：《理性与革命：中国左翼文学的文化阐释》，北京：人民出版社 2009 年版。

姜飞：《国民党文学思想研究》，广州：花城出版社 2014 年版。

旷新年：《1928：革命文学》，济南：山东教育出版社 1998 年版。

鲁湘元：《稿酬怎样搅动文坛：市场经济与中国近现代文学》，北京：红旗出版社 1998 年版。

李今：《三四十年代苏俄汉译文学论》，北京：人民文学出版社 2006 年版。

李泽厚、刘再复：《告别革命：回望 20 世纪中国》，香港：天地图书有限公司 2004 年版。

李泽厚：《中国近代思想史论》，北京：生活·读书·新知三联书店 2008 年版。

李泽厚：《中国现代思想史论》，北京：生活·读书·新知三联书店 2008 年版。

李新宇：《鲁迅的选择》，郑州：河南人民出版社 2003 年版。

李长之：《鲁迅批判》，北京：北京出版社 2003 年版。

李永东：《租界文化与 30 年代文学》，上海：上海三联书店 2006 年版。

李欧梵：《铁屋中的呐喊》，北京：人民文学出版社 2010 年版。

李欧梵：《上海摩登：一种新都市文化在中国（1930—1945）》，北京：北京大学出版社 2000 年版。

李怡：《日本体验与中国现代文学的发生》，北京：北京大学出版社 2009 年版。

李怡：《民国政治经济形态与文学》，广州：花城出版社2014年版。

李怡、郑家建：《鲁迅研究》，北京：高等教育出版社2010年版。

李天刚：《文化上海》，上海：上海教育出版社1998年版。

李今：《海派小说与现代都市文化》，合肥：安徽教育出版社2000年版。

李允经：《鲁迅笔名索解》，福州：福建教育出版社2006年版。

梁伟峰：《文化巨匠鲁迅与上海文化》，上海：上海文化出版社2012年版。

林贤治：《鲁迅的最后十年》，北京：中国社会科学出版社1998年版。

林贤治：《人间鲁迅》，合肥：安徽教育出版社2001年版。

林伟民：《中国左翼文学思潮》，上海：华东师范大学出版社2005年版。

刘康：《对话的喧声：巴赫金的文化转型理论》，北京：中国人民大学出版社1995年版。

刘克敌：《困窘的潇洒——民国文人的日常生活》，桂林：广西师范大学出版社2012年版。

倪墨炎：《鲁迅的社会活动》，上海：上海人民出版社2006年版。

倪墨炎：《鲁迅革命活动考述》，上海：上海文艺出版社1984年版。

倪墨炎：《现代文坛灾祸录》，上海：上海书店出版社1996年版。

钱理群：《走近当代的鲁迅》，北京：北京大学出版社1999年版。

钱理群：《丰富的痛苦——堂吉诃德和哈姆雷特的东移》，长春：时代文艺出版社1993年版。

钱理群：《中国现代文学编年史——以文学广告为中心》（4卷本），北京：北京大学出版社2013年版。

阮笃成：《租界制度与上海公共租界》，上海：上海书店出版社1992年版。

寿永明、王晓初：《反思与突破——在经典与现实中走向纵深的鲁迅研究》，合肥：安徽文艺出版社2013年版。

孙郁：《鲁迅与俄国》，北京：人民文学出版社2015年版。

孙郁：《鲁迅忧思录》，北京：中国人民大学出版社2012年版。

孙郁：《被亵渎的鲁迅》，贵阳：贵州人民出版社2009年版。

孙郁：《20世纪中国最忧患的灵魂》，北京：群言出版社1993年版。

孙郁：《鲁迅与胡适》，北京：现代出版社2013年版。

孙郁：《鲁迅与现代中国》，合肥：安徽大学出版社2013年版。

孙绍谊：《想象的城市——文学、电影和视觉上海》（1927—1937），上海：复旦大学出版社2009年版。

谭桂林：《本土语境与西方资源》，北京：人民文学出版社2008年版。

唐振常：《上海史》，上海：上海人民出版社1989年版。

王乾坤：《鲁迅的生命哲学》，北京：人民文学出版社1999年版。

王宏志：《鲁迅与"左联"》，北京：新星出版社2006年版。

王锡荣：《"左联"与左翼文学运动》，上海：上海人民出版社2016年版。

王彬彬：《鲁迅内外》，南京：南京大学出版社2013年版。

王智慧：《二十世纪二十年代"革命文学"研究》，北京：中国社会科学出版社2013年版。

汪卫东：《现代转型之痛苦肉身：鲁迅思想与文学新论》，北京：北京大学出版社2013年版。

汪晖：《鲁迅研究的历史批判》，石家庄：河北教育出版社2002年版。

许祖华：《鲁迅小说的跨艺术研究》，合肥：安徽大学出版社2012年版。

许道明：《海派文学论》，上海：复旦大学出版社1999年版。

徐公肃、邱瑾璋：《上海公共租界制度》，上海：上海人民出版社1980年版。

徐妍：《新时期以来鲁迅形象的重构》，合肥：安徽教育出版社2008年版。

夏衍：《懒寻旧梦录》，北京：生活·读书·新知三联书店2000年版。

夏晓虹：《晚清女性与近中国》，北京大学出版社2014年版。

吴中杰：《论鲁迅的杂文创作》，南京：江苏文艺出版社1998年版。

吴俊：《鲁迅评传》，南昌：百花洲文艺出版社1997年版。

吴福辉：《都市漩流中的海派小说》，上海：复旦大学出版社2009年版。

杨义：《京海派综论》，北京：中国社会科学出版社2003年版。

杨奎松：《国民党的"联共"和"反共"》，北京：社会科学文献出版社2008年版。

袁良骏：《分享鲁迅》，北京：中国广播电视出版社1999年版。

袁盛勇：《当代鲁迅现象研究》，北京：人民文学出版社2018年版。

阎晶明：《鲁迅还在》，南京：江苏凤凰文艺出版社2017年版。

姚辛：《左联史》，北京：光明日报出版社2006年版。

张梦阳：《中国鲁迅学通史》，广州：广东教育出版社2002年版。

张利群：《文艺制度论》，北京：中国社会科学出版社2008年版。

张小红：《左联与中国共产党》，上海：上海人民出版社2006年版。

张闳：《黑暗中的声音》，上海：上海文艺出版社2007年版。

张大明：《国民党文艺政策：三民主义文艺与民族主义文艺》，台北：秀威出版公司2009年版。

张大明：《不灭的火种——左翼文学论》，成都：四川文艺出版社1992年版。

张武军：《从阶级话语到民族话语》，北京：中华书局2013年版。

张宁：《无数人们与无穷远方：鲁迅与左翼》，上海：复旦大学出版社2006年版。

张中良：《民族国家概念与民国文学》，广州：花城出版社2014年版。

章清：《亭子间：一群文化人和他们的事业》，上海：上海人民出版社1991年版。

朱晓进：《政治文化与 20 世纪 30 年代文学》，北京：人民出版社 2006 年版。

朱正：《鲁迅回忆录正误》，长沙：湖南人民出版社 1979 年版。

朱正：《鲁迅传略》，北京：人民文学出版社 1982 年版。

朱正：《鲁迅的人际关系——从文化界教育界到政界军界》，北京：中华书局 2015 年版。

朱寿桐：《孤绝的旗帜——论鲁迅传统及其资源意义》，北京：文化艺术出版社 2005 年版。

周晔：《伯父的最后岁月——鲁迅在上海》，福州：福建教育出版社 2001 年版。

周海波：《传媒时代的文学》，北京：人民文学出版社 2007 年版。

（三）国外专著

［日］伊藤虎丸：《鲁迅与终末论》，李冬木译，北京：生活·读书·新知三联书店 2008 年版。

［日］伊藤虎丸：《鲁迅、创造社与日本文学》，孙猛等译，北京：北京大学出版社 1995 年版。

［日］竹内好：《近代的超克》，李冬木等译，北京：生活·读书·新知三联书店 2005 年版。

［日］竹内好：《鲁迅》，李心峰译，杭州：浙江文艺出版社 1986 年版。

［日］丸山昇：《鲁迅·革命·历史——丸山昇现代中国文学论集》，王俊文译，北京：北京大学出版社 2005 年版。

［日］藤井省三：《鲁迅〈故乡〉阅读史——近代中国的文学空间》，董炳月译，北京：北京大学出版社 2001 年版。

［日］藤井省三：《日本鲁迅研究精选》，林敏洁译，北京：中央编译出版社 2016 年版。

［日］木山英雄：《文学复古与文学革命》，赵京华译，北京：北京大学出版社 2004 年版。

［日］中井政喜：《鲁迅探索》，卢茂君、郑民钦译，北京：知识产权出版社 2017 年版。

［英］雷蒙德·威廉斯：《关键词：文化与社会的词汇》，刘建基译，北京：生活·读书·新知三联书店 2008 年版。

［美］费正清：《剑桥中华民国史（1912—1949 年）》上卷，杨品泉等译，北京：中国社会科学出版社 1994 年版。

［英］爱德华·霍列特·卡尔：《历史是什么》，吴柱存译，北京：商务印书馆 1981 年版。

［美］汉娜·阿伦特：《论革命》，陈周旺译，南京：译林出版社 2011 年版。

［法］布尔迪厄：《艺术的法则：文学场的生成和结构》，刘晖译，北京：中央编译出版社 2001 年版。

［美］斯沃茨：《文化与权力：布尔迪厄的社会学》，陶东风译，上海：上海译文出版社 2012 年版。

［法］罗贝尔·埃斯卡皮：《文学社会学》，于沛等译，杭州：浙江人民出版社 1987 年版。

［法］雷蒙·阿隆：《知识分子的鸦片》，吕一民、顾航译，南京：译林出版社 2005 年版。

［英］汤因比：《历史研究》，郭小凌等译，上海：上海人民出版社 2010 年版。

［法］托克维尔：《旧制度与大革命》，孙绍棠译，上海：文汇出版社 2013 年版。

［英］德波顿：《身份的焦虑》，陈广兴、南治国译，上海：上海译文出版社 2007 年版。

［美］易劳逸：《1927—1937 年国民党统治下的中国流产的革命》，陈谦平、陈红民等译，北京：中国青年出版社 1992 年版。

［美］李侃如：《治理中国：从革命到改革》，胡国成、赵梅译，北京：中国社会科学出版社 2010 年版。

［英］保罗·约翰逊：《所谓知识分子》，杨正润等译，南京：江苏人

民出版社 2000 年版。

［美］哈罗德·伊罗生：《群氓之族：群体认同与政治变迁》，邓伯宸译，桂林：广西师范大学出版社 2008 年版。

［法］古斯塔夫·勒庞：《乌合之众：大众心理研究》，冯克利译，北京：中央编译出版社 2000 年版。

［美］杰罗姆·B. 格里德尔：《知识分子与现代中国》，单正平译，天津：南开大学出版社 2002 年版。

［美］罗兹·墨菲：《上海——现代中国的钥匙》，章克生等译，上海：上海人民出版社 1986 年版。

［美］史景迁：《天安门：知识分子与中国革命》，尹庆军译，北京：中央编译出版社 1998 年版。

［法］米歇尔·福柯：《规训与惩罚》，刘北成、杨远婴译，北京：生活·读书·新知三联书店 2012 年版。

［法］米歇尔·福柯：《知识考古学》，谢强、马月译，北京：生活·读书·新知三联书店 1998 年版。

［美］本尼迪克特·安德森：《想象的共同体——民族主义的起源与散布》，吴叡人译，上海：上海世纪出版集团 2005 年版。

［美］雷蒙德·F. 怀利：《毛主义的崛起：毛泽东、陈伯达及其对中国理论的探索（1935—1945）》，杨悦译，北京：中国人民大学出版社 2013 年版。

（四）作品文集

《鲁迅全集》（1—18 卷），北京：人民文学出版社 2005 年版。

《毛泽东选集》（1—4 卷），北京：人民出版社 1991 年版。

《周扬文集》（1—5 卷）北京：人民文学出版社 1984 年版。

《茅盾全集》，北京：人民文学出版社 1984 年版。

《冯雪峰全集》，北京：人民文学出版社 2016 年版。

《冯乃超文集》，广州：中山大学出版社 1986 年版。

《瞿秋白文集》，北京：人民文学出版社 1989 年版。

《胡适文集》，北京：北京大学出版社 1998 年版。

《胡风全集》，武汉：湖北人民出版社 1999 年版。

《陈独秀文选》，成都：四川文艺出版社 2009 年版。

《成仿吾文集》，济南：山东大学出版社 1985 年版。

《田汉文集》，石家庄：花山文艺出版社 2000 年版。

（五）学术论文

曹清华：《左翼鲁迅笔下的"革命"》，《南京师范大学文学院学报》2009 年第 4 期。

陈漱渝：《鲁迅的红色、灰色和本色》，《鲁迅研究月刊》2011 年第 9 期。

陈国恩：《鲁迅的经典意义与中国形象问题》，《学术月刊》2010 年第 11 期。

陈洁：《鲁迅与胡适北京时期交往考 1918—1926》，《当代文坛》2018 年第 2 期。

［日］代田智明：《1934：作为媒介者的鲁迅》，《鲁迅研究月刊》2004 年第 2 期。

［日］代田智明：《鲁迅对于改革与革命的立场——终末论与同路人》，《文学评论》2014 年第 2 期。

符杰祥：《"回到鲁迅"的方法论批判》，《河北学刊》2011 年第 3 期。

高旭东：《鲁迅是谁——鲁迅文化身份的规定性及当代解读的片面性》，《江苏行政学院学报》2014 年第 1 期。

胡梅仙：《在革命与不革命之间的鲁迅（1927—1936）》，《中国现代文学研究丛刊》2013 年第 11 期。

黄昌勇、符杰祥：《"鲁迅道路"问题的理论反思》，《文学评论》2004 年第 3 期。

黄乔生：《鲁迅的职业选择与身份定位》，《鲁迅研究月刊》2013 年第 3 期。

黄健、韩宇瑄：《论鲁迅定居上海期间的杂文创作》，《华中师范大学学报》2018 年第 2 期。

贺仲明：《后期鲁迅（1927—1936）新论》，《文艺研究》2017 年第 1 期。

贾振勇：《如何"透视主义"的透视鲁迅》，《鲁迅研究月刊》2011 年第 12 期。

贾振勇：《鲁迅与民国，问题与原点》，《中山大学学报》2017 年第 1 期。

计璧瑞：《张道藩与国民党的文艺政策》，《中国现代文学研究丛刊》2012 年第 1 期。

姜异新：《鲁迅的 1933》，《鲁迅研究月刊》2006 年第 10 期。

姜振昌：《裂变与再生——作为左翼文学先声的"革命文学"辩争》，《鲁迅研究月刊》2015 年第 1 期。

李怡：《"五四"与现代文学"民国机制"的形成》，《郑州大学学报》2009 年第 4 期。

李怡：《含混的"政策"与矛盾的"需要"》，《中山大学学报》2010 年第 5 期。

李怡：《民国机制：中国现代文学的一种阐释框架》，《广东社会科学》2010 年第 6 期。

李怡：《作为方法的"民国"》，《文学评论》，2014 年第 1 期。

李杨：《"经"与"权"——〈讲话〉的辩证法与"幽灵政治学"》，《中国现代文学研究丛刊》2013 年第 1 期。

李明晖：《以革命为名义的"革命"——"丸山鲁迅"的研究札记》，《中国现代文学研究丛刊》2013 年第 5 期。

李明晖：《丸山昇鲁迅研究视野中的鲁迅"进化论"》，《文学评论》2013 年第 2 期。

李永东：《人与城的对话：鲁迅与租界化的上海》，《湘潭大学学报》2006 年第 5 期。

李永东：《上海租界的空间权力与文学书写》，《西南大学学报》2013

年第 2 期。

李永东：《上海模式的乌托邦建构》，《文学评论》2014 年第 2 期。

李国华：《生产者的诗学——鲁迅杂文一解》，《中国现代文学研究丛刊》2015 年第 7 期。

李国华：《马克思主义批评话语与鲁迅杂文形式》，《中国现代文学研究丛刊》2017 年第 1 期。

李新宇：《1928：新文化危机中的鲁迅》，《中国现代文学研究丛刊》2001 年第 3 期。

梁伟峰：《上海租界对鲁迅的"堑壕"意义》，《徐州师范大学学报》2008 年第 3 期。

梁伟峰：《上海文化视野中的左翼文化》，《中国现代文学研究丛刊》2007 年第 3 期。

梁伟峰：《透视鲁迅与北新书局的版税风波》，《鲁迅研究月刊》2007 年第 1 期。

梁伟峰：《被"浪子"反抗的"浪子之王"》，《上海师范大学学报》2007 年第 1 期。

南帆：《小资产阶级：阶级谱系与文化共同体》，《南方文坛》2016 年第 4 期。

彭冠龙：《"革命人做出东西来，才是革命文学"——托洛茨基文论对鲁迅文学思想的影响》，《鲁迅研究月刊》2015 年第 5 期。

秦弓：《从民国史的视角看鲁迅》，《广东社会科学》2006 年第 4 期。

邱焕星：《"多个鲁迅"与鲁迅研究的历史批判》，《鲁迅研究月刊》2010 年第 6 期。

孙郁：《鲁迅话语的纬度》，《鲁迅研究月刊》2011 年第 2 期。

孙郁：《鲁迅对马克思主义的另一种理解》，《当代作家评论》2012 年第 3 期。

孙郁：《瞿秋白对鲁迅的影响》，《东吴学术》2013 年第 4 期。

孙郁：《鲁迅与列宁主义的几个问题》，《中国现代文学研究丛刊》2013 年第 8 期。

孙郁：《对话中的鲁迅》，《学术月刊》2014年第10期。

孙郁：《草根语境中的鲁迅》，《当代作家评论》2016年第5期。

孙郁：《现代文学研究的日本资源》，《社会科学辑刊》2016年第4期。

吴效刚：《论民国时期查禁文学》，《中国现代文学研究丛刊》2012年第11期。

吴效刚：《论1927—1937年间国民党政府的"查禁文学"》，《学海》2013年第6期。

吴翔宇：《在文化语境中考察鲁迅形象》，《中国社会科学报》2014年3月21日。

吴翔宇：《鲁迅形象的生成及文化反思》，《西南民族大学学报》2018年第1期。

吴翔宇：《鲁迅重构"中国形象"的文化机制与精神立场》《求索》2017年第2期。

吴敏：《晚年鲁迅与"周扬等人"》，《中国现代文学研究丛刊》2012年第11期。

王富仁：《关于左翼文学的几个问题》，《中国现代文学研究丛刊》2002年第1期。

王彬彬：《鲁迅与1930年的国民党浙江省党部》，《中国现代文学研究丛刊》2017年第2期。

徐改平：《作为共产党同路人的鲁迅》，《陕西师范大学学报》2010年第5期。

解志熙：《胡风问题及左翼文学的分歧之反思——兼论胡风与鲁迅的精神传统问题》，《华中师范大学学报》2012年第6期。

尹奇岭：《论鲁迅形象的接受》，《江西社会科学》2013年第7期。

袁盛勇：《回到复杂而完整的鲁迅》，《学术月刊》2011年第11期。

袁盛勇：《鲁迅思想的遗憾——从他与周扬的根本分歧谈起》，《文艺争鸣》2012年第11期。

袁盛勇：《鲁迅现象的历史性和当代性》，《文艺争鸣》2017年第

2 期。

杨华丽：《国民党治下的文网与鲁迅的钻网术》，《鲁迅研究月刊》2013 年第 12 期。

杨姿：《后期鲁迅思想信仰建构中的托洛茨基影响》，《鲁迅研究月刊》2015 年第 7 期。

杨姿：《"同路人"的定义域有多大?》，《鲁迅研究月刊》2016 年第 7 期。

杨姿：《托洛茨基语境下鲁迅"革命文学"观的新阐释》，《文艺争鸣》2016 年第 4 期。

杨扬：《"党治"与现代文学的应对——鲁迅二三十年代对国民党的批判》，《探索与争鸣》2016 年第 6 期。

赵歌东：《横站的同路人——鲁迅与左翼文艺运动的内在关系及其姿态》，《文史哲》2012 年第 1 期。

赵歌东：《鲁迅：从"同路人"向"圣人"的移位和归位》，《东岳论丛》2011 年第 8 期。

赵京华：《破解狭隘的民族主义壁障——作为精神资源的鲁迅后期国际主义》，《探索与争鸣》2016 年第 7 期。

赵林：《出版文化、民族主义与上海文化场域——鲁迅与内山完造的交往史》，《西北大学学报》2017 年第 3 期。

周建华：《革命文学论争之话语革命问题》，《山西师大学报》2014 年第 2 期。

朱寿桐：《鲁迅精神资源的确认》，《鲁迅研究月刊》2002 年第 6 期。

张福贵：《鲁迅研究的三种范式与当下的价值选择》，《中国社会科学》2013 年第 11 期。

张福贵：《鲁迅形象的历史演化与思想的当代价值》，《东吴学术》2017 年第 1 期。

张中良：《民国文学史概念的合法性及其历史依据》，《西北师范大学学报》2014 年第 2 期。

张广海：《鲁迅与早期"左联"关系考论》，《中国现代文学研究丛刊》2017年第1期。

张广海：《鲁迅阶级文学论述的转变与托洛茨基》，《现代中文学刊》2011年第3期。

张艳国：《李大钊、瞿秋白对俄国道路的不同认识》，《中国社会科学》2016年第10期。

张玲：《"穿透"人生的幻象——论鲁迅作品中的上海想象》，《社会科学》2018年第2期。

张武军：《文学革命到革命文学的另一种叙述——中国青年党视野下的革命与文学》，《文学评论》2018年第2期。

张武军：《训政理念下的革命文学——南京中央日报1929——1930文艺副刊之考察》，《中山大学学报》2017年第1期。

（六）学位论文

蔡晓飞：《左翼文学思潮观照下鲁迅的革命文学观及其实践》，硕士学位论文，陕西师范大学，2012年。

丛晓梅：《延安时期鲁迅形象建构研究》，硕士学位论文，青岛大学，2015年。

高金鹏：《〈人民日报〉中的鲁迅（1949—1976）》，硕士学位论文，吉林大学，2016年。

高青：《"共产国际派"与鲁迅形象建构（1936—1949）》，硕士学位论文，中央民族大学，2016年。

刘素：《三十年代鲁迅的电影生活与他的故事"新编"》，硕士学位论文，南京师范大学，2015年。

李磊磊：《阶级、爱国主义、文化：一项关于鲁迅的社会记忆研究——基于〈人民日报〉（1946—2013）》，硕士学位论文，南京大学，2016年。

王淑君：《抗日战争时期国统区"鲁迅形象"塑造研究》，硕士学位论文，浙江师范大学，2015年。

谢涛：《启蒙文学视野关照下的鲁迅和左翼文学》，硕士学位论文，兰州大学，2010年。

杨葵：《民国时期文学史中的鲁迅书写》，硕士学位论文，华中师范大学，2014年。

毕绪龙：《无法完成的自我：鲁迅自我形象研究》，博士学位论文，山东师范大学，2007年。

丁颖：《都市语境与鲁迅上海创作的关联研究》，博士学位论文，吉林大学，2010年。

陈红旗：《中国左翼文学的发生》，博士学位论文，吉林大学，2005年。

胡群慧：《文学·革命·知识分子——革命文学论争中知识分子的主体建构》，博士学位论文，武汉大学，2013年。

李明晖：《论丸山昇的鲁迅研究》，博士学位论文，吉林大学，2012年。

李永东：《租界文化与三十年代文学》，博士学位论文，山东大学，2005年。

李华：《鲁迅与左翼文学运动》，博士学位论文，吉林大学，2014年。

阮兰芳：《日常生活与文学上海——"都市作为一种生活方式"的文学考察》，博士学位论文，山东大学，2014年。

冉彬：《30年代上海文学与上海出版业》，博士学位论文，上海师范大学，2007年。

于珊珊：《藤井省三的鲁迅研究》，博士学位论文，吉林大学，2016年。

薛羽：《"革命文学"论争与鲁迅思想文学研究——以"阅读史"为方法的考察》，博士学位论文，华东师范大学，2012年。

后　记

2012 年 9 月，我来到风景秀丽的珞珈山，师从武汉大学文学院陈国恩教授攻读博士学位，并且荣幸地参与了其主持的国家社科基金重点项目，开启了漫长而又愉快的三年学习生活。转瞬之间，博士毕业已经又有三年。时光流逝，山高水长，实在令人唏嘘感叹。期间，我利用部分业余时间，对博士学位论文进行了局部修改。本书就是在博士论文完善基础上的最终成果。

作为一门相对成熟完善的学科，鲁迅研究已经具有将近百年的发展历程。客观来讲，本研究领域可谓名家辈出，成果卓著，积累丰厚，要想另辟蹊径地进行学术创新，实在是一件非常困难的事情。在平时的课题讨论中，陈老师主要从文学社会学的研究角度，围绕着"鲁迅形象"和"20 世纪中国革命"这两个问题进行详细阐释，初步总结了 20 世纪中国革命过程中的经验和教训。后来，在陈老师的精心指导之下，经过反复思考和充分酝酿，我终于寻找到课题研究的基本切入点：把鲁迅置于"上海"这一都市文化场域中，从不同政治集团和文化力量对鲁迅形象建构的独特角度，全面透视"左翼十年"中国革命过程中的许多重要问题。这就超越了以前单纯的鲁迅"形象学"研究体系，努力做到"鲁迅形象建构"与"20 世纪 30 年代中国革命"相互佐证，将研究视野从文学史范畴延伸到了文化史、思想史、革命史等不同领域，极大地拓展了鲁迅研究的深广度。同时，通过 20 世纪 30 年代中国各种政治集团和文化力量对"鲁迅形象"的不同选择、阐释和评判，也可以发掘其背后所潜藏的话语冲突，这有助于双向考察二者之间的动态关系，在文史互证过程中将问题不断引向深入。因此，本书的基本观点、结构框架、主要内容等，都是在陈老师亲自指导下完成的。毕业之后，陈老师依然非常关心我的工作和生活状况，经常通过各种方式来帮助我。恩师情谊深似海，我实在难以回报，只能留下许多遗憾和愧疚。

在论文外审过程中，我曾经得到华中科技大学何锡章教授、浙江大学黄健教授、陕西师范大学李继凯教授的精心指导。我清醒地知道，他们在评阅过程中对论文的共同肯定，是对一位年轻学人的勉励之语；而对论文不足的批评指正，是对我未来学术生涯的极大鞭策，我会永远铭记前辈学者们的殷切希望。

在论文答辩过程中，我也得到了华中科技大学李俊国教授、华中师范大学周晓明教授的真心教诲。他们凭着宽阔的学术视野，严谨的学术态度，务实的学术品格，从宏观和微观两种不同角度，有针对性地提出了诸多宝贵意见，使我受益匪浅。在过去的三年时间里，我已经把他们的良好建议融入论文修改过程中，这里需要特别致谢。

在平时学习过程中，武汉大学文学院於可训教授、昌切教授、樊星教授、方长安教授、叶立文教授，不但亲自给我们讲述专业课程，而且还经常谈论学术界的许多逸闻趣事，无形之中也给那段枯燥的学习生活增加了些许趣味，这些往事都是令人回味无穷的。

本书的部分章节已经在《鲁迅研究月刊》《学习与探索》《福建论坛》《励耘学刊》《海南师范大学学报》《信阳师范学院学报》《南都学坛》《廊坊师范学院学报》等刊物陆续发表。感谢相关刊物的编辑老师，正是他们的热情帮助，才使我的许多粗浅认识提前见诸世人。本书肯定存在诸多错漏和不足之处，敬请方家批评指正。

2018 年 6 月 12 日
信阳师范学院博书苑寓所